Jürgen Sprenzinger, geboren 1949, wurde schon mit vier Jahren von sei[...] sie dachte, der Bub spinnt. Der Doktor diagnostizierte »eine unwahrsc[...] Mandeln und die Nasenpolypen raus. Was das miteinander zu tun hat[...] mußte er wegen einer unheilbaren Lehrerallergie vorzeitig verlassen. S[...] einer Band und gehorchte seiner Mutter, als sie sagte, er solle Radio-[...] reich zu werden, gründete er sein eigenes Geschäft, machte aber s[...] verwechselte. Es schloß sich eine Karriere als Außendienstler einer Sch[...] geschraubt hat als genagelt. Und so schraubte er sich nach relativ kurzer Zeit in eine höhere Position. Nach mehreren Zwischenspielen auf der Bühne eines Augsburger Theatervereins entdeckte ihn der Film. In dem Kultstreifen *Xaver und sein außerirdischer Freund* gab er sein Debüt als begnadeter Schauspieler in einer Zwei-Minuten-Rolle. Nur knapp entging er einer Oscar-Nominierung für die beste Nebenrolle, vor der ihn nur rettete, daß die Leute in Hollywood den sinnigen Inhalt des Films wohl nie begriffen haben. Deswegen schraubt er heute noch: als EDV-Fachmann an Computern, und als Hardware-Redakteur beim Fachmagazin EHZ – EDV-Handelszeitung drechselt und schraubt er am Stil seiner Artikel: Und wenn er mal nicht schraubt, schreibt er »blöde Briefe« aus Augsburg an alle Welt.

Kurt Klamert, geboren 1956, zeichnete schon als Kind leidenschaftlich gern, folgte aber der Empfehlung der Berufsberatung, Biologie und Chemie mit dem Ziel Lehramt für Gymnasium zu studieren (»Wir brauchen dringend mehr Lehrer in diesen Fächern«). Während des Studiums verschlechterten sich die Einstellungschancen für Lehrer jedoch zusehends (»Wir haben viel zuviel Lehrer in diesen Fächern.«), so daß er sich 1983 zum Pharmareferenten ausbilden ließ – zum Entsetzen seiner Kommilitonen (»Muß man da nicht im Anzug rumlaufen?«). Zehn Jahre lang übte er diesen Beruf aus und traf einige seiner früheren Studienkollegen in der gleichen Tätigkeit wieder. (»Wieso? Anzug ist doch keine Schande.«) Während anfangs Kenntnisse aus Chemie (»Was ist das für ein Zeug?«) und Biologie (»Wie wirkt das Zeug?«) noch gefragt waren, änderten sich die Verhältnisse nach der Gesundheitsreform schlagartig. Jetzt waren nur noch präziseste Sachkenntnisse gefragt (»Was kostet das Zeug?«), und da es ihm in seinem fortgeschrittenen Alter schwerfiel, mit dieser rasanten Entwicklung Schritt zu halten (die Pharmapreise ändern sich heute fast täglich), machte er sich 1994 selbständig. Dennoch ist ihm die Liebe zu den Naturwissenschaften als Hobby neben Bumerangwerfen – und eben Zeichnen – bis heute erhalten geblieben. Für dieses Buch hat Kurt Klamert die merkwürdigsten Briefe seines Freundes Jürgen Sprenzinger mit spitzer Feder illustriert.

Originalausgabe November 1996
© 1996 Droemersche Verlagsanstalt Th. Knaur Nachf., München
Das Werk einschließlich aller seiner Teile ist urheberrechtlich geschützt.
Jede Verwertung außerhalb der engen Grenzen des Urheberrechtsgesetzes
ist ohne Zustimmung des Verlages unzulässig und strafbar.
Das gilt insbesondere für Vervielfältigungen, Übersetzungen, Mikroverfilmungen
und die Einspeicherung und Verarbeitung in elektronischen Systemen.
Umschlaggestaltung: Andrea Schmidt, München
Verwendung des Maggi-Firmenlogos mit freundlicher Genehmigung
der Maggi GmbH, Frankfurt a. M.
Satz: Ventura Publisher im Verlag
Reproduktion: Franzis Druck, München
Druck und Bindung: Clausen & Bosse, Leck
Printed in Germany
ISBN 3-426-73051-0

19   20   18

Jürgen Sprenzinger

Sehr geehrter Herr Maggi

Mit Illustrationen
von Kurt Klamert

Knaur

Ein kurzes Vorwort

Dieses Buch entstand rein zufällig. Eigentlich ist es gar kein Buch – es ist eine Sammlung von Briefen, die mit der Absicht geschrieben wurden, einmal festzustellen, wie die Industrie, Vereine, Behörden etc. und auch Politiker auf außergewöhnliche Schreiben reagieren, insbesondere dann, wenn man als völlig einfach gearteter, unbedarfter Mensch und Bürger gewisse Dinge – u.a. die tägliche Werbung oder aktuelle Ereignisse – mit kindlichen Augen sieht, d.h. beim Wort nimmt.

Ein anderer Aspekt dabei war, die Reaktionen der Industrie zu testen, wenn Fragen, Bestellungen oder auch »Erfindungen« auftauchen, die eigentlich unmöglich oder so verquer sind, daß es schon von vorneherein offensichtlich ist. Die meisten Firmen haben hier mit Bravour reagiert – was für mich beruhigend ist, beweist es doch einmal mehr, daß hinter all dem Menschen stecken – Menschen wie du und ich. Zudem konnte ich feststellen: Je mehr Humor eine Firma hat, desto größer ist ihr Erfolg. Diese Parallele kann aber auch Zufall sein …

Ich möchte es nicht versäumen, an dieser Stelle meinen Dank auszusprechen an all die Freunde und Bekannten, die mittelbar und unmittelbar an der »Ideenfindung« beteiligt waren und mich ermutigt haben, diese »Werke« veröffentlichen zu lassen. Des weiteren danke ich meinem Schwager Herrn M. A. Johannes Litzel nebst Gattin Petra. Beider Einfallsreichtum war beträchtlich. Mein Dank geht auch an meinen Freund Kurt Klamert, der dieses Buch mit viel Liebe illustriert hat.

Abschließend bleibt mir nur, Ihnen, lieber Leser, viel Spaß mit diesem Buch zu wünschen. Wenn Sie es mit derselben Freude lesen, wie ich sie beim Schreiben empfand, dann will ich zufrieden sein.

Jürgen Sprenzinger
Friedenstraße 7a
86179 Augsburg

Firma
Quelle
z. H. Frau Schicketanz
Kundenservice

90750 Fürth

29.07.1994

Sehr geehrte Frau Schicketanz,

Sie haben mir Ihren neuen Katalog zugeschickt. Ich habe mich wahnsinnig gefreut, daß
Sie an mich gedacht haben. Meine Frau und ich haben dann in Ihrem Katalog Ihre Äpfel
gesucht. Dabei haben wir Ihren Katalog alle 1300 Seiten durchgeblättert. Wir haben sogar mehr Äpfel als nur drei Äpfel gefunden, nämlich die auf Seite 1212 auf zwei Computer. Diese gefallen uns aber besser wie die gelben, leider sind sie aber schon angebis-
sen.

Aber deswegen schreibe ich Ihnen ja garnicht. Ich schreibe Ihnen deswegen, weil nämlich auf den Seiten 320-321-322-323-324-325-326-327 lauter halbnackte Damen abge-
bildet sind. Dies finde ich nicht richtig, weil ja auch Kinder diesen Katalog anschauen.
Gerade Kinder in den Pupertätsjahren werden dadurch auf den falschen Weg gebracht
und verdorben. Jetzt frage ich Sie: warum nehmen Sie nicht einfach Schaufensterpuppen, die sind ja bestimmt auch billiger als Ihre Damen. In Ihrem Kaufhaus stellen Sie ja
auch keine Damen rein, da nehmen Sie ja auch Schaufensterpuppen! Und wenn Sie
schon Damen ablichten müssen, dann sollten Sie die Katalogseiten wenigstens verkle-
ben, mit dem Hinweis, daß sie nur von Erwachsenen geöffnet werden dürfen.

Dann habe ich bzw. meine Frau noch ein Korpullus Delictus entdeckt und zwar auf Seite 736! Ich weiß, daß alle Welt Angst hat vor Aids, aber muß man denn Kondome so offensichtlich anpreisen? Man sollte die Leute einfach anhalten, enthaltsam zu leben, dann
braucht man diesen Schweinskrams nämlich garnicht! Und die Überschrift: Vertrauen
ist gut - Kondom ist besser? Wie kann so ein Gummiding besser als Vertrauen sein?
Was müssen das für Leute sein, die sowas bestellen!

Und dann hat meine Frau noch was entdeckt, was Ihr fast die Sprache verschlagen hat
und das kommt ja wirklich selten vor: auf Seite 188 bilden Sie einen nackten Mann ab,
der dazu noch in aufreizender Pose auf einer Couch sitzt! Er hat zwar eine Unterhose an,
aber das macht es auch nicht mehr fett. Und noch dazu so ein langhaariger Kerl. Dazu

schreiben Sie als Überschrift: »Die Hosen an in 48 Stunden«. Wie ich den Katalog nach 48 Stunden nochmal durchgeblättert habe, saß dieser Schweinigl immer noch ohne da.

Ich weiß, Sie sind eine gute Firma und mir schon ein Begriff, als ich noch ein Kind war, aber sowas gab es damals nicht. Warum bilden Sie nicht mehr Tiere ab, wie zum Beispiel den Hund auf Seite 67, der ist nett (er sieht sogar unserem ähnlich) , auch der auf Seite 75 ist ein liebes Tier, man sieht das schon an den Augen, zudem ist die Dame, die der Hund gehört, auch ganz angezogen.

Sie sehen also, Ihr Katalog wird bei uns immer ganz gelesen, weil wir auf dem laufenden bleiben wollen, meine Frau und ich.

Ich hoffe, Ihnen hiermit gedient zu haben und verbleibe mit freundlichen Grüßen und trotzdem nochmals vielen Dank für Ihren Katalog!

Jürgen Frenzinger

Quelle

10. August 1994
U.Z. fra-j
Kdnr. 1741-8196-5

KUNDENBETREUUNG
90752 Fürth

Tel.: 0911/99 3 93
Fax: 0911/14-28500

Herrn
Jürgen Sprenzinger
Friedenstr. 79

86179 Augsburg

Sehr geehrter Herr Sprenzinger,

vielen Dank für Ihr Schreiben vom 29.07.1994, dessen Beantwortung
wir übernommen haben, da unsere Firmenchefin bedauerlicherweise vor
wenigen Tagen verstorben ist.

Wir freuen uns, daß Sie unseren Katalog so sorgfältig studiert haben und uns auch aus Ihrer Sicht vermeintliche Mißstände aufgezeigt
haben.

Wir können uns Ihren Ausführungen verständlicherweise nicht in allen Punkten anschließen, sonst wäre der Katalog ja nicht so konzipiert worden, wie es der Fall ist. Wir sind jedoch gerne bereit,
Ihre Anregungen der zuständigen Fachabteilung zur Kenntnis zu bringen: eine letztendliche Entscheidung wird dort getroffen.

Wir hoffen sehr, daß unsere konträren Ansichten in wenigen Punkten
unsere bislang guten Geschäftsbeziehungen nicht trüben und wir Sie
auch weiterhin zu unserem Stammkundenkreis zählen dürfen.

Mit freundlichen Grüßen

Ihre
Quelle-Kundenbetreuung

(Dieter Kubat)

Schickedanz AG & Co.
Fürth

Rechtsform: Kommanditgesellschaft;
Eintragung im Handelsregister Fürth HRA 2425;
persönlich haftende Gesellschafterin
Schickedanz Aktiengesellschaft: Sitz: Fürth;
eingetragen im Handelsregister Fürth HRB 4990

Ehrenvorsitzende des Aufsichtsrates: Grete Schickedanz
Vorsitzender des Aufsichtsrates: Dr. Wolfgang Bühler
Vorstand: Dr. Klaus Mangold (Vorsitzender), Wilhelm Ammon
Willi Harrer, Sigmund Kiener, Dr. Günter H. Moissl
Rolf Schuchardt, Dieter Schoch, Dr. Klaus Jürgen Teller

Bankverbindung:
Deutsche
Genossenschaftsbank
Nürnberg
Kto 0 210 850   BLZ 760 600 00

TTX 9118346 = QKS

94.HS/FD

Jürgen Sprenzinger
Friedenstraße 7a
86179 Augsburg

Firma
Quelle
Kundenservice
z. H. Herrn Kubat

90750 Fürth

16.08.1994

Sehr geehrter Herr Kubat!

Vielen Dank für Ihr Schreiben, ich habe mich wirklich sehr gefreut, daß Sie auf meinen
Brief so schnell geantwortet haben, ich weiß nun, daß Ihnen die Angelegenheit nicht
wurscht ist, man findet das in der heutigen Zeit nicht so oft, daß einer sich angagiert.

Daß Ihre Chefin vor ein paar Tagen verstorben ist, tut mir sehr leid, das habe ich nicht
gewußt, sonst hätte ich ja nicht an sie geschrieben. Auf dem Foto auf Seite eins in Ihrem
Katalog sieht sie ja noch sehr gesund aus, ich hätte gerne gewußt, was ihr gefehlt hat,
aber ich weiß schon, wenn man mal ein gewisses Alter erreicht hat, dann zwickt es hier
und da und man merkt, daß man nicht ewig lebt. Aber das blüht uns ja allen einmal und
das ist halt der Lauf der Welt. Nehmen Sie's nicht so tragisch.

Auf alle Fälle freue ich mich, daß Sie sich über Ihren Katalog Gedanken machen, auch
wenn wir nicht der gleichen Meinung sind, und freue mich, daß Sie das weitergeben an
Ihre Fachabteilung, die werden das dann schon richtig machen, die haben das ja gelernt,
nehme ich an. Sie können auch ganz beruhigt sein, wir bleiben schon Ihre Kunden, weil
Sie ja eine gute Firma sind, sonst gäbe es Sie nicht schon so lang. Ich hoffe aber, daß Sie
jetzt, nachdem Ihre Chefin nicht mehr mitarbeiten kann und die Befehle gibt, alles noch
so gut klappt wie vorher, weil meistens kommt nichts besseres nach, sagt ein Sprichwort.

Ich wünsche Ihnen alles Gute und seien Sie mir nicht böse, daß ich Ihnen mal meine
Meinung gesagt habe, ich habe das ja auch garnicht so böse gemeint!

Hochachtungsvoll verbleibend

Jürgen Sprenzinger

Jürgen Sprenzinger
Friedenstraße 7a
86179 Augsburg

Firma
Sprengel
Gesellschaft mit beschränkter Haftung
z. H. Herrn Sprengel
Rudolf-Diesel-Weg 10

30419 Hannover

29.Juli1994

Sehr geehrter Herr Sprengel!

Als ich erfahren habe, daß da so ein Komet auf den Jupiter einschlägt, war ich natürlich
sehr verängstigt, weil man ja nie genau weiß, was dann passiert. Da ich sehr gerne Ihre
Torinos esse, habe ich mich, da die Zeugen Jehovas mit Weltuntergang gedroht haben,
noch einmal mit einem kleinen Vorrat eingedeckt. Und die Sache ist jetzt so:

Zuerst habe ich garnichts gemerkt. Ich saß beim Fernsehen, neben mir eine Packung Torinos, im Fernseher lief gerade die Wetterkarte der Tagesschau, als meine Frau zu mir
sagt: du sag mal, wieso ißt Du mir alle Mandeln in dunkler Schokolade weg? Ich habe
zuerst garnicht reagiert , weil ich das für Pipifatz gehalten habe. Ich hab ihr dann gesagt,
daß ich überhaupt keine Mandeln in dunkler Schokolade gegessen habe und sie solle
mich in Ruhe fernsehen lassen. Nein, sagt sie, du hast alle Mandeln in dunkler Schokolade gegessen. Das ging eine Zeitlang so hin und her und wir haben dann gestritten und
wir kamen uns ganz arg in die Wolle, weil sie mir dazu noch einige Sachen von früher
auch noch vorgeworfen hat. Aber das ist nicht Ihr Problem, und deswegen schreibe ich
Ihnen auch garnicht. Mit meiner Frau werde ich schon noch fertig.

Am nächsten Tag hat meine Frau dann eine neue Packung Torinos geöffnet. Ich war
gücklicherweise nicht da, weil ich Nachtschicht hatte. Ich bin Dreher von Beruf und
habe es bereits zum Vorarbeiter gebracht. Als ich am Morgen heimkam, war meine Frau
ganz komisch zu mir und ich hab sie gefragt, was sie hätte. Sie hat nicht mit mir geredet
und mir nur die Packung Torinos hingelegt. Zuerst hab ich natürlich dumm geschaut,
das können Sie sich ja vorstellen, aber dann hab ich festgestellt, daß wieder keine Mandeln in dunkler Schokolade drin waren. Sie war natürlich der Überzeugung, daß ich sie
gemopst hätte. Ich konnte sie dann nach einem längeren ernsten Gespräch
unter Aufwendung meiner ganzen Argumentationskunst davon überzeugen, daß die
Packung doch orginalverpackt gewesen ist und ich ja garnicht da war, weil ich nämlich
Nachtschicht gehabt habe.

Und ich hab zu meiner Frau gesagt: hör mal, vielleicht haben die von der Fabrik gar keine Mandeln da reingetan? Wir haben dann eine andere Packung geöffnet und dann noch eine und siehe da, es waren kaum Mandeln in dunkler Schokolade drin.

Ich bin dann am anderen Tag zur Firma Lidl, weil ich wieder Nachtschicht hatte, da hab ich untertags dann ja Zeit, und habe mich bei der Kassiererin beschwert. Die Frau war sehr freundlich, aber sie hat mir gesagt, sie könne da auch nichts dafür, weil sie die Mandeln weder hinein noch hinaustut. Wenn mir was nicht passe, könne ich mich ja bei Ihnen beschweren. Aber sie war wirklich sehr freundlich. Sie ist übrigens ein hübsches blondes Ding, wenn ich nicht verheiratet wäre, mein lieber Schwan!

Da ich weiß, daß Sie eine gute Firma sind will ich mich aber garnicht beschweren. Sie sind ja auch eine Firma mit beschränkter Haftung und man kann Sie eigentlich nur beschränkt haftbar machen. Aber das will ich aber auch nicht. Ich will Ihnen nur sagen, daß da irgendwas nicht stimmt, vielleicht können Sie in Zukunft besser aufpassen. Ich bin schon jahrzentelang Ihr Kunde, früher habe ich immer Ihre Oraschen und Zitronenstäbchen gegessen, aber seitdem ich Probleme mit dem Zucker habe, mußte ich das aufgeben. Aber Sie haben so gute Sachen, ganz kann ich das nicht lassen, obwohl ich auch schwer mit meiner Karies zu kämpfen habe, irgendwann meint der Zahnarzt, werde ich ein Gebiß brauchen, aber mein Freund hat auch eins und der hat gesagt, er beist damit besser wie mit seinen alten Zähnen und er kann alles essen und hat auch kein Zahnweh mehr.

Ich hätte Ihnen lieber mit Hand geschrieben, aber meine Frau sagt immer, ich hätte eine Schrift wie eine Sau und da ich seit März ein stolzer Computerbesitzer bin, hab ich das jetzt mal mit Computer probiert, aber das dauert viel länger, aber das ist dann schon toll, wenn das so sauber auf dem Drucker rauskommt.

Ich hoffe, Ihnen hiermit gedient zu haben und verbleibe mit freundlichen Grüßen

Jürgen Sprenzinger

SPRENGEL GMBH & CO · POSTFACH 5649 · 30056 Hannover

B. SPRENGEL GMBH & CO.
Rudolf-Diesel-Weg 10-12
30419 Hannover (Vinnhorst)
Telefon: (Vorwahl) 05 11
Sammel-Nr. 67 94-0

Telefax: 67 94 118
Telegramme: Schokolade Hannover
Banken: Dresdner Bank AG
Köln 98 33 225
(BLZ 370 800 40)

Herrn
Jürgen Sprenzinger
Friedenstr. 7 a

86179 Augsburg

re Zeichen	Ihre Nachricht vom	Unsere Zeichen	Abteilung	Durchwahl	30419 Hannover
		Kat			26.9.1994

Sehr geehrter Herr Sprenzinger,

vielen Dank für Ihren ausführlichen und sehr anschaulichen
Brief. Daß unser Brief leider durch Urlaub/Krankheit sehr
verspätet eintrifft, bitten wir zu entschuldigen.

Zum Problem Torinos:

Lt. unserer Rezeptur sollten 10 % Mandeln in Zartbitter-
schokolade im Beutel "versteckt" sein. Das Einwiegen einer
Mischung ist sehr schwierig, und es kommt trotz modernster
Wiegetechnik leider immer wieder zu Schwankungen in der
Rezeptur.

Da Sie mehrere Packungen von einer Produktionscharge erwischt
haben, kann in mehreren Packungen der Mandelanteil verringert
sein.

Wir hoffen, daß Ihre Frau in der Zwischenzeit eingesehen hat,
daß Sie vollkommen schuldlos in dieser Angelegenheit sind.

Wir danken Ihnen, daß Sie uns in Kenntnis gesetzt haben von
dem Vorfall und werden verstärkt die Einhaltung der Rezeptur
kontrollieren.

Mit freundlichen Grüßen

B. SPRENGEL GMBH & CO

i.A. Kaperlied

Kommanditgesellschaft, Sitz Hannover, Registergericht Hannover HRA 14416, persönlich haftende Gesellschafterin Sprengel Verwaltungs GmbH,
Sitz Hannover, Registergericht Hannover HRB 7186, Geschäftsführer ▆▆▆▆▆▆ Günter Klopp, Dettmar Bruns (Stellvertr.)

Jürgen Sprenzinger
Friedenstraße 7a
86179 Augsburg

Firma
Maggi GmbH

78221 Singen (Hohentwiel)

02.August 1994

Sehr geehrter Herr Maggi,

seit meiner Kindheit esse ich Maggi-Suppen und bin quasi mit Ihrer Firma großgewor-
den. Ich möchte Ihnen eigentlich nur einmal mitteilen, daß ich mit Ihnen sehr zufrieden
bin.Viele Leute kaufen vollkommen gedankenlos Maggi-Suppen und denken nicht daran, ihrem Spender auch mal Danke zu sagen für die Mühe und die Anstrengung, die hinter allen diesen Produkten steckt. Sicher müssen Sie dafür auch Geld verlangen und umsonst ist der Tod, aber Sie sind trotzdem zur Konkurenz gesehen immer noch sehr günstig.

Ich muß hart arbeiten für mein Geld, und bin am Abend oft erschöpft, aber wenn mir
meine Frau eine Klare Kräuterklößchen-Suppe macht, dann macht mich das sofort wieder fit, es ist wie Balsam für Leib und Seele, ja Sie werden es nicht glauben, aber man
ist dann seelisch auch wieder viel besser drauf. Auch Ihre Maggi-Würze ist was feines.
Ab und zu gehen meine Frau und ich am Sonntag in eine Wirtschaft. Was man da oft als
Suppe kriegt, schmeckt wie Putzbrühe, aber wenn dann eine Maggi-Würze auf dem
Tisch steht, ist das egal.

Ich freue mich jedenfalls, daß es eine Firma wie Sie gibt, weil ohne Sie das Leben etwas
leerer wäre.
Sie machen ja auch sehr viel Werbung, was ich aber nicht für nötig halte, weil Ihre Suppen und Soßen für sich sprechen und was überzeugt mehr als das, was man in den Mund
nehmen kann und probieren. Nett finde ich nur die Werbung mit dem Knoten im Löffel,
wie Sie das machen, bin ich noch nicht dahintergekommen. Aber ich vermute, Sie haben da einen Trick. Ich wollte das auch mal probieren und habe dabei 4 Löffel total ver-
bogen, aber einen so sauberen Knoten wie Sie habe ich nicht reingekriegt. Sie hätten
meine Frau hören sollen, wie die geschimpft hat. Aber das ist vermutlich ein Firmenge-
heimnis von Ihnen. Ich habe schon versucht, in meinem Supermarkt solche Löffel zu
kaufen

und habe auch schon deswegen nachgefragt, aber die Verkäuferinnen schauen mich an, als hätte ich nicht alle Tassen im Schrank. Vielleicht können Sie mir mitteilen, wo man solche Löffel mit Knoten bekommen kann oder Sie verraten mir, wie Sie das machen. Möglicherweise haben Sie sogar welche, dann möchte ich hiermit einen bestellen.

Für Ihre Mühe und Ihr gutes Suppensortiment besten Dank

Hochachtungsvoll

Jürgen Sprenzinger

Maggi GmbH

Maggi GmbH · 60523 Frankfurt am Main

Lyoner Straße 23 „Nestlé-Haus"
Frankfurt am Main-Niederrad

Telefon: (0 69) 66 71-1

Bank : Dresdner Bank AG, Frankfurt
BLZ 500 800 00, Kto. 0510075600

Herrn
Jürgen Sprenzinger
Friedenstraße 7 a

86179   A u g s b u r g

Ihre Zeichen/Nachricht vom	Unser Zeichen	Durchwahl (0 69) 66 71- Telefon Telefax	Datum
	Mi - MPA mr / bi		*12. August 1994*

Sehr geehrter MAGGI - Freund,

wir danken Ihnen für Ihr Schreiben, mit dem Sie uns über Ihre guten Erfahrungen mit Maggi Produkten berichten. Natürlich wissen wir aufgrund von Verbraucherbefragungen und nicht zuletzt auch durch unsere Umsatzentwicklung, daß die Konsumenten mit unseren Produkten zufrieden sind.
Die Art und Weise, wie wir jetzt von Ihnen - einem Verbraucher direkt - eine Anerkennung erfahren, freut uns ganz besonders.

Bezüglich unseres Knotens im Löffel, vermuten Sie ganz richtig, können wir natürlich keine Firmengeheimnisse ausplaudern.
Bei Ihrem nächsten Versuch schlagen wir Ihnen absolute Konzentration vor, Sie müssen selbst ganz fest daran glauben, daß es funktionieren wird, dann - da sind wir ziemlich sicher - wird auch Sie der Geist von Uri Geller nicht im Stich lassen.

Für Ihr Schreiben bedanken wir uns sehr herzlich mit einer Auswahl unserer Erzeugnisse, die Sie mit separater Post erhalten. Vielleicht ist ein Produkt dabei, das Sie noch nicht kennen. Wir wünschen Ihnen schon jetzt beim Ausprobieren guten Appetit.

Mit freundlichen Grüßen
Maggi GmbH
Produkte- und Produktionsplanung

W. Fest   *W. Marsch*

Geschäftsführung: Hans-G. Güldenberg (Vorsitzender), Gustav Höbart, Rolf Idecke, Dr. Uwe Möller, Siegfried Müller, Dr. Ferdinand Voitl
Sitz: Singen (Htwl.) · Registergericht: Amtsgericht Singen (Htwl.), HRB 600

SPRENZ.DOC

Jürgen Sprenzinger
Friedenstraße 7a
86179 Augsburg

Firma
Procter + Gamble
Gesellschaft mit beschränkter Haftung
Postfach 2503

65818 Schwalbach/Ts.

29.08.1994

Sehr geehrte Damen und Herren,

ich bin Junggeselle. Das ist natürlich keine Sache, die Ihnen Sorgen machen muß, weil
ich will nämlich gar keine Frau, weil die alle immer nur das eine wollen und das ist mir
einfach zu blöd. Ich habe deshalb abends immer viel Zeit und gucke viel Fernsehen. Da
habe ich neulich Ihre Werbung gesehen mit dem Vizir ultra und dieser Zauberkugel, die
so aus drei Meter Entfernung die Flecken rauszieht, wissen Sie. Da war ich von den
Socken, das können Sie mir glauben! Weil ich keine Waschmaschine habe und meine
Wäsche immer zu meiner Mutter gebe, was ich natürlich auch nicht will, weil sie schon
76 ist und sie jammert mich immer an, daß ihr das waschen zwar nichts ausmacht, aber
das bügeln, wollte ich sie entlasten und habe mir so ein Vizir von Ihnen gekauft, mit so
einer Kugel drauf.

Ich habe die Kugel dann mit dem Vizir aufgefüllt und meine Wäsche im Keller auf einen Haufen getan und habe mich mit dieser Kugel ganz vorsichtig meiner Wäsche genä-
hert, bis ich ca. 3 Meter entfernt war, aber es ist nichts passiert, die Flecken waren immer noch drin. Ich bin dann etwas näher an meine Wäsche gegangen, sagen wir so 2 Meter 30, habe die Kugel vor mir gehalten wie das die Dame im Fernsehen immer so
macht, aber es ist wieder nix passiert. Verzweifelt habe ich dann aufgegeben, wahrscheinlich habe ich was falschgemacht.

Am anderen Tag abends hat mir das aber trotzdem keine Ruhe nicht gelassen, ich bin
wieder in den Keller, meine Wäsche ist noch genauso dagelegen wie am vorigen Abend
und habe die Kugel randvoll mit neuem Vizir aufgefüllt, weil ich mir gedacht hab, ich
hab vielleicht gestern zu wenig genommen. Wieder bin ich langsam auf meine Schmutz-
wäsche zugegangen, habe die Kugel wie die Dame im Fernseh in der rechten Hand mit
ausgestrecktem Arm vor mich gehalten, aber was soll ich Ihnen sagen - es ist nichts ge-
schehen. Die Wäsche bleibt schmutzig und jetzt hab ich sie wieder zu meiner Mutter getan. Ich habe aber im Fernseher gesehen, daß die Dame nicht im Keller ist, wenn sie das
tut, sondern irgendwo im Freien. Leider habe ich aber keinen Garten nicht und auch keinen Balkon, aber einen Park hätte ich in der Nähe. Ich würde meine Wäsche auch in den

Park mitnehmen. Es könnte ja sein, daß das nur im Freien funktioniert, jedenfalls mache ich da irgendwas verkert. Vielleicht können Sie mir mitteilen, woran das liegt, daß das bei mir nicht funktioniert, weil ich finde diese Erfindung von Ihnen nämlich schon sau-praktisch.

Ich hoffe, Ihnen hiermit gedient zu haben und verbleibe mit hochachtungsvollen Grüßen

Jürgen Sprenzinger

Procter & Gamble GmbH
Postfach 25 03 · 65818 Schwalbach am Taunus

Herrn
Jürgen Sprenzinger
Friedenstr. 7 a

86179 Augsburg

31. August 1994

Sehr geehrter Herr Sprenzinger,

vielen Dank für Ihr Schreiben vom 29. August 1994, dem wir mit Bedauern entnehmen, daß
Sie mit unserem Produkt Vizir nicht so ganz zufrieden sind.

Wir haben versucht, einen Mann zu finden, der Ihnen antwortet. Leider, leider, war kein
Mann bereit, Ihren Brief zu beantworten. Bitte seien Sie nicht traurig, daß eine Frau Ihnen
antwortet. Vorab eine Frage? Was meinen Sie mit "Frauen wollen immer nur das eine ...?"
Geld, Putzen, Verreisen?

Schade, daß die Zauberkugel bei Ihnen nicht hilft. Es liegt aber vermutlich daran, daß das
Ökosäckchen von Vizir keine Zauberkugel ist. Probieren Sie es einmal anders. Waschpulver
in das Ökosäckchen geben, Ökosäckchen auf die Wäsche in die Waschmaschinentrommel
legen, Waschmaschine einschalten. Nicht vergessen, Wasserhahn aufdrehen!

Sie werden sehen, die Wäsche wird nach dem Waschgang sauber sein. Ein Wunder der
Technik.

Sehr geehrter Herr Sprenzinger, nichts für ungut. Es macht auch uns Spaß, Briefe die etwas
"anders" sind, zu beantworten.

Mit freundlichen Grüßen

Martha-Leni Stens
Verbraucher-Beraterin

Telefon: (0 6196) 89 - 01 · Telefax Zentrale: (0 6196) 89 - 49 29 · Telex Zentrale: (4) 075 200 pgfz d
Hausanschrift: Sulzbacher Straße 40 - 50 · 65824 Schwalbach am Taunus
nkverbindungen: Postgiroamt Ffm. (BLZ 500 100 60) 34 663 - 600 · BHF-Bank Ffm. (BLZ 500 202 00) 24 737 · Commerzbank AG Mainz (BLZ 550 400 22) 2 173 524
Aufsichtsratsvorsitzender: Harald Einsmann
Geschäftsführer: Brian J. Buchan, Bruce L. Byrnes, Helmut G. Fischer, Hans-Joachim Honigfort, Dieter H. Radermacher, Klaus Sennefelder, Gerhard H. Werner
Sitz: Schwalbach am Taunus · Amtsgericht: Königstein im Taunus HR B 11 68

Jürgen Sprenzinger
Friedenstraße 7a
86179 Augsburg

Firma
Procter + Gamble GmbH
z.H. Frau Stens
Postfach 2503

65818 Schwalbach/Ts.

2.09.1994

Sehr verehrte Frau Stens,

vielen Dank für Ihren netten Brief, ich war deswegen überhaupt gar nicht traurig, sondern ich hab mich sehr gefreut, weil ich selten Post von Frauen bekomme und ich mit
Frauen eigentlich nichts am Hut hab, obwohl ich kein Schwuler bin. Und toll finde ich,
daß Sie gleich so schnell geantwortet haben. Weil Sie so liebensgewürdig geschrieben
haben, beantworte ich Ihnen Ihre Frage, was ich meine, wenn ich sage, daß die Frauen
immer nur das eine ...? wollen, obwohl ich Ihnen damit einen Einblick in meine In-
timsphere gebe.

Also:
Ich werde jetzt 45. Ich habe übrigens jetzt dann am 13. September Geburtstag. Trotzdem, daß ich schon so alt bin, sehe ich immer noch blendend aus, so wie ungefähr 30.
Meine Mutter sagt immer, ich sei Ihr schönster Sohn, obwohl sie nicht weiß, woher das
kommt, mein Vater war nämlich ein greußlicher Mensch. Meine Schwester sagt auch,
daß ich gut aussehe, ich selber kann da nicht mitreden, weil ich mich selten anschaue.
Ich habe bisher 4 Freundinen gehabt, die letzte 1990 und immer war es dasselbe: zuerst
wollten sie, ich weiß nicht, wie ich Ihnen das sagen soll, also ich bin einfach ein keu-
scher Mensch, weil ich nämlich auch katolisch bin. Und Sie haben das ganz richtig geschrieben, dann wollten Sie mein Geld, und dann bei mir wohnen und putzen und wenn
ich mich nicht gewehrt hätte, dann hätten sie mich auch verrissen. Ein 5. Mal passiert
mir sowas nicht und ich hab die Schnauze voll. Astala vista, Babys. Also jetzt wissen
Sie Bescheid, aber bitte reden Sie mit niemanden darüber, ok.

Aber ich bin trotzdem blöd, weil mir ist da nämlich ein Hund passiert. Das mit dem Vizir, das habe ich verwechselt, es war ja gar kein Vizir, sondern das Ultra-Ariel! Bitte entschuldigen Sie das, meine Mutter hat das Vizir und das Mittel mit dieser Fleckenkraft
war ja das Ultraariel. Ich hab mich schon gewundert, weil Sie immer von einem
Ökosäckchen schreiben, das man in die Trommel legen muß. Das hat mich verwirrt.
Aber zwischenzeitlich bin ich schlauer. Ich hab die ganze Geschichte meinem Vorarbeiter erzählt und der hat gesagt, ich sei ein Depp, weil man zu diesem Mittel eine Waschmaschine bräuchte. Ich hab dann zu ihm gesagt, er sei ein Rindvieh, weil ich mir doch

nicht noch zu einem Mittel, das die Flecken so toll rauszieht, eine Waschmaschine kaufe, dann bräuchte man so ein Mittel ja gar nicht erfinden, das die Flecken von alleine rauszieht, dann gebe ich das ja gleich meiner Mutter und krieg die ganze Wäsche gebügelt wieder. Außerdem habe ich ihm gesagt, daß die Dame im Fernsehen das ja auch ohne Waschmaschine macht, und er hat dann gemeint, die im Fernsehen lügen doch wie gedruckt. Wir haben uns richtig in die Wolle gekriegt, aber ich mußte ihm Recht lassen, er ist schließlich mein Vorarbeiter und schikaniert mich dann bloß wieder.
Jedenfalls finde ich, daß diese Werbung nicht gut ist, weil da einem was vorgemacht wird, was garnicht stimmt und lügen darf man nur in Notfällen, sagt der Herr Pfarrer, und da auch nur, wenns garnicht mehr anders geht.

Aber jetzt hätte ich noch eine Frage. Ich habe da neulich im Fernsehen diese Werbung gesehen von diesen zwei verfeindeten Dörfern, die immer so große, große Pfannen abspülen. Weil das eine Dorf so raffiniert ist und Fairy Ultra plus dazu nimmt, sind die schneller fertig als die anderen, die kein Fairy Ultra plus nehmen. Das bringt natürlich immer wieder neuen Zoff, ist doch klar. Aber das ist nicht mein Problem - Gott sei dank. Die werden schon wieder klar kommen miteinander. Jetzt wollte ich Sie fragen, ob man dieses Fairy ultra plus auch für kleine Pfannen nehmen kann, weil so große Pfannen habe ich natürlich nicht. Da Sie schreiben, daß es Ihnen Spaß macht, einen »anderen« Brief zu beantworten, habe ich Ihnen noch einen anderen geschrieben, damit Sie wieder einen Spaß haben, weil das kostet ja nichts.

Ich entbiete Ihnen einen herzlichen Gruß

Hochachtungvoll Ihr

Jürgen Frenzinger

Procter & Gamble GmbH
Postfach 25 03 · 65818 Schwalbach am Taunus

Herrn
Jürgen Sprenzinger
Friedenstr. 7 a

86179 Augsburg

9. September 1994

Sehr geehrter Herr Sprenzinger,

vielen Dank für Ihre Antwort vom 2. September 1994. Zuerst einmal, ich erzähle nichts weiter. Gelesen haben Ihren Brief nur die Mitarbeiter der Poststelle und der Verbraucher-Beratung. Wir versprechen Ihnen alle, wir behalten Ihr "Outing" für uns.

Sagen Sie Ihrem Vorarbeiter einen schönen Gruß von mir: "Ein Depp" sind Sie wirklich nicht. Im Gegenteil, ich habe selten einen so gut geschriebenen Brief erhalten.

Sie haben sich übrigens nicht geirrt. In der Vizir-Werbung zieht das "Ökosäckchen" oder "Dosierball" den Schmutz an wie ein Magnet. Eine gute Idee ist, Ihre Mutter die Wäsche waschen zu lassen. Habe ich früher auch gemacht.

So, zum Schluß beantworte ich gerne noch Ihre Frage. Sie können Fairy Ultra Plus auch für eine kleinere Pfanne nehmen. Dann bitte etwas weniger dosieren. Damit Sie es einmal ausprobieren können, senden wir Ihnen mit getrennter Post eine Flasche Fairy Ultra Plus zu. Der Wettstreit zwischen Villa Riba und Villa Bacho ist inzwischen beendet. Beide Dörfer feiern und spülen jetzt zusammen.

Mit freundlichen Grüßen

Martha-Leni Stens
Verbraucher-Beratung

PS: Herzlichen Glückwunsch zum Geburtstag von allen Mitarbeitern der Verbraucher-Beratung. Anbei ein kleines Geburtstagsgeschenk.

Telefon: (0 6196) 89 - 01 · Telefax Zentrale: (0 6196) 89 - 49 29 · Telex Zentrale: (4) 075 200 pgfz d
Hausanschrift: Sulzbacher Straße 40 - 50 · 65824 Schwalbach am Taunus
Bankverbindungen: Postgiroamt Ffm. (BLZ 500 100 60) 34 663 - 600 · BHF-Bank Ffm. (BLZ 500 202 00) 24 737 · Commerzbank AG Mainz (BLZ 550 400 22) 2 17 5
Aufsichtsratsvorsitzender: Harald Einsmann
Geschäftsführer: Brian J. Buchan, Bruce L. Byrnes, Helmut G. Fischer, Hans-Joachim Honigfort, Dieter H. Radermacher, Klaus Sennefelder, Gerhard H. Werr
Sitz: Schwalbach am Taunus · Amtsgericht: Königstein im Taunus HR B 11 68

Jürgen Sprenzinger
Friedenstraße 7a
86179 Augsburg

Hoffmann's Stärkefabrik AG
z.H. Herrn Hoffmann

32108 Bad Salzuflen

Augsburg, 16. August 1994

Sehr geehrter Herr Hoffmann,

Leider ist es auch bei mir soweit: ich bin Gebißträger! Und damit beginnt mein Problem. Dieses Gebiß ist zwar sehr schön gemacht und paßt auch gut, so gut, daß ich es nur mit aller Kraft herausbringe. Ich bin ein alter Junggeselle und habe natürlich einige Damenbekanntschaften. Mein Zahnarzt hat mir gesagt, daß das aber keine der Damen merken würde und beim Küssen klaut mir's auch keine. Er hat zwar sein Versprechen gehalten, aber um welchen Preis!

Nachdem ich dieses Gebiß nicht mehr entfernen kann, habe ich es immer mit der Zahnbürste gereinigt, aber unter die Gaumenplatte komme ich natürlich nicht mit der Zahnbürste und seitdem habe ich einen fauligen Geruch im Mund. Meinem Nachbar, der auch Gebißträger ist, habe ich mein Problem erzählt und der hat mir die Blauen von Kukident empfohlen und hat mir gleich ein paar aus seiner Packung mitgegeben. Er ist sehr freundlich, mein Nachbar, wir wohnen auch schon sechs Jahre Tür an Tür und hatten noch nie auch nur den kleinsten Streit. Aber das ist nicht mein Problem. Sondern Probleme habe ich mit Ihren Tabletten, denn erstens sind sie zu groß, zweitens schäumen sie im Mund unwahrscheinlich stark, der Geschmack ist aber sehr erfrischend, wiegesagt, nur schäumen tun sie arg. Ich lasse den Schaum immer ca. eine Stunde im Mund wirken und spuck ihn dann aus, aber das Wahre ist das nicht, meine ich. Also da sollten Sie sich schon was anderes einfallen lassen, oder vielleicht haben Sie ein anderes Produkt, das etwas praktischer ist. Vielleicht können Sie mir was empfehlen.

Ich hoffe, Ihnen hiermit gedient zu haben und verbleibe

mit freundlichen Grüssen

Jürgen Sprenzinger

Nachtrag

Da mir die Firma Hoffmann nichts empfehlen konnte und mich mit meinem Problem verfaulen ließ, war ich zwischenzeitlich noch mal beim Zahnarzt …

Jürgen Sprenzinger
Friedenstraße 7a
86179 Augsburg

Bundesminister für Finanzen
Herrn Doktor Theodor Waigel
Graurheindorfer Str. 108

53117 Bonn

16.09.1994

Sehr geehrter Herr Doktor Waigel,

entschuldigen Sie, daß ich Ihnen schreibe, weil ich nämlich nur ein einfacher Bürger bin und Sie doch Minister, aber ich habe Sie das letztemal deshalb gewählt, weil ich Ihnen vertraut hab.

Jetzt hab ich ein Problem, vielleicht können Sie mir einen Tip geben. Ich habe mir 11845.- Mark gespart. Dafür habe ich ganz schön gebuckelt, das können Sie mir glauben. Ich habe bei ein paar Banken nachgefragt, wie ich das Geld anlegen soll, aber die zahlen mir bloß ganz wenig Zinsen und 2 oder 3 Prozent sind mir einfach zu wenig. Überhaupts hab ich den Eindruck, daß das alles Schlitzohren sind, die nur auf Ihren eigenen Vorteil gucken und die Leute ausnehmen wie eine Weihnachtsgans. Das finde ich ist eine Sauerei.

Jetzt hätte ich eine Frage an Sie, lieber Herr Finanzminister, weil Sie doch ständig mit wahnsinnig viel Geld umgehen und Erfahrung damit haben. Wie kann man das Geld so anlegen, daß es mehr Zinsen bringt als 2 bis 3 Prozent? Ich meine, ich will ja nicht gierig sein oder irgendjemand schädigen, ich bin auch nicht vorbestraft und war mein ganzes Leben lang ehrlich, aber ich will halt, daß ich auch was kriege für meine Kohle. Den Bankfritzen, diesen Hautabziehern, traue ich hinten und vorne nicht. Und auf der anderen Seite will ich das Geld auch nicht immer unter der Matratze aufheben, weil ich gehört habe, daß Geld horten verboten ist. Außerdem wird es da schmutzig. Und dann muß man es wieder saubermachen. Geldwaschen ist aber auch verboten. Drum will ich es ja auch wieder in Umlauf bringen.

Wenn Sie mir einen guten Tip geben könnten, wäre ich Ihnen sehr dankbar. Ich unterstütze Sie ja auch im Wahlkampf und gebe Ihnen meine Stimme und meine Frau gibt Ihnen ihre Stimme auch.

Hochachtungsvoll mit freundlichen Grüßen, bleibens gsund und hoffentlich gewinnen wir die Wahl.

Jürgen Sprenzinger

Ich hätte Ihnen so einen persönlichen Brief gern mit Hand geschrieben, aber ich habe eine grausame Klaue und drum hat es mein Neffe auf seinem Computer ausgedruckt, weil das dann besser aussieht.

Bundesministerium der Finanzen

53003 Bonn, 26. September 1994
Postfach 1308
Telefon: (0228) 6 82 - 16 88
oder über Vermittlung 6 82 - 0
Telefax: (0228) 6 82 - 4420
Teletex: 228 50701 = BMF
Telex: 886 645

VII B 1 - W 5039 - 188/94
(Geschäftszeichen bei Antwort bitte angeben)

Herrn
Jürgen Sprenzinger
Friedenstraße 7 a

86179 Augsburg

Sehr geehrter Herr Sprenzinger,

Bundesminister Dr. Waigel dankt für Ihre Anfrage vom
16. September 1994. Er hat mich gebeten, Ihnen zu antworten.

Zu meinem Bedauern kann ich Ihnen nicht behilflich sein, da ich
nicht befugt bin, Empfehlungen zur Geldanlage zu geben. Ich rege
an, sich an ein Kreditinstitut Ihrer Wahl zu wenden.

Mit freundlichen Grüßen

Im Auftrag

Peter Döllekes

Hauptgebäude (Lieferanschrift): 53117 Bonn, Graurheindorfer Str. 108   Weitere Dienstgebäude: Bonn, Husarenstr. 32 und Ellerstr. 56
Bonn - Bad Godesberg, Martin-Luther-King-Str. 8 und Steubenring 11
Außenstelle Berlin, Leipziger Str. 5 - 7

Jürgen Sprenzinger
Friedenstraße 7a
86179 Augsburg

Firma
Müller-Milch
Großmolkerei

86850 Aretsried

22.09.1994

Sehr geehrter Herr Müller,

ich bin unwahrscheinlich gesund, hat mir mein Doktor gesagt. Sämtliche Urin- und Blut-
proben waren bei mir ohne Befund. Das hat mich natürlich sehr gefreut, weil die Gesundheit ja das höchste Gut ist. Wahrscheinlich bin ich deswegen so gesund, weil ich
viel Milchprodukte esse, darunter auch die Ihrigen. Ihr Milchreis ist ja wirklich nicht
schlecht und auch das übrige Zeugs ist ganz gut, nicht so ein Papp, wie man ihn manchmal kaufen kann.

Aber das ist nicht das Problem. Das Problem ist ein anderes. Sehen Sie, ich schaue viel
Fernseh an und sehe auch manchmal Ihre Werbung. Und da habe ich ein paar Fragen an
Sie. Sie sagen da immer: »alles Müller, oder was?«. Dabei rennt immer so ein komi-
sches Männchen um einen Joghurtbecher herum. Das verstehe ich nicht, was das heißen
soll. Ich heiße Sprenzinger. Aber ich sage ja auch nicht »Alles Sprenzinger oder was?«,
weil da glaubt man ja, ich bin doof. Aber ich bin nicht doof, das hat mir der letzte Intelli-
gens-Test beim Arbeitsamt bewießen. Ich habe sogar einen IQ von 98 und das ist ja
schon ein ganzer Haufen. Wenn Sie mir mitteilen täten, was das bedeuten soll, wäre ich
sehr froh, weil vielleicht ist das ein Spruch nur für die Eingeweihten.

Desweiteren sagen Sie immer, Ihre Firma ist im Allgäu. Ich habe das zuerst auch geglaubt. Aber dann hat mir ein Spezi, der Allgäuer ist, gesagt, daß Sie garnicht im Allgäu
sind, weil Aretsried garnicht im Allgäu liegt und auch noch nie gelegen hat. Eine geogra-
fische Ortsverschiebung hat die letzten paar tausend Jahre auch nicht stattgefunden, hat
der gesagt und er ist übrigens Lehrer, ein gebildeter Mann und muß das wissen, es sei
aber schon vorgekommen, daß sich Orte verschoben hätten, aber das war vor Millionen
Jahren, als die Erde noch nicht so fest war wie jetzt und die Dinosaurier durch ihr Rum-
getrampel die Erdteile verschoben haben. Aretsried liegt bestenfalls in den Stauden, hat
er weiterhin gesagt, weil die Grenze zum Allgäu beim Rasthof »Allgäuer Tor« anfangt
und entlang der Autobahn bei Grönenbach, da wo es den Berg hinaufgeht, langgeht.
Aber vielleicht habe ich das auch bloß falsch verstanden.

Es wär nett, wenn Sie mir mitteilen könnten, ob jetzt Aretsried wirklich im Allgäu liegt oder in die Stauden, weil ich bin ja ein Kunde von Ihnen und da will ich schon wissen, wo ich eigentlich einkaufe.

Ich hoffe, Ihnen hiermit gedient zu haben und verbleibe mit hochachtungsvollen Grüßen

Jürgen Frenzinger

MOLKEREI
ALOIS MÜLLER
GMBH & CO

Molkerei Alois Müller GmbH & Co. · Zollerstraße 7 · D-86850 Aretsried

Zollerstraße 7
D-86850 Aretsried
Telefon 08236 999-0
Telefax 08236 999-650

Herrn
Jürgen Sprenzinger
Friedenstr. 7a

86179 Augsburg   Aretsried, 27.9.94

Sehr geehrter Herr Sprenzinger,

Ihr besorgter Brief hat uns keine Ruhe gelassen und wir
haben uns gleich gedacht, dem Manne muß geholfen werden
und zwar mit vielen schönen, deutlichen Antworten auf viele
weltbewegende Fragen.

Es ist schon wirklich imponierend, auf was man alles
kommen kann, wenn die Urinproben so unwahrscheinlich gut
ausgefallen sind - hoffentlich bleibt es so!

Also, zuerst einmal freut es uns natürlich, daß Sie unsere
Produkte ganz annehmbar finden. Schönen Dank auch! Viele
Leute hier rackern sich Tag für Tag ordentlich ab, damit das
"Zeug" dann so richtig Klasse schmeckt.

Die beiden "Comics: "Der kleine Hunger" und das
"Tuba-Männchen" in der Fernseh-Werbung sind übrigens auch
der Meinung, daß die Joghurts und der Milchreis von Müller
unverwechselbar gut sind. Und damit das kein Zuseher
vergißt, enden die Spots mit "Alles Müller, ... oder was?"
und zwar immer und immer wieder..., Sie ahnen es sicher
schon, damit keiner auf die Idee kommt, das prima Zeugs sei
von einem anderen Hersteller. Also einfach nur merken! Nix
für ungut: Sprenzinger eignet sich halt nicht so gut für
diesen Slogan - aber Sie wollen ja schließlich auch keinen
Milchreis verkaufen.

Wie meinen Sie, würde es einem Ostfriesen gefallen, wenn
er lesen würde: Von den Müllers aus den Stauden. Schon
irgendwie komisch, oder?! Vor allem weil der Ostfriese
sicher keinen blassen Dunst hat, wo die Stauden sind. Aber
Otto Waalkes oder Hein von der Werft können sich vorstellen,
wo das Allgäu ungefähr liegt. Das war auch der Grund,
warum wir es den Leuten da oben ein bißchen leichter machen
wollten mit der Geographie. Vor sechs Jahren haben wir dann
unsere sämtlichen IQs zusammengeschmissen und uns gedacht:
Inzwischen wissen sicher alle, wo Aretsried liegt, und wir
brauchen's nicht mehr ausdrücklich zu erwähnen.

Kommanditgesellschaft: Sitz Aretsried, Registergericht Augsburg HRA 10968, Persönlich haftende Gesellschafterin: Molkerei Alois Müller GmbH, Sitz Aystetten,
Registergericht Augsburg HRB 7078, Geschäftsführer der Molkerei Alois Müller GmbH: Theo Müller, Gerhard Schützner.
Bankverbindung: Kreissparkasse Fischach, BLZ 720 501 01, Konto-Nr. 120 634 · Dresdner Bank Augsburg, BLZ 720 800 01, Konto-Nr. 110 349 000
Bayerische Vereinsbank Augsburg, BLZ 720 200 70, Konto-Nr. 2 251 132

MOLKEREI
ALOIS MÜLLER
GMBH & CO

Molkerei Alois Müller GmbH & Co. · Zollerstraße 7 · D-86850 Aretsried

Zollerstraße 7
D-86850 Aretsried
Telefon 08236 999-0
Telefax 08236 999-650

Mit dem Tor zum Allgäu ist es zwar immer noch so, daß der Wirt entschieden hat: Hier fängt das Allgäu an und alle die es gerne glauben wollen - auch Ihr Freund, der Lehrer, - sind bis heute der Meinung, daß sich ein Wirt nicht irren kann, oder!? Aber vielleicht hat ihn auch bloß der Geist eines Dino- oder Prontosauriers aus der Schnapsflasche inspiriert.

Wir hoffen, daß Sie jetzt Ihre beachtlichen geistigen Kapazitäten wieder für andere Dinge einsetzen können, in diesem Sinne: "Alles Müller, ... oder was?"!

Schönen Gruß aus Aretsried in den Stauden

MOLKEREI ALOIS MÜLLER
GMBH & CO.

ppa Hägele   i.A. Rosner

Kommanditgesellschaft: Sitz Aretsried, Registergericht Augsburg HRA 10968, Persönlich haftende Gesellschafterin: Molkerei Alois Müller GmbH, Sitz Aystetten,
Registergericht Augsburg HRB 7078, Geschäftsführer der Molkerei Alois Müller GmbH: Theo Müller, Gerhard Schützner
Bankverbindung: Kreissparkasse Fischach, BLZ 720 501 01, Konto-Nr. 120 634 · Dresdner Bank Augsburg, BLZ 720 800 01, Konto-Nr. 110 349 000
Bayerische Vereinsbank Augsburg, BLZ 720 200 70, Konto-Nr. 2 251 132

Jürgen Sprenzinger
Friedenstraße 7a
86179 Augsburg

Firma
Nissan Motor
Deutschland GmbH
Nissanstraße 1

41456 Neuss

16.08.1994

Sehr geehrte Damen und Herren,

ich fahre seit vier Jahren einen Nissan, zuerst einen 100NX, aber der war mir mit der
Zeit zu klein, weil ich auch einen großen Hund habe und der braucht viel Platz, das ab-
nehmbare Dach hat mir schon gefallen, aber der Hund ist mir da immer herausgesprun-
gen und konnte sich auf dem Rücksitz nicht so bewegen, weil es nämlich ein Jagdhund
ist. Ich habe mir dann einen Micra zugelegt, der ist zwar auch klein, aber der hat wenigstens eine große Klappe hinten, so daß der Hund leicht rein und raushüpfen kann, und
ich habe vorne auch recht viel Platz und meine Frau auch.

Ich schreibe Ihnen das, weil ich Ihnen einmal mitteilen wollte, daß Sie wirklich gute Autos haben und ich nie mehr ein anderes Auto fahre als Nissan. Eigentlich wollte ich das
aber garnicht Ihnen schreiben, sondern dem Herrn Nissan in Japan persönlich, denn er
baut ja die Autos. Leider habe ich nur die Anschrift von Ihnen in dieser Nissan-Zeitung,
die ich immer kostenlos zugeschickt bekomme, was mich wirklich freut, weil die Bilder
da drin wirklich toll sind. Dafür bedanke ich mich recht herzlich.

Ein Bekannter von mir aus meinem Stammlokal kann etwas japanisch, er hat versucht,
mir diese Sprache beizubringen, aber ich glaub', das lern ich nie, mir fehlt da absolut
der Durchblick und die Schreiberei von denen ist ja schlimmer als die Polizei erlaubt,
aber er hat mir in deutsch beigebracht, wie man mit den Nippon-Leuten reden muß. Deswegen lege ich Ihnen noch einen weiteren Brief bei mit der Bitte um Weiterleitung an
Herrn Nissan in Japan. Sie wissen ja bestimmt, wo er wohnt, nehme ich an und ich hoffe, daß er einen Dolmetscher hat, der ihm das übersetzten kann.

Für Ihre Mühe herzlichen Dank.

Hochachtungsvoll

Jürgen Sprenzinger

Jürgen Sprenzinger
Friedenstraße 7a
86179 Augsburg
Deutschland

Ehrenwerter Nissan-San!

Entschuldigt, ehrenwerter Nissan-San, daß ich nichtswürdiger Zwerg die Frechheit besitze, Euch mit diesem lächerlichen Stück Papier zu belästigen, nichtsdestotrotz entspricht es einem inneren Bedürfnis meinerseits, Euch unvergleichlichem Autobauer, Sonne der japanischen Autoindustrie, meinen unterwürfigsten Dank auszusprechen ob dieser wunderbaren fahrbaren Untersätze, die Ihr befähigt seid, mit größter Sorgfalt und Mühe herzustellen, auf daß ich mißgestaltetes Individium meinen unwürdigen Hintern hineinsetzen darf.

Niemehr werde ich in meines Lebens unnützigem Lauf ein anderes Auto fahren, vorausgesetzt selbstverständlich, Ihr habt die Güte, mir weitere Autos zukommen zu lassen, sofern Ihr nicht eine bessere Verwendung dafür habt. Ich weiß, daß es fast eine Beleidigung für Euch ist, wenn ich Euch im Gegenzug dafür nur ein paar schmutzige Geldscheine anbieten kann, die natürlich nicht den entferntesten Gegenwert für Eure unbezahlbare Ware darstellen, noch dazu, wo so ein völlig unwichtiger, unbedeutender Mann wie ich es wagt, diese kühne Bitte überhaupt zu äußern.

In Eurer unvergleichlichen Güte, achtbarer Nissan-San, habt Ihr mir bereits zwei Eurer wunderbaren Autos geliefert und mit jedem war ich mehr als zufrieden, mehr zufrieden, als ich nichtsnutziger Wurm es jemals erwarten durfte, unverdienterweise hat mich nie ein Gefährt aus Eurem hohen Hause im Stich gelassen, dafür nehmt meinen ehrfürchtigsten Dank.

Auch Eure Zweigstellen in diesem sich mit Euren Landesschönheiten nicht messen könnendem Deutschland sind wohl durchorganisiert und sehr sehr hilfsbereit, auch hier spürt man Eure leitende, führende Hand, die wohlwollend über allem schwebt, man fühlt geradezu Euer gütiges Argus-Auge, das jeden Mißstand, sofern es so etwas überhaupt geben sollte, sieht und schon im Keim erstickt.

So nehmt nocheinmal, hochmögender Nissan-San, meinen innigsten Dank entgegen, und verzeiht mir in Eurer großherzigen Güte, daß ich Euch mit meinem völlig unwichtigem Lob Euere Zeit gestohlen habe, die Ihr anderweitig wesentlich nutzvoller hättet verbringen können.

Also grüße ich nichtswürdiger Wicht Euch hohen Herrn des Hauses Nissan und wünsche Euch viele honig- und zuckergetränkte Frühlingsmorgen, mögen Euch alle Götter ewiglich und immer gewogen sein.

Tief verbeuge ich mich und verbleibe Euer untertänigster Wurm

Jürgen Sprenzinger

Nissan Motor Deutschland GmbH

Lieferanschrift:
Nissanstraße 1
41468 Neuss
Telefon: (0 21 31) 3 88–0
Telefax: (0 21 31) 3 78 80
Teletex: 2131 377

Nissan Motor Deutschland GmbH · 41456 Neuss

Herrn
Jürgen Sprenzinger
Friedenstraße 7a

86179 Augsburg

Ihr Zeichen your ref.	Ihre Nachricht vom date	Unser Zeichen our ref.	Tag date	Tel.–Durchwahl direct dial
		PR poe/dr	29.08.1994	02131-388255

Sehr geehrter Herr Sprenzinger,

vielen Dank für Ihr Schreiben vom 16. August.

Na, da haben Sie ja eine ganz schöne Verwirrung in unserem Hause ausgelöst. Denn bis heute - seien Sie uns bitte nicht böse - wissen wir nicht so recht, ob wir Ihren Brief als Scherz oder Ernst aufnehmen sollen. Nun, sei's drum, er hat uns jedenfalls jede Menge Spaß bereitet.

Einen Herrn Nissan gibt es in Japan leider nicht, Nissan ist eine Abkürzung für Nihon San- gyo, was soviel heißt wie Japanische Industrie. Zur Zeit leitet das Unternehmen Yoshifumi Tsuji als Präsident. Herr Tsuji wird, so befürchten wir, allerdings nicht die Zeit haben, sich Ihrem Schreiben zu widmen. Dafür gibt es schließlich uns als Importeur und sozusagen Stell- vertreter in Deutschland, den Sie direkt und ohne sprachliche Probleme ansprechen können.

So ist Ihr Schreiben sicherlich auch bei uns in besten Händen, denn wir freuen uns sehr, wenn unsere Kunden mit ihren Fahrzeugen zufrieden sind. Selbstverständlich berichten wir über diese Zufriedenheit auch an die Produktionsstätten und an die Konzernmutter nach Japan. Ihr Micra übrigens stammt gar nicht mehr aus Japan, er wird in Sunderland in Groß- britannien gebaut und ist von der EG als echtes europäisches Automobil anerkannt.

Wir hoffen, daß Sie uns nicht allzu gram sind, wenn wir Ihr Schreiben zunächst einmal nicht nach Japan weitergeleitet haben. Für Ihre Mühen bei der Formulierung des Schreibens an Herrn Nissan möchten wir Sie dennoch mit dem beiliegenden Präsent "entschädigen".

Mit freundlichen Grüßen

Nissan Motor Deutschland GmbH
- Öffentlichkeitsarbeit -
i.A.   i.A.

Ulrich Poestgens   Martina Dreßler

Banken: Geschäftsführer: Shoji Kato   Vorsitzender des   Amtsgericht
Deutsche Bank AG, Düsseldorf (BLZ 300 700 10) 3 466 240   Wolfgang Rentsch   Aufsichtsrates: Neuss
Bank of Tokyo, Düsseldorf (BLZ 300 107 00) 511-015 339   Koji Hijikata   Harald Wulff   HRB 2496
Fuji Bank, Düsseldorf (BLZ 300 105 00) 10 295

Jürgen Sprenzinger
Friedenstraße 7a
86179 Augsburg

Firma
Alete GmbH
Postfach

81662 München

16.09.1994

Sehr geehrter Herr Alete,

ich bin ein Alete-Baby. Das weiß ich ganz genau, weil wie mir meine Mutter gesagt hat, sie hat mich mit Alete aufgezogen. Ich habe zwar noch nicht diese tollen Gläschen bekommen, wie man sie heutzutage hat, die hat es damals noch nicht gegeben. Aber ich kann mich dunkel an diese roten Dosen mit Alete erinnern. Da war so ein Milchpulver drin. Hat glaub ich ganz gut geschmeckt, aber als Säugling hab ich das nicht so wichtig genommen, Hauptsache ich hab was zu saugen gehabt. Dank Ihnen habe ich mich zu einem großen starken stattlichen Mann herausgemausert. Und wie ich mal im Fernseh gehört hab, ist gerade die Ernährung in den ersten Lebensmonaten total entscheidend.

Ich habe jetzt im Radio gehört, daß Sie Ihren 60. Geburtstag feiern. Dazu möchte ich Ihnen herzlich gratulieren, weil nur eine gute Firma so alt wird, eine schlechte Firma, die nur so einen Papp herstellt, wird ja gar nicht so alt.

Mein Schwager ist auch ein Alete-Baby. Das hat uns seine Mutter gesagt. Und da hatten wir die Idee, daß wir einen Alete-Fen-Club gründen. Wir wissen noch nicht genau, wie wir diesen Club nennen sollen, ein Vorschlag von Ihnen wäre prima. Wir haben zuerst gedacht, wir nennen uns »Club der Alete-Babys«, aber nachdem wir ja schon alle erwachsen sind, ist das schon ein bißchen albern. Nun hätten wir eigentlich schon einen Namen, wir sind da noch nicht ganz klar, aber »Club der Aletiker e.V.« täte uns schon zusagen, das klingt irgendwie erwachsener. Wenn Sie uns einen besseren Vorschlag haben, dann wäre es sehr liebensgewürdig von Ihnen, uns diesen mitzuteilen, da es ja schließlich um Ihr Produkt geht.
In diesem Club wird jeder aufgenommen, der den Mitgliedsbeitrag von 9 Mark im Monat zahlen kann und beweisen kann, daß er in den ersten Lebensmonaten Alete-Kost eingenommen hat.
Jetzt habe ich ein paar Fragen an Sie:

1. Würden Sie vielleicht die Schirmherrschaft übernehmen?
2. Um keine falschen Mitglieder aufzunehmen, woran erkennt man Alete-Babys? Haben Sie da Erfahrung, weil wir brauchen ja einen Beweis, weil sonst könnte jeder kommen und behaupten, er sei ein Alete-Baby. Bei vielen Leuten lebt ja die Mutter nicht mehr, die das bestätigen kann.
3. Könnten Sie uns möglicherweise mit Plakaten und sonstigem Material unterstützen, weil Sie wissen ja, aller Anfang ist schwer.
Vielleicht können Sie was machen, das wäre fantastisch.

Abschließend möchte ich Ihnen noch mitteilen, daß Ihre Alete-Kost super ist. Ich habe vier Kinder, drei Mädchen und einen Buben. Eigentlich wollte ich garnicht soviel Kinder, aber es ist halt passiert, na, Sie wissen schon. Schuld war eigentlich meine Frau. Aber jetzt mag ich sie und es ist ja auch wurscht, sie sind halt mal da.

Aber was ich Ihnen erzählen wollte, ist daß sie alle traditionsgemäß mit Alete aufgezogen worden sind und es sind alle Prachtkinder. Ja, Sie werden lachen, auch ich hab immer ab und zu ein Gläschen mitgegessen und ich bin da ganz ehrlich, es hat mir geschmeckt. Besonders die Williams-Christ-Birne ess ich besonders gerne, weil die für mich wahnsinnig stuhlauflockernd ist. Nur hat meine Frau was dagegen gehabt, sie hat gemeint, ich alter Depp kann ja wirklich schon was anderes essen, weil ich doch schon Zähne habe.

Also viele Grüße und feiern Sie Ihren Geburtstag schön und wenn ich was von Ihnen hören täte, dann täte mich das freuen.

Jürgen Srenzinger

Postadresse:	81662 München
Geschäftsräume und Frachtadresse:	Prinzregentenstraße 155 81677 München
Telefon:	(089) 41 16-0 oder 41 16 + Durchw
Telefax:	(089) 41 16-5 55 oder 41 16 + Durch
Telex:	5 24 131 aamu d
Bank:	Deutsche Bank AG, Frankfurt BLZ 500 700 10, Kto. 7 955 008

Nestlé Alete GmbH · 81662 München

Herrn
Jürgen Sprenzinger
Friedenstraße 7 a

86179 Augsburg

Ihre Zeichen/Nachricht vom	Unser Zeichen	Durchwahl (0 89) 41 16- Telefon Telefax	Datum
	DG-PR/pz	504	24.11.1994

Sehr geehrter Herr Sprenzinger,

wir haben uns sehr über Ihren Brief gefreut. Vielen Dank für Ihre Glückwünsche zu unserem 60. Geburtstag. Wie schön, daß Sie, Ihr Schwager und Ihre Kinder so nette Alete-Babys waren und sind.

Einen "Club der Alete-Babys" zu gründen, ist sicherlich eine lustige Idee. Für die Umsetzung sehen wir allerdings einige Schwierigkeiten. Wie Sie selbst sagen, wodurch sollte die Beweisführung angetreten werden? Außerdem: Alete ist in Deutschland führender Anbieter bei Babykost, daher ist sicherlich jeder Zweite oder Dritte ein Alete-Baby. Solche Dimensionen würden wahrscheinlich die Idee Ihres Clubs sprengen.

Für Ihre lustige Idee und Ihre Geburtstagsgrüße möchten wir uns jedoch mit unserer aktuellen Alete-Telefonkarte herzlich bedanken. Über das Dschungelbuch freuen sich hoffentlich Ihre Kinder.

Mit freundlichen Grüßen

N E S T L E   A L E T E   G M B H
Presse und Öffentlichkeit

Dagmar Leuze

Anlage

DG 7/5.93 gedruckt auf chlorfrei gebleichtem Papier

Geschäftsführer: Hugo Betz (Vorsitzender), Gerhard Einsiedler, Harald Lutz, Roland Pässler, Ewald Zeitler · Registergericht: München HRB 44240 · Sitz München

Jürgen Sprenzinger
Friedenstraße 7a
86179 Augsburg

Firma
Beiersdorf AG
Rasierschaumabteilung
Postfach

20245 Hamburg

19.09.1994

Sehr geehrte Damen und Herren,

lange hab ich gebraucht, bis ich Ihre Adresse rausgekriegt hab, weil ich wollte zuerst an
die Firma Nivea schreiben, bis mir ein Spezi gesagt hat, daß Sie Nivea machen.

Ich bin ein Mann und muß mich deswegen jeden Tag rasieren, weil ich sonst aussehe
wie der letzte Zottl. Dazu benutze ich immer die Rasierklingen von Gilette zusammen
mit dem von Ihnen fabrizierten Rasierschaum »Nivea for Men«. Ich nehme Ihren Rasierschaum deswegen, weil es ein recht cremiger Rasierschaum ist und weil ich eine ganz
empfindliche Haut habe, die sich leicht abschabt, wenn ich nicht fürchterlich aufpasse.

Leider habe ich aber in letzter Zeit mit Ihrem Rasierschaum ein Problem. Ich versuche,
es einmal zu beschreiben, aber ich weiß nicht genau, ob ich das hinkrieg, daß Sie mich
verstehen, weil ich ja ein Bayer bin und Sie Hamburger. Aber probieren wirs mal miteinander:

Also ich gehe in der Früh ins Bad und will mich rasieren. Dann nehm ich die Dose mit
dem Rasierschaum und mach den Deckel runter und hebe die linke Hand in Brusthöhe,
weil ich mir da etwas Rasierschaum drauftun will, den ich mir dann wiederum ins Gesicht schmieren will. Und dabei habe ich das Problem, daß Ihre Dosen, wenn man nicht
verdammt aufpaßt, so voller Überdruck sind, daß einem der ganze Salat in die Augen
spritzt. Ich meine, die Dosen pfuzgern, einmal kommt garnichts raus, wenn man auf den
weißen Knopf drückt, dann geben die nur so ein unanständiges Geräusch von sich, ein
andermal kommt soviel, daß es für drei Rasuren reichen tät und man gar nicht weiß, wohin mit dem ganzen Schaum. Wenn mein Sohn schon älter wär, könnt ich ihn gleich
mitrasieren, so aber muß ich den vielen Schaum immer abwaschen, und das tut mir in
der Seele weh, weil ich ein sparsamer Mensch bin. Manchmal kommt mir das so vor, als
täten diese Dosen ein Eigenleben haben und gerade so, wie sie aufgelegt sind, den
Schaum ausspucken.

Verstehen Sie mich richtig, ich will mich nicht beschweren bei Ihnen, weil Ihr Rasierschaum ja wirklich erste Sahne ist, aber ich glaube, Sie haben da ein technisches Pro-

blem. Sie haben doch bestimmt eine Forschungsabteilung, wo man mit Computersymulation das in den Griff kriegen können muß. Und Sie dürfen ja nicht vergessen, die Dosen sind ja auch gefährlich, weil sie ja Überdruck haben und explodieren können wie eine Bombe. Aber ich will mich ja nur rasieren und keinen Krieg anfangen.

Jedenfalls ist mir das nicht nur mit einer Dose passiert, sondern jetzt mit den letzten 4 und ich war immer zufrieden damit, aber mir wird das einfach zu gefährlich. Wenn ich das dem Gewerbeaufsichtsamt erzähle, dann verpflichten die mich glatt zu einem Augenschutz. Aber das will ich auch nicht.

Also seien Sie mir bitte nicht bös, weil ich jetzt gemeckert hab, aber man darf ja nicht vergessen, daß andere Männer den Rasierschaum auch benutzen und ich wollte Ihnen nur vermeiden helfen, daß Sie einmal einen Schadenersatz zahlen müssen.

Ich hoffe, Ihnen hiermit gedient zu haben und verbleibe

mit freundlichen Grüßen

Jürgen Frenzinger

Nachtrag

Die Firma Beiersdorf hat mich total im Stich gelassen. Da ich mich nicht unnötig gefährden wollte, bin ich kurzerhand auf Gilette-Rasierschaum umgestiegen …

DIESER BURSCHE

VERSTECKT OSTEREIER.

UND DIREKTWERBUNG

VERÄRGERT DIE EMPFÄNGER.

DIE WAHRHEIT:

Der Weihnachtsmann macht Kindern Freude, weil er Heiligabend Geschenke bringt. Und Direktwerbung macht Unternehmen erfolgreich, weil sie beim Empfänger gut ankommt. So beachten von 100 privaten Empfängern 36 % regelmäßig und 56 % gelegentlich mit der Post erhaltene Werbesendungen.

Noch mehr Wahrheiten in ein paar Tagen.

Postdienst
Deutsche Bundespost

Firma
J. Sprenzinger
Friedenstr. 7 a

86179 Augsburg

Jürgen Sprenzinger
Friedenstraße 7a
86179 Augsburg

Deutsche Bundespost
Postdienst
Postfach 500949

22709 Hamburg

23.09.1994

Sehr geehrte Damen und Herren,

vor ein paar Tagen erhielt ich eine Karte von Ihnen mit einem Hamster vorne drauf mit
der Aufschrift »Dieses Tier frißt kleine Kinder«. Ich hab die Karte weggeschmissen,
weil das ein Quatsch ist. Ein Hamster frißt nämlich gar keine kleinen Kinder. Ich hab
auch einen gehabt, als ich klein war und der hat mich nie gefressen, nicht einmal ange-
knabbert. Der wollte nur Nüsse, Salat, ab und zu etwas Obst und sein Laufrad.

Das mit dem Hamster hab ich ja noch locker weggesteckt.

Jetzt hab ich nochmal eine Karte erhalten mit dem Weihnachtmann drauf und mit der
Aufschrift »Dieser Bursche versteckt die Ostereier«. Also da reg ich mich ja wirklich
auf. Ich erkläre ihnen auch genau, warum ich mich aufrege. Erstens versteckt der Osterhase die Eier und nicht der Weihnachtsmann. Mit dieser Aussage bringen Sie doch alle
Kinder durcheinander. In Ihrem Alter sollte man den Unterschied zwischen Weihnachtsmann und Osterhasen schon kennen, meine ich, insbesondere, da die zwei ja gut zu un-
terscheiden sind: der Osterhase hat lange Ohren und keinen Bart und der Weihnachtsmann hat kurze Ohren und Bart, und zudem sogar eine rote Mütze. Zweitens stellt der
Weihnachtsmann ja den heiligen Nikolaus dar und da finde ich es nicht richtig, wenn
man diesen heiligen Mann als »Burschen« bezeichnet, weil Bursche abwertend klingt
und das hat dieser Mann ja nun wirklich nicht verdient. Der heilige Nikolaus war zudem
ein Bischof und ein grundguter Mensch. Begehen Sie ja nicht den Fehler und schicken
dem Heiligen Vater in Rom auch so eine Karte. Der belegt Sie glatt mit dem Kirchen-
bann, exkommuniziert Sie und Sie brauchen sich dann nicht zu wundern, wenn Sie in
die Hölle kommen ob dieser Verunglimpfung.

Als ich die Karte dann umgedreht hab, hätte mich beinahe der Schlag getroffen! Sie
schreiben da, daß die Wahrheit sei, daß der Weihnachtsmann gar keine Ostereier versteckt, sondern lieb und nett ist und den Kindern am Heiligabend Geschenke bringt.
Und das soll die Wahrheit sein? Ich sage Ihnen: es ist gelogen! Was ist mit dem Christkind, hm?? Das Christkind kommt an Heiligabend, meine Damen und Herren, das
Christkind! Nicht der Weihnachtsmann. Der kommt am 6. Dezember und bringt den
Kindern was, das ist schon richtig. Er haut den Kindern aber auch eins über die Rübe,
wenn sie nicht brav waren – er und sein Knecht Ruprecht! Das ist die Wahrheit! Sie
aber stellen es so dar, als käme überhaupt kein Christkind nicht und statt dessen nur der

Weihnachtsmann und bezeichnen das als Wahrheit. Ich möchte nicht wissen, wieviel Millionen Kinder Sie mit dieser Karte verunsichert haben. Mit dieser schweren Schuld werden Sie aber zukünftig leben müssen! Sie verwechseln da nämlich einige grundlegende Dinge.

Meine Kinder haben diese Karte auch gesehen und seitdem habe ich keine Ruhe mehr. Ich werde nämlich jetzt immer gefragt, warum auf einmal der Nikolaus die Eier bringt und nicht mehr der Osterhase. Was macht dann jetzt der Osterhase? Solche Fragen kommen da auf mich zu und die beantworten sie mal! Das ist ein Kunststück, das sag ich Ihnen! Soll ich den Kindern erklären, daß die von der Post alles verwechseln? Dann verlieren die auch noch den Glauben an unsere Deutsche Bundespost! Wollen Sie das? Ist es das, was Sie wollen? Nicht genug damit, daß man uns unsere guten alten Postleitzahlen genommen hat und durch nichtssagende neue ersetzt hat, jetzt tät man uns auch noch einreden, daß der Weihnachtsmann die Eier versteckt! Man muß ja froh sein, daß auf dieser Karte nicht draufsteht, daß er sie auch noch legt und danach anmalt.

Ich bitte Sie abschließend inniglich, mich und meine Kinder mit solchen falschen Aussagen zu verschonen, Sie bringen damit meine ganze Familie und unsere kleine, heile Welt durcheinander. Ich wäre Ihnen nun sehr dankbar für eine Richtigstellung, damit für meine Kinder die Welt wieder in Ordnung ist. Sie müssen das nicht öffentlich machen, das erwarte ich gar nicht, ein kurzes Schreiben Ihrerseits, das ich meinen Kindern zeigen kann, würde mir genügen. Sie könnten schreiben, daß Sie nur Spaß gemacht haben oder so. Damit wären zwei Fliegen mit einer Klappe geschlagen, erstens würden meine Kinder wieder Ruhe geben und zweitens der Glaube an die Deutsche Bundespost wäre wieder hergestellt.

Mit freundlichen Grüßen

Jürgen Prenzinger

Jürgen Sprenzinger
Friedenstraße 7a
86179 Augsburg

Firma
Weru AG
Zumhofer Str. 25
z. H. Herrn Weru

73635 Rudersberg

20.09.1994

Sehr geehrter Herr Weru,

wie ich gehört habe, vertreiben Sie Fenster und Türen. Und weil ich ein Erfinder bin,
möchte ich Ihnen ein Angebot machen. Fairerweise biete ich das einer einheimischen
Firma zuerst an, bevor ich mich an den chinesischen oder japanischen Markt wende.

Der Grundgedanke war, daß es in unserer heutigen Zeit immer mehr Menschen gibt.
Mich hat zum Beispiel immer gestört, daß wenn ich in ein Kaufhaus gehe, die Leute in
der Tür stehen bleiben und nicht weitergehen, sodaß man nicht gescheit hinein oder hin-
aus kann.

Ich habe mir dann Gedanken gemacht, wie man dem abhelfen könnte. Das war vor 2
Jahren. Zwischenzeitlich ist mein Projekt so weit gediehen, daß man es vermarkten
könnte. Ich gebe Ihnen eine kurze Beschreibung meiner Erfindung:

Es handelt sich rein äußerlich um eine normale Drehtür mit vier Türen, die man auch bei
Bedarf einklappen kann. (Ruhestellung). Falls die Türen aber ausgeklappt sind, schalten
sich Sensoren ein, die jeden, der durch die Tür geht, erfassen. Geht jemand normal
durch die Tür, ich meine zügig, dann passiert überhaupt nichts. Bleibt aber jemand in
der Tür längere Zeit stehen, zum Beispiel, wenn sich zwei Hausfrauen treffen und in der
Türe ratschen wollen, dann schalten die Sensoren die Türe auf eine wesentlich schnellere Geschwindigkeit und drücken diese beiden Hausfrauen sanft entweder in das Raumin-
nere oder nach außen, je nach Position.

Die Schaltzeit der Sensoren ist frei einstellbar zwischen 10 Sekunden und 2 Minuten.
Auch die Drehgeschwindigkeit ist frei regelbar und kann eingestellt werden zwischen 2
Km/h und und 28 Km/h. Für schnellere Geschwindigkeiten habe ich an den Türkanten
Schlagpolster vorgesehen. Damit wird die Verletzungsgefahr auf ein Minimum reduziert. Selbstverständlich sind diese Türen auch mit einem bruchsicheren Spezialglas ausgestattet, damit bei schnellerer Drehgeschwindigkeit (Katapultmodus) die Scheiben
nicht kaputt gehen.

Ich habe meine Erfindung die »Sensorgesteuerte Katapult-Drehtür« genannt. Was besseres ist mir nicht eingefallen. Als Einsatzort habe ich mir vorwiegend Ballungszentren vorgestellt, weil man diese Türe auch recht gut auf dem chinesischen oder japanischen Markt vertreiben könnte. Gerade Städte wie Tokyo oder Hongkong wären intressant. Den amerikanischen Kontinent könnte man zu einem späteren Zeitpunkt ins Auge fassen.

Bitte teilen Sie mir mit, ob Sie an diesem Objekt Interesse haben. Über eine Zusammenarbeit würde ich mich sehr freuen.

Hochachtungsvoll verbleibend

Jürgen Sprenzinger

Nachtrag

Leider wurde diese tolle Erfindung nie vermarktet – keiner wollte sowas haben. Jetzt habe ich diese Türe bei mir selbst anstelle der Haustüre eingebaut. Seitdem hab ich keine Nachbarn mehr!

Jürgen Sprenzinger
Friedenstraße 7a
86179 Augsburg

Firma
KUKA Wehrtechnik GmbH
Panzerabteilung
Zugspitzstraße 140

86163 Augsburg

26.09.1994

Sehr geehrter Herr Kuka,

ich bin ein Jahrgang 1924. Ich habe in 44/45 in der Wehrmacht gedient, allerdings nur in der Schreibstube. Eigentlich wollte ich zu die Panzergrenadier, leider haben die mich aber nicht genommen, weil ich damals eine leichte Rückgratverkrümmung gehabt hab. Und ich hätte so gern zu den Panzern gewollt, das hätte mir gefallen!

Ein ganzes Leben lang hab ich gespart und gebuckelt, und jetzt hätte ich mir gerne einen Lebenswunsch erfüllt. Ich möchte wenns geht, bei Ihnen einen Panzer kaufen, weil ich jetzt 70 werd und bald Geburtstag hab, wollte ich mir diesen Wunsch erfüllen. Die Zeiten sind ja recht unsicher und dieser neuen Bundeswehr trau ich ja überhaupt nicht, das sind ja alles keine Kerle mehr, wie mir das waren. Die machen ja alle in die Hosen, wenns mal heiß hergeht. Da verteidige ich mich im Ernstfall lieber selber. Ich verspreche Ihnen aber hoch und heilig, daß ich den Panzer nur als Hobby zur Verteidigung brauch und keinen Krieg anfang damit.

Jedenfalls hab ich gehört, der Leopard 2 sei ein guter Panzer und den hätte ich gern. Aber wenns geht, nicht in dunkelgrün wie die Bundeswehr, aber vielleicht auch eine unauffällige Farbe, ein schönes tiefes Blau, das täte mir gefallen, außerdem will ich nicht mit einem Bundeswehrpanzer verwechselt werden, weil das vielleicht zu Misverständnissen führen tät. Die Sonderlackierung zahle ich natürlich extra, da laß ich mich nicht lumpen, das Geld hab ich ja.
Ich hab auch einen überdachten Garagenstellplatz, da könnte ich ihn unterstellen und wenn ein feindliches Flugzeug drüberfliegt, kann der den überhaupt gar nicht sehen.

Jetzt hätte ich ein paar Fragen an Sie. Wir haben ja heutzutage so ein Theater mit dem Umweltschutz und da muß man schon ein bisserl aufpassen. Können Sie mir sagen, mit was so ein Panzer läuft, wahrscheinlich mit Super, gell? Und gibts den auch mit Katalisator, weil mein Auto hat auch einen und das ist ja jetzt Vorschrift, glaub ich. Ja was ich übrigens vergessen hab: ein guter gebrauchter Panzer täts mir auch, es muß kein neuer nicht sein, wenn ein gebrauchter billliger ist, dann kann ich mir vielleicht was sparen. Lieber geb ich ein paar Mark mehr für die Ausstattung aus. Unbedingt sollte auch eine Ersatzkette dabeisein, nicht daß mir mal eine Kette reißt und ich steh blöd da, weil ich fahr ja mit dem Panzer nicht auf der Straße, sonst müßte ich ihn ja versichern, sondern

auf Feldwegen oder in der Periferie halt, und da ist ja keine Werkstatt. Also eine Ersatzkette und ein Panzerheber sollten schon dabeisein, weil beim Auto ist das ja auch normal.

Dann hätte ich noch eine Frage: ich möchte mein Fahrrad auch mitnehmen, weil das für
Geländeerkundigungen nicht so laut ist, außerdem ist das in meinem Alter sehr gesund
und ich will mich ja fit halten und Fahrradfahren hält mich jung. Mein Doktor sagt immer, ich wär beinand wie ein 40-jähriger. Also, kann ich mein Fahrrad mit in den Panzer
nehmen oder brauch ich eigens einen Fahrradständer und können Sie mir vielleicht
gleich einen dazuliefern. Und dann noch was: brauch ich da ein D-Schild, wenn ich mal
ins Ausland will?

Ich will ja eigentlich nicht schießen, und mit richtiger Munition schon gleich garnicht,
aber wenn Sie mir vielleicht gleich ein paar, sagen wir mal 15-20 Stück Granaten mitlie-
fern täten, also keine richtigen, sondern nur solche, die bisserl knallen, dann wär das prima, weil vielleicht komm ich mal in die Verlegenheit und muß jemanden Angst einja-
gen. Ich versprech Ihnen aber, daß ich das nur im Notfall tu. Was noch dabei sein sollte,
ist ein Flaggenhalter, wo man auch mal ab und zu eine Fahne draufstecken kann. Ich
habe schon eine deutsche Flagge und natürlich eine bayerische.

Wiegesagt, das wäre schön, wenn ich so einen Panzer haben könnt, weil das halt ein
Wunschtraum von mir ist, nehmen Sie das einem alten Mann nicht übel, aber vielleicht
können Sie da was machen.

Hochachtungsvoll verbleibend

Jürgen Sprenzinger

Leider habe ich eine Handschrift wie eine Sau. Deswegen hat mir mein Enkel das auf
seinem Computer rausgedruckt. Das ist heutzutage schon eine tolle Technik, ich komm
da eh nicht mehr mit. Aber jetzt können Sies wenigstens ohne Mühe lesen.

Nachtrag

Es ist der 7. Oktober 1994. Das Wetter ist durchwachsen und es ist morgens bereits recht kühl. Die Uhr zeigt gerade 10 Uhr 50. Da klingelt das Telefon. Es entwickelt sich folgender Dialog:

Anrufer: Grüß Gott, spreche ich mit Herrn Sprenzinger?

Antwort: Ja.

Anrufer: Spreche ich mit Herrn **Jürgen** Sprenzinger?

Antwort: Jaaaa.

Anrufer: Mein Name ist Swoboda, Kriminalpolizei.

Antwort: *Keine. Nur heftiges Schlucken. (Man weiß ja heutzutage nie, ob nicht irgendwas angebrannt ist.)*

Anrufer: Haben Sie der Firma KUKA einen Brief geschrieben?

Antwort: Ja.

Anrufer: Haben Sie bei der Firma KUKA einen Panzer bestellt?

Antwort: Ja, aber …

Anrufer: Dann muß ich Ihnen leider mitteilen, daß Ihnen die Fa. KUKA den Panzer nicht liefert.

Antwort: *Betroffenes Schweigen.*

Anrufer: (sehr ernst und formell):
Ich muß Sie ordnungshalber fragen, wie der Brief gemeint war.

Antwort: So wie er geschrieben ist – nicht ganz so ernst gemeint.

Anrufer: Haha, das haben wir uns schon gedacht. Der Brief war wirklich eine Abwechslung zu unserem ansonst so tristen Arbeitstag. Aber er wurde an uns weitergeleitet, und so müssen wir uns natürlich um die Angelegenheit kümmern.

Antwort: Ach ja, natürlich.

Anrufer: Dann nichts für ungut. *(Oder so was ähnliches …)*

Fazit: Manchmal hat die Kriminalpolizei mehr Humor, als ein Panzerhersteller erlaubt …

Jürgen Sprenzinger
Friedenstraße 7a
86179 Augsburg

Firma
Kuka Wehrtechnik GmbH
Zugspitzstraße 140

86163 Augsburg

08.05.1995

Sehr geehrte Herren,

hiermit teile ich Ihnen mit, daß ich jetzt beleidigt bin. Alldieweil Sie mir die Kriminalpolizei auf den Hals gehetzt haben, obwohl ich ein unbescholtener ordentlicher Bürger bin, der noch nie im Leben irgend etwas angestellt hat und bloß deshalb, weil ich mich nach einem Panzer bei Ihnen erkundigt hab. Ich finde das nicht richtig von Ihnen. Außerdem haben Sie meinen Brief, den ich eigentlich Ihnen geschrieben hab, an die Kripo weitergegeben. Die können aber nichts anfangen damit, weil die keine Panzer haben, sondern nur Polizeiautos, aber ich will kein Polizeiauto, sondern einen Panzer.

Deswegen teile ich Ihnen gleichzeitig mit, daß ich die Geschäftsverbindung mit Ihnen abbreche, schon allein deshalb, weil ich an den Verteidigungsminister Rühe höchstpersönlich geschrieben hab, und der mir jetzt wahrscheinlich einen Panzer umsonst zukommen läßt. Er, bzw. die Bundeswehr hat ja 534 Stück übrig, und ob da die Firma Kraus-Maffei einen mehr oder weniger bekommt, dürfte egal sein, die haben eh schon so viele. Sie hätten an mir schon ein paar Mark verdienen können, aber wenn Sie nicht wollen - bitte schön. Und wahrscheinlich darf ich jetzt auch im Herbst an einem Manöver von der Bundeswehr mitmachen. Ich bin also, wie Sie sehen, garnicht auf Sie angewiesen.

Ich hätte Sie gerne weiterempfohlen, aber unter diesen Umständen kann ich das überhaupt nicht verantworten.

Mit freundlichen Grüßen

Jürgen Sprenzinger

Jürgen Sprenzinger
Friedenstraße 7a
86179 Augsburg

Firma
Braun AG Kundendienst
Rüsselsheimer Straße 22

60326 Frankfurt/Main

25.09.1994

Sehr geehrte Damen und Herren,

eigentlich möchte ich Ihnen garnicht schreiben, aber ich muß unbedingt, weil ich nämlich wirklich ein ganz großes Problem habe. Eine liebe Bekannte hat mich gebeten, statt
ihrer an Sie zu schreiben, weil sie gerade unterwegs ist.

Das Problem ist also folgendes: meine Bekannte erstand vor ca. 11 Jahren einen Fön
von Ihrer werten Firma. Type: Braun travelcombi 1200 4459/50Hz/1200W. Dieser Fön
war ein guter Fön, denn er hat bis zum gestrigen Tage treu und brav gedient, obwohl der
schon allerhand erlebt und mitgemacht hat. Ich sage Ihnen, wenn dieser Fön sprechen
könnte, der könnte Ihnen was erzählen!
Dieser Fön hat die halbe Welt gesehen, er war überall dabei, als treuer Begleiter und hat
in vielen Ländern der Erde ergeben gefönt und teilweise sogar gebügelt, weil wie Sie bestimmt wissen, dieser Fön auch einen Aufsatz hat, womit man ihn dann zum Bügeleisen
umbasteln kann. Sie können sich vorstellen, daß meine Bekannte an diesem Fön hängt,
nicht nur deswegen, weil dieser Fön klein und praktisch war, nein - sondern auch, weil
damit ideelle Werte verbunden sind. Dieser Fön gehörte fast schon zur Familie. (Es fällt
mir übrigens schwer, von diesem Fön in der Vergangenheit zu schreiben, bitte verstehen
Sie das und entschuldigen Sie meine Sentimentalität). Jetzt ist dieser Fön tot, ich meine
kaputt und das berührt meine Bekannte bis ins Mark, sie ist seitdem schrecklich unglück-
lich, jammert, hängt nur noch rum, ist total apathisch und ißt kaum. Ich mag meine Bekannte sehr und darum berührt auch mich der Verlust dieses Föns sehr. Ein roher
Mensch würde ihr vielleicht den Rat geben, sie solle sich einen neuen kaufen, aber auch
ich bin sehr sensibel und bring es einfach nicht übers Herz, im Gegenteil - ich empfände
es als pietätlos.

Dieser Fön war u.a. auch in China und wurde dort als Wundermaschine bestaunt, denn
glauben Sie mir: so was Tolles haben die Chinesen noch nie gesehen. Meine Bekannte
hätte diesen wunderbaren Fön mehr als nur einmal verkaufen können, aber sie hat ihn
immer als Freund betrachtet, und ich frage Sie: wer verkauft und verrät schon einen
Freund? Meine Bekannte war ihrem Fön treu, obwohl sich mancher Chinese darüber
grün geärgert hat.

Nun, da die Existenz dieses Föns entgültig in die Vergangenheit geglitten ist, sind Sie, werte Damen und Herren der Firma Braun, die einzigen Menschen, die mir helfen können, meine Bekannte quasi wieder auf die Beine zu stellen: ich brauche so einen Fön! Ich bräuchte auch nur den Fön, das Kabel und der Bügelaufsatz funktioniert ja noch - im Gegenteil, ich wäre sogar froh, wenn ich das alte Kabel wieder benützen könnte, dann hätte meine Bekannte wenigstens noch einen Teil ihres alten Föns zur Erinnerung behalten, dieses alte geliebte Kabel, das sie so oft mit ihren zarten Händen aufgewickelt hat, verstehen Sie?

Ich weiß nicht, ob Sie diese Tragödie nachempfinden können, ich vermute, daß hier mein karger Wortschatz nicht auszudrücken vermag, was sich in der Seele meiner Bekannten abspielt, die Vorgänge sind zu komplex. Aber ich bitte Sie inständig, schicken Sie mir so einen Fön - selbst dann, wenn sie in dem Bewußtsein leben muß, daß es nicht der gleiche ist. Denn dieser Fön hat ja nicht die ganzen Reisen mitgemacht und war nicht überall dabei, aber wenn er zumindest optisch derselbe ist - die Zeit heilt ja bekanntlich Wunden und vielleicht vergißt sie darüber den Verblichenen.

Bitte teilen Sie mir mit, ob Sie mir diesen Fön der obengenannten Type liefern können, was er kosten soll, (da er ja eigentlich unbezahlbar ist), und wie schnell er in meinen Händen sein kann, damit ich ihn meiner Bekannten bei ihrer Rückkehr überreiche. Und bedenken Sie, liebe mitfühlende Mitarbeiter der Firma Braun: Sie machen nicht nur mich froh, auch meine Bekannte wäre auf das Höchste beglückt, und was gibt es Schöneres, als einen Menschen glücklich zu machen?

Für Ihre schnelle Zusendung des neuen Föns (bitte ohne Kabel) wäre ich Ihnen unwahrscheinlich dankbar.

In stiller Trauer

Jürgen Sprenzinger

Nachtrag

Die Firma Braun hat sich übrigens sehr pietätvoll verhalten: für 25 Mark hätte sie tatsächlich *so einen* Fön geliefert. Der zuständige Techniker war sehr traurig und sehr hilfsbereit. Ihm sei ob dieser Anteilnahme gedankt. Aber meine Bekannte hat sich dann schnell mit einem neuen Fön getröstet. Man soll Tote einfach in Frieden ruhen lassen …

(Das Kabel dieses Föns kommt demnächst übrigens ins Deutsche Museum!)

Jürgen Sprenzinger
Friedenstraße 7a
86179 Augsburg

Firma
Albrecht
z. Händen von Herrn Albrecht
Otto-Hahn-Straße 7

22946 Trittau

2. Dezember 1994

Sehr geehrter Herr Albrecht,

ich wohne in einem Reihenhaus. Mein Telefon befindet sich im 1. Stock. Jetzt ist es mir öfters passiert, daß das Telefon läutet und ich bin gerade im 2. Stock, im Erdgeschoss oder im Keller. Ich höre also, daß das Telefon bimmelt und renne, je nachdem, wo ich gerade bin, in den 1. Stock. Da ich nicht mehr der Jüngste bin, geht das nicht so schnell. Meistens ist es dann so, daß wenn ich dann glücklicherweise im 1. Stock gelandet bin und das Telefon abheben will, das blöde Ding aufhört zu bimmeln und der Anrufer schon aufgelegt hat. Ich bin dann ganz außer Atem, weil ich gerannt bin wie ein Verrückter beim Fliegeralarm.

Ich hab das neulich einem Kumpel in meiner Stammkneipe erzählt und der hat gesagt, ich sei ja echt bescheuert, warum ich mir denn kein Funktelefon kaufe, das kann ich mit mir rumtragen. Ich war ganz begeistert von der Idee und weil ich diesen Monat mein Weihnachtsgeld gekriegt hab, bin ich gleich in die nächste Trambahn gestiegen und in die Stadt getigert und hab mir von Ihrer Firma ein Funktelefon gekauft, Marke Albrecht AE 904. Die Installation war ja ganz einfach und das hab ich ganz schnell hingekriegt. Ich bin dann in den Keller gegangen und hab von dort aus gleich meine Frau in ihrer Firma angerufen. Das hat wirklich toll funktioniert, die hat garnicht gemerkt, daß ich im Keller bin, sondern hat gemeint, ich sei im 1. Stock. Ich hab ihr das auch garnicht erzählt, weil man ja normalerweise garnicht im Keller telefoniert, das ist ja eigentlich doof. Dann habe ich meinen Kumpel von der Kneipe vom Dachboden aus angerufen. Auch das hat hingehauen. Ich war also begeistert, weil das wirklich ein tolles Gerät ist, sogar auf dem Klo habe ich schon telefoniert und auch das hat funktioniert, obwohl da bestimmt ein ganzer Haufen Wasserleitungen sind.

Aber jetzt habe ich ein Problem. Und das ist mir jetzt schon öfters passiert, wenn ich mit diesem Telefon telefoniere. Ich weiß nicht, wie ich das erklären soll, bitte halten Sie mich nicht für blöd, aber es ist so, daß wenn ich mit dem Telefon telefoniere, ich mich ganz normal mit dem andern unterhalte und plötzlich verliere ich den Faden und weiß nicht mehr, was ich eigentlich sagen wollte. Das ist mir jetzt schon so oft passiert, daß das kein Zufall mehr sein kann. Beim normalen festinstallierten Apperat passiert mir das nie. Ich habe mich daraufhin mit meinem Nachbarn darüber unterhalten, der ein Ingeneur ist und der hat gesagt, daß diese Telefone gefährlich sind, weil die funken und da man das Gerät so nah am Gehirn hat, täte es da angeblich hineinfunken und bringt was durcheinander und deswegen verliere ich beim Reden den Faden. Ich habe das Gerät vorsichtshalber nicht mehr benutzt, denn ich will ja nicht eines Tages im Irrrenhaus landen. Und das bloß wegen einem Telefon.

Jetzt habe ich mir gedacht, ich frage mal bei Ihnen an, weil Sie ja diese Geräte herstellen und vielleicht besser Bescheid wissen als die andern. Ich würde das Telefon nämlich schon wieder gerne benützen, weil es einfach saupraktisch ist, aber wenn es so schädlich ist, wie man mir erzählt hat, dann lasse ich es lieber, nicht daß ich einen Hirnschaden bekomme und dann vielleicht ein Pflegefall bin, meine Frau würde sich da schönstens bedanken und mein Chef wahrscheinlich auch.

Wenn Sie mir bitte schnell mitteilen könnten, ob das wirklich so gefährlich ist, wie man mir erzählt hat, weil das Telefon liegt bei mir bloß rum und ich trau es mich nicht zu benutzen, obwohl es im ganzen Haus gehen täte und ich dann nicht mehr herumrennen müßte wie ein Gestörter.

Ich hoffe, Ihnen hiermit gedient zu haben und verbleibe hochachtungsvoll

Mit freundlichen Grüßen und frohe Weihnachten

Jürgen Frenzinger

Kommunikationstechnik aus Norddeutschland

Albrecht Electronic GmbH · Otto-Hahn-Straße 7 · D - 22946 Trittau

Albrecht Electronic GmbH
Otto-Hahn-Straße 7
D - 22946 Trittau/German
Telefon 04154/8 49-0
Telefax 04154/8 49-132

Geschäftsführer:
Th. Wildberger · K. Brügge
Registergericht Trittau HRB

USt-Id-Nr. DE 811197331

Herrn
Jürgen Sprenzinger
Friedenstr. 7a

86179 Augsburg

Ihre Nachricht vom	Bearbeiter/Durchwahl	Datum
	CA/-147	14.12.94

Sehr geehrter Herr Sprenzinger,

vielen Dank für Ihren ausführlichen Brief.
Wir freuen uns, daß Sie mit Ihrem Albrecht- Telefon zufrieden sind, verstehen aber,
daß Sie sich Gedanken über die Verträglichkeit von elektromagnetischen Strahlen bei
Ihrem Telefon machen.
Den Fachbeiträgen in der Presse kann man entnehmen, daß es dabei vor allem um
Mobilfunkgeräte geht, also Autotelefone und deren Antennen im C+ D- Netz.
Drahtlose Telefone, wie auch das AE 904 senden mit einer wesentlich kleineren
Leistung und liegen daher deutlich unter den Grenzwerten, die einen Mindestabstand
erforderlich machen könnten.
Auch bei Mobilfunktelefonen ist die Gesundheitsgefährdung nicht bewiesen, sondern
unter den Fachleuten umstritten. Ich habe keine Bedenken, ein drahtloses Telefon zu
benutzen und vermute, es hat andere Ursachen, wenn man einmal den
Gesprächsfaden verliert.
Der Vorteil bei einem drahtlosen Telefon ist ja, daß man sich beim Telefonieren frei
bewegen und gleichzeitig auch andere Sachen wie Kochen, Blumen gießen u.v.m.
machen kann.
Das führt aber dazu, daß man eher abgelenkt wird, als wenn man unbeweglich an
einem Platz sitzt.
Ich hoffe, Ihnen weitergeholfen zu haben und verbleibe

mit freundlichen Grüßen

Christine Albrecht

Anlage: Einen Artikel aus der Fachpresse.

Albrecht Electronic Gm
Niederlassung Haan
Dieselstraße 7 · D-4278
Telefon 02129/93 30-0
Telefax 02129/93 30-2

Vereins- u. Westbank A
BLZ 200 300 00
Kto. 2037000
Dresdner Bank AG
BLZ 200 800 00
Kto. 723763700
Postgiroamt Hamburg
BLZ 200 100 20
Kto. 1600 81-207

Jürgen Sprenzinger
Friedenstraße 7a
86179 Augsburg

An das
Bundesministerium d. Verteidigung
Verteidigungsminister Rühe
Hardthöhe

53125 Bonn

12. März 1995

Sehr geehrter Herr Verteidigungsminister,

gerne wäre ich in jungen Jahren in die Bundeswehr, aber leider haben die mich nicht genommen, weil ich angeblich ein krummes Kreuz hab. Das hat mir dieser Doktor damals
gesagt, der mich da untersucht hat. Ich glaub aber, daß das nur eine Ausrede von ihm
war, weil ich damals ziemlich dürr war und er wahrscheinlich gemeint hat, daß man mit
meinem Körper keinen Krieg nicht gewinnen kann. Aber da hat er sich getäuscht, ich
fürchte weder Tod noch Teufel und kann nämlich ziemlich agresiv sein, da können Sie
auch meine Frau fragen. Im Ernstfall hätte ich dem Russen schon ins Auge geblickt.
Aber lassen wir das, das ist ja Schnee von gestern.

Jedenfalls wäre ich gerne zur Luftwaffe oder noch lieber zu die Panzergrenadier gegangen. Ja, einen Panzer hätt ich gerne gefahren, weil ich nämlich eigentlich ein bodenstän-
diger Mensch bin. Jetzt hab ich vorgestern im Fernseher gesehen, daß Sie 534 Panzer
and die Firma Kraus-Maffay verschenken wollen. Und das find ich ungerecht, weil diese Firma ja schon einen ganzen Haufen Panzer hat und dann garnicht mehr weiß, wohin
mit soviel Panzern. Entschuldigen Sie, ich weiß, daß Sie als Verteidigungsminister ein
vielbeschäftigter Mann sind, weil es halt schon ein hartes Geschäft ist, den Frieden zu sichern und die ganze Bundeswehr zusammenzuhalten, das muß ja schlimmer sein als einen Sack Flöhe zu hüten. Hoffentlich haben Sie einen eisernen Besen, mit dem Sie auch
ab und zu mal auskehren können. Aber nachdem ich ein Bundesbürger bin und auch
Steuern zahlen muß, muß ich Ihnen auch sagen, daß ich das nicht richtig finde, weil die
Panzer nämlich dem deutschen Volk gehören und wahrscheinlich von seinen sauer ver-
dienten Steuern bezahlt worden sind. Meine Tante Anni, die leider viel zu früh und völlig unerwartet von uns ging und für uns ein großer Verlust war, hat mir als Bub immer
gesagt, daß wenn mir was nicht gehört, ich das auch nicht verschenken darf. Ich war
nämlich früher genauso großzügig wie Sie, aber das hat sich heute geändert, weil meine
Frau nicht soviel verdient und ich deswegen aufs Geld schauen muß, sagt meine Frau.

Jedenfalls möchte ich Ihnen einen Vorschlag machen: warum fragen Sie nicht zuerst die Bürger, ob die einen Panzer haben wollen? Nehmen Sie einfach 534 Bürger, die allerdings ordentlich sein müssen und nicht kriminell sein dürfen, und geben denen je einen Panzer. In der Schweiz haben die Soldaten auch auch die Knarre im Schrank, damit sie die im Ernstfall sofort herausziehen können. Da macht doch der Feind keinen Schnapper mehr! Und wenn die Dinger etwas veraltet sind, mein Gott, was solls, Hauptsache ist doch, daß man ohne Rohrkrepierer damit schießen kann! Und viele Leute sind ja heute auch Heimwerker und handwerklich gut drauf, die bringen die Dinger schon wieder auf Vordermann. Mein Nachbar zum Beispiel ist so ein Typ. Ich sag Ihnen, was der alles repariert und bastelt, da gehen einem die Augen über!

Jedenfalls möchte ich Sie abschließend fragen, ob ich nicht vielleicht einen haben könnte. Da meine Frau ein Bauernhaus mit einem großen Grund hat, könnte ich leicht einen oder auch zwei abnehmen. Es ist sogar ein Stadel am Haus, da könnte ich die unterstellen und die wären dann auch feindlichen Einblicken entzogen. Und im Ernstfall könnte ich auch damit umgehen, weil ich dann ja Zeit zum üben hätt. Ich verspreche Ihnen hoch und heilig, daß ich keine Dummheiten damit machen tät und schießen wollt ich auch nicht. Im Gegenteil, ich tät die Panzer pflegen und hegen und entrosten und auch frisch lackieren und immer schauen, daß die Ketten geschmiert sind, damit Sie für den Ernstfall einsatzbereit sind. Der Zeitaufwand wäre mir also wirklich wurscht. Und wenn die Bundeswehr die Panzer wieder brauchen könnte, dann stelle ich sie natürlich jederzeit ohne Murren wieder zur Verfügung, weil sie gehören ja uns allen. Aber wiegesagt, an die Firma Kraus-Maffay verschenken würd ich sie nicht, weil das nicht richtig ist.

Bitte teilen Sie mir mit, ob und wann ich einen Panzer haben kann. Nur mehr als zwei kann ich nicht brauchen, da sonst mein Stadel zu eng wird, wir haben ja da auch noch Holz und Heu drin.

Ich hoffe auf eine baldige Antwort und verbleibe untertänigst

Jürgen Frenzinger

Nachtrag

Leider hat mir unser lieber Verteidigungsminister nicht geantwortet. Ich weiß aber, daß der Herr Verteidigungsmininster ein sehr korrekter Mann ist, der normalerweise keine Frage offenläßt. Ich nehme jetzt einfach mal an, er war mit diesem Brief etwas überfordert und hat ihn nur nicht ganz verstanden, da dieses Schreiben – ich geb's ja zu – etwas kompliziert abgefaßt war. Möglicherweise ist das Verteidigen aber auch so anstrengend, daß einem dabei der Humor vergeht, und im übrigen: Man muß ja nicht jedem Schützen Arsch antworten, nicht wahr?

Jürgen Sprenzinger
Friedenstraße 7a
86179 Augsburg

An die
VGA
Verkehrsdirektor Herrn Pussinelli
Hoher Weg

86152 Augsburg

13. März 1995

Sehr geehrter Herr Verkehrsdirektor,

seit meiner Kindheit fahre ich Trambahn. Ich fahr schon so lange Trambahn, daß ich
mich noch erinnern kann, daß ich damals vom Georgsviertel naus nach Pfersee 15 Pfennig bezahlt hab. Das waren noch Zeiten! Und ein Schaffner war auch noch immer da
und hat rumgeschimpft, wenn man nicht brav war und recht lacklig. Das war noch gmüt-
lich. Trotzdem bin ich immer noch ein begeisterter Trambahnfahrer und tät eigentlich
jede Fahrt genießen, wenn ich nicht seit einiger Zeit ein gesundheitliches Problem hätt,
an dem Sie nicht unschuldig sind.

Ich wohn jetzt momentan in Haunstetten. Ich hab da eine relatif günstige Miete und die
Nachbarn sind auch recht nett und der Woolwort und der Aldi sind auch da, da kann
man ganz gut leben.
Aber ab und zu muß ich halt doch in die Stadt und dann fahr ich mit der Linie 4 immer
bis zum Königsplatz. Da steig ich immer aus und geh dann zum Karstadt.

Aber ich hab während der Fahrt immer ein Problem. Und zwar mit der Ansage. Sie wissen schon, die Dame, die da immer sagt: nächste Haltestelle Protestantischer Friedhof,
nächste Haltestelle Theodor-Heus-Platz, nächste Haltestelle Königsplatz, Umsteigèn in
alle anderen Richtungen und so weiter. Das find ich ja ganz gut, obwohl das überhaupts
keinen Schaffner nicht ersetzen kann, weil ein Schaffner eben ein Schaffner ist. Auch
mit der Zahlerei wärs dann besser, weil es ja doch einige Batzi gibt, die nichts zahlen
und schwarz fahren. Ein Schaffner kassiert halt ganz einfach und schmeißt den, der
nicht zahlen kann, einfach naus. Dieser Fahrkartenautomat kann das doch garnicht feststellen, ob einer zahlt oder ein gültiges Billett hat, der klingelt doch bloß recht blöd. Das
tät mich auch noch nicht stören, aber manchmal haben Sie da so eine Piepsstimme auf
Band, ich sags Ihnen ganz ehrlich, da lupfts mich immer aus dem Sitz, wenn ich die hör
und mein Magen tut mir grausam weh. Diese Stimme geht mir immer durch Mark und
Bein. Haben Sie denn keine andere Dame, die eine schönere Stimme hat, nicht so eine
mausähnliche. Seitdem hab ich nämlich ein Magengeschwür. Und mein Doktor hat mir
gesagt, daß sowas davon kommen kann.

Dann hab ich da noch ein Problem. Wenn ich mittags dann wieder vom Karstadt nach Hause fahr, dann muß ich jedesmal ärgern über diese jungen, elendigen Saukrüppel, die erstens drängeln, dann zweitens mir den Platz wegnehmen, mir den Hut vom Kopf stoßen und überhaupts recht umeinanderplärren. Ich bin eigentlich recht tier-und kinderlieb und tu grundsätzlich keiner Fliege was zuleide, aber da werd ich immer so narrisch, daß ich am liebsten Watschen austeilen tät. Nur meine gute Erziehung haltet mich davon ab. Weil, wissen Sie, ich sags Ihnen mal ganz ehrlich: wir hätten uns das nicht getraut, weil wir haben noch Respekt gehabt vor einem Erwachsenen.

Ich möchte Ihnen nun einen Vorschlag machen: vielleicht können Sie mal wieder Schaffner einsetzen, aber keine solchen Milchbuben, sondern richtig strenge, die die Kinder auch mal aus der Trambahn schmeißen, wenn sie recht aufmüpfig sind. Oder was auch nicht schlecht wär, wär eine geschlossene Kinderabteilung, da können diese mißratenen Gören kein Unheil anrichten und belästigen wenigstens keinen Erwachsenen nicht. Und da können die dann auch Dreck machen und ihren Kaugummi an die Fenster pappen und rumplärren und alle solche Unarten ausleben.

Und dann ist da noch was. Ab und zu hat meine Frau Spätschicht. Und da fährt sie mit der Trambahn bis zum Königsplatz und muß dann in die 4er umsteigen. Aber oft schon hat sie mir erzählt, daß sie da von irgendwelchen Typen belästigt wird. Sie müssen nämlich wissen, daß meine Frau 13 Jahre jünger ist als ich und noch unwahrscheinlich adraktiv. Und da laufen dann so Sauköpfe rum, die Frauen anpöbeln. Schon oft hab ich zu meiner Frau gesagt, sie soll den Hund mitnehmen, der packt das Gesindel dann schon zusammen, aber sie sagt, sie kann im Geschäft keinen Hund nicht brauchen.
Sie sollten da einen Wachmann aufstellen oder vielleicht einen Polisten mit Hund beauftragen. Die laufen sowieso keine Streifen mehr und wenn man einen laufen sieht, dann ist wahrscheinlich gerade sein Polizeiauto kaputt.

Vielleicht können Sie sich mal Gedanken drüber machen, wenn Sie Zeit haben, damit das Trambahnfahren wieder so schön wird wie es 1954 war. Ich bin sicher, dann fahren wieder mehr Leute mit der Trambahn und lassen ihre stinkenden Blechkisten daheim.

Ich hoffe, Ihnen hiermit gedient zu haben und verbleibe in der Hoffnung, daß sich da bald was ändert. Vielleicht gebens mir auch Bescheid, was Sie dagegen machen wollen, interessieren tät mich das nämlich schon gewaltig.

Mit freundlichen Grüßen

Jürgen Sprenzinger

Erdgas
Fernwärme
Strom
Verkehr
Wasser

Stadtwerke Augsburg

. . .

Stadtwerke Augsburg · Postfach 10 24 40 · 86014 Augsburg

Mit uns sparen Sie Energie...

**Herrn
Jürgen Sprenzinger
Friedenstraße 7a**

86179 Augsburg

Hausadresse · Hoher Weg 1 · 86152 Augsburg
Postadresse · Postfach 10 24 40 · 86014 Augsburg
Telefon 08 21/3 24-1 · Telefax 08 21/3 24-41 04

Sie erreichen uns mit der Straßenbahnlinie 2
und den Buslinien 22, 23, 29 und 33.

. . .

Ihre Nachricht	Unsere Zeichen	Telefon	Telefax	Sachbearbeiter/in	Datum
13.03.95	St/Bü	-4067	-2589	Frau Bühringer	31.03.95

Sehr geehrter Herr Sprenzinger,

ich habe Ihr Schreiben vom 13.03.1995 erhalten und freue mich
sehr, daß Sie als Fahrgast die kleinen und größeren Unzulänglich-
keiten in Zusammenhang mit den Verkehrsbetrieben so humorvoll und
nachsichtig schildern.

Ich bin mit Ihnen einer Meinung, daß manche Dinge geändert werden
könnten, muß jedoch dazu sagen, daß nicht jeder Mitbürger oder
Fahrgast sich unserer Meinung anschließen würde. Bezüglich Ihres
gesundheitlichen - auf die Ansagen in unseren Fahrzeugen bezogen
- Problems, kann ich Ihnen eine für Sie sicherlich erfreuliche
Mitteilung machen. Abgesehen davon, daß die Stimme der Sprecherin
durch zwangsläufig abgenutzte Geräte etwas verändert zu hören ist,
werden künftig die Ansagen von einer anderen Dame übernommen. In
vielen unserer Fahrzeuge ist bereits die neue Stimme zu hören und
ich hoffe sehr, daß die Verkehrsbetriebe bei der Auswahl derselben, Ihren Geschmack getroffen haben. Somit hoffe und wünsche ich,
daß das Magengeschwür Ihnen künftig keinerlei Beschwerden mehr bereitet. Aus Kostengründen ist es leider nicht möglich, in den
Fahrzeugen des öffentlichen Nahverkehrs außer dem Fahrer noch
einen Schaffner einzusetzen, obwohl dieser mitunter vonnöten wäre,
um bei manchen Fahrgästen - insbesondere bei einigen Schülern -
für mehr Rücksichtnahme zu sorgen. Die Verkehrsbetriebe vermerken
mit Genugtuung, daß hin und wieder ein Fahrgast mit einer Ermah-
nung für Ruhe und Disziplin sorgt. Ich möchte allerdings nicht un-
erwähnt lassen, daß am größten Teil unserer jungen Fahrgäste
nichts auszusetzen ist und die Verkehrsbetriebe nicht unerhebliche
Einnahmen durch die Beförderung von Schülern haben.

- 2 -

Stadtsparkasse Augsburg	Bayerische Vereinsbank	Postgiroamt München	Augusta Bank Augsburg	Bayerische Hypotheken-
BLZ 720 500 00	Augsburg	BLZ 700 100 80	BLZ 720 901 00	Wechsel-Bank Augsburg
Konto 012 013	BLZ 720 200 70	Konto 27 73-804	Konto 600 032	BLZ 720 202 40
	Konto 813 230			Konto 6 770 233 001

50.000.000 · Gedruckt auf 100 % Recyclingpapier ungebleicht

Sehr geehrter Herr Sprenzinger, bezüglich der Anpöbelung Ihrer
werten Gattin in unseren Fahrzeugen bitte ich Sie, beziehungsweise
Ihre Frau, sich im Bedarfsfalle unverzüglich an den Fahrer zu wenden. Da die Fahrzeuge ausnahmslos mit Funk ausgestattet sind, kann
er - wenn nötig - die Polizei verständigen. Im Normalfalle genügt
es jedoch, wenn der Fahrer diese Rüpel zu einem anständigen Verhalten auffordert. Ich erlaube mir Ihr Schreiben den Verkehrsbetrieben zur Kenntnis zu geben, damit von dieser Seite ebenfalls
vermerkt wird, wo die Fahrgäste "der Schuh drückt". Nochmals
vielen Dank für Ihr Schreiben und ich wünsche Ihnen künftig eine
"Gute Fahrt" mit der VGA.

Mit freundlichen Grüßen

Stadtwerke Augsburg

Dr. Pusinelli

Jürgen Sprenzinger
Friedenstraße 7a
86179 Augsburg

An die
Dresdner Bank AG
Zentrale

60310 Frankfurt/Main

14. März 1995

Sehr geehrter Herr Bankdirektor,

eigentlich will ich kein Geld von Ihnen. Ich schreibe Ihnen das gleich im Voraus, damit
Sie nicht beunruhigt sind. Aber vielleicht können Sie mir helfen, weil ich nämlich ein
Problem habe. Und vielleicht können Sie mir helfen bei der Lösung einer Streitfrage.
Da ich Ihnen nicht unnötig Ihre Zeit stehlen will, fasse ich mich kurz, aber ich muß Ih-
nen trotzdem die Vorgeschichte erzählen. Also:

Vorige Woche saß ich mit meinem Schwager in meiner Stammkneippe und er hat mir erzählt, daß er seine Hütte renoviert und dazu von seiner Sparkasse einen Kredit aufgenommen hat. Der Betrag war 120000.-- DM. Desweiteren hat er mir erzählt, daß es 8
Wochen gedauert hat, bis er das Geld ausgezahlt gekriegt hat und daß das so lange gedauert hat, weil die Banken soviel Geld nicht auf einmal haben. Ich hab gesagt, das ist
doch Quatsch, die Banken schwimmen im Geld, nicht umsonst können die solche
Prachtbauten hinstellen. Nein, hat er gesagt, die müssen warten, bis die Leute soviel
Geld eingezahlt haben. Kurz und gut, wir sind dann im Krach auseinander, weil wir uns
gewaltig in die Wolle gekriegt haben wegen so einem Mist. Am anderen Tag haben wir
uns dann wieder getroffen und waren uns auch wieder gut. Deswegen war ich sehr froh,
weil das hat mich schon belastet. Aber dieselbe Geschichte kam dann bald wieder auf
den Tisch und wir haben uns wieder in die Haare gekriegt. Da hab ich zu ihm gesagt, Johannes, so heißt mein Schwager, ich wills jetzt genau wissen. Ich frag mal eine Bank
und zwar eine große Bank und zwar gleich eine ganz große, entweder die Deutsche
Bank in Frankfurt, oder die Dresdner Bank in Frankfurt. Deswegen schreibe ich Ihnen.
Zuerst habe ich mich nicht getraut, weil ich gegen Sie nur ein kleiner Gratler bin, aber
ich habs meinem Schwager versprochen. Bitte sind Sie mir nicht böse, aber ich möchte
wissen, ob eine Bank 120000.-- auf Lager hat oder besser im Tresor. Was natürlich toll
wäre, wenn man mal in Ihren Tresor reinschauen könnte. Und da wollte ich fragen, ob
Sie nicht mal einen Tag der offenen Tür haben, wo man eine Tresorbesichtigung machen könnte. Dann könnte sich mein Schwager selber überzeugen. Ich verspreche Ihnen,
daß wir auch nicht einen Pfennig mitnehmen, weil wir das garnicht nötig haben, wir verdienen beide recht gut und unsere Frauen auch.

Wenn das nicht geht, dann kann man auch nichts machen, aber es wäre nett von Ihnen.
Übrigens tät es ein Foto auch, wo man Ihren Tresor mit dem Geld erkennen könnte. Ich
zahls Ihnen auch und spendier Ihnen eine Flasche Champus.

Mit freundlichen Grüßen

Jürgen Sprenzinger

Filiale Augsburg
Privatkundenabteilung
Herr Kirsch/hs

Holbeinstraße 2
Augsburg

Herrn
Jürgen Sprenzinger
Friedenstraße 7 a

86179 Augsburg

Postadresse:
Dresdner Bank AG
Postfach 10 14 80
86004 Augsburg

Bankleitzahl: 720 800 01
S.W.I.F.T.: DRESDEFF 720

Tel.: (08 21) 32 54-2 58

Augsburg, 16.05.1995

Ihr Schreiben an unsere Zentrale in Frankfurt

Sehr geehrter Herr Sprenzinger,

vielen Dank für Ihre Anfrage, ob Sie unseren Tresor besichtigen
dürfen. Ihr Brief an unsere Zentrale Frankfurt wurde uns zur Be-
arbeitung weitergegeben. Leider können wir uns erst heute melden.

Ihr Schwager wird Ihnen in Ihrer Stammkneipe ein Bier ausgeben
müssen. Selbstverständlich hätte er bei uns nicht acht Wochen auf
die Auszahlung des fraglichen Betrages warten müssen, wie bei seiner Sparkasse. Bereits nach einem Tag wäre ihm der Betrag zur Verfügung gestanden.

Sie sehen, es hätte sich rentiert, mit uns zu sprechen.

Die Tresorbesichtigung ist so eine Geschichte. In der Zeit der
kleinen automatischen Kassentresore hätten Sie wahrscheinlich
Schwierigkeiten, sich in ein so kleines Gerät zu quetschen. Für
den großen Tresor müßten wir erst Ihre Taschen zunähen. Nicht daß
wir Ihnen nicht trauen würden, Sie würden je keinen Pfennig mitnehmen, weil Sie das nicht nötig haben. Ein Pfennig wäre aber auch
kein Problem, bei größeren Beträgen müßten wir Alarm auslösen.

Wir hoffen, Sie vertragen sich mit Ihrem Schwager wieder. Der ver-
sprochenen Flasche Champus sehen wir gerne entgegen.

Mit freundlichen Grüßen

Dresdner Bank AG Filiale Augsburg

Dresdner Bank Aktiengesellschaft
Sitz Frankfurt am Main
Handelsregister: HRB 14000
Amtsgericht Frankfurt am Main

Vorsitzender des Aufsichtsrats:
Wolfgang Röller

Vorstand: Hans G. Adenauer, Meinhard Carstensen, Gerhard Eberstadt,
Piet-Jochen Etzel, Kurt Morgen, Horst Müller, Heinz-Jörg Platzek,
Jürgen Sarrazin, Christian Seidel, Alfons Titzrath, Bernd W. Voss, Bernhard Walter,
stellv.: Hansgeorg B. Hofmann.

Jürgen Sprenzinger
Friedenstraße 7a
86179 Augsburg

An das
Bayerische Kultusministerium
Herrn Minister Zehetmair dahier
Salvatorplatz 2

80333 München

7. April 1995

Sehr geehrter Herr Minister,

bitte entschuldigen Sie, wenn ich als einfacher Bürger Ihnen schreibe. Aber ich weiß
mir nicht mehr anders zu helfen, weil es meinem Freund, der ein Lehrer ist, sehr
schlecht geht. Wir treffen uns nämlich jeden Donnerstag beim Karteln in der Goldenen
Gans und weil der Lehrer immer solche Probleme mit seinem Magengeschwür hat, fehlt
uns oft der vierte Mann. Da ärgern wir uns dann immer halb tot, weil uns der ganze
Abend versaut ist.

Der Peter, so heißt der Lehrer, hat uns nämlich erzählt, daß sein Magengeschwür daher
kommt, weil ihn seine Schüler immer so ärgern und er nicht weiß, was er dagegen machen soll, weil er darf sie ja nicht verhauen, das sei von Ihnen verboten worden. Ich sags
Ihnen ganz ehrlich, als ich noch in die Schule gegangen bin, da hat der Lehrer gar nicht
lange gefackelt, sondern mir gleich eine runtergehauen, oder es hat Tatzen gegeben und
wenn man recht rotzfrech war, sogar Hosenspanner. Und soll ich Ihnen mal was sagen:
es hat uns überhaupt gar nicht geschadet. Wenn ich an meinen alten Lehrer Holzapfel
denk, wie der manchmal narrisch war, da hats ganz schön gedonnert und geblitzt hat es
da, aber Respekt haben wir gehabt und gelernt haben wir auch was. Aber der Lehrer
Holzapfel war trotzdem ein guter Mensch. Leider haben ein gutes Herz und zwei nim-
mermüde Hände aufgehört zu schlagen. Für solche Menschen ist es einfach schade. Und
was ist heute? Der Peter, der der Lehrer ist, hat erzählt, daß wenn man nur einen von
den Bengeln krumm anschaut, dann kommt schon der Vater oder die Mutter daher,
manchmal auch gleich alle zwei gehäuft und täten den Lehrer am liebsten gleich aufhän-
gen, weil ihr Bübchen angeblich einen psichischen Schaden erlitten hätt. Wissen Sie,
was meine Mutter zum Lehrer gesagt hätt? Gebens ihm ruhig eine Watschen, wenn ers
braucht, hätt sie gesagt. Und wenn ich nach Haus gekommen wär und erzählt hätte, daß
ich heute den Hintern versohlt gekriegt hab, dann hätt sie wahrscheinlich gesagt, daß der
Lehrer bestimmt recht gehabt hat. Aber ich war ja nicht blöd. Ich hab das nie daheim erzählt, weil sonst hätt ich nämlich von meiner Mutter nochmal eine Watschen gekriegt.
Und wenn ich dann gefragt hätt, wieso ich eine Watschen gekriegt hab, hätt ich gleich
noch eine gefangen.
Aber ich sags Ihnen wie es ist: bei uns hätte der Lehrer kein Magengeschwür bekommen, aber wir wahrscheinlich rote Hinterteile wie die Affen, diese Pafiane. Trotzdem

sind wir aber körperlich nicht verstümmelt worden und seelisch erst recht nicht, und ab und zu ist ja auch der Schularzt gekommen und hat uns kontrolliert. Sogar ein Zahnarzt war manchmal da und hat nach den Zähnen geschaut und selten hat einer gefehlt und wenn, war meistens nicht der Lehrer schuld.

Wissen Sie, eigentlich ist mir die ganze Schulpolitik oder wie sich das nennt, wurscht. Aber mich ärgert es ganz einfach, wenn der Peter beim Karteln fehlt, weil dann nie was zusammen geht.
Deswegen würd ich Ihnen gern einen Vorschlag machen. Könnten Sie nicht wieder erlauben, daß man als Lehrer auch mal zuhauen darf, weil irgendwie muß sich ein Lehrer doch abreagieren können, die werden ja alle krank und fressen den Ärger in sich hinein und diese rotzfrechen Lümmel heutzutage, diese miserabligen, lachen sich ins Fäustchen. Ich bin sicher, auch dem Peter wär damit geholfen und sein Magengeschwür wär schnell verheilt. Und ich glaube, die Schüler werden ja bestimmt nicht gleich totgeschlagen.

Eigentlich wollte ich Ihnen garnicht schreiben, weil mich die Sache ja eigentlich garnichts angeht, und mein Freund weiß auch garnichts davon, der wäre vielleicht sogar sauer, also sagen Sie ihm bitte nichts von diesem Brief. Aber interessieren tät es mich schon, warum ein Lehrer heutzutage die Kinder nicht mehr hauen darf. Für manche Kinder wären ein paar Watschen sogar ein Segen.

Weil ich ein ordentlicher Bürger bin, und nicht vorbestraft und auch meine Steuern meistens bezahlt hab, wenns auch schwer gefallen ist, wäre es nett von Ihnen, wenn Sie mir mitteilen täten, warum eine körperliche Züchtigung verboten ist, ich kann das nämlich nicht begreifen aber interessieren tät mich das schon einmal.

Hochachtungsvoll grüßt Sie untertänigst

Jürgen Frenzinger

Nachtrag

Nun – ich weiß bis heute nicht, warum die körperliche Züchtigung an Schulen verboten ist. Herr Minister Zehetmair konnte mir, so scheint es, diese Frage leider nicht beantworten. Vielleicht war er aber auch mit dieser, na was war das noch mal? Ach ja, mit dieser Kruzifix-Frage momentan zu sehr beschäftigt. Ist ja auch fürchterlich wichtig, dieses Problem, da unsere Kinder keinesfalls durch so ein Symbol in ihrer Glaubensfreiheit beeinflußt werden dürfen! Und schließlich haben wir ja in Deutschland ansonsten keine Probleme, stimmt's?

Aber egal, zwischenzeitlich ist der Peter wieder gesund. Er haut jetzt seine eigenen Kinder und manchmal auch seine Frau anstelle der Schüler, und seitdem geht es ihm wieder blendend. Dadurch sind seine Kinder ganz brav, und die Frau läßt ihn ohne Murren zum Karteln! Und mehr wollten wir doch eigentlich gar nicht …

Jürgen Sprenzinger
Friedenstraße 7a
86179 Augsburg

Süddeutsche
Erfrischungsgetränke Industrie GmbH & Co
Geschäftsleitung

82256 Fürstenfeldbruck

11.05.1995

Sehr geehrte Damen und Herren,

weil ich sehr schwache Nieren habe, hat mir mein Doktor gesagt, daß ich viel trinken
muß, weil die Nieren durchgespült werden müssen, damit sich da keine Bakterien fest-
setzen. Deswegen trinke ich viel Cola und auch Fanta, aber das Cola schmeckt mir besser. Ich gucke viel Fernsehen, weil ich abends ja Zeit dazu habe und da hab ich neulich
Ihre Werbung gesehen, mit dieser sprechenden Fanta-Pink-Grapefrut-Flasche, die so die
Leute anspricht, Sie wissen schon. Ich bin ein alter Junggeselle und lebe allein. Und da
ich untertags in der Arbeit bin, habe ich auch kein Haustier, mit dem ich mich unterhalten könnte. Da hab ich mir gedacht, ich kaufe mir so eine sprechende Flasche, ist ja toll,
daß es sowas gibt, weil ich hab eigentlich noch nie eine sprechende Flasche besessen,
und besser, man unterhält sich mit einer Flasche als wie mit gar niemandem und wenn
die dann zuviel redet, kann man sie einfach in den Kühlschrank stellen.

Ich bin gleich am anderen Tag in den Supermarkt geradelt und habe nach dieser Fanta-
Pink-Grapefrut-Flasche geguckt, und siehe da, da standen sie doch tatsächlich im Regal!
Ich habe mich dann vor die Flaschen hingestellt und sie erst mal angeschaut. Sie sahen
wirklich wunderschön rosa aus wie ein neuer Babypopo, ich war ganz entzückt. Zuerst
habe ich garnichts gemacht, sondern nur darauf gewartet, daß mich eine anspricht. Aber
was soll ich Ihnen sagen, nichts ist passiert. Ich habe dann Hallo zu den Flaschen gesagt,
aber keine davon hat darauf reagirt. Ich bin dann ungefähr so etwa eine halbe Stunde bei
den Flaschen gestanden, weil ich mir gedacht hab, die sind vielleicht ein bißchen schüchtern und trauen sich nicht so recht. Aber glauben Sie mir, keine hat auch nur einen Ton
zu mir gesagt. Ich war dann schon leicht verärgert, das können Sie mir glauben! Jedenfalls wurde mir die Sache dann doch zu blöd und ich hab einfach mal eine gekauft und
mit nach Haus genommen.

Zu Hause hab ich die Flasche dann auf meinen Küchentisch gestellt und ganz freundlich
mit ihr geredet, hab ihr immer wieder gesagt, wie ich heiße und sie natürlich auch nach
ihrem Namen gefragt und wollte wissen, woher sie kommt und wie alt sie ist. Aber glauben Sie, das Miststück hätte sich mir mir unterhalten? Nicht die Bohne, sag ich Ihnen.
Ich war dann schließlich so wütend, daß ich sie sogar angeschrien hab und sie alles Mögliche geheißen hab, ja richtig beleidigt habe ich sie weil ich sie profozieren wollte, weil
ich immer noch gehofft habe, daß sie redet. Aber nichts ist passiert. Schließlich war ich
so auf 180, daß ich mein Luftgewehr geholt habe und ihr das Gewehr vor die Schnauze

oder besser gesagt, vor den Verschluß gehalten habe und den Rest können Sie sich vielleicht denken: ich habe die Flasche im Affekt erschossen.

Ich habe in dieser Nacht sehr schlecht geschlafen, das dürfen Sie mir schon glauben. Die Sache ist mir einfach nicht aus dem Kopf gegangen. Jedenfalls bin ich gleich am anderen Tag nochmal in den Supermarkt und habe mir eine neue Flasche besorgt, weil ich mir gedacht hab, daß die letzte Flasche vielleicht einen Defekt hatte oder stumm war, man weiß ja nie. Und was sag ich: das gleiche Spiel wie am Vorabend, ich war nervlich total fix und foxi, ich schwörs Ihnen! Aber dann hab ich zu mir gesagt, Junge, hab ich gesagt, bleib cool, ganz cool! Noch einen Flaschenmord, das ladest du dir nicht auf! Es ist ja auch wegen dem Umweltschutz. Ich hab die Flasche am Kragen gepackt und in den Keller gestellt und dann hab ich die Angelegenheit vergessen.

Ich hätte das auch wirklich vergessen, wenn ich nicht gestern Ihre Werbung wieder gesehen hätte. Verflixt, hab ich mir gedacht, die reden ja doch! Irgendwas mache ich hier verkehrt. Ich bin in den Keller und habe mir nochmal die Flasche geholt und wieder auf den Küchentisch gestellt und wollte sie gerade fragen, ob sie jetzt endlich vernünftig wär und mit mir reden wolle. Da muß die Flasche scheinbar einen gewaltigen Schreck gekriegt haben, denn sie war plötzlich ganz weiß, nur unten rum war sie noch rosa.

Deswegen schreibe ich jetzt an Sie. Vielleicht können Sie mir einen Tip geben, was ich falsch mache, möglicherweise liegt es an mir, vielleicht bin ich kein Flaschen-Typ, aber im Fernsehen sprechen die doch auch und ich habs ja mit eigenen Augen gesehen, daß das kein Trickfilm war. Ich täte mich freuen, wenn Sie mir in dieser Angelegenheit helfen könnten, zumal ich ja wirklich ein guter Kunde von Ihnen bin.

Mit freundlichen Grüßen

Jürgen Sprenzinger

Coca-Cola G.m.b.H.

Max-Keith-Straße 66 - 45136 Essen

Herrn
Jürgen Spenzinger
Friedenstr. 7a

86179 Augsburg

E-KM/GBl-4723
19.06.1995

Sehr geehrter Herr Spenzinger,

haben Sie vielen Dank für Ihr Schreiben vom 11.05.1995, das uns zuständigkeitshalber von unserem Parterunternehmen, Süddeutsche Erfrischungsgetränke Industrie GmbH & Co in Fürstenfeldbruck übersandt wurde. Leider können wir Ihnen erst heute antworten. Für die lange Wartezeit möchten wir uns entschuldigen.

Wir freuen uns natürlich sehr darüber, daß Sie unsere Fanta Pink Grapefruit Werbung so beflügelt hat, daß Sie zur Feder griffen und diese wirklich druckreife Geschichte zu Papier brachten. Uns hat das Lesen Ihres Briefes viel Spaß gemacht. Vielen Dank!

Ihrem Brief entnehmen wir, daß sich Bestandteile der Fanta Pink Grapefruit am Boden absetzten. Gern möchten wir die Ursache Ihrer Beanstandung feststellen. Hierzu benötigen wir eine Probe des beanstandeten Produktes. Wir bitten Sie daher, uns diese **unfrei** mit Originalverpackung zuzusenden.

Beigefügt übersenden wir Ihnen zunächst ein Coca-Cola Werbegeschenk und verbleiben

mit freundlichen Grüßen
C O C A - C O L A G.m.b.H.
Abt. Öffentlichkeitsarbeit

i. A. Gaby Blumer

<u>Anlagen:</u>
Kartenspiel

100 % Recycling Papier

Fernruf (0201) 821-01 - Fernschreiber 857 380 coke d - Teletex 201460=coked - Fernkopierer 821 1510 - Telegramm cocacola Essen   bbn 40 01081 6

Sitz der Gesellschaft: Essen - Eingetragen im Handelsregister beim Amtsgericht Essen, Abt. B, unter Nr. 527   Commerzbank, Essen (BLZ 360 400 39) 1 100 387
Vorsitzender des Aufsichtsrats: Claus M. Halle   Deutsche Bank, Essen (BLZ 360 700 50) 1 271 352
Geschäftsführer: Pat Smyth, Heinz Wiezorek   Dresdner Bank, Essen (BLZ 360 800 80) 4 023 821
Stellvertretend: Dr. Thomas Kruppa   Trink.+Burkhardt, Essen (BLZ 300 308 80) 302 124 019

Jürgen Sprenzinger
Friedenstraße 7a
86179 Augsburg

Stadt Augsburg
Verkehrsüberwachungsdienst
Fuggerstraße 12a

86150 Augsburg

16.05.1995

Betreff:
Vergehen Nr. 68176197. Verletzte Vorschrift 49 STVO 69 a STVZO, Kennzahl 41333
Parkschein abgelaufen um 11.25 Uhr, Zeugin: Frau Dempfle.

Sehr geehrte Damen und Herren,

mit dem Verwarnungsangebot bin ich nicht einverstanden, weil dieser Fall nämlich höhere Gewalt war und ich diesmal wirklich garnichts dafür kann. Schuld ist mein Hund. Dieser Besagte hatte an dem Tattag nämlich einen gewaltigen Durchfall. Ich möchte Ihnen kurz den Sachverhalt schreiben:

Ich war mit meinem Hund im Zentralkaufhaus, da ich neue Socken gebraucht habe. Urplötzlich wuiselte mich mein Hund an. An seinem Gesichtausdruck habe ich sofort erkannt, daß er dringend Gassi muß. Es hat ihm echt pressiert. Wie sie wissen, ist das Zentralkaufhaus am Königsplatz. Da herum befindet sich keine Wiese mehr. Ich habe meinen Hund aber sehr gut erzogen, so daß er sein Geschäft niemals auf den Asfalt machen würde. Deswegen war ich gezwungen, eine Wiese zu finden.
Die nächste Wiese fand ich im Fronhof. Hier hat sich mein Hund dann erleichtert. Nach Beendigung seines Geschäftes bin ich sofort zurück zu meinem Auto, aber Frau Dempfle war schneller.

Wenn ich mal einen Strafzettel bekomme, zahle ich ihn immer. Aber hier in diesem Fall kann ich echt nichts dafür, wobei ich Sie recht herzlich bitte, mir die Strafe zu erlassen. Aber wenn ich Ihnen schon schreibe, möchte ich Ihnen einen Vorschlag machen:

Abwohl ich ein anständiger Mensch bin, bekomme ich halt trotzdem ab und zu einen Strafzettel, weil es sich nicht immer vermeiden läßt und so im Jahr sind das 5-6 Stück zu jeweils zwischen 10 und 30 Mark, je nach Schwere des Vergehens. Wenn ich aber so zusammenrechne, dann ist das schon ein Haufen Geld und das belastet meinen Geldbeutel schon sehr, weil ich ja kein Großverdiener bin. Aber jetzt möchte ich höflich anfragen, ob es da keine andere Möglichkeit gibt.

Wäre es nicht möglich, daß ich die Strafzettel nicht bezahle und sammle, bis etwa 10 Strafzettel beieinander sind so im Wert zwischen 100 oder 200 Mark sagen wir mal. Ich würde den Betrag dann bei der Stadt abarbeiten, irgendwo werden Sie schon Arbeit für mich haben. Ich würde mich nicht scheuen, auch mal ein oder zwei Tage bei der Müllabfuhr mitzuarbeiten. Oder ich gehe auch mal zwei Tage in der Stadt herum und verteile Strafzettel. Ich wäre sehr streng und das verspreche ich Ihnen, da käme gewaltig was zusammen. Ich denke, ich wäre mein Geld schon wert. Ich spreche auch ganz gut Englisch (nicht so gut wie Deutsch) und wäre universell einsetzbar.

Ich meine, wenn das Schule machen würde, hätten Sie oder die Stadt Augsburg nie Personalprobleme. Vielleicht wäre das mal eine Überlegung wert. Es wäre nett, wenn ich Ihre Stellungnahme dazu erfahren könnte. Aber bitte behandeln Sie meinen Brief streng vertraulich, ich möchte nicht, daß meine Nachbarn was mitkriegen. Im Voraus besten Dank.

Ich hoffe, Ihnen hiermit gedient zu haben und verbleibe

mit freundlichen Grüßen

Jürgen Sprenzinger

Jürgen Sprenzinger
Friedenstraße 7a
86179 Augsburg

Stadt Augsburg
Verkehrsüberwachungsdienst
Fuggerstraße 12a

86150 Augsburg

11.07.1995

Betreff:
Vergehen Nr. 68176197. Verletzte Vorschrift 49 STVO 69 a STVZO, Kennzahl 41333
Parkschein abgelaufen um 11.25 Uhr, Zeugin: Frau Dempfle.

Sehr geehrte Damen und Herren,

am 16. Mai dieses Jahres habe ich Ihnen geschrieben, weil ich mit dem über mich ver-
hängten Verwarnungsangebot nicht einverstanden war, weil dieser Fall nämlich höhere
Gewalt war und ich nichts dafür gekonnt habe. Schuld war mein Hund. Ich habe Ihnen
den Tathergang ja genau geschildert und möchte die Angelegenheit nicht breiter treten
als unbedingt sein muß.

Aber auf meine Anfrage hin habe ich aber noch keine Antwort bekommen und jetzt
weiß ich nicht, ob ich den Strafzettel zahlen muß oder nicht, was mich als ordentlicher
Bürger einfach beunruhigt. Sie haben bestimmt viel Arbeit, weil es vermutlich eine ganze Menge Parksünder gibt, aber vielleicht können Sie mir mitteilen, ob ich ich den Strafzettel bezahlen muß oder ob er mit erlassen wird. Wenn ich ihn bezahlen muß, dann
zahl ich ihn natürlich, ich hab ja auch wirklich einen Verkehrsverstoß gemacht. Wenn
ich ihn nicht zahlen muß, dann bin ich natürlich froh und verspreche Ihnen, daß ich
mich künftig bemühen werde, daß sowas nicht mehr passiert, aber ich muß ja Bescheid
wissen.

Für Ihre Mühe besten Dank im Voraus

Mit freundlichen Grüßen

Jürgen Sprenzinger

PS:
Viele Grüße unbekannterweise an Frau Dempfle. Aber bitte auch ausrichten und nicht
vergessen!

Stadt Augsburg

Stadt Augsburg, Postfach 11 19 60, 86044 Augsburg

Herrn
Jürgen Sprenzinger
Friedenstr. 7 a

86179 Augsburg

	86150 Augsburg
Dienstgebäude	**Fuggerstraße 12 a**
Zimmer	**6**
Sachbearbeiter(in)	**Frau Häußler**
Telefon-Durchwahl	**0821/324-4439**
Ihre Zeichen	
Unsere Zeichen	**322/4-Häuß**
Datum	**14.07.1995**

Unsere Zeichen und Datum
bei Antwort bitte angeben

Städt. Verkehrsüberwachungsdienst (VÜD)

Ordnungswidrigkeit vom 06.04.95
Verwarnungsnummer: 68176197   Kfz-Kennzeichen: A - JA 790

Sehr geehrter Herr Sprenzinger,

wir bestätigen den Eingang Ihres Schreibens vom 11.07.95.

Das Verwarnungsverfahren wurde von uns an die Zentrale Bußgeldstelle
weitergeleitet.

Wir hoffen, Ihnen mit diesen Angaben gedient zu haben.

Mit freundlichen Grüßen
Im Auftrag

Häußler

Häußler

Sprechzeiten
Mo – Do 8.30 – 12.30 Uhr
Do   14.00 – 17.30 Uhr
Fr   8.00 – 12.00 Uhr

Telefon-Vermittlung
(08 21) 3 24 – 1
Teletex 821842 = STAGSBV
Btx * 2 27 22 #

Stadtsparkasse Augsburg 08 565 (BLZ 720 500 00)

Telefax (08 21) 3 24 43 79

Nachtrag

Ich glaube, die Verkehrsüberwachungsmenschen haben an den beiden Briefen wirklich
Spaß gehabt, sie haben mir nämlich aus purer Freude 39,50 DM berechnet und im Falle
einer Nichtbezahlung mit dem Staatsanwalt gedroht. Hier sieht man mal wieder, wer
Spaß versteht. Ich habe den Betrag übrigens meinem Hund vom Taschengeld abgezo-
gen ...

Jürgen Sprenzinger
Friedenstraße 7a
86179 Augsburg

Frau
Prof. Rita Süssmuth
Präsidium d. Deutschen Bundestages
Bundeshaus
Görrestraße 15

53113 Bonn

11.07.1995

Sehr verehrte Frau Präsidentin,

in meiner Not schreibe ich Ihnen, obwohl ich gar nicht weiß, ob Sie für meine Angelegenheit zuständig sind, aber ich vertraue Ihnen. Schließlich sind Sie ja nicht umsonst
Präsidentin vom ganzen Bundestag.

In den Nachrichten vom hiesigen Lokalradio habe ich gehört, daß Sie sich für die Verhüllung des Berliner Reichstagsgebäudes eingesetzt haben. Das hat mich sehr gefreut,
daß jemand so kouragiert ist und das tut, schließlich ist das ja Kunst, zudem ist so eine
Verhüllung auch noch eine Mords-Arbeit. Und so ein paar Schreihälse, die gegen alles
was haben, gibts ja immer.

Jetzt habe ich aber ein Problem. Meine Frau hat ein altes Bauernhaus. Und da fällt an
manchen Stellen schon der Verputz herunter. Man müßte das ganze Haus verputzen und
das ist schweinisch teuer, weil das nämlich ein relativ großes Haus ist. Da kam ich auf
die Idee, das Haus zu verhüllen. Die Leute im Landratsamt haben aber was dagegen.
Die meinen, ich soll das Haus verputzen lassen und damit basta. Aber das Geld dazu geben die mir auch nicht. Ich finde das eine bodenlose Ungerechtigkeit. Da habe ich mir
gedacht, vielleicht können Sie mir helfen, weil Sie sich ja auch für die Verhüllung des
Reichstages eingesetzt haben. Könnten Sie möglicherweise für mich ein gutes Wort einlegen, das wäre super von Ihnen. Oder eine kleine Handnotiz von Ihnen würde mir
schon genügen, wo drauf steht, daß ich das Haus verhüllen darf. Dann gucken die Kna-
ben von Landratsamt bestimmt recht dumm aus der Wäsche! Und schließlich verstehe
ich das sowieso nicht, daß man mit seinem Zeugs nicht machen darf, was man will. Es
gibt ein englisches Sprichwort, das da heißt: Mei Hom is mei Kasl. Ich kann zwar kein
Englisch nicht, (ich bin aber nicht ausländerfeindlich!), aber ich weiß was es bedeutet,
nämlich, daß mein Heim meine Burg ist und ich verstehe nicht, warum ich nun meine
Burg nicht verhüllen darf, wenn ich meine, daß das besser ausschaut.

Entschuldigen Sie bitte, wenn ich als kleiner Bürger einer so hochgestellten Persönlichkeit schreibe, Sie haben bestimmt einen Haufen Arbeit. Aber so eine Ungerechtigkeit muß einfach an die Regierung herangetragen werden, daß kann man doch nicht auf sich sitzen lassen.

Ich wünsche Ihnen für die Zukunft alles Gute.
Mit untertänigsten Grüßen

Jürgen Sprenzinger

DIE PRÄSIDENTIN
DES DEUTSCHEN BUNDESTAGES
- Referent -

53113 Bonn, 11. 09. 95
Bundeshaus
Telefon (0228) 16 - 1

Herrn
Jürgen Sprenzinger
Friedenstraße 7a

86179 Augsburg

Sehr geehrter Herr Sprenzinger,

die Präsidentin des Deutschen Bundestages, Frau Prof. Dr.
Rita Süssmuth, hat mich gebeten, Ihnen für Ihr Schreiben vom
11. Juli dieses Jahres zu danken. Aufgrund der großen Anzahl
der hier eingehenden Post ist es mir leider erst heute möglich, Ihnen zu antworten. Ich bitte Sie hierfür um Ihr Verständnis.

Ihre Idee, Ihr Haus zu verhüllen, hat die Präsidentin mit
einem Schmunzeln aufgenommen. Wie Sie selbst schon richtig
vermuten, kann sie Ihnen allerdings bei Ihrem Anliegen nicht
behilflich sein, da sie auf das Landratsamt als Bundestags-
präsidentin keine Einflußmöglichkeit hat. Überdies erscheint
es ihr auch nicht ganz unwahrscheinlich, daß bei der Entscheidung des Landratsamtes baurechtliche Mängel ebenfalls
eine Rolle gespielt haben könnten.

In diesem Sinne bittet Frau Präsidentin Sie um Verständnis,
daß sie Ihnen nicht weiterhelfen kann. Sie läßt Sie auf diesem Wege grüßen und wünscht Ihnen alles Gute.

Mit freundlichen Grüßen

(Volker Görg)

Jürgen Sprenzinger
Friedenstraße 7a
86179 Augsburg

Firma
Hans Schwarzkopf GmbH
Hohenzollernring 127

22763 Hamburg

16.Juli 1995

Sehr geehrter Herr Schwarzkopf,

ich habe eine Glatze. Ich weiß nicht, warum mir das Schicksal das angetan hat. Fast alle
Haare sind mir schon ausgefallen. Ich hatte schon als Kind dünne Haare, aber relativ viele, so daß damals noch kein Mensch daran gedacht hat, daß ich einmal eine Glatze kriege. Mein Vater hatte immer volles Haar und mein Großvater hat seine Haare sogar mit
in den Sarg genommen. Keiner von meinen Ahnen hatte jemals eine Glatze. Ich habe
das zurückverfolgt bis ins Jahr 1861. Ausgerechnet mich hat es erwischt. Sie können
sich vorstellen, daß das für mich ein arger Schock war. Ich hab mich nicht mehr unter
die Leute getraut und bin jahrelang nur mit Hut oder Mütze herumgelaufen, sogar im
Hochsommer. An keine Frau hab ich mich rangetraut, weil ich mich furchtbar ab-
stoßend gefühlt hab. Durch Zufall und mit viel Glück hab ich dann doch noch eine Frau
kennengelernt, der das nichts ausgemacht hat. Im Gegenteil, die hat gesagt, das findet
sie toll, weil das eine zusätzliche Kußfläche sei. Aber das ist kein Trost für mich, die
kann mich ja auch woanders küssen.

Ich bin zu 8 Hautdoktoren gerannt und habe mich untersuchen lassen. Keiner hat mir
helfen können, alle haben mir den gleichen Quatsch erzählt, nämlich daß diese Glatze
vererbt sei. Das kann aber nicht stimmen, denn am ganzen Körper habe ich viele Haare,
fast wie ein Urangutan. Aber ausgerechnet auf meinem Schädel wollen die nicht mehr
wachsen. Irgendein Doktor hat mir dann dieses Alpecin forte verschrieben, das hab ich
dann zwei Jahre genommen, aber das Zeug hat fürchterlich nach Teer geschmeckt und
außerdem hab ich davon kronischen Durchfall gekriegt. Ein Bekannter hat mir Kletten-
wurzelöl empfohlen, aber davon wurde die Glatze immer so pappig und das Öl ist mir in
die Augen getropft und ich hab nur noch Schlieren gesehen und alles unscharf. Ein anderer Bekannter hat mir gesagt, ich müßte mir die Sonne auf die Glatze scheinen lassen,
das tät die Kopfhaut anregen. Ja Papperlapapp sag ich Ihnen, einen saftigen Sonnen-
brand hab ich mir geholt und zwar so, daß sich die Kopfhaut fast bis zur Schädeldecke
abgehoben hat, das waren vielleicht Schmerzen, die wünsch ich meinem ärgsten Feind
nicht. Mein Gesicht war 4 Tage verzogen, so war die Kopfhaut gespannt. Außerdem hab
ich einen Sonnenstich gehabt, daß ich gemeint hab, jetzt holt mich gleich der Teufel und
schlecht wars mir damals, ich konnte nichts mehr essen, weil alles wieder raus kam, ich
hab damals tagelang geglaubt, ich bin ein Reiher.

Irgend ein Doktor hat mir dann gesagt, daß man bei einem männlichen Haarausfall nichts machen könnte und mir ein Tupee empfohlen. Zugleich hat er gemeint, ich soll ein mildes Shampoo nehmen für die restlichen eigenen Haare, am besten eins von Schwarzkopf, das Zeugs von denen sei gut und das soll ich vorsichtig mit den Fingerspitzen einmassieren. Seitdem benutze ich Ihr Shampoo, aber wiegesagt, ich wasche damit mehr meine Glatze als meine Haare. Das anschließende Trockenföhnen ist ein Vorgang von 28 Sekunden. Ich hab das mal gestoppt. Das mit dem Tupee habe ich dann auch wieder sein lassen, weil das nicht gepaßt hat und sündteuer war, außerdem hab ich damit ausgeschaut wie der Seppl vom Kasperltheater. Aber eigentlich wollte ich Ihnen das garnicht erzählen, weil das ja eigentlich gar niemanden etwas angeht, ich habe mich halt jetzt einmal ausgeweint, aber bitte sagen Sie es nicht weiter, es muß ja nicht jeder wissen, daß ich eine Glatze habe. Aber warum ich Ihnen schreibe, hat einen anderen Grund. Ich habe neulich im Fernsehen, ich glaube es war bei RTL, gesehen, daß Sie ein neues Spray erfunden haben, das Haare sprüht. Ich hab das nicht ganz mitgekriegt und kann es kaum glauben, aber ich habs mit eigenen Augen gesehen, ich glaub, das Mittel hat Nummer 1 oder so ähnlich geheißen. Ich war ganz baff, weil wenn man sich damit Haare auf den Kopf sprühen könnte, dann wäre das für mich ein Hoffnungsschimmer. Bitte teilen Sie mir mit, was das für ein Mittel ist und was es kostet, es ist mir egal, wieviel Sie dafür verlangen täten, ich zahle es.

Viele Grüße und vielen Dank

Jürgen Prenzinger

Schwarzkopf

BANK:
HAMB. LANDESBANK (BLZ 200 500 00)
KONTO 166 231
COMMERZBANK AG HAMBURG
(BLZ 200 400 00)
KONTO 40/18 446

POSTGIRO:
HAMBURG (BLZ 200 100 20)
KONTO 323 81-204

TELEFAX: 040/ 88 24 23 12

TELEX: 2 12 624

DRAHTWORT:
SILHOUETTE HAMBURG

HANS SCHWARZKOPF GMBH
HOHENZOLLERNRING 127
22763 HAMBURG

HANS SCHWARZKOPF GMBH · 22749 HAMBURG

Herrn
Jürgen Sprenzinger
Friedenstraße 7 a

86179 Augsburg

IHRE ZEICHEN	IHRE NACHRICHT VOM	ANTWORT ERBETEN AN	☎ (040)8824-01 DURCHWAHL 8824-2580	

M-MBN/vbf/6537   09.08.1995

Schwarzkopf N°1 Shampoo-Konzentrat

Sehr geehrter Herr Sprenzinger,

vielen Dank für Ihr Schreiben vom 16.07.1995. Wir bitten um Entschuldigung, daß wir Ihnen erst
jetzt antworten, aber sind wir doch bemüht und selbstverständlich auch gewillt, Ihnen auf Ihr
charmantes Schreiben adäquat zu antworten.

Lassen Sie uns erst mal auf die Sache mit der Werbung eingehen und dabei ein wenig fachchine-
sisch werden:

Mit jeder Werbung wird versucht, in kurzer Sequenz mit einem Maximum an Produktinformation
und zu erwartender Produktleistung die angestrebte Zielgruppe positiv zu erreichen. So werden
Produktaussagen optisch umgesetzt, was auch für unseren Spot zutrifft. Hier wurde die Möglichkeit der "haargenauen" Dosierung durch die Erstmaligkeit eines dreifach konzentrierten Shampoos
durch einen Pumpmechanismus in der von Ihnen beschriebenen Weise verbildlicht.

Nach dieser etwas trockenen Ausführung möchten wir doch auf den Kern Ihres Schreibens zurückkommen und bedanken uns hierbei für die schonungslose Offenlegung Ihres Lebens- und
Leidensweges.

Vielleicht versuchen Sie, die Sache doch einmal von einer ganz anderen Seite zu sehen:

Sie haben 8 Hautdoktoren konsultiert, die Ihnen einheitlich dasselbe erzählten von einer Vere-
brung, die Ihren Nachforschungen nach gar nicht existieren kann. Sie haben Toupets versucht und
anderer Dinge mehr.

Ihrem Schreiben entnehmen wir, daß Sie trotzdem -oder vielleicht deswegen- ein sehr humorvoller und selbstbewußter Mensch sind (geworden sind - geblieben sind). Wer weiß, es gäbe noch
unzählige andere Beispiele für "Anderartigkeiten", die es Menschen nicht leicht machen (es sei
hier nur an die erinnert, die sich seit Erfindung einer gewissen Batterie -"hält bedeutend länger als
Zink-Kohle-Batterien"- als solche betiteln lassen müssen, oder an "Bohnenstangen", "Brillenschlan-
gen" usw.!).

.../-2-

GESCHÄFTSFÜHRER: HORST GÜNTHER FALKENHAN (VORSITZENDER), JAMES P. LEWIS, HANS PETER SCHWARZKOPF,
RAINER TSCHERSIG. VORSITZENDER DES AUFSICHTSRATS: DR. KARL-GERHARD SEIFERT
SITZ DER GESELLSCHAFT: HAMBURG HRB 13006 AMTSGERICHT HAMBURG

Auch ist es doch so, daß gewisse "Mängel" immer wieder zu dem "gewissen Etwas" führen; dazu gibt es genügend Beispiele aus der Welt der Prominenz: Charlie Chaplin, Dustin Hoffmann: klein; Jürgen Prochnow: pockennarbig; Yul Brunner: mit Glatze! etc.

Somit halten wir es mit Ihrer Frau, der Ihre Glatze eben nichts ausmacht, sondern im Gegenteil, sie damit eine "zusätzliche Kußfläche" hat. Dem "zusätzlich" entnehmen wir, daß sie Sie sehr wohl auch noch woanders küßt...

In diesem Sinne möchten wir Ihnen für Ihr Schreiben mit den beigelegten Körperpflegemitteln nochmals danken. Erweisen Sie sich doch mit Ihrem eloquenten Stil als würdiger Schüler Ihres -leider im Jahre 1948 zu früh verstorbenen- Lehrmeisters Herrn Fey!

Mit den besten Wünschen verbleiben wir

mit freundlichen Grüßen

HANS SCHWARZKOPF GMBH
Marketing

Ingrid Weatherall

Jorun von Fallois

Anlage

GESCHÄFTSFÜHRER: HORST GÜNTHER FALKENHAN (VORSITZENDER), JAMES P. LEWIS, HANS PETER SCHWARZKOPF, RAINER TSCHERSIG. VORSITZENDER DES AUFSICHTSRATS: DR. KARL-GERHARD SEIFERT
SITZ DER GESELLSCHAFT: HAMBURG HRB 13006 AMTSGERICHT HAMBURG

Jürgen Sprenzinger
Friedenstraße 7a
86179 Augsburg

Firma
Hans Schwarzkopf GmbH
Hohenzollernring 127

22763 Hamburg

12. August 1996

Sehr geehrte Frau Weatherall,

vielen herzlichen Dank für ihren Brief und den Deodorant und das Rasierwasser. Ich bin
mir ja vorgekommen wie an Weihnachten. Aber ich wollte Sie nicht schädigen, das dürfen Sie mir glauben. Gefreut habe ich mich aber schon sehr, ich finde das bärig von Ihnen, daß Sie mir gleich Ihr halbes Warenlager schicken. Obwohl ich zugebe, daß ich
auch ein bißchen enttäuscht bin, weil das alles nicht mein Problem löst. Aber ich bleibe
trotzdem Ihr Kunde, weil Sie eine sehr nette Firma sind.

Das mit Ihrem Werbespot kapiere ich zwar nicht so richtig, aber Sie werden schon wissen, was Sie tun, ich wünsche Ihnen jedenfalls viel Erfolg damit. Ich versteh nämlich
nicht viel von Produktleistung und positiv zu erreichenden Zielgruppen, ich wollte eigentlich nur Haare, die man auf den Kopf sprühen kann. Aber scheinbar hab ich mich
mal wieder in was reingesteigert.

Sie schreiben da, daß Sie meinen, ich sei ein humorvoller Mensch. Da geb ich Ihnen allerdings recht, ich lache recht gern und habe gern eine Gaudi. Gaudi ist übrigens ein bay-
risches Wort und heißt in deutsch soviel wie: die Sau rauslassen. Ich schreib das deswegen, weil Sie ja Hamburger sind und den Ausdruck Gaudi vielleicht nicht verstehen. Sie
schreiben des weiteren, daß es Leute gibt, die sich Brillenschlange und Bohnenstange ti-
tulieren lassen müssen. Da haben Sie recht, das kenn ich. Ich bin nämlich auch ziemlich
lang und dürr und eine Brille habe ich auch, abstehende Ohren dazu, bloß ich hab auch
noch eine Glatze ! Jetzt wissen Sie, was ich gelitten hab ! Aber lassen wir das jetzt, ich
will bei Ihnen kein Mitleid schinden. Denn wenn Sie ganz richtig schreiben, daß gewisse Mängel zu etwas gut sind: ich bin zwar nicht Yul Brunner, aber in einem Film hab
ich auch schon mitgespielt. Den Film müssen Sie sich unbedingt anschauen, weil das
nämlich fast schon ein Kultfilm ist. Er heißt »Xaver und sein außerirdischer Freund«.
Der ist schon mal im ZDF gelaufen, aber den gibts auch in jeder Vidiothek. Ich spiel in
dem Film den Jäger. Das können Sie mir schon glauben, ich verkohl Sie da ganz bestimmt nicht. Allerdings sieht man da meine Glatze nicht, weil ich einen Jägerhut auf-
hab.

Weil sie so nett geschrieben haben, verrate ich es Ihnen: Meine Frau küßt mich tatsächlich nicht nur auf die Glatze, sondern auch da hin und dort hin und hier hin …, aber ich wollte Ihnen einen Brief schreiben und keinen Sexroman.

Sie haben mir allerdings eine schlaflose Nacht bereitet. Ich hab mir nämlich überlegt, wer dieser Herr Fey war, der mein Lehrmeister gewesen seine soll. Wer um Gottes Willen, war Herr Fey? Ich hab in Knaurs Lexikon nachgeguckt, aber hab ihn nicht gefunden, sogar meinen Schwager, der ein Ethnologe ist, hab ich gefragt, auch der hats nicht gewußt. Vielleicht schreiben Sie mir gelegentlich, wer dieser Herr Fey war. Sein Schüler kann ich nämlich nicht gewesen sein, weil der 1948 gestorben ist und ich aber erst 1949 auf die Welt gekommen bin. Das ist ja überhaubts gar nicht logisch.

Also nochmal vielen Dank für das Rasierwasser und weiter so.

Mit herzlichen Grüßen

Jürgen Sprenzinger

Jürgen Sprenzinger
Friedenstraße 7a
86179 Augsburg

Milchwerke Köln/Wuppertal eG.
Oberste Geschäftsleitung
Clausenstraße 2

42285 Wuppertal

Augsburg, 19. Juli 1995

Sehr geehrte Damen und Herren,

Milchprodukte sind ja angeblich sehr gesund. Deswegen esse ich sehr viel Milchprodukte und habe nie Verdauungsprobleme und eine rosige Hautfarbe und fühle mich sau-
wohl. Jetzt hab ich auch mal Ihren top-fit-fettarm-Trink-Joghurt-mild probiert, ich muß
Sie loben, die Brühe ist wirklich nicht schlecht, wenn man mal davon absieht, daß sie
vielleicht etwas dickflüssig ist. Aber leider, bis man mal an das Innere dieser Joghurttüte
kommt, also ich kann Ihnen sagen, das war vielleicht ein Theater!

Zugegeben, Sie haben ja eine Gebrauchsanweisung drauf, aber die ist so versteckt, daß
ich die nicht gelesen habe und außerdem stimmt die garnicht. Ich möchte Ihnen aber den
Öffnungsvorgang hier kurz schildern, damit Sie eine Vorstellung haben, was das für
eine Tortour war.

Also: Zuerst wollte ich die Tüte einfach mit der Schere aufschneiden, da das am schnell-
sten geht. Leider fand ich die Schere nicht an ihrem gewohnten Platz. Wir haben Sie normalerweise in der 2. Schublade von oben links unten in der Anrichte. Aber sie war nicht
da. Wahrscheinlich hat sie meine Frau wieder einmal verschlampt. Ich habe übrigens
jetzt schon die 6. Schere gekauft. Ich finde dann ab und zu wieder mal eine, einmal in
der Garasche, ein andermal im Keller oder sogar im Schlafzimmer. Mir ist bis heute
nicht klar, was meine Frau mit den Scheren treibt. Aber das soll ja nicht Ihr Problem
sein, ich bin schon Manns genug, dieses Scherenproblem meiner Frau zu beseitigen. Jedenfalls habe ich keine Schere nicht gefunden, obwohl ich eine halbe Stunde gesucht
hab. Ich habe dann die Gebrauchsanweisung für das Öffnen von besagter Joghurttüte gelesen. Das heißt, versucht hab ichs. Ich konnte es aber nicht, weil es zu dunkel war. Ich
stand nämlich mit dieser Joghurttüte im Flur und weil da nirgends ein Fenster ist, ist es
da meistens ziemlich dunkel.
Da bin ich natürlich schon ein bißchen ärgerlich geworden. Ich bin dann mit dem Trinkjoghurt zurück in die Küche, weils da heller ist. Ich hab die Tüte ans Licht gehalten und
da habe ich gesehen, daß da draufsteht: Lasche zurückklappen. Ich hab dann die Tüte
vor mich auf den Tisch gestellt, oben festgehalten und versucht, mit beiden Daumen die
Lasche zurückzuklappen. Dabei habe ich festgestellt, daß man dabei gar keine 2 Daumen benutzen kann, weil die Öffnung an dieser Lasche zu klein ist. Ich habe keine solchen Hebammenfinger, das haut bei mir nicht hin, weil meine Daumen zu breit sind.
Aber da können Sie nichts dafür. Aber daß Sie die Öffnung zu klein machen, da können

Sie was dafür. Irgendwie hab ich es dann doch geschafft, unter Schmerzen beide Daumen in die Öffnung zu quetschen. Das Zurückklappen hat dann auf Anhieb funktioniert. Meine Daumen waren auch wieder frei und der Schmerz hat sofort nachgelassen.

Ich habe geglaubt, nun komme ich in den Genuß Ihres Trinkjoghurts. Aber da war ich schief gewickelt. Jetzt kam nämlich eine weitere Anweisung: Hier nach vorne drücken. Und diese Anweisung stand gleich zweimal da, nämlich einmal links und einmal rechts. Ein normaler Mensch ist jetzt total verwirrt, nicht so ich, weil ich nämlich ein findiger Mensch bin. Ich habe zuerst das rechte Dings vorsichtig nach vorne gedrückt, aber nichts ist passiert. Zumindenst habe ich nichts gesehen, aber vielleicht ist im Innern der Tüte irgendwas passiert, was ich nicht weiß. Egal. Jedenfalls habe ich dann das linke Dings probiert, aber was soll ich Ihnen sagen, auch jetzt ist wieder nichts passiert. Ich war vielleicht auf 180, das können Sie mir glauben. Mir ist der Appetit auf Trinkjoghurt jedenfalls gründlich vergangen. Ich war fest überzeugt, diese Trinkjoghurttüte kriegt nur der Geheimdienst auf, und hab mir ein Bier geholt.

Aber wissen Sie, ich kann ja stur sein wie ein Maulesel. Meine Frau sagt das auch. Jedenfalls hatte ich nach meiner Flasche Bier eine Inspiration. Ich kam auf die Idee, beide Dinger gleichzeitig, ich meine, nicht zeitversetzt nach vorne zu drücken. Hab ich auch gemacht. Und siehe da, es erschien so ein kleines Fadenkreuz, wie früher im ersten Weltkrieg auf den Maschinengewehren. Jetzt war ich echt fertig. Laut Bedienungsanweisung hätte der Trinkjoghurt jetzt nämlich herauslaufen müssen. Lief aber nicht. Nur dieses kleine Fadenkreuz klotze mich höhnisch an. Ich war so wütend, daß ich nahe dran war, diesen verdammten Trinkjoghurt an die Wand zu werfen. Normalerweise bin ich ja wirklich alles andere als gewalttätig und tue keiner Fliege was zu leide, aber schön langsam hatte ich das Gefühl, ich werde augenblicklich zum Mörder.

Mir kam die Idee, dieses Fadenkreuz durchzustechen, weil dann theoretisch ein Loch entstehen müßte, durch welches der Trinkjoghurt anschließend ausfließen würde. Also ging ich an die Anrichte und öffnete die 2. Schublade von oben links und suchte eine Schere, um dieses Fadenkreuz zu durchbohren. Ich fand wieder mal wie üblich, keine Schere. Meine Frau verschlampt immer alle, wissen Sie. In regelmäßigen Abständen tauchen die aber immer wieder irgendwo auf. Wütend wie ein Walroß bin ich in den Keller gewalzt und habe mir einen mittelgroßen Schraubenzieher geholt und den Rest können Sie sich vielleicht denken: ich habe dieses Trinkjoghurttütenmiststück eiskalt am Fadenkreuz durchbohrt.

Wissen Sie, ich sags Ihnen ganz ehrlich: Ihr Trinkjoghurt ist prima, aber diese Tüten taugen garnichts. Und ich kann ja nicht immer einen Werkzeugkasten bereithalten, bloß damit ich diese Dinger aufkriege. Zudem hat das ganze zirka 2 einhalb Stunden gedauert. Wenn man da am Abend noch was anderes vorhat, als nur Joghurt zu trinken - also da sollten Sie was anderes erfinden. Jedenfalls kaufe ich Ihren Trinkjoghurt erst wieder, wenn das Öffnen einfacher ist und man nicht mehr Gefahr läuft, sich dabei die Finger zu brechen. Bitte teilen Sie mir mit, wenn es soweit ist, ich bevorrate mich dann sofort wieder.

Mit freundlichen Grüßen

Jürgen Frenzinger

Nachtrag

Eine Woche nach Absendung dieses Briefes erreichte mich ein Anruf von Herrn Michael Schumacher. (Nicht zu verwechseln mit Schumi, der Rennsemmel, der hat sich nur den Namen von meinem Herrn Schumacher ausgeliehen). Nein – mein Herr Schumacher ist Verkaufsleiter von der Firma ELOPAK, der Firma, die die Joghurt-Verpackungen herstellt. Er war sehr nett, hat mich besucht und mir persönlich gezeigt, wie man eine solche Verpackung ohne Schraubenzieher öffnen kann. Aber ehrlich gesagt: Zwischendurch benutze ich doch noch ab und zu den Schraubenzieher!

Jürgen Sprenzinger
Friedenstraße 7a
86179 Augsburg

Firma
WHISKAS
Effem GmbH
Postfach 1280

27281 Verden

31.7.1995

Sehr geehrte Damen und Herren,

immer wieder höre ich Ihre Werbung im Radio. Deswegen muß ich Ihnen leider mitteilen, daß sich bei mir eine Tragödie ereignet hat. Vielleicht können Sie mir einen Rat geben.

Ein türkischer Freund hat mir vor 2 Jahren eine Katze aus der Türkei mitgebracht, die er
dort vor dem Kochtopf gerettet hat. Da meine Katze eigentlich eine Türkin ist, heißt sie
»Müzy«, was frei übersetzt ungefähr »Miezi« heißt. Leider ist sie mir vorgestern wegge-
laufen. Und vermutlich hatte sie sogar Gründe für ihr Verhalten.

Und das kam so: ich bin Junggeselle und habe schon lange eine Freundin gesucht, weil
ich kann es mir ja nicht herausschwitzen. Ich hab auch eine gefunden. Ich muß vorab sagen, daß ich Müzy immer mit Whiskas gefüttert habe und mit Vorliebe hat sie Enten-Ra-
gout gegessen. Meine neue Freundin hat immer gespart und ist fürchterlich geizig gewesen und so mußte die arme Müzy immer das essen, was wir auch gegessen haben. Pfui
Teufel. Sie bekam kein Whiskas mehr, weil meine Freundin so knauserig war. Ich habe
zwar immer zwischendrin Whiskas gekauft, aber das war fast schon eine Geheimaktion,
weil meine Freundin durfte unter keinen Umständen was merken.
Vor 3 Tagen hat sie es dann doch geschnallt und war stinkesauer auf mich, hat mich einen Verschwender geheißen und ist wutentbrannt aus der Wohnung gerannt und hat gesagt, ich »könne sie mal« und gemeint, mit mir kommt man nie zu was. Das hat mich total mitgenommen, wissen Sie. Aber es war mir eigentlich ziemlich schnell wieder
wurscht. Ich hatte ja noch meine Müzy. Aber vor zwei Tagen, als ich heimkam, hat
mich Müzy nicht begrüßt. Konnte sie auch gar nicht, weil sie garnicht da war. Was soll
ich Ihnen sagen, seitdem ist sie aushäusig und hat sich nicht mehr blicken lassen. Nun
habe ich zwei Frauen auf einmal verloren und weiß nicht, was ich tun soll. Ich habe
auch schon an Selbstmord gedacht, aber ich trau mich nicht, weil das vielleicht weh tun
könnte. Ich weiß auch garnicht , was ich falsch gemacht habe. Ich habe gestern sogar
Whiskas vors Fenster gestellt, aber das hat garnichts genutzt, lediglich der Nachbarshund hat sich daran gütlich getan, was auch zu erwarten war, der ist nämlich bisexu-
ell.

Vielleicht können Sie mir einen Tip geben, was ich jetzt machen soll, ich bin ja schließlich ein guter Kunde von Ihnen, das wäre für mich sehr hilfreich und würde mir vielleicht neuen Lebensmut geben.

Mit freundlichen Grüßen

Jürgen Sprenzinger

Effem GmbH · Postfach 12 80 · 27281 Verden (Aller)

Herrn
Jürgen Sprenzinger
Friedenstr. 7a

86179 Augsburg

Telefon (0 42 31) 94-0
Telefax (0 42 31) 94 43 26 · Telex 24 215
Effem GmbH · Eitzer Str. 215
27283 Verden (Aller)

10. August 1995

IHRE TRAGÖDIE........
Schreiben vom 31.07.1995

Sehr geehrter Herr Sprenzinger,

schon Wochen zerbrechen wir uns den Kopf, wie wir Ihnen brauchbare Hinweise geben
können. Aber - Sie werden enttäuscht sein - niemandem fällt so richtig etwas ein.

Sie sind ein guter Kunde von uns, und das werden Sie doch bleiben? Wir können uns
gut vorstellen, daß Müzy zu Ihnen zurückgekehrt ist - angelockt von dem
unwiderstehlichen WHISKAS-Geruch. Der "bisexuelle" Nachbarshund wird ja manchmal
auch anderes zu tun haben als der Nachbarskatze das WHISKAS vom Fensterbrett
wegzufressen. Oder sollte Müzy genug von Deutschland haben und sich vor lauter
Heimweh auf den Weg in die türkische Heimat gemacht haben? Vielleicht ist ihr
inzwischen durch den Katzen-Klatsch zu Ohren gekommen, daß die Türken keine
Katzen mehr in den Kochtopf stecken.

Nun zu Ihrer Ex-Freundin: Lange haben Sie gesucht und dann doch die Falsche
gefunden. Vielleicht hat Ihre Freundin von dem WHISKAS Entenragout gekostet und
das hat sie animiert, Ihren Geiz immer lauter "hinauszugackern".

Wagen Sie doch einen kompletten Neuanfang, das ist unser Rat. Denn es ist doch klar:
das Wohl unserer Kunden liegt uns am Herzen!

Mit freundlichen Grüßen

EFFEM GmbH

Christa Klebe

Handelsregister Verden, Abteilung B/10 · Geschäftsführer: Rainer Camphausen · Deutsche Bank AG, Verden 0263 582 (BLZ 291 726 55)

Jürgen Sprenzinger
Friedenstraße 7a
86179 Augsburg

Firma
Alcon Pharma GmbH
Blankreutestraße 1

79108 Freiburg/Br.

31.7.1995

Sehr geehrter Herr Alcon,

seit meiner Jugendzeit muß ich eine Brille tragen, weil ich nämlich schlecht seh. Aber
alle Leute haben mir immer gesagt, daß ich damit doof ausschau. Nur meine Mutter hat
gesagt, daß ich schön bin, weil es auf die inneren Werte bei einem Menschen ankommt.
Nachdem ich an meinem Aussehen nichts ändern konnte, hab ich halt zeitlebens innere
Werte gesammelt. Seitdem sagen alle Leute zu mir, daß ich ein feiner Kerl bin, auch
wenn ich doof ausschau. Das freut mich natürlich schon.

Jetzt hat mir vor einem Jahr ein Bekannter gesagt, daß ich mir Kontaktlinsen machen lassen soll, weil man dann keine Brille mehr brauchen tät, hat der gemeint. Ich konnte das
zuerst gar nicht glauben, weil ich ein vorsichtiger Mensch bin, der nicht alles gleich
glaubt, weil die Welt schlecht ist und die Leute lügen wie gedruckt, hat meine Mutter
immer gesagt. Jedenfalls hab ich mich überreden lassen und bin ein paar Tage drauf
zum Optiker gegangen. Den kenn ich gut, von dem hab ich alle Brillen her und der hat
mich immer gut bedient. Außerdem hat der eine tolle Frau, unwahrscheinlich gepflegt
und mit roten Zehennägeln und so. Ich steh auf rote Zehennägel. Aber meistens bedient
mich der Optiker selber. Der hat normale Zehennägel, kennt sich aber dafür besser mit
Brillen aus. Ich hab ihm erzählt, daß ich Kontaktlinsen haben will und er hat gesagt, das
sei überhaupt kein Problem. Ob ich weiche oder harte haben will, hat er gefragt. Ich
habe weiche Kontaktlinsen genommen, weil ich weiche Sachen lieber mag. Weiche Eier
sind mir zum Beispiel auch lieber als harte. Ich hab nach einer Woche dann die Kontaktlinsen bekommen, mit so einem Döschen, wo man die reintun kann. Dieses Döschen hat
oben eine Lasche, die abwechselnd rot oder blau ist, je nachdem was für eine Flüssigkeit
man drinhat.

Aber mein Problem ist, daß ich die Kontaktlinsen nicht immer tragen kann, weil ich zu
wenig Tränenflüssigkeit habe, hat mir der Optiker gesagt. Das stimmt, ich weine nämlich ganz selten. Vor 4 Jahren, als mein Opa gestorben ist, hab ich zum letzten Mal ge-
weint. Das war nämlich ein feiner Mensch, hat aber nie eine Brille gebraucht, obwohl er
82 war. Ich hab ihn immer beneidet deswegen.

Also ich kann die Kontaktlinsen nicht immer tragen. Deswegen lagere ich sie in diesem Döschen ein und zwar eine Nacht lang lass ich sie in der roten Flüssigkeit und dann beware ich sie in der blauen Flüssigkeit auf. Und jetzt ist mir folgendes passiert und deswegen schreibe ich Ihnen eigentlich: Als ich vor 3 Wochen die Kontaktlinsen tragen wollte, hab ich das Döschen geöffnet und stellen Sie sich vor, die Kontaktlinsen waren weg. Ich war mir aber sicher, daß ich die da reingetan hab, aber ich hab sie nicht mehr gefunden. Ich bin am anderen Tag dann wieder zum Optiker. Leider war seine Frau nicht da, aber er selber und ich hab mir dann neue Kontaktlinsen machen lassen und hab zwei neue Flaschen Reinigungsmittel und Aufbewahrungslösung gekauft.

Gestern wollte ich dann die neuen Kontaktlinsen einsetzen und bitte, jetzt halten Sie mich nicht für blöd, sie waren wieder weg. Ich habe nun den Verdacht, daß das blaue Mittel von Ihnen die Kontaktlinsen vernichtet oder frißt oder was auch immer, aber ich kann mir das nicht anders erklären. Ich meine, das ist doch eine Aufbewahrungslösung, so steht das auf der Flasche. Aber hier handelt es sich scheinbar um eine Auflösung. Ich hab mir gedacht, ich schreib jetzt einfach mal und frag Sie, ob das möglich sein kann und ob sie schon mehrere solche Fälle gehabt haben, es könnt ja sein. Und verstehen Sie mich richtig, diese Kontaktlinsen kosten ja auch immer ein Schweinegeld, es ist ja nicht so, daß die billig wären. Vielleicht haben Sie ein anderes Mittel.

Entschuldigen Sie bitte, wenn ich Sie damit belästigt habe, aber ich muß das einfach wissen.

Ich hoffe, Ihnen hiermit gedient zu haben und verbleibe

Jürgen Frenzinger

Herrn
Jürgen Sprenzinger
Friedenstraße 7a

86179 Augsburg

Freiburg, 10. August 1995

Sehr geehrter Herr Sprenzinger,

herzlichen Dank für Ihren Brief, der uns einen umfassenden Einblick in Ihr Problem verschafft hat - vor allem durch die detailreichen Hintergrundinformationen.

Wir sind von der Leistungsfähigkeit unserer Produkte überzeugt, aber es ist uns leider noch nie gelungen, Kontaktlinsen in Alcon-Pflegemitteln aufzulösen. Wenn die Linsen nicht mehr im Linsenbehälter sind, besteht deshalb die begründete Annahme, daß sie woanders rumliegen. Schon Murphy lehrt: die Entfernung eines Gegenstands zu dem Platz, wo man ihn sucht, ist direkt proportional zu der Dringlichkeit, mit der man ihn braucht.

Wenn man sein Auto auf der Straße nicht wiederfindet, neigt man ja auch leicht zu dem Verdacht, daß es vom sauren Regen aufgefressen sein könnte. Meist steht es dann auf dem Stellplatz einer Abschleppfirma.

Es kommt allerdings gelegentlich vor, daß Kontaktlinsen aufgefressen werden. Linsenappetit entwickeln in diesen Fällen aber nicht die Pflegemittel, sondern bekannt gierige Linsenverzehrer wie Abflüsse, Ritzen und Teppiche. (Letztgenannte sind dann grundsätzlich besonders langfaserig).

Natürlich wollen wir aber nicht riskieren, daß Ihnen wegen des Verlusts Ihrer Kontaktlinsen zum ersten Mal nach vier Jahren wieder Tränen in die Augen steigen. Wenn Sie so nett wären, uns Ihre Meßwerte für die Kontaktlinsen zu schicken, wollen wir gerne schauen, was wir tun können, um Ihnen zu einem Ersatz zu verhelfen. (Wenn Sie Ihren Linsenpaß nicht mehr finden und auch auf der Rechnung keine entsprechenden Angaben sichtbar sind, fragen Sie Ihren Optiker. Sicher ist das ein willkommener Anlaß, ihn und seine Frau Gemahlin mal wieder zu besuchen).

ALCON PHARMA GMBH
Postfach 560
D-79005 Freiburg i. Br.
Blankreutestraße 1
D-79108 Freiburg i. Br.

Telefon:
(07 61) 13 04-0
Telefax:
(07 61) 13 04 20 0

Bankverbindung:
Deutsche Bank, Freiburg i. Br.
2 626 588 (BLZ 680 700 30)

Handelsregister:
Amtsgericht
Freiburg i. Br.
HRB 2137

Sitz:
Freiburg i. Br.

Geschäftsführer:
Manfred Regener
T.R.G. Sear

Erlauben Sie uns zum Abschluß zwei (ernst gemeinte) Produkt-Tips:

** Wenn Sie Ihre Linsen nicht täglich von morgens bis abends tragen, ist eigentlich **Optifree** das ideale Pflegemittel für Sie. Optifree ist eine Einstufenlösung für Desinfektion, Aufbewahrung und Abspülung, Sie sparen sich das Hin und Her mit verschiedenen Flaschen - und Sie können Ihre Linsen problemlos viele Tage in Optifree liegenlassen, wenn Sie mal Lust auf Brille verspüren.*

** Die Sorgen mit der Tränenflüssigkeit haben viele Kontaktlinsenträger. Besonders unangenehm ist der Mangel an Tränenflüssigkeit, wenn das Auge zusätzlich belastet wird, also z.B. bei Hitze, in staubiger Umgebung oder - beruflich bedingt, wie in Ihrem Fall - bei Bildschirmarbeit. Sehr wohltuend ist dann die Verwendung einer Nachbenetzungsflüssigkeit, die den Tränenfilm unterstützt und den Tragekomfort wesentlich erhöht. Auch das Aufsetzen und Rausnehmen geht bequemer mit einem Tropfen Nachbenetzung. Empfehlen können wir da das **Polyrinse Augen-Element** - gibt's beim Optiker.*

Mit getrennter Post senden wir Ihnen eine Flasche Optifree und eine Packung Augen-Element, damit Sie die Tips gelegentlich ausprobieren können. Bleibt uns nur der Wunsch, daß Ihre Kontaktlinsen auch weiterhin Sehschärfe, Wohlbefinden und Humor fördern mögen.

Mit besten Grüßen von Freiburg nach Augsburg

ALCON PHARMA GmbH
i.A.

G. Dinkelaker
Leiter Vertriebskoordination

Jürgen Sprenzinger
Friedenstraße 7a
86179 Augsburg

An die
Deutsche Telekom Aktiengesellschaft
Postfach 10021

86135 Augsburg

2.8.1995

Sehr geehrte Damen und Herren,

entschuldigen Sie, wenn ich Ihnen schreibe, aber ich habe ein Problem. Zuerst einmal
muß ich Ihnen mitteilen, daß ich ein technischer Depp bin und mich mit dem Strom-
zeugs überhaupt nicht auskenn.
Ich arbeite als Putzmann in einem Anwaltsbüro. Aber ich hab ein Telefon von Ihnen.
Ich glaub, das Ding heißt Delta oder Betta oder so ähnlich, Sie wissen schon, so ein Telefon mit einem Haufen schwarzer Tasten, die man anstelle einer Wählscheibe jetzt so
hat.

Dadurch, daß ich den ganzen Tag aushäusig bin, bin ich natürlich nicht zu Hause und
habe mir die Anschaffung eines Anrufbeantworters überlegt, weil das schon praktisch
wäre und toll auch, weil die Leute dann sogar meine Stimme hören könnten, obwohl ich
nicht da bin.

Jetzt war ich neulich in meiner Stammkneipe und habe mich mit einem Kumpel wegen
einem Anrufbeantworter unterhalten, weil ich weiß, daß der einen Anrufbeantworter
hat. Er hat mir abgeraten und gesagt, daß er seinen Anrufbeantworter nicht mehr hat, er
hat jetzt was ganz neues, nämlich ein interaktives Transcosmo-Stimmenspeicherboxofon. Ich hoffe, ich habe das richtig geschrieben. Ein Anrufbeantworter sei heutzutage
ein alter Hut, hat der gesagt, und Schnee von gestern. Ich habe ihn natürlich gefragt, woher er das hätte, und da hat er mir erzählt, er hätte das von der Telekom. Er hat mir gesagt, daß man mit diesem Gerät jede Stimme nachmachen könnte und diese Stimme
dann als Ansage verwenden könnte, sogar die von diesem Elvis Bressly. Das hat mich
echt umgehauen, weil da sieht man mal wieder, wie enorm sich die heutige Technik entwickelt hat. Er hat mir dann gesagt, ich bräuchte dazu aber einen Eiesdiän-Anschluß
oder so ähnlich, weil das irgendwie schneller geht. Was da schneller gehen soll, ist mir
nicht klar. Ich bin nicht mehr der Jüngste und für die Jugend ist das ganz normal, weil
die mit der Technik aufwachsen, bei mir braucht das nicht mehr so schnell zu gehen, ich
hab schon Zeit.

Am nächsten Tag bin ich dann auf die Post und wollte mir einen Antrag für so ein Gerät
holen. Aber der Postbeamte hat mich angeschaut, als ob ich vom Mars käm oder Zapfen
am Hirn hätte, und er hat gesagt, so was hätte er noch gar nie gehört. Aber ich muß ehrlich sagen, einen kompetenten Eindruck hat mir dieser Mensch nicht gemacht. Ich hätt

mir da einen Bären aufbinden lassen, hat er gesagt, und zwar keinen kleinen nicht, sondern schon einen ganzen Grisslybären. Aber eines muß ich Ihnen sagen: meinen Kumpel kenn ich schon fast 20 Jahre, der lügt mich nicht an und der macht auch keine Sprüche nicht. Ich weiß, daß wenn der mir das erzählt, dann ist das auch wahr.

Wenn es Ihnen nicht zu viel Mühe macht, wäre ich Ihnen sehr dankbar, wenn Sie mir Unterlagen über ein interaktives Transcosmo-Stimmenspeicherboxofon zukommen lassen könnten und vielleicht können Sie mir auch mitteilen, wie teuer so ein Gerät ist und was ich dazu alles brauche.

Für Ihre Mühe danke ich Ihnen herzlich

Mit freundlichen Grüßen

Jürgen Sprenzinger

PS: Leider habe ich eine miserablige Handschrift. Deswegen hat mein Enkel das auf seinem Computer geschrieben, damit Sie das besser lesen können. Der Bub ist jetzt 8 Jahre alt und schreibt schon wie ein Alter.

Nachtrag

Ich gestehe Ihnen, lieber Leser, ich weiß es wirklich auch nicht, was ein »Interaktives Transcosmo-Stimmenspeicherboxofon« ist. Die Telekom aber auch nicht. Die haben mich nämlich angerufen und gefragt, was das sein soll. Selbst der Vorgesetzte dieser jungen Dame, die mich anrief, hat es scheinbar nicht gewußt – er ließ den Fall einfach auf sich beruhen. Aber ich weiß, daß es auf dem Raumschiff »Enterprise« so was gibt, weil es mir Mr. Spock erzählt hat. Möglicherweise bin ich aber auch nur meiner Zeit voraus, und die Telekom befindet sich im falschen Quadranten oder hat nicht die korrekte Sternzeit?

Jürgen Sprenzinger
Friedenstraße 7a
86179 Augsburg

Fa.
Constructa
Gesellschaft mit beschränkter Haftung
Zentrale
Hochstraße Nr. 17

81669 München

17.8.1995

Sehr geehrter Herr Constructa,

seit fast 9 Jahren wasche ich mit einer Constructa-Waschmaschine und bin sehr zufrieden damit, weil die Maschine noch nie kaputt war. Nur einmal war der Schlauch ver-
stopft, aber da können Sie ja nichts dafür, da hat meine Wäsche wahrscheinlich gefus-
selt. Und einmal hat sie nicht sauber gewaschen, aber da hab ich danach gemerkt, daß
ich gar kein Waschpulver drin gehabt hab.

Nun habe ich neulich im Radio eine Werbung von Ihnen gehört. Ich höre immer gerne
Werbung im Radio, weil man ja über alles informiert sein muß. Und da haben Sie gesagt, daß Constructa-Waschmaschinen sehr sparsam mit dem Wasser sind und daß wenn
man noch mehr Wasser sparen wolle, man beim Nachbarn baden muß. Ich hab mir überlegt, daß ich das eigentlich machen könnte. Ich kenne meinen Nachbarn schon 7 Jahre
und hab auch den Schlüssel von seiner Wohnung. Falls mal was ist und so. Jedenfalls
hab ich dann aufgepaßt, wann er seine Wohnung verläßt und dann bin ich rüber zu ihm.
Ich hab mir natürlich ein eigenes Handtuch und einen eigenen Waschlappen mitgenommen, mein eigenes Shampu und meine Seife, damit es nicht so auffällt. Ich hab die Wanne voll laufen lassen, bis oben hin zum Rand, weil es ja nicht mein Wasser war, was soll
der Geiz. Dann hab ich gebadet, sag ich Ihnen, wie ein König! Ich bin dann so ungefähr
eine viertel Stunde in der Wanne gelegen. Plötzlich geht die Badezimmertür auf und die
Nachbarin steht im Bad und schreit, als wenn sie am Spieß stecken tät. Ich hab sie selbstverständlich sofort höflich begrüßt und beruhigt und da hat sie erst gemerkt, daß ich das
bin. Sie wollte wissen, was ich in ihrer Badewanne täte. Ich hab ihr gesagt, daß ich gerade bade. Sie hat darauf hin gemeint, ob ich spinne, ich hätte doch selber ein Bad. Und
dann habe ich ihr von Ihrer Werbung erzählt, und daß man damit eine Menge Wasser
sparen könnte, wenn man beim Nachbarn badet. Das hat sie sofort begriffen. Sie hat gemeint, daß sie ja auch sehr sparsam sei, und daß man noch mehr Wasser sparen könnte,
wenn man zusammen badet und bevor ich nur einmal papp sagen konnte, hatte sie sich
ausgezogen und ist zu mir in die Wanne gestiegen. Da habe ich ganz schön gestaunt, das
können Sie mir glauben. Aber wir haben uns dann noch ganz nett unterhalten, insbeson-

dere über die neue Mieterin im 2. Stock, die immer so vornehm tut und über unseren idiotischen ekelhaften Hausmeister. Wir hätten wahrscheinlich noch länger geplaudert, aber dann ist das Wasser schön langsam kalt geworden. Zum Dank hab ich meine Nachbarin noch abgetrocknet, das hat ihr anscheinend gefallen.

Jetzt hab ich aber ein Problem. Die Nachbarin, sie heißt übrigens Gertrud, duzt mich seitdem, was mir garnicht so recht ist, weil so einen engen Kontakt will ich auch wieder nicht. Und was viel schlimmer ist: ich hab sie jetzt schon viermal in meiner Badewanne erwischt und sie bringt auch nicht ihre eigene Seife mit, sondern benutzt die meine. Wenn ich das aber so überlege, dann rechnet sich das eigentlich nicht, weil ich erst einmal bei ihr gebadet hab, sie aber schon viermal bei mir. Ich werde das Gefühl nicht los, daß sie wesentlich mehr spart als ich.

Sei wie es sei, aber ich muß Ihnen abschließend sagen, daß das keine so gute Idee von Ihnen war, die Baderei beim Nachbarn. Das sollten Sie in Ihrer Werbung ändern, weil diese Idee ein Krampf ist. Aber Ihre Waschmaschinen sind trotzdem prima, das muß man Ihnen lassen, Waschmaschinen bauen, das können Sie. Und im übrigen muß ich Ihnen leider mitteilen, daß ich seit dem aushäusigen Baden einen Fußpilz habe, daß mich schier der Teufel holt.

Ich hoffe, Ihnen hiermit gedient zu haben und verbleibe

mit freundlichen Grüßen

Jürgen Prenzinger

Nachtrag

Die Nachbarin badet zwischenzeitlich nicht mehr bei mir. Lange hab ich mir überlegt, wie ich das bewerkstelligen könnte. Die rettende Idee: radikale Entfernung aller Wasserhähne im Bad. Wie **ich** jetzt ohne Wasser bade, möchten Sie wissen? Ganz einfach: im städtischen Schwimmbad, kostet 6 Mark 25, und man kann da zwei Stunden ununterbrochen warm brausen …

Trotzdem: ich wasche weiterhin mit Constructa!

Jürgen Sprenzinger
Friedenstraße 7a
86179 Augsburg

Fa.
MTU Motoren und Turbinen Fabrik
Turbinenabteilung
Dachauer Straße 665

80995 München

21.8.1995

Sehr geehrte Damen und Herren,

vor 2 Wochen hab ich den neuesten Batman-Film gesehen und war total begeistert. So
ein toller Typ, sag ich Ihnen, also den Film sollten Sie sich auch anschauen. Ich hab mir
zwischenzeitlich ebenso ein Kostüm machen lassen und seh wirklich super darin aus.

Jetzt hab ich aber ein Problem, bei dem Sie mir vielleicht helfen können. Dieser Batman
hat ein wahnsinnig irres Auto. Da ich ein alter Autobastler bin, möchte ich mir so ein
Auto bauen. Mit der Karosserie und dem Fahrgestell hab ich keine Schwierigkeiten,
glaub ich. Mit dem Motor gleicherweise nicht, da nehm ich einen Porschemotor mit so
rund 320 PS. Aber dieses Batmanauto hat auch eine Turbine eingebaut, die das Fahrzeug unwahrscheinlich schnell beschleunigt. Mein lieber Herr Gesangsverein, wenn der
diese Turbine einschaltet, dann geht die Post aber ab!

Ein Bekannter, den ich zufällig getroffen hab und der ein paar Jahre bei Messerschmitt,
Bölkow und Blom gearbeitet hat, weil er nämlich ein Flugzeugbauer ist, hat mir erzählt,
daß Sie solche Turbinen machen. Jetzt hab ich mir gedacht, ich schreib mal an Sie und
frage höflich an, ob Sie mir so ein Ding liefern könnten und was das kostet. Vielleicht
haben Sie möglicherweise irgendwo eine gebrauchte Turbine rumliegen, die täte es mir
auch. Funktionieren sollte sie natürlich schon noch, weil eine kaputte nutzt mir ja nichts.
Ich müßte auch wissen, wie groß so eine Turbine ist, es sollte vielleicht eine etwas kleinere sein, damit sie auch in das Auto reinpaßt. Am liebsten wäre mir eine, sagen wir mal
so ungefähr einen Meter lang und mit einem Durchmesser von 40 cm. Sie sollte auf alle
Fälle nicht zu groß sein, damit man sie gescheit einbauen kann. Wichtig ist auch, daß sie
einen langen Feuerschweif hinten raushaut, weil das optisch sagenhaft gut aussieht.

Ich möchte so schnell als möglich mit dem Autobauen anfangen und wäre Ihnen daher
sehr dankbar, wenn Sie mir mitteilen täten, wann Sie so eine Turbine liefern könnten.
Super wäre es auch von Ihnen, wenn Sie mir vielleicht zuerst die Maße sagen könnten,
dann kann ich das schon einplanen.

Für Ihre Mühe danke ich Ihnen ganz herzlich im voraus und verbleibe

Mit freundlichen Grüßen

Jürgen Sprenzinger

Herrn
Jürgen Sprenzinger
Friedenstraße 7 a

86179 Augsburg

Ihr Ansprechpartner:
Werner Schmitt
VLBC st-ms/032-95

Tel. : (089) 1489-4777
Fax : (089) 1489-6326

4. September 1995

Ihr Schreiben vom 21.08.95

Sehr geehrter Herr Sprenzinger,

wir bauen Flugzeugtriebwerke von 20 cm Durchmesser bis zu 2,50 m im Durchmesser. Das kleinste Triebwerk wiegt ca. 75 kg, erzeugt über 420 PS, hat aber keinen Feuerschweif, schluckt dafür aber rund 150 l Kerosin pro Stunde.

Ein Großbläsertriebwerk mit ca. 2,50 m Durchmesser wiegt rund 3,5 Tonnen, gurgelt ca. 5.500 l pro Stunde und erzeugt - mit einem allerdings unsichtbaren Abgasschweif - rund 30 Tonnen Schub.

Vermutlich reicht für dieses Triebwerk das Fahrgestell und der Tank nicht aus. Andere Leute bauen aber an dieses Triebwerk ein paar Blechteile und ein paar Räder dran und nennen das Ganze dann "Flieger".

Es gibt jedoch in unserer Produktpalette ein paar Triebwerke, die fetzen und krachen ganz schön. Und im Nachbrennerbetrieb, da haut's nicht nur einen mords Feuerschweif raus, manchmal fliegen auch die Funken. Ein solches Ding hat dann so ca. 70 cm Durchmesser, wiegt rund 1,7 Tonnen und drückt das Zeug, was man dran baut, mit 8,2 Tonnen nach vorne. Allerdings ist der Spritverbrauch auch immense, so daß man für zwei Stunden Operationszeit so etwa einen halben Tanklastzug braucht.

Wir befürchten jedoch, daß so ein Triebwerk, auch wenn man es nur für ein paar Sekunden krachen läßt, damit es fetzig aussieht, eher am Ziel ist als der Fahrer mit seinem Sitz.

Geschäftsgebäude:
Dachauer Straße 665
80995 München
Sitz der Gesellschaft:
München
Handelsregister München
HRB Nr. 1035
Ust. Ident. Nr. DE 811121801

Bankverbindung:
Landeszentralbank München
Konto Nummer 700 074 13
Bankleitzahl   700 000 00

Vorsitzender des Aufsichtsrates:
Jürgen E. Schrempp
Geschäftsführung:
John R. Tucker, Vorsitzender
Hans Hemm
Günther Kell
Jost Schmidt

MTU Motoren- und Turbinen-Union
München GmbH
Postfach 50 06 40 · 80976 München
Lieferanschrift:
Dachauer Straße 665 · 80995 München
Telefon (089) 14 89-0
Telefax (089) 14 89 55 00
Telex 5 29 500-15 mt d

Allerdings könnte Batman mit solch einem Ding nicht mithalten. Der täte dann ganz schön alt aussehen und würde einfach links liegen bleiben.

Mit freundlichen Grüßen

MTU Motoren- und Turbinen-Union
München GmbH

(Unterschriften: i. V. ... , i. A. ... Schmitt)

Anlage:
Informationsmaterial

Geschäftsgebäude:	Bankverbindung:	Vorsitzender des Aufsichtsrates:	MTU Motoren- und Turbinen-Union
Dachauer Straße 665	Landeszentralbank München	Jürgen E. Schrempp	München GmbH
80995 München	Konto Nummer 700 074 13	Geschäftsführung:	Postfach 50 06 40 · 80976 München
Sitz der Gesellschaft:	Bankleitzahl 700 000 00	John R. Tucker, Vorsitzender	Lieferanschrift:
München		Hans Hemm	Dachauer Straße 665 · 80995 München
Handelsregister München		Günther Kell	Telefon (0 89) 14 89-0
HRB Nr. 1035		Jost Schmidt	Telefax (0 89) 14 89 55 00
Ust. Ident. Nr. DE 811121801			Telex 5 29 500-15 mt d

Jürgen Sprenzinger
Friedenstraße 7a
86179 Augsburg

Firma
Wrigley GmbH
Albrecht-Dürer-Str. 2

82008 Unterhaching

23.8.1995

Sehr geehrte Damen und Herren,

hiermit möchte ich Ihnen mitteilen, daß Sie den besten Kaugummi herstellen, den es gibt. Seit 45 Jahren kaufe und kaue ich Ihren Kaugummi, angefangen habe ich damit im Kindergarten. Das war so kurz nach dem zweiten Weltkrieg. Heute brauche ich immer noch täglich meine 8 Streifen Kaugummi, vermutlich bin ich zwischenzeitlich kaugummisüchtig. Ich war deswegen auch schon bei einem bekannten Hypnosetherapeuten in Behandlung. Diese war am Anfang relativ erfolgreich. Er hat mich auf einen viertel Streifen pro Tag reduzieren können. Aber nach 2 Monaten war ich bereits wieder auf einem Streifen pro Tag. Zwischenzeitlich habe ich resigniert aufgegeben, ich komme gegen diese Sucht einfach nicht an und konsumiere Ihren Kaugummi fast schon hemmungslos. Ich kaue, bis mir am Abend die Kiefer knirschen. Manchmal ertappe ich mich dabei, daß ich sogar einen Kaugummi verschlucke. Komischerweise hatte ich aber noch nie Probleme mit der Verdauung.

Nun habe ich mir gedacht, daß wenn ich schon ständig Ihren werten Kaugummi im Mund habe, ich mich einmal für diesen tollen Kaugummi bei Ihnen bedanken sollte. Aber wenn ich so recht überlege, machen Sie den Kaugummi ja eigentlich gar nicht, weil das ja ein amerikanisches Produkt ist. Der Hersteller ist vermutlich Herr Wrigley in Amerika. Und deswegen wollte ich mich bei Herrn Wrigley persönlich bedanken. Leider habe ich dabei die Schwierigkeit, daß ich nicht weiß, wo in Amerika Herr Wrigley lebt. Ich denke, daß Sie das aber wissen und lege Ihnen noch einen Brief an Herrn Wrigley bei mit der Bitte um Weiterleitung an denselbigen. Nun habe ich aber, Gott sei's geklagt, noch ein Problem. Ich spreche kaum Englisch. Ich bin schon froh, daß ich einigermaßen deutsch kann. Ich habe mir nun ein Englischbuch gekauft, aber ich muß ehrlich sein, ich lern das auf meine alten Tage nicht mehr. Ich habe aber gemerkt, daß die Engländer und scheinbar auch die Amis alles verdrehen, auch die Sätze, die sie reden. Deswegen habe ich den Brief auch gleich so geschrieben, vielleicht tut sich Herr Wrigley dann beim Lesen leichter.

Fielen Dank für Ihre Mühe im voraus.

Mit freundlichen Grüßen

Jürgen Sprenzinger

Jürgen Sprenzinger
Friedenstraße 7a
86179 Augsburg

Lieber Herr Wrigley!

Ich bin gewesen kauend Deinen Kaugummi für die letzten 45 Jahre. Das ist der Grund
warum ich würde lieben zu danken Dir für das Produzieren solch eines wundervollen
Kaugummi. Für mich Du bist der beste Hersteller von Kaugummi in der ganzen Welt.
Ich speziell liebe Deinen Juicy Fruit, es schmeckt am besten zu mir. Ich auch kenne die
anderen Sorten von Kaugummi Du produzierst und sie alle wurden lieb zu meinem Herzen.

In der Zwischenzeit ich habe bekommen abhängig zu Kaugummi und brauche meine
tägliche Dosis wie die Luft für Atmen. Ich hoffe, Du behaltest das Produzieren Kaugummi für eine lange Zeit weil ich weiß, mein Leben würde sein nur halb so genußvoll ohne
Deinen Kaugummi. Und kein anderer Kaugummihersteller kann sich vergleichen mit
Dir.

Ich auch habe bemerkt, daß Dein Kaugummi hat eine lange Lebenskraft. Am Abend ich
klebe meinen Kaugummi an die Unterseite von meinem Bett und am Morgen es noch
schmeckt genauso gut wie am Abend vorher. Sogar wenn ich vergesse über es eine
Nacht und nehme es zwei Tage später, es noch hat behalten seinen Geschmack.

Ein anderer Vorteil von Deinem Kaugummi ist daß es tut nicht kleben zu dem Gebiß.
Andere Kaugummifirmen machen ein großes Theater aus diesem aber mit Deinem Kaugummi es ist die Norm. Einmal wieder ich möchte danken Dir von dem Grund von meinem Herzen für Deinen phantastischen Kaugummi.

In den Zeiten wo ich tu nicht kauen Deinen Kaugummi, ich genieße das Essen von pa-
niertem Schnitzel mit Kartoffelsalat. Das ist mein Lieblingsessen. Nun habe ich eine Frage zu Dir: könntest Du produzieren einen Kaugummi, welches schmeckt wie Schnitzel
mit Kartoffelsalat? Ich glaube, daß eine Menge von Leuten würde genießen einen
Schnitzel-Kartoffelsalat-Kaugummi. In Bayern es würde sein ein absoluter Verkaufshit,
nicht zuletzt auch in meinem Sinne. Vielleicht Du könntest tun etwas zu erfüllen meinen
Traum.

Ich immer werde kauen Deinen Kaugummi bis zu dem Ende von meinem Leben. Möge
Gott schützen Dich und Deine Kaugummifabrik.

Der freundliche Deine

Jürgen Sprenzinger

WRIGLEY GmbH

Postfach 1414 · D-82004 Unterhaching · Albrecht-Dürer-Straße 2
Telefon (0 89) 66 510-0 · Telex 5 23 026 · Telefax (0 89) 66 510-309

Herrn
Jürgen Sprenzinger
Friedenstraße 7a

86179 Augsburg

07.09.1995

Sehr geehrter Herr Sprenzinger,

wir danken Ihnen recht herzlich für Ihren amüsanten Brief und
für die netten Komplimente über unsere Kaugummis.

Die Firma Wrigley legt allerhöchsten Wert auf die Frische und
die Qualität ihrer Produkte und unsere Ware unterliegt strengsten
Kontrollen, bevor sie die Fabriken in Richtung Handel verlassen
kann. Die große und ständig wachsende Zahl unserer Verbraucher
zeigt uns, daß die Konsumenten den 'kleinen Unterschied' sehr
wohl zu schätzen wissen.

Selbst wenn wir Ihre Bitte nach Übersetzung beigelegten Briefes
an Mr. Wrigley ernstgenommen hätten, wäre es uns aus Zeitgründen
gar nicht möglich, dies zu tun. Nebenbei bemerkt wird der in
Deutschland vertriebenen Wrigley Kaugummi fast   ausschließlich
bei unserer Schwesterfirma in Frankreich hergestellt.

Als kleines Dankeschön für Ihre Mühe und für Ihre anerkennenden
Worte erlauben wir uns, Ihnen ein sogenanntes "Beauty Pack" mitzu-
schicken, in dem Sie Kostproben aus unserem Kaugummi Sortiment
finden werden.

Nun wünschen wir Ihnen viel Spaß beim Kauen und verbleiben

mit freundlichen Grüßen

Marianne Wolter
Verbraucher Service

Geschäftsführung: William Wrigley, Stefan Pfander (Vors.), Olaf Blank, Wilfried Schmidt, Sitz Unterhaching, Amtsgericht München HRB 44637
WRIGLEY'S GEGR. 1892. VERTRIEB IN ÜBER 100 LÄNDERN

A U G S B U R G
AM JAKOBERWALL

Firma
J. Sprenzinger
Friedenstr. 7 a

86179 Augsburg

☎-Durchwahl
(08 21) 26 17-127

Augsburg, 24.08.95, ma-iw

Ihr neues Büro ist fast fertiggestellt
I. Bauabschnitt, Bezug Herbst 1995

Sehr geehrte Damen und Herren,

nachstehend kurz die wichtigsten Punkte:

- TOP-Lage Augsburg-Innenstadt
- Keine Parkplatz-Probleme
- Raumaufteilung nach Ihren Vorgaben
- Niedrige Energie- und Bewirtschaftungskosten
- Repräsentatives Ambiente
- Günstige Konditionen

Sollten Sie längerfristig planen, stehen Ihnen Flächen in unserem **II. Bauabschnitt**, Bezug Ende `96, zur Verfügung.

Ob Kauf, Miete oder Leasing, wir sind Ihr Partner. Fordern Sie jetzt Unterlagen an oder vereinbaren Sie mit uns einen Besichtigungstermin. Wir freuen uns auf Ihren Anruf.

Mit freundlichen Grüßen

**Klaus Wohn- und
Gewerbebau GmbH**

i. A.

Manfred Aschenbrenner

Jürgen Sprenzinger
Friedenstraße 7a
86179 Augsburg

Fa.
Klaus Wohn und Gewerbebau
Gesellschaft mit beschränkter Haftung
z.H. Herrn Aschenbrenner
Schwangaustraße 29

86163 Augsburg

25.8.1995

Sehr geehrter Herr Aschenbrenner,

Sie haben mir da einen Brief zugeschickt. Da steht drin, daß mein neues Büro fast fertig-
gestellt ist.
Ich wollte Ihnen aber mitteilen, daß das ein Quatsch ist. Ich habe nämlich gar kein neues
Büro bei Ihnen bestellt, weil ich überhaupt kein neues Büro brauch. Ich habe mir erst selber ein neues Büro gemacht. Mein Nachbar hat mir sogar geholfen, eine Holzdecke rauf-
zumachen. Zudem habe ich alle Deppichböden rausgemacht, wegen dem Hund. Ich
habe einen Hund, wissen Sie. Glatte Böden sind da einfach higenischer, weil mein Hund
ein Saubär ist.

Parkplatzprobleme habe ich überhaupts gar nie, da ich nämlich eine eigene Garage habe
und da stell ich mein Auto immer rein, besonders Nachts, weil die nämlich auch absperr-
bar ist. Sie schreiben da was von einem repräsentativen Ambiente. Ich weiß zwar nicht,
was ein repräsentatives Ambiente sein soll, aber Sie werden schon wissen, was Sie in so
ein Büro reintun müssen.

Jedenfalls muß es sich hier um ein Missverständnis handeln, weil ich wirklich und ganz
ehrlich kein Büro bei Ihnen bestellt hab. Ich bin ja nicht blöd und leg mir zwei Büros zu,
wo ich doch nur immer in einem sein kann. Wenn ich gleichzeitig in zwei Büros sein
könnte, dann wäre das aber schon interessant. Aber soviel will ich auch nicht arbeiten,
weil ich nämlich manchmal ein fauler Hund bin. Meine Frau sagt auch, daß ich nicht soviel arbeiten soll, weil einen das früher ins Grab bringt. Und für was? Ich hab ja auch
keine Kinder, für die sich das rentieren würd, nur wiegesagt, den Hund. Aber der
braucht kein Geld, sondern nur sein Fressen und sein Gassi, ab und zu will er gestrei-
chelt werden. Deswegen muß ich mich aber ja nicht gleich totarbeiten.

Ich hoffe, Ihnen hiermit gedient zu haben und verbleibe

mit freundlichen Grüßen

Jürgen Sprenzinger

Jürgen Sprenzinger
Friedenstraße 7a
86179 Augsburg

Fa.
Vatter GmbH
Belinda-Strumpffabrik
Postfach

48432 Rheine

25.8.1995

Sehr geehrte Damen und Herren,

demnächst plane ich einen Banküberfall. Ich weiß zwar noch nicht den genauen Zeitpunkt, aber ich weiß bereits, welche Bank. Das möchte ich Ihnen aber nicht verraten,
sonst verpfeifen Sie mich vielleicht und das wäre mir recht unangenehm. Ich will nämlich nichts mit der Polizei zu tun haben. Aber eigentlich wollte ich Ihnen das garnicht sagen. Außerdem ist mein Plan noch nicht ganz fertig, aber er wird ziemlich rafiniert. Der
Grund weshalb ich Ihnen schreibe, ist ein anderer.

Ich habe gehört, daß man sich bei einem Banküberfall einen Damenstrumpf über den
Kopf zieht, damit einen nicht gleich jeder erkennt. Jetzt weiß ich von meiner Frau, daß
die immer Belinda-Strumpfhosen anzieht. Meine Frau hat dauernd einen Vorrat im
Haus, aber da kann ich mir keine klauen, sonst merkt die was. Also bin ich gestern zum
Supermarkt und habe mir ein paar Damenstrumpfhosen Marke Belinda Fascination
schwarz Größe 36-40 gekauft. Die waren ja nicht gerade billig, aber egal, zahlt ja am
Ende eh die Bank, ich laß mir das Geld vom Kassierer extra geben. Leider habe ich aber
ein Problem damit. Wenn ich die Strumpfhose nämlich über den Kopf ziehe, dann sehe
ich nichts mehr. Aber laut meinem Plan fahre ich mit dem Auto zum Tatort. Ich glaub,
daß das erstens komisch aussieht und zweitens laufe ich die Gefahr, daß ich einen Un-
fall baue, wenn ich nichts sehe, wenn dann die Bullen kommen, bin ich eh schon ver-
razzt.

Außerdem habe ich festgestellt, daß mir Größe 36-40 fast bis zum Bauch reicht, meine
Atmung ist da sehr behindert und es kann ja sein, daß ich schnell wegrennen muß, wenn
ich dann keine Luft bekomme, dann mache ich vorzeitig schlapp und die Cops haben
mich dann ja sofort am Wickel.
Zudem ist meine Armfreiheit sehr beschränkt und ich muß ja irgendwie den Revolver
halten.

Vielleicht können Sie mir einen Typ geben, was für Strümpfe oder Strumpfhosen für
diesen Zweck am besten geeignet sind. Möglicherweise haben Sie da Erfahrung. Verstehen Sie mich richtig. Ich will Sie da nicht langweilen, aber ein Plan ist nur so gut wie
das kleinste Deteil.

Für Ihre Mühe vielen Dank im voraus - Sie hören von mir aus der Zeitung.

Mit freundlichen Grüßen

Jürgen Sprenzinger

Preisrätsel

Leider hat die Belinda-Strumpffabrik nicht geantwortet. Das hat mir natürlich keine Ruhe gelassen, und ich habe nächtelang darüber nachgegrübelt. Irgendwann bin ich dann aber dahintergekommen.

Ich weiß die Antwort darauf. Wenn Sie die auch wissen, dann kreuzen Sie bitte das Feld an, das Sie für das Richtige halten (Nur ein Kreuzchen eintragen, bitte!):

☐   Belinda hat den Brief nie erhalten – die Post war überlastet.

☐   Der Brief wurde vom MAD abgefangen.

☐   Belinda unterstützt grundsätzlich keine Bankräuber.

☐   Belinda hat keine passenden Strumpfhosen für Bankräuber.

☐   Die Strumpfhosen sind alle.

☐   Belinda-Strumpfhosen sind für einen Banküberfall nicht strapazierfähig genug.

☐   Die Firma hat sich die Idee zunutze gemacht und den Coup selbst durchgeführt.

☐   Die Firma wollte an der Beute beteiligt werden.

Bitte reißen Sie diese Seite heraus, und senden Sie mir die richtige Lösung. Die ersten fünf Einsenderinnen, die die richtige Lösung gefunden haben, erhalten je eine exclusive, hauchdünne, superdehnbare Damenstrumpfhose Marke »SUPERMANS DREAM«, Größe 28–106, Farbe nach Wahl, mit eingearbeiteter Aufrollautomatik und im Schritt selbstverständlich aufhakbar. Hersteller: Firma TRIUMPF.

Einsendeschluß ist der 26. Mai 2039. Die Gewinner werden persönlich benachrichtigt. Mitarbeiter des Verlags und deren Angehörige dürfen nicht an der Verlosung teilnehmen. Der Rechtsweg ist selbstverständlich ausgeschlossen.

Jürgen Sprenzinger
Friedenstraße 7a
86179 Augsburg

Fa.
Nestle
Thomy-Werke
Senfabteilung
Werft-Straße 12

76189 Karlsruhe

26.8.1995

Sehr geehrte Damen und Herren!

Dies ist ein Dankesbrief, den ich auf Veranlassung von meiner Frau schreibe. Weil die
nämlich gesagt hat, daß sie Ihnen sehr viel zu verdanken hat. Ich muß Ihnen das vielleicht erklären, obwohl es ein peinliches Thema ist. Aber wenn ich Ihnen diesen Brief
nicht schreibe, dann hängt der Haussegen schief und oh Gott oh Gott! Meine Frau
schlägt mich nämlich manchmal, wenn sie eine Wut hat.
Für mich ist das dann am nächsten Tag sehr beschämend, wenn mich die Kollegen fragen, wo ich meine blauen Flecken her hab. Es gibt Tage, da kann ich nur langärmlig tragen.

Nun gut, das ist meine Misere, ich habe mich schon fast daran gewöhnt. Aber weil mich
meine Frau immer so geschlagen hat, habe ich Probleme mit, na ja, Sie wissen schon,
ich weiß nicht, wie ich es sagen soll, ach ja, im sexuellen Bereich halt. Es ging einfach
nichts mehr.

Mein Freund, das ist der Kurt, dem hab ich das erzählt, weil der erzählt mir auch immer
alles. Und der hat gemeint, daß man da ganz einfach mehr Senf essen müßte, und zwar
einen scharfen Senf. Am besten zu jeder Wurscht, oder auch mal auf ein Brot schmieren
oder am Tag drei Teelöffel pur. Bei ihm hätte das damals in seiner Mitleifcreisis Wunder gewirkt.

Ich bin dann sofort in den hiesigen Supermarkt und habe mir Ihren neuen scharfen Senf,
Marke »Thomy - Der scharfe Bock« besorgt. Die Verkäuferin hat ihn mir auch sehr
empfohlen. Seit ungefähr einer Woche nehme ich davon jeden Tag 3 Teelöffel, was immer ein mords Theater für mich ist, weil da treibts mir die Tränen aus Augen und Nase,
aber gut, wenns hilft, dann solls ja recht sein. Jedenfalls bin ich danach topfit im, na ja,
Sie wissen schon, auch wenn ich total verheult aussäh. Aber meistens machen wir das
Licht aus. Meine Frau ist sehr zufrieden mit Ihrem Senf und sie hat mich seitdem auch
nicht mehr geschlagen.

Bitte entschuldigen Sie, wenn ich Sie mit sowas belästigt habe, aber ich habe Ihnen diesen Brief schreiben müssen, sonst hätte auch der Senf nichts genützt und sie hätte mich wieder geschlagen, obwohl mir das schon peinlich ist.

Jedenfalls vielen Dank für diesen herrlichen Senf, vermutlich werde ich noch ein paar Gläser kaufen müssen, denke ich.

Ich hoffe, Ihnen hiermit gedient zu haben und verbleibe

Mit freundlichen Grüßen

Jürgen Frenzinger

Feinkost-Spezialitäten
Deutsche Thomy GmbH Karlsruhe

Verwaltung:

Lyoner Straße 23 „Nestlé-Haus"
Frankfurt am Main-Niederrad

Telefon: (0 69) 66 71-1
Telefax: (0 69) 66 71-27 15
Teletex: 6997637=nehs

Deutsche Thomy GmbH · 60523 Frankfurt am Main

Herrn
Jürgen Sprenzinger
Friedenstr. 7 a

86179 Augsburg

Ihre Zeichen/Nachricht vom	Unser Zeichen	Durchwahl (0 69) 66 71- Telefon Telefax	Datum
	MPA mr/in		**13. September 1995**

Sehr geehrter Herr Sprenzinger,

wir danken Ihnen für Ihr Schreiben, mit dem Sie uns über Ihre Erfahrungen mit Thomy Produkten berichten. Sicher wird es Sie interessieren, daß wir bewußten Artikel zukünftig etwas modifizieren. Das betrifft nicht die Rezeptur, sondern bezieht sich auf die Namensgebung. Ein entsprechendes Muster legen wir Ihnen bei.

Für Ihre Zeilen bedanken wir uns zusätzlich mit einer kleinen Auswahl von Rezepten. Wir wünschen Ihnen beim Ausprobieren guten Appetit.

Mit freundlichen Grüßen

Deutsche Thomy GmbH

B. Nickerson   W. Marsch

Geschäftsführer: Gustav Höbart
Sitz: Karlsruhe · Registergericht: Amtsgericht Karlsruhe, HRB 342

SPRENZ.DOC

04 E 35' - 094

Jürgen Sprenzinger
Friedenstraße 7a
86179 Augsburg
Deutschland

Fa.
Flying Horse
Postfach 311125

76141 Karlsruhe

30.8.1995

Sehr geehrter Herr Asinto,

normalerweise trink ich immer Red Bull, weil das Flügel verleiht. Immer wenn ich 2 Dosen getrunken hab, dann bin ich high und mach einen Abflug in die Disco. Dort bin ich dann immer der große Mohr und schwirr um die Mädels rum wie eine wilde Hummel und viele Damen wollen dann immer mit mir mitfliegen.

Als ich neulich in meinen Supermarkt gegangen bin und mein Red Bull kaufen wollte, weil ich immer ganz gerne einen Vorrat daheim hab, ist das passiert, was ich immer in meinen Alpträumen erlebe: das Red Bull war ausverkauft. Da hab ich ersatzweise Ihr Flying Horse gekauft. Als ich die erste Dose aufgemacht und probiert hab, schmeckte mir das Zeugs ja ganz gut. Nach der 2. Dose wollte ich dann wie üblich meinen Abflug in die Disco machen, aber Sie werden mir das nicht glauben: als ich aus der Haustüre fliegen wollte, hab ich eine grausame Bruchlandung hingelegt. Ich war danach eine halbe Stunde ohnmächtig. Mein Schädel hat geblutet und mein linkes Knie war aufgeschürft. Glücklicherweise hat mich mein Nachbar gefunden, sonst wäre ich wahrscheinlich verblutet. Mit Entsetzen hab ich dann festgestellt, daß ich trotz 2 getrunkenen Dosen überhaupts gar keine Flügel gehabt hab, bloß Flügelstummel.

Also ich sags Ihnen ganz ehrlich: schmecken tät Ihre Brühe ja ganz gut, aber wenn es keine Flügel nicht verleiht, dann ist das uninteressant für mich. Es kann ja aber auch sein, daß ich was falsch gemacht hab oder daß ich vielleicht zu wenig oder zuviel getrunken hab.

Vielleicht können Sie mir mitteilen, ob Flying Horse auch Flügel verleiht und wie die genaue Dosierung ist, da wäre ich Ihnen sehr dankbar. Dann kaufe ich statt Red Bull auch Ihr Flying Horse, weil die Dose von Ihnen gefällt mir nämlich fast besser wie die vom Red Bull. Und schmecken täts mir auch besser, das Red Bull schmeckt immer so nach angebrannten Gummibärchen.

Für Ihre Mühe vielen besten Dank im vorhinein

Mit freundlichen Grüßen

Jürgen Sprenzinger

Nachtrag

Leider konnte ich die genaue Dosierung nie erfahren, da die Firma nicht geantwortet hat. Es liegt nun die Vermutung nahe, daß die Dosierung ein streng gehütetes Betriebsgeheimnis ist.

Aber: für Discotheken bin ich ja auch fast schon zu alt, und den nächsten Urlaub mache ich sowieso per Flugzeug …

Jürgen Sprenzinger
Friedenstraße 7a
86179 Augsburg

Augsburger Allgemeine
Hauptredaktion
z. H. Herrn Oberredakteur
Curt-Frenzel-Str. 2

86167 Augsburg

1.9.1995

Sehr geehrter Herr Oberredakteur!

Ab und zu lese ich Ihre Zeitung, weil ich mir nur alle 5 Tage eine leisten kann, weil Sie nämlich nicht gerade billig sind mit Ihrer Zeitung. Neulich hab ich jetzt mal wieder Zeitung gelesen. Da war ich gerade flüssig und konnte mir eine kaufen. Dafür aber konnte ich mir kein Eis mehr leisten. Ich will Sie aber nicht mit meiner Finanzlage belasten.

Und zwar hab ich da vor zwei Wochen glaube ich, einen Bericht gelesen, wo Sie geschrieben haben, daß man in Augsburg in der Frauentorstraße, am Dom und auf dem Kreuz Erdöl gefunden hätte. Und bis jetzt weiß keiner, woher es kommt. Ich möchte Ihnen dazu einen Tip geben. Weil ich nämlich glaube, daß ich weiß, woher es kommt. Ich sage Ihnen meinen Verdacht, aber Sie müssen mir versprechen, daß Sie nichts weitersagen und auch niemandem erzählen, woher Sie diese Information haben. Sie können Sie aber verwenden. Wenn Sie wollen, können Sie mir ja ein paar Mark zukommen lassen, dann kaufe ich Ihnen dafür nochmal eine Zeitung ab.

Also: ich bin in der Gegend um die Frauentorstraße aufgewachsen. Meine Oma hat in der Sebastian-Kneipp-Gasse gewohnt. Die Oma war sehr kleingewachsen, so ungefähr eineinhalb Meter hoch und einen Meter breit. Aber Sie ist trotzdem immer gesprungen wie ein Wiesel. Und krank war Sie auch nie. Sie ist sogar 95 Jahre alt geworden und an Verkalkung gestorben. Sie hat zu dem Zeitpunkt nicht mehr gewußt, wie sie heißt. Wir haben Sie in den Herman-Friedhof gebettet, weil wir da eine günstige Familiengruft haben, die nicht gar so feucht ist, weil ein Baum drübersteht.

Aber weshalb ich Ihnen schreibe, ist der Umstand, daß meine Oma mit Heizöl geheizt hat. Und sie hatte im Keller einen Heizöltank mit 5000 Liter. Dieser Heizöltank war ein uralter Hund und immer hab ich ihr gesagt, Oma, hab ich ihr gesagt, kauf dir einen neuen Heizöltank, der kriegt irgendwann ein Loch und dann ist die Kacke am Dampfen. Weil sie so knickrig war, hat sie aber nie einen neuen gekauft. Sie hat nämlich zwei Weltkriege mitgemacht und auch ganz gut überstanden, aber sie war wahnsinnig sparsam bis hin zum Geiz.

Jetzt habe ich folgende Vermutung: meine Oma ist jetzt zirka 7 Jahre im Jenseits. Der Heizöltank dürfte aber immer noch dastehen. Und da sie nur geheizt hat, wenns unbedingt notwendig war, ist der wahrscheinlich noch fast voll. Und ich habe den Verdacht, daß der zwischenzeitlich ein Loch hat und langsam, aber sicher ausläuft. Anders kann ich mir das nicht vorstellen. Der Ursprung der Quelle befindet sich also mit größter Wahrscheinlichkeit in der Sebastian-Kneipp-Gasse! Da bin ich mir fast sicher. Aber bitte, behandeln Sie diese Information vertraulich, ich möchte nicht ins Gerede kommen.

Ich hoffe, Ihnen hiermit gedient zu haben und verbleibe

Mit freundlichen Grüßen

Jürgen Sprenzinger

Augsburger Allgemeine

Chefredaktion

Augsburger Allgemeine · Postfach · 86133 Augsburg

Herrn
Jürgen Sprenzinger
Friedenstraße 7a

86179 Augsburg

Verlag: Presse-Druck- und Verlags-GmbH
Curt-Frenzel-Straße 2
00107 Augsburg

Telefon: (0821) 7 77 - 0
7 77 + Hausruf
Telefax: (0821) 7 77 - 20 38
Telex: 53837

Ihre Zeichen	Ihre Nachricht vom	Unsere Zeichen	Hausruf	Augsburg
	01.09.95	str-rus	2031	04.09.95

Sehr geehrter Herr Sprenzinger,

wir haben zuständigkeitshalber unsere Lokalredaktion, Abteilung
Energieverluste, von Ihrem Schreiben informiert. Von dort aus
wird Ihrer Öl-Spur nachgegangen werden, notfalls bis zur letzten
Ruhestätte ihrer sparsamen Oma. Der Hinweis, daß diese trotz
oder gerade wegen Ihrer Kleinwüchsigkeit immer wie ein Wiesel
gesprungen ist, könnte ja schon auf einen ausgeprägten Bewe-
gungsdrang hindeuten, der wiederum eine gewisse Wärmeentwicklung
und damit einen entsprechend geringen Heizölverbrauch vermuten
läßt.

Nachdem Sie zwar leider kein regelmäßiger, aber immerhin ein ge-
legentlicher Informationsnutzer unseres geschätzten Blattes
sind, wollen wir im Zusammenhang mit unseren Recherchen von der
Nennung Ihres werten Namens absehen, Sie allerdings gleichzeitig
darauf hinweisen, daß Sie sich möglicherweise wegen Mitwisser-
schaft und eventuell einer Strafvereitelung schuldig gemacht haben. Sie müssen auch damit rechnen, für die nun durch Ihre Ent-
hüllung anfallenden umfangreichen Grabungskosten eines mehrköp-
figen Ölsuchtrupps der Städtischen Versorgungsbetriebe zur Kasse
gebeten zu werden. Wir können Ihnen jetzt schon sagen, daß das
nicht billig wird für Sie.

. . .

Eingetragen beim Registergericht Augsburg Nr. HR B 6034, Geschäftsführer: Ellinor Holland, Peter Block, Werner Mittermaier

Für diesen Fall empfehlen wir Ihnen jedoch die Veräußerung Ihres schwarzen Rassehundes, der für Ihren sozialen Status ohnehin viel zu teuer ist. Außerdem erfreut sich der Köter sowieso nicht bei allen Nachbarn ungeteilter Beliebtheit, damit Sie gleich wissen wo Sie dran sind.

Mit freundlichen Grüßen
AUGSBURGER ALLGEMEINE
Chefredaktion

Winfried Striebel

N.B.: Um Ihnen einen Appetit auf die Lektüre unseres hervorragend gemachten Blattes zu machen, dürfen wir Ihnen ein antiquarisches Bändchen unseres Hauskarikaturisten Horst Haitzinger übersenden. Sollten Sie tatsächlich des Lesens nicht kundig sein, wie unsere Ermittlungen ergeben haben, erfreuen Sie sich wenigstens an den Bildern.

Jürgen Sprenzinger
Friedenstraße 7a
86179 Augsburg

Fa.
WISSOLL
z. H. Herrn Schmitz-Scholl
Wissollstraße 5

45478 Mülheim an der Ruhr

5. September 1995

Sehr geehrter Herr Schmitz-Scholl,

leider habe ich ein paar Probleme, bei denen Sie mir vielleicht liebenswürdigerweise helfen könnten. Ich werde jetzt 46 Jahre alt. Meine Nachbarin ist hübsch und blond und ungefähr 15 Jahre jünger. Ich kenne meine Nachbarin aber nicht näher, das möchte ich be-
tonen, weil ich nämlich ganz gut verheiratet bin und meine Frau auch. Das ist aber nicht
der Grund, warum ich Ihnen schreibe, sondern stellen Sie sich vor, was mir neulich passiert ist: die besagte Nachbarin hat mir eine Tüte WISSOLL-Lakritzkonfekt-Fruchtgum-
mimischung geschenkt. Einfach so, aus heiterem Himmel. Ich wußte garnicht, was ich
sagen sollte; ich war ganz verlegen.

Jetzt habe ich das erste Problem, zu dem ich Sie fragen wollte: was hat das zu bedeuten,
wenn einem eine Frau eine Lakritzkonfekt-Fruchtgummimischung schenkt? Haben Sie
da Erfahrung? Ich kenne die Dame ja eigentlich nur vom Sehen. Ich könnte mir aber vorstellen, daß das ein versteckter Antrag ist. Schließlich waren ja auch Gummibärchen in
der Tüte und da kann man sich ja so allerhand vorstellen, wenn man etwas Phantasie
hat. Meine eigene Frau würde das nie machen, hat sie gesagt. Sie hat mir aber auch nicht
gesagt, warum, nur angedeutet, daß ich scheinbar brav gewesen sei. Ich bin jetzt etwas
verwirrt.

Problem Nummer 2 hat sich dann kurz darauf ergeben: mir hat die Sache keine Ruhe
nicht gelassen und ich bin abends in mein Stammlokal und Sie werden es nicht glauben,
wen treff ich? Den Michel. Ich hab ihm das mit meiner Nachbarin erzählt und er hat gemeint »Auweh«. Aber so richtig hat auch er nicht gesagt, was er denkt. Nach dem dritten Bier hat er dann gemeint, daß das übrigens gar keine Lakritze sei, sondern bei uns tät
das Bärendreck heißen und der Bärendreck heißt so, weil der Bärendreck wird zum Teil
aus dem gemacht, was der Bär, na ja, Sie wissen schon. Ich hab ihm gesagt, daß wenn
das stimmen würde, dann würde der Bärendreck ja nicht so gut schmecken wie er
schmeckt, außerdem gibt es in Deutschland gar nicht so viele Bären. Wir haben uns
dann noch ein Bär, quatsch, ein Bier bestellt und ich hab ihm erklärt, daß Bärendreck
aus einem Baum hergestellt wird. Dem wird der Saft abgemolken und der herausgezut-

zelte Saft wird zu Bärendreck verarbeitet. Glauben Sie, er hätte mir das geglaubt? Nicht ums Verrecken, ich schwörs Ihnen!
Wir sind im Streit auseinandergegangen und seitdem schaut er mich mehr an, was mir auch wieder leid tut.

Deswegen schreibe ich Ihnen, weil Sie mir vielleicht helfen können und mir vielleicht sagen können, aus was der Bärendreck oder die Lakritze tatsächlich gemacht wird. Wenn es Ihnen nicht zuviel Mühe macht, dann könnten Sie mir vielleicht das Rezept schicken, damit ich ihm das zeigen kann und er wieder mein Freund ist.

Und dann die Sache mit der Nachbarin müßte ich schon auch wissen, weil ein bißchen heiß hat mich die jetzt schon gemacht. Ich muß halt nur aufpassen, daß das meine Frau nicht mitkriegt.

Für Ihre Mühe aufrichtigen Dank.

Herzliche Grüße

Jürgen Sprenzinger

Herrn
Jürgen Sprenzinger
Friedenstr. 7 a

86179 Augsburg

Mülheim, 20. September 1995

Sehr geehrter Herr Sprenzinger!

Leider kann Ihnen Herr Schmitz-Scholl nicht antworten. Er ist vor über 25 Jahren verstorben. Sein Neffe Erivan Haub, der nun die Unternehmensgruppe führt, hat mich mit der Leitung der Süßwarenfabrik WISSOLL beauftragt. Deshalb kommt die Antwort von mir.

Daß Ihnen unser Artikel Lakritz-Konfekt Probleme bereitet, ist überraschend. Bislang wurde nur davon berichtet, daß er Probleme löst. Zu den „süßen Banden" Lakritz-Nachbarin - Jürgen Sprenzinger - Ehefrau möchte ich mich nicht äußern. Vielleicht sollten Sie Ihrer Nachbarin ohne Worte ebenfalls einen Beutel verehren. (Muster anbei).

Zum Disput mit Freund Michael: Sie haben recht, Herr Sprenzinger. In dem so wunderbaren Lakritz oder - Volksmund - Bärendreck ist tatsächlich der süße Saft eines Baumes, nämlich der der Süßholzwurzel. Mehr wird nicht verraten - Geschäftsgeheimnis.

Ich wünsche Ihnen weiterhin viele schöne Erlebnisse mit unseren Produkten.

Mit freundlichen Grüßen

- Walter Vieth -

Anlage

Jürgen Sprenzinger
Friedenstraße 7a
86179 Augsburg

Firma
BMW
Tankentwicklungsabteilung
Frankfurter Ring 35

80807 München

11. September 1995

Sehr geehrte Damen und Herren,

vor ein paar Wochen hab ich den neuesten Batman-Film gesehen und der hat mir unwahrscheinlich gut gefallen, weil dieser Batman ein super Typ ist und für Recht und
Ordnung sorgt. Den bräuchten wir hier in Deutschland auch, besonders in Bonn.

Jetzt hab ich aber ein Problem, bei dem Sie mir vielleicht helfen können, wenn Sie wollen. Ich möchte so werden wie dieser Batman. Dazu hab ich mir jetzt so ein Kostüm machen lassen und das steht mir fantastisch. Aber ich bräuchte nun so ein Batmobil. Es ist
ja bekannt, daß Sie gute Autos bauen. Und Sie heißen BMW. Ich weiß schon, daß das
für Bayerische Motorenwerke steht, aber ich übersetze das immer mit Bat-Mobil-Wer-
ke. Deswegen hab ich mir gedacht, ich frag einfach mal bei Ihnen an.

Ich schildere Ihnen hier kurz mein Problem: zuerst hab ich mir gedacht, ich baue mir so
ein Auto selber. Aber ich hab ein Problem mit dem Fahrgestell. Ich hab mich nämlich
bei der Daimler-Benz-Aerospace nach einer günstigen Turbine erkundigt. Weil das Batmobil eine Turbine drin hat, die die Karre unwahrscheinlich schnell beschleunigt, wenn
er die einschaltet. Außerdem haut die einen langen Feuerschweif hinten raus und das
sieht natürlich irr aus. Und sowas brauch ich auch. Das ist aber nicht das Problem, die
Leute von der Aerospace waren sehr hilfsbereit. Die Schwierigkeit liegt daran, daß die
kleinste Turbine 75 kg wiegt und 150 l Kerosin pro Stunde reingurgelt. Da habe ich jetzt
natürlich Probleme mit dem Platz und dem Tank. Mit dem Einbauen der Turbine ist es
ja noch relativ einfach, da verlängere ich das Fahrgestell einfach um ungefähr einen Meter, aber bei dem Tank weiß ich nicht, was ich machen soll. Ich kann das Fahrzeug ja
nicht 8 Meter lang machen, der normale Motor muß ja auch noch rein und außerdem
komm ich damit nie in keine Garage hinein. Bei 6 Meter 85 bin ich nämlich schon. Die
neuen Maße für die Turbine sind da schon eingerechnet.

Sie haben doch viel Erfahrung im Autobau. Können Sie mir freundlicherweise mitteilen, ob es nicht vielleicht einen Spezialtank gibt, den man irgendwie raffiniert unterbringen könnte. Ich meine so wie im Flugzeug, da ist ja der Sprit auch in den Flügeln drin und keinen stört das und reingehen tut auch ein ganzer Haufen. Vielleicht haben Sie irgend einen Flachtank oder sowas.

Für Ihre Mühe danke ich Ihnen ganz herzlich und verbleibe
mit freundlichen Grüßen

Jürgen Frenzinger

Nachtrag

Tatsache ist, daß BMW gute Autos baut. Aber man merkt schon: Wenn etwas Spezielles erwartet wird, ist BMW scheinbar total überfordert. Oder haben die vielleicht gar etwas gegen Batman??

Jürgen Sprenzinger
Friedenstraße 7a
86179 Augsburg

Bundesministerium f. Arbeit und Sozialordnung
Herrn Minister Dr. Norbert Blüm
Rochusstraße 1

53123 Bonn

17. September 1995

Sehr geehrter Herr Minister Dr. Blüm,

immer wenn ich mich mit meinen Kumpels über die Arbeitslosigkeit unterhalte, sagen die immer: ach der Blüm, der macht das verkehrt, die Arbeitslosen werden immer mehr. Die machen Sie immer schlecht. Aber ich mach da nie mit, weil ich das nicht richtig find. Ich glaube nämlich, daß Sie ein guter Arbeitsminister sind. Sie sehen auch ganz nett aus und machen immer ein freundliches Gesicht. Eigentlich sollten Sie Bundeskanzler sein und nicht der Kohl. Aber sagen Sie das bitte nicht dem Herrn Kohl, was ich Ihnen geschrieben hab, sonst ist der beleidigt. Und das will ich auch nicht, weil er ist ja eigentlich ein ganzer netter Mensch. Aber genau weiß ich das natürlich auch nicht, ich kenne ihn ja leider nicht persönlich.

Ich schreibe Ihnen, weil ich eine Idee gehabt hab und Sie jetzt fragen wollte, ob Sie da mitmachen. Ich habe mir nämlich Gedanken darüber gemacht, wie man die Arbeitslosigkeit etwas eindämmen könnte.

Ich möchte gern eine Rikscha-Produktion eröffnen. Sie wissen schon, das sind solche Dinger, wie sie die Chinesen haben. Einer sitzt drin und der andere zieht. Und zum Ziehen braucht man natürlich Leute. Und da hab ich mir gedacht, man könnte doch viele Arbeitslose einspannen und außerdem würden auch die Autos viel weniger, wenn mehr Leute Rikscha fahren. Man könnte also gleich zwei Fliegen mit einer Klappe schlagen. Also ich sags Ihnen ganz ehrlich: ich könnte zwar die Rikschas bauen, aber ich kann keine Leute nicht einstellen, weil ich nicht die Kohle dazu hab. Aber vielleicht könnten Sie mir durch das Arbeitsamt, das ja vermutlich Ihnen unterstellt ist, für den Anfang ein paar Leute zur Verfügung stellen. Bezahlen müßte die allerdings vorläufig der Staat, zumindest solang, bis die Sache ins Laufen gekommen ist. Aber ich halte das für eine gute Idee und nehme an, daß wenn sich das durchsetzt, dann gibt das eine Lawine und jeder will Rikscha fahren, da wette ich.

Also ich mach Ihnen einen Vorschlag. Sie überlegen sich das ein paar Tage, weil das ja keine einfache Entscheidung nicht ist und vielleicht können Sie mir Beischeid geben, was wir da machen können. Das wäre super von Ihnen. Vielleicht sollten Sie auch mit dem Verkehrsminister deswegen reden. Aber Sie werden das schon selber wissen.

Ich hoffe, Ihnen hiermit gedient zu haben, bleiben Sie gesund und ich verbleibe

mit freundlichen Grüßen

Jürgen Prenzinger

Nachtrag

Immer wieder hört man, daß unser allseits geehrter Arbeitsminister sehr viel Humor hat und nichts anbrennen läßt. Aber nachdem er mir nicht geantwortet hat, schließe ich daraus, daß er momentan sehr, sehr wenig Zeit hat. Persönliche Recherchen haben ergeben: Er sitzt gerade im Keller und versucht, die Renten zu sichern …

Jürgen Sprenzinger
Friedenstraße 7a
86179 Augsburg

Schwartauer Werke
Marmeladenfabrik
Lübecker Str. 49

23611 Bad Schwartau

20. September 1995

Sehr geehrter Herr Schwartau,

seit 3 Wochen habe ich jetzt den Führerschein. Ich hätte ihn schon früher gekriegt, aber
ich bin bei der Prüfung einmal durchgefallen, weil ich in einer engen Straße den Geh-
steig hinaufgefahren bin. Zufällig lief da aber ein Fußgänger. Es ist aber nichts passiert,
außer daß der Fußgänger hin- und ich durchgefallen bin. Der Fußgänger hat das mit Fas-
sung getragen, aber der Prüfer nicht, das war sowieso so ein nervöser Typ. Aber jetzt
habe ich sogar ein eigenes Auto mit einem Autoradio drin. Am liebsten stehe ich im
Stau, weil es da gemütlich ist und da kann ich kuppeln und schalten, das macht mir richtig Spaß. Und nebenbei höre ich Radio. Neulich bin ich in einem Stau gestanden und
habe Ihre Werbung gehört, wo Sie gesagt haben, daß wenn man auf Schwartau-Extra-
Konfitüre verzichtet, man jeden Tag 3 Pfennig sparen kann. Ich esse sehr gerne Ihre
Marmelade und möchte überhaupts nicht drauf verzichten.

Aber das mit der Sparerei ist mir schon im Kopf herum gegangen, weil ich nämlich ein
sparsamer Mensch bin. Jedenfalls habe ich nach einer Woche reiflicher Überlegung ein
neues Frühstück erfunden, ein sogenanntes ASSF, was die Abkürzung für ein Absolut-
Super-Spar-Frühstück ist.
Vielleich möchten Sie das Ihren anderen Kunden weiterempfehlen. Also: Jeden Morgen
mache ich mir folgendes Frühstück: ich esse drei Esslöffel pur von Ihrer herrlichen Ha-
gebutten-Konfitüre und trinke dazu eine Tasse heißes Wasser, damit mir der Magen
nicht zusammenklebt. Mit dem heißen Wasser spare ich natürlich eine Menge Kaffee,
der ja zwischenzeitlich auch sehr teuer ist. Und diese kostspielige Kondesmilch brauchts
dann auch nicht dazu, der Nebenefekt, der ja nicht unwesentlich ist: die Kühe sind etwas
entlastet, weil sie nicht so viel Milch produzieren müssen. Dazu kommt, daß ich keinen
Kaffeelöffel benutzen muß, der sich erstens abnützt, zweitens ja wieder gespült werden
muß, was Kraft, Zeit und Spülmittel kostet. Und das Risiko, daß er sich beim Umrühren
verbiegt, fällt auch weg, ebenso die Gefahr, daß ich ihn mir beim Trinken in die Augen
stoße. Da ich das heiße Wasser nicht umrühren muß, schone ich zusätzlich auch noch
die Tasse.

Wenn ich sehr viel Zeit habe, meistens am Samstag oder am Sonntag, dann erwärme ich das Wasser mit einer Kerze, die ich unter den Wasserkessel halte. Damit spare ich dann sogar noch den Strom für den Elektroherd. Diese Methode kostet mich nur ein Streichholz und ungefähr 8 Millimeter von meiner Kerze. Ich habe ausgerechnet, daß man mit dieser Methode insgesamt jeden Tag DM 7,82 spart. Wenn ich das Geld dann gut anlege, bin ich in ungefähr 342 Jahren Millionär. Vermutlich habe ich nichts mehr davon, aber meine Nachkommen täten sich da schon freuen und man will ja einen gutes Bild von sich hinterlassen. Darum hab ich mir vorgenommen, daß ich das jetzt jeden Tag brutal durchzuziehe.

Ich hoffe, Sie sind mir für diese Anregung recht dankbar. Über ein positives Echo täte ich mich sehr freuen.
Mit freundlichen Grüßen

Jürgen Sprenzinger

SCHWARTAUER WERKE
GmbH & Co

Herrn
Jürgen Sprenzinger
Friedenstr. 7a

86179 Augsburg

Sabine Schneemann
App. 335
25.9.95 ss-bj

ASSF / Ihr Schreiben vom 20.9.95

Sehr geehrter Herr Sprenzinger,

Ihr oben aufgeführtes Schreiben haben wir erhalten und bedanken uns für das Interesse, welches Sie unseren "3-Pfennig-Spots" entgegenbringen.

Die Schwartauer Werke sind immer wieder sehr daran interessiert, Meinungen, Kritik und Vorschläge aus dem Kundenkreis zu hören. Dieses motiviert uns, neue Produkte, beste Qualität und eingängige Werbung auf den Markt zu bringen.

Ihr Absolut-Super-Spar-Frühstück ist wirklich eine tolle Idee, und der angenehme Nebeneffekt, in ungefähr 342 Jahren Millionär zu werden, spornt natürlich auch ungemein an. Da gute Ideen und Anregungen belohnt werden sollten, erlauben wir uns, Ihnen mit getrennter Post als Dank und Anerkennung Ihrer Bemühungen eine kleine Kostprobe aus neuester EXTRA-Produktion zu übersenden.

Mit freundlichen Grüßen

SCHWARTAUER WERKE GmbH & Co

i.A.

Kommanditgesellschaft, Bad Schwartau, Amtsgericht Bad Schwartau, HRA Nr. 1243, Komplementärin: Schwartauer Werke Verwaltungsgesellschaft mbH, Bad Schwartau, Amtsgericht Bad Schwartau, HRB Nr. 223, Geschäftsführer: Werner Holm, Dr. Lutz Peters, Vorsitzender des Beirats: Dr. Arend Oetker

Bankverbindungen
Dresdner Bank AG, Lübeck (BLZ 230 800 40) Kto. 3 807 010
Commerzbank AG, Filiale Lübeck (BLZ 230 400 22) Kto. 355 867
Landesbank Lübeck (BLZ 230 500 00) Kto. 7 053 006 776
Lampebank, Hamburg (BLZ 480 201 51) Kto. 9/91 082
Deutsche Bank Lübeck AG (BLZ 230 707 00) Kto. 0451 484

Postanschrift
23608 Bad Schwartau

Hausadresse
Lübecker Str. 49-55
23611 Bad Schwartau

Telefon: 0451-204 0 . Telefax: 0451-204 385 . Telex: 26826

Jürgen Sprenzinger
Friedenstraße 7a
86179 Augsburg

Fa.
Microsoft GmbH
Edisonstraße 1

85716 München

20. September 1995

Sehr geehrte Damen und Herren,

immer schon wollte ich einen Computer und habe mir nie einen leisten können. Jetzt
hab ich ein paar Jahre gespart und bin nun ein sogenannter User. Der Verkäufer hat mir
einen Benzium 90 verkauft, der sei sehr schnell, hat er gesagt. Der könnte angeblich
schneller rechnen als mein Taschenrechner.
Aber so schnell braucht der ganicht sein, weil ich hab ja Zeit genug.
Aber ich schreibe Ihnen deshalb, weil ich Sie wirklich loben muß. Ich habe mir nämlich
dieses neue Windows 95 dazu gekauft. Also ich muß Ihnen sagen, das hat mich echt umgehauen. Ja so ein tolles Programm! Es ist wirklich beeindruckend, was Ihrem Chef da
alles eingefallen ist. Dieser Gill Bates ist ein toller Hecht. Der muß ja einen Kopf haben
wie ein Elefant. Ja wie kann man sich denn sowas ausdenken? Sagen Sie ihm bitte einen
schönen Gruß von mir, wenn Sie ihn sehen. Und sagen Sie ihm, daß ich ein Fan von
ihm bin, obwohl er Amerikaner ist. Aber ich bin überhaupt nicht ausländerfeindlich.

Ich war ganz fasziniert, weil man da ja kaum mehr eine Tastatur dazu braucht. Alles
läuft da mit dieser Maus. Was mich allerdings verwirrt, ist der Umstand, daß diese Maus
zwei Knöpfe hat, wo doch meistens nur der linke davon funktioniert. Ich nehme an, daß
der rechte der Reserveknopf ist, falls der linke kaputtgeht. Aber da werd ich schon noch
dahinterkommen. Auf dieser Maus steht übrigens auch Microsoft drauf. Und wieviele
Fenster man da aufmachen kann! Ich hab zwischenzeitlich schon 8 Fenster auf einmal
aufgemacht, und eines war schöner und bunter wie das andere. Ich bin auch draufgekommen, daß man diese Fenster groß und klein machen kann und auf dem ganzen Bild-
schirm rumfahren kann damit. Das finde ich schon saupraktisch.

Ich habe meinen Computer jetzt zwei Tage und habe mir gedacht, ich schreibe gleich
den ersten Brief an Sie, weil das für mich auch eine gute Übung ist. Ich habe dazu so ein
Tintenschreibdruckergerät, der sogar farbig drucken tät, wenn man da eine farbige Tin-
tenhülse reintäte. Der Verkäufer wollte mir eine aufschwätzen. Aber das ist mir momentan zu viel Geld.

Ich nehme an, daß Ihr Chef an diesem Programm weiterprogrammiert und möchte mich jetzt schon vormerken lassen für nächstes Jahr für Windows 96. Bitte senden Sie mir Unterlagen zu. Vielleicht hat Ihr Chef noch andere nette Programme auf Lager, die täten mich auch interessieren, jedenfalls wäre es nett, wenn ich was von Ihnen hören würde. Ich kauf Ihnen wahrscheinlich auch was ab.

Für Ihre Mühe herzlichen Dank.

Mit freundlichen Grüßen

Jürgen Sprenzinger

Microsoft GmbH
Edisonstraße 1
Hausadr.: 85716 Unterschleißheim
Briefadr.: 85713 Unterschleißheim

Telefon 0 89/31 76-0
Telefax 0 89/31 76-10 00

Niederlassung Neuss:
Hammer Landstraße 89
41460 Neuss

Telefon 0 21 31/23 90-0
Telefax 0 21 31/23 90-10

Niederlassung Berlin:
Alt-Moabit 96 c
10559 Berlin

Telefon 0 30/3 90 97-0
Telefax 0 30 /3 90 97-222

Niederlassung Bad Homburg:
Im Atzelnest 3
61352 Bad Homburg

Telefon 0 61 72/40 67-0
Telefax 0 61 72/48 90 49

Niederlassung Hamb
Wendenstraße 4
20097 Hamburg

Telefon 0 40/23 61 15-
Telefax 0 40/23 25 66

Firma
Datentechnik
Herrn Jürgen Sprenzinger
Friedenstraße 7a

86179 Augsburg

Unterschleißheim, 11.10.95
PJ/hae

Ihr Schreiben vom 20.09.95

Sehr geehrter Herr Sprenzinger,

herzlichen Dank für Ihr nettes Schreiben zu Windows 95; es wird meinen Mitarbeitern und mir lange in Erinnerung bleiben, so viel Freude hat es uns bereitet. Wir bekommen täglich Tausende von netten Schreiben, aber Ihres war besonders lieb.

Ich darf Sie im Namen der Microsoft® GmbH nicht nur im Kreis der sogenannten *User*[1] begrüßen; nein, Ihr Wissen macht es unabdingbar, Sie auch in den elitären Kreis der *Microsoft® Insider* aufzunehmen. Nur wenigen Menschen ist es vorbehalten, die Wahrheit über unseren Chef zu erfahren: Er heißt nämlich wirklich Gill Bates. Nur durch eine breit angelegte Pressekampagne - Sie können sicherlich nachvollziehen, was die Presse bewirken kann - war es möglich, der Software-Gemeinde vorzugaukeln, daß er Bill Gates heißt. Kann ja auch gar nicht sein, denn sonst wären beide Namen rechtlich geschützt, oder? Wie haben Sie das nur rausbekommen?

Ich soll Sie übrigens recht herzlich von Gill grüßen. Er freut sich über jedes nette Schreiben zu Windows 95, und er möchte auch jedes persönlich beantworten, aber leider sind das halt sehr, sehr viele. Übrigens hat er eigentlich einen normal großen Kopf, obwohl da tüchtig was rein geht. Er ist aber deshalb so erfolgreich, weil da auch ordentlich was raus kommt.

Gill hat sich besonders über Ihre Ausführungen zur *Microsoft® Mouse* gefreut - ja, Sie haben recht, es ist die Reservetaste. Es kommt aber noch eine weitere Funktion hinzu. Wenn man öfters zwischen der linken und rechten Maustaste und gleichzeitig zwischen Mittelfinger und Zeigefinger abwechselt, dann kommt es viel seltener zu den in Anwenderkreisen gefürchteten *Mausfellfingerentzündungen* [tbu 2]. An diesem Problem haben wir in unseren *Usability-Labs*[3] jahrelang gearbeitet, und das Ergebnis ist die rechte Schontaste der Maus, in Fachkreisen kurz DRS_TDM genannt.

---

[1] *Wer nachweisen kann, daß er mindestens 3 Jahre Windows-Erfahrung hat, den Text des Rolling Stones Songs „Start me Up" auswendig singen und mehr als 12 Fenster gleichzeitig bedienen kann, der wird von Microsoft® vom User zum Power-User befördert. Das ist so wie eine Beförderung vom Gefreiten zum Obergefreiten. Aber ich bin überhaupt kein Militarist! Wer einen richtigen Kurs besucht, der kann sogar zum MCM werden - Microsoft Certified Mouser.*
[2] *to be understood*
[3] *das sind kleine, beheizte Zimmer, wo Anwender u.a. den ganzen Tag auf die Maustasten drücken, um zu sehen, wann die Maus schlapp macht.*

Bankverbindungen:
Commerzbank München
Kto.-Nr.: 1 333 020,
BLZ 700 400 41

Bayerische Hypotheken-
und Wechsel-Bank München,
Kto.-Nr.: 5 804 080 068,
BLZ 700 200 01

Deutsche Bank AG,
München,
Kto.-Nr.: 0616 060,
BLZ 700 700 10

Geschäftsführer:
Christian Wedell
Rudolf Gallist
Michael W. Brown

Amtsgericht
HRB 70 438
USt.-IdNr.
DE 1294159

Zum Abschluß möchten wir Ihnen noch einen gesundheitlichen Rat geben. Jetzt, wo es „herbstelt" und der Winter quasi vor dem Windows steht, machen Sie besser nie mehr als 6 Fenster gleichzeitig auf - man holt sich schnell einen Zug.

Weil wir Ihr Schreiben so nett finden, schicken wir Ihnen mit separater Post ein Windows T™Shirt zu, wir sind sicher, Sie werden viel Freude damit haben

Mit freundlichen Grüßen

Peter Jäckels
Director
End-User Sales & Marketing

PS: Bei Ihren Ausführungen zu „Benzium 90" wußten wir lange nicht, was Sie meinen. Aber wir haben es rausgekriegt. Sie meinen sicherlich den Bentzium 19 von Indel. Das haben mir meine Kollegen aus Nürnberg erklärt.

Jürgen Sprenzinger
Friedenstrasse 7a
86179 Augsburg

American Express International Inc.
Theodor-Heuss-Allee 112

60486 Frankfurt/Main

21. September 1995

Sehr geehrte Damen und Herren,

immer wieder schicken Sie mir Post und wollen mir eine Kreditkarte andrehen. Dabei schreiben Sie jedesmal, daß ich angeblich zu einem erlauchten Kreis gehören täte. Aber neulich hab ich in meiner Stammkneipe, wo ich immer ein Bier drink, mit dem Weber Max geredet, weil der nämlich auch eine Kreditkarte von Ihnen hat. Und der ist alles andere als erlaucht, der ist nicht mal erleuchtet, sondern eigentlich ein Riesen-Depp. Also ich sags Ihnen wie es ist: wenn der Knalli eine Kreditkarte von Ihnen hat, dann will ich keine.

Überhaupt will ich deswegen schon keine Kreditkarte, weil ich gar keinen Kredit will. Ich will ein Vermögen. Deswegen frage ich jetzt höflich bei Ihnen an, ob Sie mir anstatt einer Kreditkarte nicht vielleicht eine Vermögenskarte haben. Damit wäre mir viel mehr gedient. Für den Anfang würden mir 250.000.- DM reichen. Am liebsten wäre mir eine mit so einem Tschipp drauf, wie das bei den Telefonkarten so ist. Irgendeine halt, wo sich das selber abbucht. Ich kann nämlich nicht so gut rechnen.

Wenn Sie mir so eine Vermögenskarte liefern könnten, wäre ich Ihnen sehr dankbar und würde dann sofort Mitglied in Ihrem Verein. Aber sehen Sie es doch einmal realistisch: was will ich denn mit einer Kreditkarte, da kann ich nichts damit anfangen, höchstens in den Zoo gehen und dem Elefanten den Schuh aufblasen.

Ich hoffe, Ihnen hiermit gedient zu haben und verbleibe

mit freundlichen Grüßen

Jürgen Sprenzinger

Nachtrag

Mir wurde seit diesem Schreiben nie mehr eine Kreditkarte angeboten – eine Vermögenskarte aber auch nicht. Wahrscheinlich wurde ich aus dem erlauchten Kreise ausgeschlossen – trotzdem: Hurra, ich lebe noch!

Jürgen Sprenzinger
Friedenstraße 7a
86179 Augsburg

Firma
Haribo GmbH & Co KG
z. H. Herrn Haribo
Hans-Riegel-Straße 1

53129 Bonn

24. September 1995

Sehr geehrter Herr Haribo,

seit Jahren war ich schwermütig und übel gelaunt, zeitweise sogar depressiv. Keiner der Psychotherapeuten, die mich behandelt haben, konnte mir helfen. Nichts was ich unternommen habe, hat auch nur annähernd geholfen. Oft habe ich sogar an Selbstmord gedacht.

Irgendwann habe ich dann Ihre Fernsehwerbung gesehen, die mit dem Thomas Gottschalk. Und da heißt es immer, daß Haribo nicht nur Kinder froh macht, sondern Erwachsene ebenso. Ganz ehrlich, zuerst habe ich das für einen Werbegag gehalten, aber dann hab ich mir irgendwann Ihre Lakritz-Mischung »Color-Rado« gekauft. Und ich darf Ihnen sagen, der Erfolg war durchschlagend. Nachdem ich die halbe Tüte gegessen hatte, hörte ich in mir ein knackendes Geräusch. Das muß scheinbar der Gefühlspanzer gewesen sein, der da aufgebrochen ist. Und plötzlich hab ich alles heller gesehen und wurde richtig froh, ja sogar übermütig. Seitdem konsumiere ich Haribo wie ein Wahnsinniger.

Jetzt habe ich allerdings ein Problem. Als ich das letzte Mal zur Routineuntersuchung beim Arzt war, hat der festgestellt, daß bei mir eine akute Rückentwicklung zum Kind stattfindet. Wenn dieser Prozess so rapide fortschreitet, wie es momentan der Fall ist, habe ich in zwei Jahren die Entwicklungsstufe eines Zwölfjährigen erreicht. Zwischenzeitlich habe ich sogar wieder Milchzähne bekommen, zwar leicht kariös durch das viele Haribo-Naschen, aber immerhin, mein Zahnersatz ist bereits überflüssig und wurde wieder entfernt. Auch habe ich jetzt den Vorteil, daß ich mich nur mehr einmal in der Woche rasieren muß.

Jetzt habe ich eine Frage an Sie: soll ich weiter Haribo essen und das Risiko eingehen, zum Säugling zu werden, oder die Haribo-Therapie eine Zeitlang einstellen? Meine Mutter ist schon zu alt, die kann mich nicht mehr stillen und trockenlegen, ich will ihr das nicht mehr zumuten.Oder können Sie mir ein anderes Produkt aus Ihrem Hause empfehlen, vielleicht eines, das nicht gar so froh macht?

Ihrer geschätzten Antwort sehe ich gerne entgegen, und verbleibe abwartend

mit freundlichen Grüßen

Jürgen Sprenzinger

Nachtrag

Wenn man bedenkt, wieviel Millionen Gummibärchen Haribo jeden Monat herstellt, kann man verstehen, daß die Firma keine Zeit hatte, meinen Brief zu beantworten. Es kann natürlich auch sein, daß Thomas Gottschalk soviel Geld für diesen Haribo-Werbespot verlangt, daß die Firma am Porto sparen muß, etwas Genaues weiß man nicht. Übrigens: mein Lieblingspsychiater ist zwischenzeitlich gummibärchensüchtig …

Jürgen Sprenzinger
Friedenstraße 7a
86179 Augsburg

Firma
Pillsbury Vertriebs GmbH
Geniner Str. 88-100

23560 Lübeck

25. September 1995

Sehr geehrte Damen und Herren,

hiermit möchte ich Ihnen mitteilen, daß meine Küche total zerstört ist. Und das deshalb,
weil ich Ihr Produkt »Knack & Back« benutzt habe. Das, was Sie da herstellen, sind
nämlich gar keine Brötchen, sondern Bomben. Ich gebe aber zu, daß ich da auch was
falsch gemacht hab. Ich hab nämlich die Gebrauchsanweisung nicht gelesen, was ich
aber auch gar nicht konnte, weil die so klein gedruckt ist, daß man sie nur mit Brille lesen kann und ich hatte meine zu diesem Zeitpunkt gerade verlegt.
Deswegen mache ich Sie auch nicht haftbar, möchte es aber nicht versäumt haben, Sie
eindringlich zu warnen, Ihre Packungen zu entschärfen, da sonst vielleicht noch mal
Menschenleben gefährdet sind. Zudem kommt, daß Sie sehr aufpassen müssen, daß kein
Terrorist dahinter kommt, wie groß die Sprengkraft Ihrer Brötchen-Bomben ist.

Aber ich kann Ihnen sagen, das war vielleicht ein Ding! Zuerst habe ich diese Packung
mit diesen Bauern-Brötchen ist das Backrohr gelegt und dann den Herd angeschaltet.
Nach ungefähr 18 Minuten tut das plötzlich einen Schepperer, daß ich meine, es ist Fliegeralarm. Ich bin sofort in die Küche und hab meinen Augen nicht getraut: bei meinem
schönen neuen Elektroherd hat es vorne das Fenster total herausgesprengt, die Herdplat-
te war um 10 cm nach oben geschoben. Überall waren Scherben und Reste von Ihren
Brötchen. Durch den Luftdruck hat es die Küchenfenster nach außen gedrückt. Mein Pa-
pagei, der sich zu diesem Zeitpunkt scheinbar in der Küche aufgehalten hat, ist seitdem
schwerhörig. Der Tierarzt mußte ihm ein Hörgerät verpassen. Alles in allem war es ein
Schaden von zirka 24000.- DM. Gottseidank war ich nicht in der Küche. Normalerweise
halte ich mich nämlich schon in der Küche auf und guck sogar ab und zu durch das Fenster in das Backrohr, weil das schon interessant ist, was da so vor sich geht. Stellen Sie
sich vor, ich hätte da gerade reingeschaut! Wahrscheinlich hätte man mir danach das Gesicht amputieren müssen.

Jedenfalls hab ich danach die Anleitung gelesen, was gar nicht einfach war, weil die nämlich auch total zerfetzt war. Ich mußte sie erst wieder mühselig zusammensetzen. Es war wie ein Puzzle-Spiel.

Ich bitte Sie nun inständig, zukünftig die Gebrauchsanweisung etwas größer zu drucken. Besonders uns alten Menschen wäre da sehr damit gedient.

Ich hoffe, Ihnen hiermit gedient zu haben und verbleibe

mit freundlichen Grüßen

Jürgen Sprenzinger

Pillsbury Vertriebs GmbH · Geniner Straße 88 - 100 · 23560 Lübeck

Herrn
Jürgen Sprenzinger
Friedenstraße 7 a

86179 Augsburg

Telefon:
04 51 / 5 80 13-0
Telefax:
04 51 / 5 80 13-33

Lübeck, den 27.9.95

Ihr Schreiben vom 25.9.95

Sehr geehrter Herr Sprenzinger,

vielen Dank für Ihr Schreiben vom 25.9.95, in dem Sie uns über Ihre Erfahrungen bei der Zubereitung unseres Produktes „4 Bauern-Brötchen" informieren. Diese bedauern wir außerordentlich.

Selbstverständlich ist es für uns sehr wichtig, von Ihnen zu erfahren, ob unsere Frischteig-Produkte Anlaß zu Beanstandungen geben, da der hohe Qualitätsstandard der Produkte unser oberstes Ziel ist. Daher nochmals vielen Dank für Ihr Bemühen.

Zugegebenermaßen sind Sie der erste Knack & Back-Verwender, der das Produkt samt Dose in den Backofen verbracht hat, daher fehlt es uns an jeglichen Erfahrungswerten bezüglich dieser „Zubereitungsart".

Leider ist unsere Dose sehr klein und daher der Platz sowie die Schriftgröße für die gesetzlich erforderlichen Kennzeichnungselemente sehr beschränkt.

Wir möchten Ihnen dringend raten, egal um welches Produkt es ich handelt, vorher die Zubereitungs-empfehlung zu lesen, oder sich von einer anderen Person vorlesen zu lassen, um derartigen Erfahrungen vorzubeugen.

Wir erlauben uns, Ihnen ein kleines Präsent für Ihre - hoffentlich wiederhergestellte - Küche zu übersenden und verbleiben

mit freundlichen Grüßen

Pillsbury Vertriebs GmbH

C. Keßler

Pillsbury Vertriebs GmbH, Sitz Lübeck, Registergericht Lübeck Abt. B 1089, Geschäftsführer: Hans-Joachim Denecke
USt-IdNr. DE 811270551

Postanschrift
Geniner Str. 88-100
23560 Lübeck

Hausanschrift
Geniner Str. 102-106
23560 Lübeck

Bankverbindung
Deutsche Bank Lübeck
BLZ 230 707 00 · Konto Nr. 300 780

Jürgen Sprenzinger
Friedenstraße 7a
86179 Augsburg

Firma
Unox GmbH
Ochsenschwanzsuppenabteilung
Postfach 305588

20317 Hamburg

4.Oktober 1995

Sehr geehrter Herr Unox,

leidenschaftlich gern eß ich Ihre Ochsenschwanzsuppe. Neulich hab ich mich mit dem
Peter, was mein Freund ist, über Ihre Ochsenschwanzsuppe unterhalten. Und er hat gemeint, daß das ein Quatsch sei, in diesen Dosen sei überall derselbe Dreck drin, alles,
bloß kein Ochsenschwanz, schon deswegen nicht, weil so ein Ochsenschwanz viel zu
lang ist und gar nicht in die Dose reinpasst. Ich hab ihm gesagt, daß da aber ein Ochsenschwanz drin sein muß, weil sonst nicht Ochsenschwanzsuppe auf der Ochsenschwanz-
suppendose draufstehen darf. Im übrigen hab ich ihm gesagt, daß da ja gar kein ganzer
Ochsenschwanz drin sein muß, die werden den vermutlich kleingeschnitten haben und
da sind vielleicht nur 10 Zentimeter von einem Ochsenschwanz drin. Nein, das stimmt
nicht, hat er gemeint und er hat desweiteren gesagt, daß da alles mögliche drin sein
kann, angefangen vom Kuhschwanz bis hin zum Stierschwanz oder Schweineschwanz
und selbst wenn da ein Hundeschwanz drin wäre, das würde kein Schwein merken, weil
man heute technisch sogar soweit ist, daß man selbst einen Katzenschwanz so würzen
könnte, daß er wie ein Ochsenschwanz schmecken tät.

Also das war mir dann doch zuviel und mir hats fürchterlich gegraust. Seitdem hab ich
mir keine Ochsenschwanzsuppe mehr gekauft, obwohl mir die schon wieder mal
schmecken täte. Jetzt hab ich mir gedacht, ich schreib Ihnen und frage höflichst an, ob
in einer Ochsenschwanzsuppe von Ihnen tatsächlich ein Ochsenschwanz drin ist. Wenn
Sie eine ehrliche Firma sind, dann können Sie mir ja mit ruhigem Gewissen eine Antwort geben. Wenn ich keine Antwort von Ihnen kriege, dann nehme ich an, daß der Peter allerdings recht hat. Möglich sein könnte es nämlich schon, daß er recht hat, weil
wenn man bedenkt, wieviel Ochsenschwanzsuppen Sie verkaufen, so viel Ochsen gibt
es ja in ganz Deutschland nicht, höchstens in Bonn, aber das sind ja keine echten nicht.

Freudig erwarte ich Ihre Antwort und esse aber bis dahin keine Ochsenschwanzsuppe
mehr.

Mit freundlichen Grüßen

Jürgen Sprenzinger

DEUTSCHE LEBENSMITTELWERKE GMBH

Herrn
Jürgen Sprenzinger
Friedenstr. 7 A

86179 Augsburg

Verbraucher
Service
040/34931000

Hamburg, den 16.10.95
95004666.WPD

Sehr geehrter Herr Sprenzinger,

vielen Dank für Ihr Schreiben vom 4. Oktober 1995, das wir mit Interesse und auch mit einem kleinen Schmunzeln zur Kenntnis genommen haben.

Gern sind wir bereit Sie über die in Ochsenschwanzsuppe enthaltenen Zutaten an Fleisch zu informieren:

Die Definition für die Bereitung dieser Suppenvariante ist in der "Schriftenreihe für Lebensmittelrecht und Lebensmittelkunde" unter "Beurteilung von Suppen und Soßen, Kapitel IV" wie folgt festgelegt:

> Ochsenschwanzsuppe wird unter Verwendung von Rindfleisch (s.a. Zutatenliste) und/oder Rindfleischextrakt sowie von Ochsenschwanz hergestellt. Eine Einlage von Innereien, Rinderkopffleisch und Fleischbrät ist nicht üblich.

Wir hoffen, Ihnen mit dieser Auskunft wieder Appetit auf besagte Suppenvariante gemacht zu haben.

Mit freundlichen Grüßen

UNION
DEUTSCHE LEBENSMITTELWERKE GMBH
Verbraucherservice

Y. Baule

Postfach 10 15 09. 20010 Hamburg, Dammtorwall 15, 20355 Hamburg, Telefon (040) 34 93 0, Telefax (040) 35 47 42
Sitz und Registergericht Hamburg. Registernummer HRB 13 829
Geschäftsführer: Dr. Manfred Stach, Peter Barz, Jörg-Peter Dufft, Werner Haverkamp, Gregory G. Knoll, Norbert Muckel, Dr. Manfred Salzer
Vorsitzender des Aufsichtsrats: Jürgen Schrader

Jürgen Sprenzinger
Friedenstraße 7a
86179 Augsburg

Firma
Ehrmann AG
Joghurtfabrik
Hauptstraße 19

87770 Oberschönegg

16. Oktober 1995

Sehr geehrter Herr Ehrmann,

sehr gerne esse ich Ihren Joghurt, besonders Ihren Kokos-Almighurt. Überhaupt esse ich
fürchterlich gerne Kokosnüsse. Ich glaub, ich muß im vorigen Leben ein Affe gewesen
sein. Leider kann ich mich nicht mehr so genau daran erinnern, aber als ich in Brasilien
im Urwald war, kam mir alles unglaublich bekannt vor.

Jetzt ist mir da aber folgendes passiert: ich wollte am Samstag unbedingt so einen Kokosnuß-Joghurt und bin in den hiesigen Handelshof, um mich zu bevorraten. Leider gab
es keinen, die Verkäuferin hat mir erzählt, der sei ausverkauft. Vielleicht gibt es außer
mir noch mehr Menschen, die früher mal Affen waren. Weiß ich nicht. Jedenfalls war
ich sauer. Ich bin dann in den hiesigen Neukauf und wollte mir dort meinen Kokosnuß-
Almighurt kaufen. War wieder keiner da. Eine Nachfrage beim Filialleiter war enttäu-
schend: der wird nicht mehr hergestellt, hat der gesagt, weil nämlich die Kokosnüsse
momentan unglaublich schlecht wachsen, außerdem seien die Zollgebühren unwahr
scheinlich hoch, und in Afrika, wo die angeblich herkommen, sei eine Affenplage ausge-
brochen und die Viecher holen sich alle Kokosnüsse von den Palmen runter. Die brauchen die zur Zeit für den Eigenbedarf, hat er gesagt. Er hat mir dann einen Almighurt-
Vanille-Joghurt aufgeschwätzt. Ich habe auch einen gekauft, weil er mir gesagt hat, daß
ein Almighurt-Vanille-Joghurt fast genauso schmecken täte wie ein Kokosnuß-Joghurt.
Ich hab ihm das geglaubt. Aber zuhause, als ich ihn dann probiert hab, hat der überhaupt
nicht nach Kokosnuß geschmeckt, sondern nach Vanille. Daraus hab ich gelernt. Nämlich, daß wenn Vanille draufsteht, auch Vanille drin ist. Das beweist mir, daß Sie eine
ehrliche Firma sind.

Jedenfalls finde ich nirgends so einen Kokosnuß-Almighurt. Jetzt hätte ich eine Frage:
wäre es möglich, daß Sie mir speziell so einen Joghurt anfertigen könnten, wenn ich Ihnen dazu ein paar Kokosnüsse schicken täte? Es wäre mir wurscht, wenn er ein bißchen
mehr kosten tät als im Laden, den Mehrpreis bezahl ich Ihnen gerne.

Oder vielleicht können Sie mir einen Tip geben, wo ich den Kokosnuß-Almighurt sonst noch beziehen kann. Das wäre nett von Ihnen und ich wäre Ihnen sehr dankbar.

Mit freundlichem Joghurt-Gruß

Jürgen Frenzinger

EHRMANN AG
OBERSCHÖNEGG IM ALLGÄU
Vertrieb-Marketing
Berliner Straße 54 · 7250 Leonberg-Eltingen
Telefon (0 71 52) 60 67-0 · Telex 724 198
Telefax (0 71 52) 7 31 91

PLZ NEU: 71229

Herrn
Jürgen Sprenzinger
Friedenstr. 7 a

86179 Augsburg

Leonberg, 07.11.95
Sc/bih

Kaufnachweis für Ehrmann-Produkte

Sehr geehrter Herr Sprenzinger,

besten Dank für Ihr originelles Schreiben vom 16.10.95. Wir freuen uns sehr,
daß Ihnen unser Almighurt Cocosnuss so gut schmeckt.

Gerne teilen wir Ihnen mit, wo Sie in Augsburg dieses Produkt im 500 g-Pfand-
glas und 150 g-Becher kaufen können:

        Kaufland Augsburg, Meraner Straße, 86165 Augsburg
        1 a Augsburg, Bergiusstraße, 86166 Augsburg
        Kaufmarkt, Reichenbergerstraße, 86161 Augsburg
        Marktkauf, Wilhelm-Hauff-Straße, 86161 Augsburg.

Wir bedanken uns für Ihr Interesse und wünschen weiterhin guten Appetit beim
Genuß unserer Produkte.

Mit freundlichen Grüßen

EHRMANN AG
OBERSCHÖNEGG IM ALLGÄU
Vertrieb   -   Marketing

i.V.

Stephanie Schüle

Ehrmann

Ein Stück Allgäu

Jürgen Sprenzinger
Friedenstraße 7a
86179 Augsburg

Firma
Ehrmann AG
Joghurtfabrik
z. H. Frau Schüle
Hauptstraße 19

87770 Oberschönegg

9. November 1995

Liebe Frau Schüle,

wie habe ich mich über Ihren Brief gefreut! Jetzt weiß ich endlich, wo ich diesen wunderbaren Kokosnußjoghurt kaufen kann. Ich werde mich heute noch bevorraten. Das war sehr lieb von Ihnen und ich danke Ihnen ganz ganz herzlich.

Jetzt habe ich aber noch ein Problem. Ich habe nämlich jetzt extra für Sie einen ganzen Haufen Kokosnüsse gekauft, so ungefähr 1 einhalb Zentner, den ich Ihnen eigentlich schicken wollte, damit Sie einen Vorrat haben. Ich möchte höflich anfragen, ob Sie die Kokosnüsse brauchen, weil soviel Kokosnüsse kann ich nicht natürlich auch nicht alleine essen. Die Kokosnüsse waren sehr günstig, weil es nämlich ein Restposten war. Aber sie sind in Ordnung. Ich hab jede einzelne kontrolliert.
Ich würde für das Stück 1 Mark verlangen. Wenn Sie die zu dem Vorzugspreis wollen, dann schreiben Sie mir bitte eine kurze Mitteilung.

Also nochmal vielen Dank und bleiben Sie gesund.

Herzlichst

Jürgen Sprenzinger

Jürgen Sprenzinger
Friedenstraße 7a
86179 Augsburg

Firma
Hugo Boss
Dieselstraße 12

72555 Metzingen

17. Oktober 1995

Sehr geehrter Herr Boss,

neulich hab ich im Kino den neuesten Batman-Film gesehen. Der hat Batman vor ever geheißen. Ein unglaublich kuhler Typ, der Mann. Und mutig war der! Der hat den Böse-wichtern ganz schön eingeheizt. Also den Film kann ich Ihnen wärmstens empfehlen. Den muß man einfach gesehen haben, sonst hat man nicht gelebt.

Ich habe mir nun vorgenommen, genauso zu werden wie Batman. Ein Problem hab ich aber. Ich bräuchte so einen Anzug wie Batman. Meine Mutter konnte zwar früher ganz gut schneidern, aber zwischenzeitlich ist sie schon zu alt und sieht nicht mehr so gut. Jetzt hab ich Sie fragen wollen, ob Sie mir nicht vielleicht so einen Anzug anfertigen könnten. Ich weiß schon, daß das vielleicht ein bißchen teuerer ist als wenn ich einen normalen Anzug kaufe, aber das macht nichts. Ich hab ja was gespart. Ich gebe Ihnen nun meine Maße, aber bitte behandeln Sie diese Informationen vertraulich, weil ich nicht möchte, daß sie jeder erfährt, das soll ein Geheimnis sein. Also:

Körpergröße:	178 cm	Rückenlänge	50 cm
Oberweite	97 cm	Armellänge	63 cm
Bundweite	88 cm	Halsweite	39 cm
Gesäßgröße	96 cm	Innere Beinlänge	77 cm
Schulterbreite	14 cm		

Ich hoffe, das reicht Ihnen für eine Anfertigung. Die Farbe sollte schwarz-glänzend sein und gummiartig aussehen. Weil ich sehr schmale Schultern habe, müßte man die viel-leicht abpolstern. Das wird sich aber bald ändern, weil ich nämlich gerade Kung-Fu-Un-terricht nehme und treniere, daß mich fast der Teufel holt.

Wenn Sie mir vielleicht mitteilen könnten, was so ein Anzug bei Ihnen kostet, dann wäre ich sehr dankbar, weil das sollte ich nämlich schon vorher wissen, nicht daß ich dann danach ein armer Mann bin. Und ich brauch ja anderes Zubehör auch noch, zum Beispiel ein Batmobil.

Mit freundlichen Grüßen

Jürgen Sprenzinger

Jürgen Sprenzinger
Friedenstraße 7a
86179 Augsburg

Lechelektrizitätswerke
Aktiengesellschaft
Schaezlerstraße 3

86150 Augsburg

20. Oktober 1995

Sehr geehrtes Lechelektrizätswerk!

Immer wieder hab ich mich über meine hohe Stromrechnung geärgert, weil ich nämlich
auch viel Strom gebraucht hab. Ich will mich aber nicht beklagen, Ihr Strom war bisher
immer einwandfrei.
Ich hab vor einiger Zeit aber gehört, daß es jetzt diese neuartigen Stromspargeräte gibt.
Deshalb habe ich mir vor zirka 3 Monaten eine neue Waschmaschine gekauft, die 40
Prozent Strom spart.
Dazu eine neue Spülmaschine, die auch 35 Prozent spart. Mein Wasserboiler, der auch
neu ist, spart jetzt 25 Prozent Strom. Meinen alten Kühlschrank hab ich auch weggeschmissen und mir einen neuen gekauft. Der spart 10 Prozent.

Ich hab mir jetzt ausgerechnet, daß ich insgesamt 110 % Strom spare! Das heißt eigentlich ja, daß ich überhaupts keinen Strom nicht brauche, im Gegenteil, ich könnte Ihnen
ja sogar was davon abgeben. Und das bißchen Strom, das ich für meine Lampen brauche, weil das nämlich auch Sparlampen sind, erzeugt ja schon mein Hamster mit seinem
Laufrad. Man müßte da nur eine kleine Turbine hinhängen, hat mein Freund Kurt gesagt. Der ist ein Elektriker und versteht da was davon. Das hab ich zwischenzeitlich
auch gemacht. Und trotzdem zahl ich immer noch die hohen Stromrechnungen. Da kann
doch was nicht stimmen, weil ich nach meiner Rechnung eigentlich ja sogar war raus-
kriegen müßte.

Ich hätte jetzt eine Bitte. Vielleicht können Sie das mal überprüfen, weil ich nämlich
glaube, daß da was nicht mit rechten Dingen zugeht. Und vielleicht können Sie mir das
Geld, das ich rauskriege, gleich überweisen. Am besten machen Sie einen Dauerauftrag.
Ich geb Ihnen die Kontonummer:

Bankhaus Spar. Goldstadt, Kontonummer 96 96 96 96 Bankleitzahl 123 45 678

Wenn ich bloß die Grundgebühr zahlen müßte, wäre mir das auch schon recht. Wissen
Sie, ich will ja nicht kniggrig sein, aber ich bin ja auch bloß ein armer Hund.

Mit freundlichen Grüßen.

Jürgen Sprenzinger

Lech-Elektrizitätswerke

Herrn
Jürgen Sprenzinger
Friedenstraße 7a

86179 Augsburg

Sieglinde Winter
SW/Ö-WS/St-0

Telefon (0821) 328-1650
Telefax (0821) 328-1660

26.10.1995

Ihr Schreiben vom 20. Oktober 1995

Sehr geehrter Herr Sprenzinger,

herzlichen Glückwunsch zum Kauf Ihrer neuen Elektrogeräte, mit denen Sie so viel Strom sparen. Wir sehen Ihre interessanten Ausführungen als Erfolg der Bemühungen der Energieversorger, Kunden für einen bewußten Umgang mit der Energie zu gewinnen.

Wir haben uns überlegt, wie auch wir als Energieversorgungsunternehmen von Ihren Ausführungen profitieren können und sind zu der Überzeugung gekommen, daß wir Sie - teoretisch - durchaus als Vorbild nehmen können. Wie Sie sicherlich wissen, gibt der Wirkungsgrad an, wieviel Strom bei der Umwandlung von Energie erzeugt werden kann. Je höher der Wirkungsgrad, desto mehr Strom. Unsere Techniker sagen, wenn wir unsere Wasserkraftwerke mit neuen Turbinen ausstatten, können wir je Turbine den Wirkungsgrad um mindestens 2% erhöhen. Jetzt müssen Sie wissen, daß wir 32 Wasserkraftwerke in unserem Besitz haben und daß eine Turbine derzeit einen Wirkungsgrad von ca. 83 % hat. Nimmt man jetzt einmal an, daß jedes Wasserkraftwerk mit drei Turbinen ausgestattet ist, so bringt uns eine Erneuerung der Turbinen 32 (Wasserkraftwerke) x 3 (Turbinen) = 96 x 2 (Erhöhung Wirkungsgrad) = 192%. Rechnen wir diese 192% Erhöhung zu dem derzeitigen Wirkungsgrad von 83% dazu, sind wir bei einem Gesamtwirkungsgrad von 275%, was in der ganzen Welt einmalig ist.

Leider können wir nichts wegen Ihrer Stromrechnung unternehmen. Sie sind kein Kunde der Lech-Elektrizitätswerke, sondern der Stadtwerke Augsburg. Wir haben Ihren Brief dorthin weitergeleitet. Wir sind überzeugt, daß Sie bei den Stadtwerken offene Ohren für Ihr Anliegen finden werden.

Mit freundlichen Grüßen

Lech-Elektrizitätswerke AG
Abteilung Öffentlichkeitsarbeit

Lech-Elektrizitätswerke Aktien-Gesellschaft
Schaezlerstraße 3, 86150 Augsburg
Postanschrift: 86136 Augsburg
Telefon (08 21) 3 28-0
Telefax (08 21) 3 28-11 70

Vorsitzender des Aufsichtsrats:
Dr. Dietmar Kuhnt
Vorstand:
Dipl.-Ing. Franz Karl Drobek
Dipl.-Kfm. Wilfried Wacker

Sitz der Gesellschaft: Augsburg
Handelsregister HRB 6164
Registergericht:
Amtsgericht Augsburg

1101.03.95

Nachtrag

Das Lech-Elektrizitätswerk hat den Brief tatsächlich an die Stadtwerke Augsburg weitergeleitet. Eine Woche später klingelte es an meiner Haustüre, und ein Stromableser der Stadtwerke stand draußen. »Da liegt ein Schreiben vor, in dem behauptet wird, daß hier der Stromverbrauch zu hoch sei, und ich muß jetzt den Strom ablesen.« Ich habe den Mann aufgeklärt, daß es sich hier um einen Ulk handelt. »Völlig egal«, hat der gesagt, »ich muß jetzt auf alle Fälle den Strom ablesen!«

Und dann hat er den Zählerstand kontrolliert …

Jürgen Sprenzinger
Friedenstraße 7a
86179 Augsburg

Gärtner Pötschke
z.H. Herrn Pötschke daselbst

51561 Kaarst

30.10.1995

Sehr geehrter Herr Gärtner Pötschke,

immer wieder ändern sich die Jahreszeiten. Und immer wieder brauche ich, beziehungsweise meine Frau, weil die für den Garten zuständig ist, irgend etwas aus Ihrem Sortiment. Wahrscheinlich wissen Sie das garnicht, aber ich bin ein super Kunde. Was glauben Sie, was meine Frau schon alles bei Ihnen gekauft hat! Meine Frau kauft den ganzen
Samen, den sie immer regelmäßig braucht, bei Ihnen, weil Sie einen guten Samen ha-
ben.Selbst das ganze Grünzeug für den Garten: nur vom Gärtner Pötschke, sag ich immer. Wir leben sogar nach Ihrem Kalender und halten uns auch daran.

Aber der Grund, weshalb ich Ihnen schreibe, ist eine Anfrage. Ich war nämlich gestern
beim Tierarzt. Und der hat gesagt, daß mein Hund zu fett ist und unbedingt abnehmen
muß, weil er sonst an Herzverfettung eingeht. Jetzt müssen Sie wissen, ich bin Metzger
und schlachte selber. Und weil diese verwöhnten Menschen heutzutage keine Innereien
mehr essen wollen, hat die immer mein Hund gekriegt. Vorige Woche kam nun mein
Neffe aus Thailand auf Besuch zu mir. Ich laß ihn halt ein bisserl bei mir wohnen, bis er
eine eigene Wohnung hat. Da kann man ja nicht so sein. Jedenfalls hat der auch gemeint, daß mein Hund zu fett ist und er hat mich gefragt, wieso ich ihn soviel füttere.
Ich hab ihm gesagt, daß ich zuviel Fleischreste übrig habe und daß ich ja nicht jeden
Dreck verwursten kann, auch wenn ich das gerne täte. Da hat er mir erzählt, daß es in
Thailand eine fleischfressende Pflanze gibt, die ist ungefähr 1 Meter hoch und recht gierig und frißt am Tag so zirka 3 Pfund Fleisch. Die würde sogar eine Kuh anpacken, vorausgesetzt, daß sie eine erwischt. Und außerdem sei die auch noch sehr schön, stinken
tut sie halt und manchmal gibt sie auch unanständige Geräusche von sich, aber mir wär
das egal, ich bin ja auch nicht unbedingt ein feiner Mensch.

Heute war ich in einem hiesigen Gartencenter und hab mich nach so einer Pflanze erkundigt. Der Verkäufer hat aber gesagt, daß er so eine Pflanze nicht kennt und außerdem sei
die hier im Laden viel zu gefährlich, wenn die einen Kunden anknappern tät, dann wär
ja der Teufel los. Aber ich soll mich mal woanderst erkundigen, hat er gemeint. Und da

hab ich mir gedacht, ich schreib Ihnen, weil vielleicht wissen Sie was über diese Pflanze oder haben eine Filiale in Thailand, so daß die was wissen. Es wäre jedenfalls nett von Ihnen, und vielleicht haben Sie da einen Botaniker, der mir helfen könnte.

Für Ihre Mühe herzlichen Dank. Ich tät Ihnen auch einen Ring Leoner dafür schenken.

Mit freundlichen Grüßen

Jürgen Sprenzinger

PS. Mit gleicher Post geht schon wieder eine Samen- und Zwiebelbestellung an Sie! Immer wenn meine Frau Ihren werten Katalog sieht, wird sie hemmungslos und bestellt wie eine Geisteskranke.

Herrn
Jürgen Sprenzinger
Friedenstr. 7a

86179 Augsburg

7.11.1995 sie/dm

Sehr geehrter Herr Sprenzinger,

Ihre Zeilen vom 30.10.95 haben mich erreicht.

Es freut mich zu hören, daß Sie und Ihre Frau ausgesprochene
"Pötschke-Fans" sind und wir Sie zu unseren zufriedenen
Kunden zählen dürfen.

Das von Ihnen vorgetragene Problem ist äußerst schwerwiegend
- in jeder Hinsicht - und ich muß gestehen, ich mich eigentlich
nicht so recht zuständig fühle, Ihnen einen Rat zu geben,
wie Sie Ihren Hund vor der Herzverfettung retten können.

Als Pötschke Kunde wissen Sie sicherlich, daß es
Fleischfressende Pflanzen gibt. Diese habe ich auch im
Angebot, der botanische Name ist Dionaea muscipula und
Drosera binata; sie fressen allerdings nur Fliegen und
Insekten.
Aber eine solche Pflanze, die täglich ca. 3 Pfund
Fleisch vertilgt, die gibt es natürlich nicht.

Nichtsdestotrotz habe ich eine Fotokopie Ihres Schreibens
an meine Gartenmeisterin weitergeleitet, diese hält sich
zur Zeit in Urlaub auf Bali auf.
Sollte es dort solche Feischfressenden Pflanzen geben,
so ist sicher, daß diese nicht nach hier importiert werden
dürfen.

So kann ich Ihnen eigentlich nur den Rat geben, dem Hund
weniger zu fressen zu geben und öfter mit ihm zu laufen,
damit er sein Gewicht reduziert und Ihnen noch länger
Freude machen kann.

Mit freundlichen Grüßen

sandbetrieb
4 Kaarst (Holzbüttgen), Postfach 22 20
thener Straße 4, ☎ (0 21 31) 60 01-0
fax (0 21 31) 60 01 70

Gartencenter
4156 Willich 3 (Bresserhof)
Büttgener Straße 50, ☎ (0 21 54) 7 00 31
Telefax (0 21 54) 8 06 32

Bankkonten
Stadtsparkasse Kaarst-Büttgen 205 500 (BLZ 305 512 40)
Postgiroamt Köln 1506 15-502 (BLZ 370 100 50)

Jürgen Sprenzinger
Friedenstraße 7a
86179 Augsburg

An das
Bübchen-Werk Hermes
Babyöl-Beratungsstelle
Coesterweg 37

59494 Soest

5. November 1995

Sehr geehrter Herr Hermes,

alle Leute aus meinem Bekanntenkreis sagen, daß ich den besten Kartoffelsalat der Welt
machen kann. Darauf bin ich natürlich sehr stolz, weil das kann ja nicht ein jeder. Jetzt
habe ich aber dabei ein Problem. Gestern hatte ich wieder eine Einladung. Ich mach viele Einladungen, weil ich nämlich ein Junggeselle bin und unbedingt heiraten will, und
ein Freund hat mir gesagt, daß je mehr Leute ich einladen tät, desto größer wär die Chance, daß ich die Richtige finden würde. Meine Mutter sagt auch, daß es schon schön langsam an der Zeit wär, daß ich unter die Haube kommen tät, weil allein sei es nicht mal im
Himmel schön.

Dazu kommt der Umstand, daß ich eine sehr zarte Haut habe. Ich benutze nämlich nach
jedem Bad Ihr Bübchen-Baby-Öl. Und das schon seit fast fünf Jahren. Seitdem wird
meine Haut immer zarter und das am gesamten Körper. Irgendwann werde ich so samtig
sein, daß ich mich anfühle wie ein Plüschtier. Ich habe gehört, Frauen wollen das heutzutage so.

Gestern hatte ich wiegesagt, eine Einladung. Ich habe mir gedacht, ich mache
Weißwürschte und meinen berühmten Kartoffelsalat. Ich habe also alles vorbereitet und
stellte fest, daß mir das Salatöl ausgegangen war. Dummerweise wars aber Samstag
abend. Ich war total verzweifelt. Da kam mir die Idee, daß ich den Kartoffelsalat ja auch
mit Babyöl anmachen könnte. Das hab ich dann auch gemacht. Er hat anfangs ziemlich
komisch geschmeckt, aber ich hab ein bißchen mehr Essig und Mayonese genommen
und hab dann doch einen vernünftigen Geschmack hingekriegt. Zwiebel und Eier hab
ich auch noch hingetan. Es hat auch keiner gemerkt. Aber ich sags Ihnen ganz ehrlich:
jetzt hab ich doch Gewissensbisse. Ich will ja nicht, daß einer einen Durchfall kriegt
oder krank wird und wollte vorsichtshalber bei Ihnen anfragen, ob Babyöl im Kartoffelsalat schädlich ist. Ich könnte das nicht verantworten. Zu meiner Entschuldigung muß

ich allerdings sagen, daß das ja wirklich ein Notfall war und ich niemals niemanden vergiften wollte, weil ich ja kein Mörder nicht werden will, dazu bin ich viel zu streng erzogen worden.

Für eine kurze Mitteilung wäre ich Ihnen sehr dankbar, weil das hoffenlich mein Gewissen entlastet.
Vielen herzlichen Dank im voraus.

Mit freundlichen Grüßen

Jürgen Sprenzinger

Nachtrag

Was mich wundert: keine Antwort vom Bübchen-Werk. Verstehe ich nicht. Hier geht es doch schließlich um die Gesundheit!

Jürgen Sprenzinger
Friedenstraße 7a
86179 Augsburg

Firma
Schecker
Postfach 11 55 255

26619 Südbrookmerland

9. November 1995

Sehr geehrter Herr Schecker,

immer wieder kriege ich so einen Prospekt von Ihnen, wo Sie schreiben, daß Sie über
6000 Artikel haben. Das ist natürlich schon toll, weil so viele Artikel hat nicht jeder.

Jetzt habe ich aber ein Problem. Ich habe einen Hund. Einen schwarzen. Mit braunen
Augen. Und das ist mein Problem. Diese Augen machen mich noch mal fix und fertig.
Weil dieser schwarze Sauhund nämlich sehr intelligent ist. Der macht nämlich folgendes: der setzt sich, sobald meine Frau das Essen fertig hat, mit mir an den Tisch und
dann schaut er mir beim Essen zu. Jeden Brocken, den ich esse, sieht der und schaut
mich dabei so wehleidig an, daß ich fast nichts mehr hinunterbringe. Ich bin, seitdem
ich ein Hundehalter bin, mindestens um 8 kg abgemagert. Sogar die Nachbarn haben
schon gesagt, daß ich immer dünner werde und der Hund immer fetter.

Ich hab meinen Hund schon so oft gebeten, vom Tisch wegzugehen, wenn ich esse, aber
er ist stur wie ein Bock und besteht auf seiner Ration. Er ist erst zufrieden, wenn er auch
einen Teller abkriegt. Und das Schlimme daran ist, daß ich einfach nicht widerstehen
kann, weil der Hund einen hypnotischen Blick hat. Jedesmal wenn der mich anguckt,
dann kann ich nicht anders und muß ihm von meinem Essen die Hälfte abgeben. Der hat
mich total im Griff.

Nun hab ich eine geniale Idee. Sie kennen doch diese Augenklappen, wie sie die Piraten
so haben. Jetzt wollte ich Sie fragen, ob Sie nicht vielleicht spezielle Augenklappen für
Hunde haben, vorzugsweise in schwarz, da der Hund schwarz ist. Die würde ich ihm
dann vor dem Essen umbinden, damit er mich nicht mehr anschauen kann. Ich meine,
ich habe nichts dagegen, wenn der Hund mit am Tisch sitzt, er ist nun mal ein Familien-
hund und gehört zur Familie und hat somit die gleichen Rechte wie ich auch. Ich habe
dieses typische Herrchen-Hund-Verhältnis schon lange abgeschafft, weil eine autoritäre
Erziehung für die empfindsame Seele eines Hundes nur schädlich ist.

Mein Hund ist aus diesem Grund immer sehr freundlich zu mir und er teilt auch alles mit mir, zum Beispiel wenn er auf der Couch liegt, hat er nichts dagegen, daß ich in seinem Korb liege. Was ich damit sagen will, ist, daß er ein feiner Hund ist mit einem edlen Charakter. Das funktioniert aber nur deshalb so gut, weil wir zudem auch noch geistig auf einer Wellenlänge sind und die gleichen Interessen haben, zum Beispiel mögen wir beide keine Katzen.

Nur wiegesagt, diese traurigen Augen beim Essen machen mich fertig. Sollten Sie mir in dieser Richtung helfen können, dann wäre ich für eine Mitteilung sehr dankbar, aber bitte unauffällig, damit mein Hund nichts mitbekommt, der macht mir sonst ein mords Theater.

Mit freundlichem Hundgruß

Jürgen Frenzinger

Nachtrag

Aus der fehlenden Antwort der Firma Schecker schließe ich, daß es keine Augenklappen für Hunde gibt. Ach ja, mein Hund und ich haben uns arrangiert: Mittags frißt er die Hälfte aus meinem Teller, abends bekomme ich dafür die Hälfte aus seinem Napf …

Jürgen Sprenzinger
Friedenstraße 7a
86179 Augsburg

FB Vertriebs GmbH
Müsli-Riegel-Abteilung
z. H. Herrn Knusperone
Postfach 1660

21306 Lüneburg

14. November 1995

Sehr geehrter Herr Knusperone,

seit Jahren esse ich Ihre Müsli-Riegel. Für den kleinen Hunger zwischendurch ist das eine prima Sache. Ich habe auch einen Hund. Auch der hat so ab und zu einen Riegel von Ihnen gefressen, weil die so knusprig sind. Aber leider sind diese Riegel alle auf die Dauer recht süß und man ißt sich nach zirka spätestens 4 Jahren daran ab. Zwischenzeitlich fängt auch mein Hund schon zu knurren an, wenn ich nur die Verpackung aufreiße und wendet angewidert den Kopf ab.

Sie haben Ihre Müsli-Riegel ja speziell für den kleinen Hunger konzipiert. Ich hab die aber auch schon mit einem großen Hunger gegessen, dann eß ich halt so 2 bis 3 Stück auf einmal. Wie Sie wissen, gibt es ja aber heute schon fast an jeder Ecke Schnellimbisse, wie zum Beispiel Mac Donald oder Burger-King, und wie die alle so heißen. Dadurch bin ich ja auf eine fantastische Idee gekommen, die ich Ihnen jetzt unterbreiten will: machen Sie doch mal Hamburger-Riegel, ja, ich meine so gepresste Hamburger mit Rinderhack und mit Gurke und Tomate drin. Das Zeug müßte sich doch in einen Riegel pressen lassen, da wette ich doch. Und jetzt überlegen doch Sie mal, was da noch alles geht: Schnitzel-Kartoffelsalat-Riegel, Hühnchen-Pommes-Frites-Riegel, Ente-Blaukraut-Kartofellknödel-Riegel, Sauerkraut-Würstchen-Riegel, Käßspatzen-Zwiebel-Riegel, nicht zu vergessen einen Schweinshaxen-Knödel-Riegel. Ich meine, ich denke jetzt vorwiegend an bayerische Spezialitäten, weil ich halt ein Bayer bin. Aber selbst für die Vegetarier könnte man so einen Riegel herstellen: Broccoli-Blumenkohl-Riegel mit gelbe-Rüben-Schnitzel drin zum Beispiel. Und wenn man einen Obsttag einlegen will, dann müßte es einen Apfel-Birnen-Mandarinen-Riegel mit Rosinen geben. Ich meine, beim Joghurt funktioniert das auch auch, Herrschaftseiten.

Ich bin jedenfalls von dieser Idee total begeistert, weil ich weiß, daß damit eine riesen Mark verdient wär. Normalerweise würde ich Ihnen eine so gute Idee gar nicht mitteilen, aber nachdem ich bereits das 5. Jahr Ihre Müsli-Riegel esse, fühle ich mich fast schon als Firmenmitglied von Ihnen und nehme mir deshalb das Recht, Verbesserungsvorschläge zu unterbreiten, weil das ja nur zu Ihrem Vorteil ist.

Vielleicht denken Sie mal in Ruhe darüber nach. Das muß schon gut überlegt werden, das gebe ich zu. Es wäre sehr nett, wenn Sie mir Ihre Entscheidung kurz mitteilen würden, weil ich der erste wäre, der sowas sofort umgehend kaufen täte, weil ich mir was Praktischeres als einen Schinken-Semmel-Riegel zum Beispiel, den man unterwegs in der Brusttasche mitnehmen könnte, überhaupts gar nie nicht vorstellen kann.

Ich hoffe, Ihnen hiermit gedient zu habe und verbleibe

mit freundlichen Grüßen

Jürgen Sprenzinger

Nachtrag

Da ist man einmal so richtig innovativ, und was bekommt man als Dank? Nicht mal eine Anwort. Die haben vermutlich gedacht, ich will sie verschaukeln. Dabei sieht doch jeder auf Anhieb, daß dies ein ernstgemeinter Brief ist!

Jürgen Sprenzinger
Friedenstraße 7a
86179 Augsburg

Fa.
Globol GmbH
Postfach

86633 Neuburg an der Donau

16. November1995

Sehr geehrter Herr Globol,

ich wohne etwas außerhalb. Vor meinem Schlafzimmerfenster befindet sich ein Misthau-
fen. Deswegen habe ich immer sehr viel Fliegen im Schlafzimmer. Da ich aber ein Tier-
freund bin und wirklich keiner Fliege etwas zuleide tun kann, konnte ich bisher keine
umbringen. Im Sommer hatte ich aber ungefähr so 400 Fliegen im Zimmer. Das ist vielleicht ein Gesumme! Mich würde das aber nicht stören, weil wenn man das Licht ausmacht, dann geben die Ruhe und bleiben bis zum Morgen ganz ruhig sitzen. Nur meine
Frau hat jetzt gemeint, ich soll was gegen diese Fliegen tun, sie hält das nicht mehr lange aus.

Ich habe mir dann Ihr Insektenspray gekauft, weil da drauf steht, daß es zeitgemäß und
gezielt wirksam sein soll. Aber das stimmt nicht. Ich habe es probiert. Normalerweise erwarte ich von einem zeitgemäßen Mittel, daß die Fliegen sofort tot sind und von der
Wand fallen. Das ist aber nicht der Fall. Ich habe mich beim Tierschutzverein erkundigt
und mir wurde bestätigt, daß solche Mittel eine Tierquälerei sind.

Ich habe das Mittel angewendet und finde die Folgen grausam. Damit Sie das nachvollziehen können, beschreibe ich Ihnen den Vorgang genauestens - zwecks Abschreckung !

Versprüht man Ihr Insektenspray, dann passiert zuerst überhaupt nichts. Oder doch: mir
tropfen die Augen, obwohl ich mir garnichts in die Augen gesprüht hab. Nach zirka 1
Minute werden die Fliegen anscheinend schwindlig. Sie fliegen herum, als ob sie nicht
mehr wissen täten, wo oben und unten, links und rechts ist. Dabei kann es passieren, daß
mich eine anrempelt. Aber das arme Tierchen kann ja nichts dafür, vermutlich ist es ihm
kotzübel. Dann, irgendwann nach einer weiteren langen Minute fliegt das arme Tier mit
voller Wucht gegen die Wand oder einen anderen Gegenstand und geht davon zu Boden. Jetzt bleibt es auf dem Rücken liegen, surrt mit den Flügelchen und dreht sich wie
ein irr gewordener Flugzeugpropeller im Kreis, bis ihm die Luft ausgeht. Dann geht das
Drama weiter: es zuckt mit den Beinchen und schaut mich dabei an, als wollte es sagen:
was hast du getan, du Mörder ! Schließlich der letzte Akt der Tragödie: es dreht das
Köpfchen zur Seite, streckt das Rüsselchen von sich und gibt seinen Geist auf.

Jetzt frage ich Sie: wäre es Ihnen recht, wenn Sie auf diese Art und Weise ums Leben kämen ? Stellen Sie sich vor, Sie säßen nichtsahnend an der Wand und plötzlich: pffffffft ...und Sie würden schwindlig werden und wie ein Stein von der Wand fallen? Ein kleiner Giftgaskrieg ist sowas! Das finde ich, ist Tierquälerei. Ein Mittel dieser Art sollte schnell wirken. Ich jedenfalls benutze Ihr Insektenspray nicht mehr. Eine Fliegenpatsche ist hier die humanere Angelegenheit. Patsch – und Exitus. Die Fliege kriegt das überhaupts nicht mehr mit.

Ich finde, wer solch ein Mittel herstellt, sollte sich vorher in die Lage der Fliege versetzen, damit er weiß, was er dem Tierchen antut. Wenn man einen Menschen hinrichtet, zum Beispiel auf dem elektrischen Stuhl, dann dreht man den Strom ja auch nicht langsam von Null auf 12000 Volt, sondern schnell, daß er nicht soviel leiden muß.

Ich bitte Sie herzlich, darüber in Ruhe nachzudenken.

Mit tierfreundlichem Gruß

Jürgen Sprenzinger

GLOBUS
MARKENVERTRIEB GMBH

Anna-von-Philipp-Straße 33 · 86633 Neuburg/Donau
Telefon: 08431/9041
Telex: 55212 globol d · Telefax: 08431/502112

GLOBUS Markenvertrieb GmbH · Postfach 1360 · 86618 Neuburg/Donau

Herr
Jürgen Sprenzinger
Friedenstraße 7a

86179 Augsburg

Ihre Zeichen	Ihre Nachricht	Unsere Zeichen	Datum
		UH/An	20.11.95

Globol Insektenspray

Sehr geehrter Herr Sprenzinger,

bitte entschuldigen Sie, daß wir erst jetzt auf Ihr Schreiben vom 18.8.95 zurückkommen. Leider war eine frühere Antwort aus Kapazitätsgründen nicht möglich.

Für Ihre detaillierte und sehr anschaulich geschilderte Ausführung bezüglich der letzten Lebensmomente von Fliegen, die mit unserem Globol Insektenspray in Berührung kamen, möchten wir uns bedanken.

Selbstverständlich haben wir auch für den tierfreundlichen Verbraucher, der einer Fliegenplage Herr werden will, etwas im Programm. Wir senden Ihnen anbei zwei Gratis-Muster unserer Globol Fliegenklatsche und hoffen, daß die in Ihrem Schlafzimmer befindlichen Fliegen (soweit noch welche vorhanden sind) nun mit der erforderlichen Schnelligkeit und Humanität ihr verbraucher-gewolltes Ende finden.

Mit schädlingsfeindlichen Grüßen
GLOBUS MARKENVERTRIEB

Ute Hammer
(Marketing Managerin)

Anlage
2 Globol Fliegenklatschen

Geschäftsführer: Dipl.-Ing. Fritz von Philipp · Rolf Dieter Blum
Handelsregister: HRB 1135 Neuburg/Donau
Bankverbindung: Deutsche Bank Neuburg/Donau 28/58900, BLZ 72170007
Postgirokonto-Nr. 449567-805, Postgiroamt München, BLZ 70010080

GLOBUS Markenvertrieb ist ein Unternehmen
der Jeyes Gruppe

Jürgen Sprenzinger
Friedenstraße 7a
86179 Augsburg

BayWa AG Zentrale
Oberste Geschäftsleitung
Arabellastr. 4

81925 München

15. November 1995

Sehr geehrte Damen und Herren,

seit Jahren bin ich ein Erfinder. Das ist mein Hobby. Ich habe schon wahnsinnig viel erfunden. Mein neuestes Projekt wollte ich Ihnen anbieten. Vielleicht können Sie sowas
brauchen.

Ich habe jahrelang beobachtet, wie die Kühe auf der Weide oder aber auch im Stall von
den bösen Fliegen belästigt werden. Wenn man sich einigermaßen in so ein Tier hinein-
versetzen kann, dann kann man feststellen, daß das für die Kühe ein mords Streß ist. Sie
werden nervös und geben weniger Milch.

Andererseits befinden sich auch im Stall sehr viel Fliegen. Aber versetzen Sie sich doch
mal in die Lage einer Kuh: den ganzen Tag angestrengt auf der Weide - da will das Tier
am Abend seinen Feierabend in Ruhe geniessen. Ich bin sicher, daß wenn Sie einen an-
strengenden Tag hinter sich haben, dann möchten Sie am Abend auch nicht von Fliegen
belästigt werden.

Um dem abzuhelfen, habe ich zwei Geräte konstruiert, die ich Ihnen hier kurz vorstellen
möchte:

1. Das tragbare Fliegenzelt für Kühe

Hierbei handelt es sich um eine zeltähnliche Konstruktion aus feinstem Kunststoff-Ma-
schengitter, das durch ein Tragegestell (Zeltgestänge), welches der Kuh um den Bauch
geschnallt wird, gehalten wird. An der Basis wird dieses Zelt durch einen Metallring
auseinander gehalten, so daß das Tier nicht beim Fressen gestört wird. Es trägt auch der
Tatsache Rechnung, daß das Tier auf der Weide beweglich sein will. Die Kuh trägt das
Zelt ja immer mit.

Als praktischer Nebeneffekt kommt dazu, daß man Stiere und Kühe zusammen auf die
Weide bringen kann, da dieses Zelt zugleich auch zur Schwangerschaftsverhütung dient,
da die Kuh unter dem Zelt für den Stier nicht sofort als Lustobjekt zu erkennen ist, sondern eher abschreckend wirkt. Das Gerät ist zudem zusammenklappbar, so daß die Aufbewahrung im Winter, wo es keine Fliegen gibt, kein Problem ist.

2. Das elektronische Fliegenzählgerät

Äußerlich sieht dieses Gerät wie ein normales Wasserrohr aus. Es hat eine Aufhängevor-
richtung, die es erlaubt, das Gerät an die Decke zu hängen, wo es normalerweise auch
angebracht werden sollte.
In diesem Gerät befindet sich eine Düse mit einem kleinen Tank, die einen Duftstoff,
welcher aasähnlich riecht, in regelmäßigen Intervallen freigibt (frei einstellbar). Die Fliegen fliegen nun an dieses »Rohr«, vom Geruch angelockt. Da sie aber keine echte Nah-
rung finden, verweilen sie nicht in dem Kanal, sondern fliegen enttäuscht hindurch. Dabei passieren Sie eine Infrarot-Lichtschranke, die einen Zählvorgang einleitet. Die Anzahl der gezählten Fliegen wird auf einer Digitalanzeige angezeigt. Bereits
durchgeflogene Fliegen werden dabei mittels Magnetkennung erkannt, ausgesondert
und nicht mehr gezählt. Der Sinn des Ganzen: der Landwirt hat eine korrekte Kontrolle
über das Fliegenaufkommen in seinem Stall und kann jetzt vor Erreichen der Streßgren-
ze seiner Kühe geeignete Maßnahmen einleiten. (Vertilgungsmittel, Fliegenklatsche o.ä)

Bitte teilen Sie mir mit, ob das für Sie interessant ist. Ich würde mich freuen, von Ihnen
zu hören und verbleibe

mit freundlichen Grüßen

Jürgen Frenzinger

Nachtrag

Da die Baywa nie geantwortet hat, nehme ich an, sie wollte meine Erfindungen nicht. Das hat mich allerdings nicht davon abgehalten, etwas neues in dieser Richtung zu erfinden: ein lebensechtes Kuhmodell mit besonders starkem Aroma zur Täuschung der Fliegen. Diese künstliche Kuh kann im Freien ebenso verwendet werden wie im Stall. Die echten Kühe werden kaum mehr von Fliegen belästigt. Durchschlagender Erfolg kann durch den Bauernverband Bayern bezeugt werden!

Jürgen Sprenzinger
Friedenstraße 7a
86179 Augsburg

Firma
Salamander GmbH
Schuhabteilung
Jakob-Sigle-Str. 58

86842 Türkheim

17. November 1995

Sehr geehrte Damen und Herren,

seit Jahren bin ich ein Schuhfetischist. Ich liebe alle Arten von Schuhen. Und ich weiß
aus eigener Erfahrung, daß Sie sehr gute Schuhe machen. Schon von Kindesbeinen an
hab ich Salamander-Schuhe getragen. Deswegen kenne ich auch alle Abenteuer von Lur-
chi und seinen Freunden. Wie geht es denen denn überhaupt? Gibt es diese Heftchen
überhaupt noch? Wenn ja, wo kriegt man die dann? Ich kaufe zwar immer noch Salamander-Schuhe, aber so ein Heftchen hab ich nie mehr bekommen.

Aber dies ist nun wirklich nicht der Grund, weshalb ich Ihnen schreibe. Ich schreibe Ihnen deshalb, weil ich nebenberuflich ein Erfinder bin und weil meine Frau ab und zu depressiv ist. Ich muß Ihnen das erklären: meine Frau ist deswegen so depressiv, weil ich
zwar sehr viel erfinde, aber scheinbar bin ich möglicherweise meiner Zeit etwas voraus
und die Menschen sind wahrscheinlich auch noch nicht reif dafür. Niemand will etwas
davon wissen. Ich sage meiner Frau immer, daß es schon aufwärts gehen wird mit der
Zeit, aber sie hat es nie geglaubt.

Jetzt habe ich für meine Frau Spezialschuhe erfunden. Diese Schuhe haben eine nach
vorne zur Fußspitze hin ansteigende Sohle, die dem Träger das Gefühl vermittelt, es
gehe ständig aufwärts. Der psychologische Nebeneffekt ist der, daß dem Träger mit der
Zeit suggeriert wird, daß es auch im Leben aufwärts geht. Durch diese unbewußte Dau-
ersuggestion ändern sich die Lebensumstände relativ schnell, da das Leben ja eigentlich
eine reine Anschauungssache ist. Also ich kann Ihnen sagen, der Erfolg bei meiner Frau
war durchschlagend. Zwischenzeitlich glaubt sie mir fast alles.
Weil ich weiß, daß Sie eine gute Firma sind, schenke ich Ihnen diese Idee zwecks Nach-
ahmung, ich will also überhaupt kein Geld dafür. Ich habe bereits drei Modelle erfunden, die ich Ihnen kurz skizziert habe:

1. Modell: »Der frohe Wanderer«

2. Modell: »Modischer Ausgeh-Slipper«

3. Modell: »City-Runner«

Sollten Sie Interesse an weiteren Modellen haben, dann erfinde ich gerne noch ein paar. Ich habe noch eine Menge Ideen dazu im Hinterkopf. Allerdings würde ich das dann nur gegen Honorar machen. Über eine kurze Mitteilung diesbezüglich würde ich mich freuen.

Ich hoffe, Ihnen hiermit gedient zu haben und verbleibe

mit freundlichen Grüßen

Jürgen Sprenzinger

SALAMANDER
INDUSTRIE ///PRODUKTE

Salamander Industrie-Produkte GmbH · Postfach 160 · D-86838 Türkheim

Jürgen Sprenzinger
Friedenstraße 7 a

86179 Augsburg

21.11.1995 wh/wi	
Datum	
	114
Telefon (0 82 45) 52-	
Fax (0 82 45) 52-	**18o**

Sehr geehrter Herr Sprenzinger,

für Ihren Brief vom 17.11.95 bedanken wir uns.

Da wir in unserem Werk Türkheim keine Schuhe entwerfen und herstellen, haben wir
Ihren Brief mit Ihren Anregungen an unser Stammhaus weitergeleitet.

Als kleines Geschenk unseres Hauses legen wir Ihnen einen Band "Lurchis gesammelte
Abenteuer" bei. Wir hoffen, daß Sie damit viel Freude haben.

Mit freundlichen Grüssen

Salamander
Industrie-Produkte GmbH

i.V. Manfred Wilhelm

Anlage

Kopie Salamander AG
    Herr Meyer

Salamander Industrie-Produkte GmbH   Geschäftsführer:
Jakob-Sigle-Straße 58 · D-86842 Türkheim   Friedrich A. Meyer, Klaus Jensen
Telefon (0 82 45) 52-0   Sitz der Gesellschaft: Türkheim
Telefax (0 82 45) 52-180   Handelsregister:
Telex 5 39 121   Amtsgericht Memmingen HRB 5175

Jürgen Sprenzinger
Friedenstraße 7a
86179 Augsburg

Lindt & Sprüngli GmbH
Nikolaus & Osterhasen-Fabrik
Süsterfeldstraße 130

52072 Aachen

20. November 1995

Sehr geehrte Damen und Herren,

weil ich eigentlich ein sehr ernster Mensch bin, mache ich mir sehr viel Gedanken über das Universum, das Leben, das Jenseits und natürlich über unsere Umwelt. Ich sehe aber auch die kleinen Dinge. Gerade über die kleinen Dinge denke ich sehr viel nach. Und schon oft sind mir Verbesserungen eingefallen. Das ist der Grund, warum ich Ihnen schreibe.

Sie stellen Schokoladen-Weihnachtsmänner her. Und wie ich vermute, auch Schokoladen-Osterhasen. Nun taucht wahrscheinlich auch bei Ihnen das Problem auf, daß Sie ja nicht alle Weihnachtsmänner verkaufen. Es bleiben vermutlich eine Menge übrig. Ein Bekannter erzählte mir erst kürzlich, daß die übrig gebliebenen Weihnachtsmänner eingeschmolzen werden und an Ostern werden dann Osterhasen daraus gemacht. Das heißt aber eigentlich doch auch, daß wenn ich an Ostern einen Osterhasen esse, dann esse ich eigentlich einen Weihnachtsmann, weil der Osterhase ja zuerst ein Weihnachtsmann war. Ist doch logisch. Andererseits kann es mir natürlich umgekehrt genauso passieren. Drehen wir den Fall um: ich esse einen Weihnachtsmann, der an Ostern eigentlich schon ein Osterhase war.

Sehen Sie: mich hat das gestört, weil das was der Mensch ißt, das ist er. Und wenn ich eigentlich nicht weiß, was ich esse, dann weiß ich auch nicht, wer ich bin. Diese fast ausweglose Situation kann ohne weiters zu einer Persönlichkeitsspaltung führen, wenn nicht gar zum totalen Verlust der Persönlichkeit.

Ich habe nun eine Lösung ersonnen, die dieses Dilemma ein für allemal beenden könnte. Darf ich Ihnen das kurz erläutern: Stellen Sie doch Einheitsfiguren her, also für den Osterhasen und den Weihnachtsmann dasselbe Modell. Nur jetzt kommt der Clou: Sie fertigen einfach verschiedene Köpfe, mit Schraubgewinde zum Beispiel. An Ostern kommen dann einfach nur die Hasenköpfe drauf, im Advent die Nikolausköpfe. Rucksack und Eierkorb machen wir steckbar. Nun sind wir ganz leicht in der Lage, diese individuell passenden Utensilien je nach Fest auszutauschen. Die Nikolausstiefel könnte man ebenfalls steckbar machen. Wir ersetzen an Ostern dann einfach die Nikolausstiefel mit Osterhasenpfoten. Das einzige größere Problem stellt der Osterhasenstummelschwanz dar, weil der Weihnachtsmann ja keinen Stummelschwanz hat. Aber keine

Sorge, auch hier habe ich bereits die Lösung: Der Stummelschwanz wird beim Osterhasen abgeschraubt, der Weihnachtsmann bekommt einen passenden Gummistöpsel hinten rein, der das Schraubgewinde sauber abdichtet.

Sie sehen also, daß man für jedes Problem im Leben eine Lösung finden kann, wenn man nur intensiv darüber nachdenkt. Normalerweise gebe ich gute Ideen dieser Art nicht so einfach preis, aber weil Sie eine gute Schokolade herstellen und zudem Weihnachten vor der Tür steht, mache ich gerne mal eine Ausnahme.

Ich darf Ihnen und Ihrer Belegschaft ein schönes, friedliches Weihnachtsfest wünschen und fände es nett, wenn Sie mir mitteilen könnten, ob Sie meine Idee positiv aufgenommen haben.

Mit vorweihnachtlichem Gruß

Jürgen Frenzinger

Anlage:

1 Konstruktionsskizze

Nikolauskopf
(schraubbar)

Nikolaussack

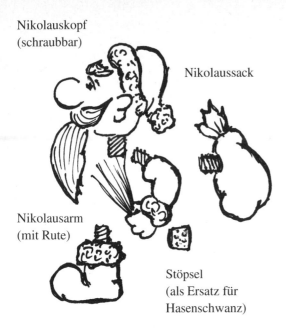

Nikolausarm
(mit Rute)

Stöpsel
(als Ersatz für
Hasenschwanz)

Nikolausstiefel
(steckbar)

Fertig montierter Nikolaus

Hasenkopf
(schraubbar)

Eierkorb

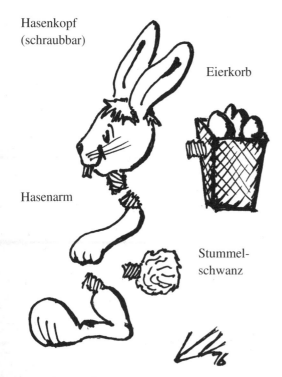

Hasenarm

Stummel-
schwanz

Hasenpfote
(steckbar)

Fertig montierter Osterhase

LINDT & SPRÜNGLI

Herrn
Jürgen Sprenzinger
Friedenstraße 7 a

86179 Augsburg

Aachen, 27. November 1995
WD-Mw
Durchwahl: 0241 / 8881-347

Sehr geehrter Herr Sprenzinger,

danke für Ihr sehr konstruktives Schreiben vom 20.11.1995. Lassen Sie uns ergänzend dazu einige gedankliche Kommentare zitieren.

Allem voran hat der Mediziner riesige Bedenken angemeldet, da die Vielzahl der Transplantationen die Kapazitäten sprengen. Die zuständigen Behörden lassen in Zusammenarbeit mit der Qualitätssicherung keine Fremdkörper,wie Gummistöpsel oder dergleichen zu. Dem technischen Personal stehen einfach keine Nikolaus- bzw. Osterhasenwerkzeuge zur Verfügung. Eine individuelle Lagerung von Schokoköpfen, Rücksäcken, Körben, geschweige Schwanzprothesen usw. sieht die Logistik nicht.

Und dann ist da noch König Kunde, dessen Gedanken ja bekanntlich frei sind....

Also - nein bitte - lassen wir die traditionellen LINDT-Weihnachts- und Osterfiguren so wie sie sind, denn so werden sie seit vielen Jahren geschätzt und liebend gerne angenommen.

Auch Sie wissen ja nicht seit gestern, alle LINDT-Leckereien gehören zu den klassischen Genüssen des Lebens. Seit nunmehr 150 Jahren erfreuen wir mit unseren erlesenen Jahres- und Saisonspezialitäten Auge und Gaumen.

Wir sorgen dafür, daß es immer wieder heißt

LINDT - ein kleines Stück vom großen Glück.

Mit freundlichen Grüßen

LINDT & SPRÜNGLI GmbH
Konsumenten-Betreuung

- W. Doublet -

CHOCOLADEFABRIKEN LINDT & SPRÜNGLI GMBH
SÜSTERFELDSTR. 130 D-52072 AACHEN / POSTFACH 950 D-52010 AACHEN TELEFON (49) 241/88 81-0 TELEFAX (49) 241/88 81 211
AMTSGERICHT AACHEN HRB 3452 · GESCHÄFTSFÜHRER: ECKHARD MUSAHL

Jürgen Sprenzinger
Friedenstraße 7a
86179 Augsburg

Käserei Champignon
Hofmeister GmbH
z. H.Herrn Käsereidirektor

87493 Heising im Allgäu

29. November 1995

Sehr geehrter Herr Direktor,

abends hab ich immer viel Zeit, weil ich schon um 3 Uhr nachmittags Feierabend hab,
und ich sehr früh mit der Arbeit anfang. Und ich schau dann abends halt immer Fernseh.
Irgendwie muß man sich ja beschäftigen, weil man sonst nämlich verblödet.

Vorgestern hab ich Ihre Werbung gesehen mit dem Cambozola und so. Also ich find die
Werbung von Ihnen ja sehr schön, die gefällt mir sehr gut mit der schönen Dame und
den roten Rosen. Ich bin ein absoluter Romatiker, wissen Sie. Und dann seh ich diese
schöne Dame und die roten Rosen und dann kommt da immer so eine zärtliche Musik.
Ich fange dabei immer sofort zu träumen an. Und wenn ich dann so ins Träumen komme, plötzlich: peng! Und da erscheint dann dieser Cambozola-Käse. Also wissen Sie,
das ist immer jedesmal wie ein Faustschlag in den Magen. Der Käse paßt überhaupts
garnicht in diese Werbung! Dieser Käse versaut die ganze Stimmung! Weil eine schöne
Dame und rote Rosen und Käse einfach nicht zusammenpassen, auch wenn der Käse
noch so gut schmeckt. Das ist ja fast so, als hätte die schöne Dame Käßfüße. Wenn Sie
Werbung für Ihren Cambozolakäse machen, dann muß da eine saftige grüne Weide her
mit einer Kuh drauf und im Hintergrund ein paar Hügel mit einem lachenden Bergbau-
ern, dann paßt auch der Käse dazu.

Ich meine, Ihr Käse ist ja wirklich gut, ich esse ihn auch, weil schmecken tut er schon
ganz gut, wenn er auch nicht gerade billig ist. Und er hat den Vorteil, daß er rund ist.
Der paßt nämlich auch prima in meine Brotzeittasche. Ich hab auch schon eckigen Käse
in der Brotzeittasche gehabt. Aber der war mir immer zu kantig. Außerdem hat der ge-
stunken. Die Kollegen haben mich dann immer einen Käse-Stinker geheißen. Aber das
ist ja kein großes Problem nicht. Nur Ihre Werbung sollten Sie schon ändern, weil diese
schöne Dame und die roten Rosen und die zärtliche Musik sehr schön sind, aber der
Käse, also ich sags Ihnen ehrlich, das ist jedesmal wie ein Schlag auf das Hirn oder wie
eine Vergewaltigung.

Ich wollte mich nicht bei Ihnen beschweren, das muß ich Ihnen noch sagen, nicht daß Sie denken, was ist denn das für blöder Nörgler. Aber weil ich ein Kunde von Ihnen bin, hab ich das jetzt einfach los werden müssen. Für eine Mitteilung, was künftig mit der Werbung passiert, wäre ich Ihnen sehr dankbar. Vielleicht können Sie den Cambozola weglassen und dafür die schöne Dame länger zeigen und vielleicht auch die Musik etwas länger machen. Das tät mich sehr freuen.

Gott beschütze Ihr schönes Allgäu

Jürgen Sprenzinger

Käserei Champignon · Postfach 2 · 87493 Lauben/Allgäu

Herr
Jürgen Sprenzinger
Friedenstr. 7a

86179 Augsburg

Käserei Champignon
Hofmeister GmbH & Co. KG
Kemptener Straße 17–24
87493 Lauben/Allgäu

Telefon 0 83 74 / 92-0
Telefax 0 83 74 / 92-169
Telex 54752

Lauben, 17. 01. 1996

Cambozola TV-Werbung

Sehr geehrter Herr Sprenzinger,

es freut uns sehr, daß Sie ein so aufmerksamer Beobachter unserer
Fernsehwerbung sind und Sie auch unseren Cambozola gern mögen.

Ihre Kritik ist natürlich sehr hart für uns. Wir haben den Werbespot von vielen
Verbrauchern bewerten lassen und er ist immer sehr gut angekommen. Auch
die vielen Anrufer, die sich nach den Interpreten der Musik erkundigen oder ein
Autogramm der Schauspielerin haben möchten, bestätigen uns dies.

Ihren Vorschlag, das Produkt wegzulassen, können wir natürlich nicht teilen.
Werbespots haben ja den Sinn, die Zuschauer auf das Produkt aufmerksam zu
machen. Sie werden uns auch sicher zustimmen, daß es sich beim Cambozola
um eine Käsespezialität handelt, und die harmoniert nach unserem Empfinden
sogar sehr gut mit einer angenehmen Musik und einer schönen Frau. Im
Werbespot wird durch die Dame ein Genußerlebnis vermittelt, daß auch Sie
haben, wenn Sie abends unseren Cambozola verzehren.

Wir hoffen, Sie haben Verständnis dafür, wenn wir mit unseren Aktivitäten den
Vorstellungen und Wünschen unserer Kunden - dem Großteil davon - gerecht
werden möchten.

Mit freundlichen Grüßen
Käserei Champignon

i.A. Sibylle Kolb
PR-Abteilung

Persönlich haftende Gesellschafterin: Hofmeister Verwaltungs GmbH
Geschäftsführer: Robert Hofmeister · Adolf Birker · Jürgen Meyer-Imhof (stv.) · Dieter Pfau
Sitz der Gesellschaft: Heising · Handelsregister Kempten: HRB 3516

Jürgen Sprenzinger
Friedenstraße 7a
86179 Augsburg

Firma
Tempo
Taschentuchabteilung
Postfach 2503

65818 Schwalbach/Ts.

29. November 1995

Sehr geehrte Damen und Herren,

neulich habe ich Ihre Werbung gesehen, wo Sie behaupten, da könne man gleich 2 mal hintereinander niesen, Ihre Taschentücher würden das locker verkraften. Leider muß ich Ihnen hiermit mitteilen, daß das ja überhaupt gar nicht stimmt, weil ich das getestet habe. Ich bin nämlich nicht nur ein Nachnieser, sondern ein Vierfach-Nieser. Gleichzeitig aber auch noch ein Vorschneuzer.

Ich kann Ihnen den Testverlauf kurz schildern, damit Sie wissen, was ich meine: immer wenn ich merke, daß ich schneuzen muß, habe ich ein Tempo-Taschentuch genommen und geschneuzt. Aber immer dann, wenn ich schneuze, muß ich danach niesen. Ich kann meistens nie im voraus sagen, wie oft, aber in der Regel 4 mal, manchmal auch 5 mal oder sogar 6 mal. Mein Doktor hat gesagt, ich hätte so sensible Nasenschleimhäute. Warum das so ist, weiß ich nicht, vielleicht bin ich ein Softie. Also ich schneuze und niese. Ungefähr eine halbe Sekunde vor dem Niesvorgang halte ich natürlich das Taschentuch vor die Nase, weil ich ja keine Bakterienschleuder nicht sein will. Dabei bläht sich das Taschentuch schon sehr verdächtig auf. Und was soll ich Ihnen sagen: nach dem zweiten Niesen platzt das Taschentuch in der Regel. Das dritte Niesen folgt unmittelbar nach dem zweiten. Ich bin aber kein Taschenspieler, also kriege ich ein anderes Taschentuch nicht so schnell aus der Packung, schon deswegen nicht, weil man dazu zwei Hände braucht. Zu diesem Zeitpunkt habe ich aber nur die linke Hand frei, weil die rechte ja noch das alte benutzte Taschentuch halten muß, weil es mir ja sonst auf den Boden fällt und den will ich ja nicht verunreinigen. Ich habe teurere Teppichböden, wissen Sie. Nach dem dritten Niesen habe ich dann den Erfolg durchschlagend auf der Hand. Vom vierten, fünften oder sogar sechsten Niesen will ich gar nicht sprechen, weil spätestens zu diesem Zeitpunkt wird es dann unappetitlich.

Die Idee, ein Papiertaschentuch herzustellen, das 2 mal Niesen aushält, finde ich schon prima. Aber bedenken Sie doch bitte: es gibt ja nicht nur Nachnieser, sondern auch 3-fach-Nieser, 4-fach-Nieser und so weiter. Nach oben ist da keine Grenze gesetzt. Dann haben wir auch, so wie mich zum Beispiel, Vorschneuzer. Vermutlich gibt es aber auch Doppel-Vorschneuzer, wenn nicht sogar Dreifach-Vorschneuzer. Haben sie bedacht, daß es auch Vorhuster und Reinschleimer oder Nachschleimer gibt?

Sehen Sie, all das sollte so ein Taschentuch freudig mitmachen und aushalten. Für mich gab es da nur eine Lösung, nämlich das altbewährte Stofftaschentuch, Größe 30 mal 30. Die sind zwar voller Bakterien, aber irgendwo müssen die Bakterien ja auch wohnen.

Im übrigen habe ich festgestellt, daß Ihre Tempo-Taschentücher für mich auch zu klein sind. Ich bin nämlich zu allem Übel hin auch noch ein Groß-Naser. Ihr Taschentuch mißt 22 mal 21,3 cm. Verstehe ich übrigens auch nicht. Normalerweise sind Taschentücher seit undenklichen Zeiten quadratisch. Aber grundsätzlich ist das schon in Ordnung - für eine durchschnittliche Nase, aber nicht für meinen mordsdrum Zinken.

Sie wissen jetzt, um welches Problem es geht. Wenn Sie ein Produkt haben sollten, das für mich geeignet ist, dann würde ich mich sehr freuen, wenn Sie mir das mitteilen würden. Ich finde Tempo-Taschentücher grundsätzlich ja sehr gut, weil sie einfach hygenischer sind.

Mit freundlichen Erkältungsgrüßen

Jürgen Sprenzinger

Nachtrag

Leider … Tempo schweigt sich zu diesem Problem gründlich aus und hat vermutlich keine Lösung für mein Problem. Deshalb merke:

Ein Tempo-Taschentuch
ist nicht genuch!
Mußt du mehr als zweimal niesen –
laß dir das Niesen nicht verdrießen.
Besser als ein Tempo-Packerl –
ist ein Schneuztuch, das im Sackerl!

Weltbild

Weltbild Verlag GmbH • Steinerne Furt 70 • 86131 Augsburg

Sehr geehrter Herr Sprenzinger,

lieben Sie gute Bücher, schöne Filme und Musik? Dann dürfen Sie auf Weltbild gespannt sein. Bei uns können Sie nach Lust und Laune auswählen – garantiert <u>ohne Clubverpflichtung!</u> Blättern Sie doch einfach ein wenig im Katalog und suchen Sie sich Ihre Lieblingstitel aus. <u>Testen Sie dann, wie bequem es ist, vom Sessel aus zu bestellen</u> – und wie schnell wir Ihre Wünsche erfüllen. Wenn Sie dabei auch gleich an Weihnachtsgeschenke für Ihre Lieben denken, können Sie den vorweihnachtlichen Einkaufsstreß ganz locker umgehen.

Und ich habe noch eine weitere Überraschung für Sie: Ich lade Sie ein, an unserer großen 300.000,- DM-Verlosung teilzunehmen. <u>Mit etwas Glück können Sie vielleicht schon bald der Hauptgewinner von 100.000,- DM in bar sein.</u> Doch das ist nicht Ihre einzige Gewinn-Chance: Insgesamt geht es um 3.333 tolle Preise!

Mitmachen ist ganz einfach: <u>Gleich hier rechts unten finden Sie Ihr Gewinn-Los mit Ihrer persönlichen Glückszahl.</u> Wenn Sie dieses Los einfach auf einer Postkarte an uns zurücksenden, nehmen Sie <u>garantiert</u> an unserer Verlosung teil.

In unserem Hause laufen die Vorbereitungen zur großen Ziehung der Gewinne bereits auf Hochtouren: natürlich wird ein Notar die Aufsicht übernehmen, die Bargeld-Preise liegen schon für die glücklichen Gewinner bereit... Kurz: es herrscht fieberhafte Spannung.

Denn der Einsendeschluß ist bereits am 31.12.1995!!!

Jetzt wünsche ich Ihnen viel Spaß beim Blättern im Weltbild-Katalog. Und für die Verlosung drücke ich Ihnen ganz fest die Daumen...
Ihr

Carel Halff

Carel Halff
Geschäftsführer

P.S.: <u>Als Dankeschön für Ihre Bestellung erhalten Sie von uns eine reizende Adventslieder-Fibel gratis,</u> rechtzeitig zur Einstimmung auf das schönste Fest des Jahres.

Jürgen Sprenzinger
Friedenstraße 7a
86179 Augsburg

Weltbild Verlag GmbH
z.H. Herrn Carel Halff
Steinere Furt 70

86131 Augsburg

29. November 1995

Sehr geehrter Herr Halff,

vielen Dank, daß Sie an mich gedacht haben und mir auch einen Katalog zugeschickt haben. Da hab ich mich schon sehr gefreut, weil Sie mich sogar persönlich angesprochen haben.

Auf Ihre Frage will ich Ihnen natürlich sofort antworten. Also Bücher mag ich nicht so besonders, ich komm auch garnicht dazu zum Lesen, weil ich so wenig Zeit hab. Filme mag ich schon eher, aber auch nicht alles, höchstens die lustigen Filme. Musik mag ich schon. Ich spiele sogar selber Ziehharmonika. Ich hab auch schon auf einer Geburtstagsfeier gespielt und die Leute haben das nicht schlecht gefunden.

In Ihrem Katalog hab ich geblättert und finde alles sehr schön, was Sie da so haben. Aber ich will gar nicht vom Sessel aus bestellen. Wenn ich was bestelle, dann mach ich das meistens auf meiner Eckbank. Einkaufsstreß habe ich eigentlich keinen, das sag ich Ihnen ganz ehrlich, weil ich mach den ganzen Zirkus an Weihnachten überhaupts gar nicht mit, weil das nämlich ein Blödsinn ist. Die Leute sind doch wahnsinnig, die sich da deswegen eine Hektik machen. Und an Weihnachten sind die dann krank und liegen halbtot unterm Christbaum.

Desweiteren wollte ich Ihnen mitteilen, daß ich bereit bin, an Ihrer Verlosung teilzunehmen. Vielleicht klappts ja und ich gewinne die 100000 Mark. Brauchen könnt ich das Geld schon, weil ich hab mir erst gerade jetzt das Bad renoviert und das hat ein Schweinegeld gekostet. Es ist aber sehr schön geworden, das Bad. Ich pappe Ihnen das Glückslos auf die Rückseite von diesem Brief. Obwohl ich ja nicht glaube, daß das ein Glückslos ist, weil da drei 8ter drin sind und 8ter mag ich überhaupt nicht, 8ter haben mir auch noch nie Glück gebracht, wenn ich ehrlich bin.

Aber was ich noch sagen wollte: Sie schreiben da, daß das Bargeld schon für den glücklichen Gewinner bereit liegt. Das sollten Sie nicht machen. Soviel Bargeld kann man doch in der heutigen Zeit, wo es so viel Gauner gibt, nicht einfach herumliegen lassen. Da ist das dann kein Wunder, wenn bei Ihnen fieberhafte Spannung herrscht. Ich tät sagen: beruhigen Sie sich erst mal, sonst sind Sie ja am 31.Dezember fix und fertig und das ist die Sache ja nun wirklich nicht wert. Aber legen Sie das Geld besser auf eine Bank. Da ist es am sichersten. Die Reiffeisenbank könnt ich Ihnen empfehlen.

Jedenfalls nochmal vielen Dank und schöne Weihnachten

Jürgen Sprenzinger

Jürgen Sprenzinger
Friedenstraße 7a
86179 Augsburg

Ferrero GmbH
Überraschungs-Eier-Abteilung
Hainer Weg 120

60599 Frankfurt am Main

7. Dezember 1995

Sehr geehrte Damen und Herren,

vier Kinder hab ich. Und immer, wenn Tante Gertrud, was die Schwester von meiner
Frau ist, zu Besuch kommt, bringt die diese Überraschungs-Eier von Ihnen mit. Sogar
an Weihnachten bringt die welche daher, obwohl es garnicht Ostern ist. Ich hab schon
zu ihr gesagt, sie soll Nikoläuse mitbringen, aber die kapiert das nicht, die bringt ja eh alleweil die Feste durcheinander. Immer bringt sie Überraschungs-Eier. Grundsätzlich hab
ich nichts dagegen, obwohl mir normale Eier schon lieber wären, die könnte man wenigstens in die Pfanne hauen.
Und das ist dann jedensmal ein Riesen-Drama mit diesen Überraschungs-Eiern. Bis die
immer verteilt sind, und jedes Kind sein Ei hat, das ist eine Zeremonie. Und danach hab
ich nämlich die Arbeit damit, weil ich das Glump, was da drin ist, zusammenbauen
muß, weil meine Kinder zu blöd sind. Dann wird immer nach dem Papa geschrieen.
Sonst brauchen mich meine Kinder auch nicht, weil sie sehr selbstständig sind, aber bei
Überraschungs-Eiern da täten sie mich plötzlich brauchen.

Letzten Dienstag wars wieder mal so weit. Tante Gertrud hat uns wiederum besucht.
Und was hat sie den Kindern mitgebracht? Überraschungs-Eier natürlich, es ist zum
Haarausreißen! Obwohl ich Ihr gesagt hab, sie soll Nikoläuse mitbringen, weils ja jetzt
auf Weihnachten zugeht. Jedenfalls bin ich abermals das Opfer meiner Kinder geworden, weil ich wieder das Zeug, was da drin ist, zusammenbauen gedürfen habe. Und da
war ein Ei dabei, mit so einem Seepferd drin. Und ich hab gebaut und gemacht und hab
das nicht ums Verrecken zusammengebracht, weil erstens der Konstruktionsplan, der da
dabei war, ganz miserablig war und zweitens diese Plastikteile überhaupts gar nicht zu-
sammengepaßt haben. Wenn ich den, der dieses idiotische Seepferd erfunden hat, da gehabt hätt, dann hätte ich dem die Gurgel umgedreht. Wissen Sie, wie das ist, wenn der
Kleinste, der sowieso so leicht narrisch wird, ewig und drei Tage quängelt: Papa, wann
ist das Seepferd jetzt endlich fertig? Papa, warum geht das nicht? Papa, warum ist da
kein Schwanz dran? Papa, wieso bist du so dumm und kannst das nicht? So geht das
dann die ganze Zeit und ich werd wahnsinnig, bloß wegen so einem Überraschungs-Ei.
Das ist ein Psychoterror.

Ich möcht den kennenlernen, dem diese Überraschungs-Eier eingefallen sind. Dem tät ich was erzählen, darauf können Sie Gift nehmen! Wahrscheinlich kommt das wieder mal aus Amerika, die erfinden alleweil so einen Schmarren. Das sieht man ja schon an diesem Kaugummi, mit dem dann alle rumlaufen wie die Kühe. Wir haben in unserer Jugend auch keinen Kaugummi gebraucht und ein Überraschungs-Ei schon gleich garnicht, weil wir nämlich Obst und Gemüse gekriegt haben und keine Überraschung gebraucht haben. Und wenn, dann haben wir uns selber überrascht.

Vielleicht können Sie mir aber mitteilen, wie das mit dem Seepferd geht, möglicherweis krieg ich dann wieder meine Ruhe. Das wär schon sehr nett von Ihnen. Schicken Sie mir bitte einen gescheiten Plan, wo genau draufsteht, wie das mit dem Seepferd geht.

Mit einem freundlichen Gruß

Jürgen Frenzinger

FERRERO · OFFENE HANDELSGESELLSCHAFT m. b. H. · HAINER WEG 120 · 60599 FRANKFURT / MAI

Jürgen Sprenzinger
Friedenstr. 7 a

86179 Augsburg

Frankfurt, 28. Dezember 1995

Sehr geehrter Herr Sprenzinger,

wir bedauern sehr, daß Sie Anlaß hatten, nicht einwandfreie Ware zu reklamieren.

Alle Produkte unseres Hauses unterliegen sehr strengen Qualitätsnormen. Die Einhaltung dieser Normen wird durch ein ausgeklügeltes Kontrollsystem innerhalb unserer Produktion überwacht.

Trotz sorgfältigster Kontrollen ist es jedoch bei einer industriellen Produktion nicht ganz auszuschließen, daß in seltenen Fällen fehlerhafte Stücke nicht entdeckt werden. Wir bitten, dies zu entschuldigen und gleichzeitig um Ihr Verständnis.

Als Dankeschön für Ihre Mühe senden wir Ihnen Überraschungen, die Ihnen sicherlich die gewohnte Freude bereiten werden.

Mit freundlichen Grüßen

F E R R E R O

KINDER - DIENST

Anlage

60591 Frankfurt/M., Postfach 70 03 10   ·   Telefon (069) 6 80 50   ·   Telex: 4 13 514   ·   Telefax: (069) 6 80 52 88
Geschäftsführer: Pekurmo B. V., Geschäftsleitung: Enrico Bologna (Vorsitzender), Kurt Götz, Arthur Kurrle, Franco Pavese;
Gesellschaftssitz: Stadtallendorf 1; Reg. Ger.: AG Kirchhain; H. Reg.-Nr.: HRA 1351; Gesellschafter 1) Pekurmo B. V., Rotterdam H.-Reg.-Nr.: 129 040 Rotterdam;
Geschäftsführer: Equity Trust Company N. V., Amsterdam;
2) Ferrero Nahrungs- und Genußmittel GmbH, Stadtallendorf; Reg. Ger.: AG Kirchhain; H. Reg.-Nr. HRB 1028;
Geschäftsführer: Enrico Bologna, Arthur Kurrle.
Deutsche Bank, Ffm. 2 924 215 (BLZ 500 700 10) · Hess. Landesbank, Girozentrale: Ffm. 17 230 004 (BLZ 500 500 00) · Commerzbank, Ffm. 5 824 800 (BLZ 500 400 0
Dresdner Bank AG, Ffm. 350 233 800 (BLZ 500 800 00) · Postgiro-Konto: Ffm. 1 384 82-605 (BLZ 500 100 60)

298 / 595 / EMi / D

Jürgen Sprenzinger
Friedenstraße 7a
86179 Augsburg

An die
Heilerde Gesellschaft Luvos Just
Gesellschaft mit beschränkter Haftung

61381 Friedrichsdorf

11. Dezember 1995

Sehr geehrte Damen und Herren,

meine Frau hat einen Gummibaum. Ungefähr so 1 Meter hoch und untenrum etwa eins-
fuffzig breit. Den liebt sie über alles, wahrscheinlich sogar noch mehr als mich. Ist auch
kein Wunder, der kriegt ja auch regelmäßig irgendwo ein frisches Blatt. Bei mir ist das
nicht der Fall. Ich verwelke eher und lasse alles hängen.

Aber seit geraumer Zeit gehts dem Gummibaum nicht mehr besonders gut. Wir haben
bisher nicht gewußt, an was das liegt. Ein Freund von mir ist aber ein Gärtner und den
hab ich herkommen lassen zwecks einer Begutachtung von diesem besagten Gummibau-
me. Und der hat gesagt, daß der Gummibaum Umtopfen braucht, weil der sonst verreckt.

Wie meine Frau nicht da war, hab ich mir gedacht, ich mach ihr eine Freude und topf
den Gummibaum um. Das hab ich auch gemacht. Sogar einen größeren Topf hab ich genommen. Und da bin ich auf die Idee gekommen, den Gummibaum in Heilerde zu pflanzen, weil es ihm doch gar so schlecht geht. Und weil ja Heilerde auch beim Menschen
gegen einiges hilft, zum Beispiel gegen saures Aufstoßen und Magenübersäuerung,
hab mir ich mir gedacht, ich pflanz ihren geliebten Gummibaum in diese Heilerde hinein. Weil nämlich mein Freund, der Gärtner, auch gesagt hat, daß die alte Erde in dem
Topf schon ganz sauer war. Ich weiß zwar nicht, wieso. Kein Mensch hat da jemals einen Essig nicht hinein gegossen.

Am Abend ist dann meine Frau heimgekommen. Ich hab ihr den Gummibaum gezeigt
und ihr gesagt, daß es dem jetzt viel besser geht, weil er ab jetzt mit Heilerde gefüttert
wird. Da hat die mir Ihre Einkaufstasche auf den Schädel gehauen, daß ich nicht mehr
gewußt hab, wo der Gummibaum steht.
Und geschimpft hat die! Derweil hab ich das ja nur gutgemeint. Sie hat gemeint, der
Gummibaum ist jetzt jedenfalls ganz hin.

Das hat mich aber schon beunruhigt. Deswegen schreibe ich an Sie, weil ich nämlich an-fragen möcht, ob so eine Heilerde wirklich schädlich ist für einen Gummibaum. Mein Haussegen hängt gerade unwahrscheinlich schief und vielleicht können Sie meine Frau wieder beruhigen. Aber bittschön, antworten Sie schnell, weil es schon pressiert, viel-leicht können wir noch was retten miteinand.

Vielen Dank im voraus - anbei schick ich Ihnen eine Briefmarke zu einer Mark mit, da-mit Sie keine Unkosten nicht haben.

Mit freundlichen Grüßen

Jürgen Frenzinger

Heilerde-Gesellschaft
Luvos Just GmbH & Co

Postfach 47
D-61371 Friedrichsdorf

Telefon (0 6175) 15 31
Telefax (0 6175) 31 85

Lieferanschrift:
Otto-Hahn-Straße 23
D-61381 Friedrichsdorf

Heilerde-Gesellschaft Luvos Just GmbH & Co · Postfach 47 · D-61371 Friedrichsdorf

Herrn
Jürgen Sprenzinger
Friedenstr. 7 a
86179 Augsburg

Ihre Nachricht	Ihr Zeichen	Unser Zeichen	Datum
v. 11.12.95		Weiß	18.12.95

LUVOS-HEILERDE

Sehr geehrter Herr Sprenzinger,

vielen Dank für Ihr nettes Schreiben vom 11.12.95.

Unsere LUVOS-HEILERDE ist ein Natur-Arzneimittel, über welches
uns bisher nur Erfahrungen bei Mensch und Tier vorliegen.

Uns liegen keine Informationen über die Anwendung von Heilerde
bei Pflanzen vor.

Wir könnten uns allerdings vorstellen, daß aufgrund der in der
Heilerde in stets gleichbleibender natürlicher Zusammen-
setzung enthaltenen Mineralstoffe auch die Pflanzen profitieren.

Da die Heilerde praktisch keimfrei ist und Planzen ja bekanntlich Bakterien zum Gedeihen brauchen, würden wir Ihnen empfehlen, den Gummibaum in frische Erde zu topfen und etwas Heilerde
beizumischen. Dies ist aber keine Garantie.

Wir haben uns erlaubt, Ihnen anliegend unsere Broschüren beizu-
fügen und wünschen Ihnen eine interessante Lektüre.

Mit freundlichen Grüßen

Heilerde-Gesellschaft
Luvos Just GmbH & Co

i.A. Ursula Roth   Anlagen

ACHTUNG! Neue Rufnummern:
Telefon 06175/9323-0 Telefax 06175/9323-20

Persönlich haftende
Gesellschafterin
Heilerde Gesellschaft mbH
Geschäftssitz Friedrichsdorf

Registergericht HRB 1179
Geschäftsführer
Prof. Dr. Bernd Olesch
Hofheim

Commerzbank AG
Bad Homburg
Konto 34 00 124
BLZ 500 400 00

Frankfurter Volksbank
Bad Homburg
Konto 00/82 463-1
BLZ 501 900 00

Jürgen Sprenzinger
Friedenstraße 7a
86179 Augsburg

EINGEGANGEN
15. Dez. 1995
Erled. ....

plastiflor
Zwgndl. d. Böhme GmbH & Co. KG 20.12.
D-74551 CRAILSHEIM, Pistoriusstr. 39-42

Firma
Plastiflor
Pistorius-Str. 42

74564 Crailsheim

Sehr geehrter Herr Sprenzinger

vielen Dank für Ihre Anfrage.
Leider können wir Ihnen in dieser
Sache nicht helfen.
Wir haben jedoch in unserer Kunden-
kartei eine Firma in Heidenheim, der
wir Ihr Anliegen vorgetragen haben.
Der Firmenname ist Joeken.
Dort werden künstliche Bäume auch in
höheren Maßen angefertigt.
Die Firma wird Sie direkt ansprechen.
Wir hoffen, Ihnen geholfen zu haben und
verbleiben mit freundlichen Grüssen.

Sehr geehrte Damen und Herren,

von Beruf bin ich Wirt. Bei meiner Wirtschaft habe ich einen großen Grund dabei und zwar so 1000
Quadratmeter. Da möcht ich im Frühjahr, sobald der Winter vorbei ist, einen Biergarten machen. Ich
habe gesehen, daß Sie künstliche Weihnachtsbäume herstellen. Die sind ja recht schön und gefallen
mir saugut, weil die so natürlich aussehen.

Jetzt hab ich Sie einmal fragen wollen, ob Sie nicht auch Kastanienbäume machen. Da tät ich nämlich
ein paar brauchen, weil auf dem Grund, wo ich den Biergarten machen will, keine Bäume stehen.
Und wenn ich ein paar echte Bäume hinpflanz, dann warte ich ja eine Ewigkeit, bis die mal groß sind.
Und zwar bräuchte ich künstliche Kastanienbäume so ungefähr 20 Meter groß und recht weit
ausladend, damit die im Sommer auch vor der Sonne schützen. Prima wär es natürlich, wenn Sie da
richtige Kerzen dazuliefern könnten, die man im Frühjahr draufstecken könnt, damit das aussieht, als
ob die Bäume blühen täten. Für den Herbst bräuchte ich dann die Früchte dazu, also die eigentlichen
Kastanien, damit das halt echt wirkt. Und die Blätter sollten steckbar sein, damit man sie für den
Winter wegmachen könnte. Weil echte Bäume sind im Winter ja auch kahl, da keine Blätter dran
sind. Für das Frühjahr bräuchte ich aber auch Knospen. Es wär ja unnatürlich, wenn von einem Tag
auf den andern plötzlich wie von Zauberhand Blätter und Kerzen da wären. Irgend so ein gescheiter
Mensch hat nämlich einmal gesagt, daß die Natur keine Sprünge nicht macht. Der hat vermutlich
damit gemeint, daß Kastanienbäume nicht von heut auf morgen Blätter häben.

Von solchen Kastanienbäumen tät ich ungefähr 10 Stück brauchen, damit das was gleichsieht.

Wenn Sie so nett wären, und mir mitteilen könnten, ob Sie solche Kastanienbäume haben und was da
das Stück kostet, wäre ich Ihnen sehr zu Dank verbunden. Ich hab auch schon beim hiesigen
Gartenmarkt Glötzinger nachgefragt, aber der hat so große Bäume nicht, hat er gesagt, weil er bloß
einen Flachbau hat und da gehen solche großen Bäume gar nicht hinein. Außerdem hat er gesagt, das
was ich da will, wird nicht so oft verlangt, da legt er sich nichts aufs Lager.

Also, für Ihre Mühe vielen Dank im voraus.

Mit freundlichem Gruße

Jürgen Sprenzinger

Werner Joeken
Objektdekorationen mit künstlichen Pflanzen und Blumen
Naturidentischer Anlagenbau

Werner Joeken · Steinbeisstraße 23 · D 89518 Heidenheim

89518 HEIDENHEIM
Steinbeisstraße 23
Telefon 0 73 21 / 4 00 07 + 4 00 08
Telefax 0 73 21 / 4 64 29

Jürgen Sprenzinger
Friedenstr. 7a

86179 Augsburg

Bankkonto:
Heidenheimer Volksbank 130 866 008
(BLZ 632 901 10)

Ihre Zeichen, Ihre Nachricht vom	Mein Zeichen, Meine Nachricht vom	Datum
		29.12.1995

Betr.: Ihre Anfrage über Kastanienbäume bei
       Fa. PLASTIFLOR in Crailsheim

Sehr geehrter Herr Sprenzinger,

lt. Ihrem Schreiben benötigen Sie 10 Kastanienbäume für
Ihren Biergarten.
Dieser Wunsch ist nur als Sonderanfertigung lieferbar.

Um Ihnen ein konkretes Angebot zu unterbreiten, sollte ein
Beratungstermin vor Ort stattfinden.

Wir machen Sie jetzt schon darauf aufmerksam, daß lt.
Grobschätzung 1 Baum ca. DM 30 000,-- kostet.

Selbstverständlich können wir Ihnen auch günstigere
Alternativen anbieten.

Setzen Sie sich bitte mit uns unter Tel.-Nr. 07321-40007 in
Verbindung um irgendwelche Fragen abzuklären.

Mit freundlichem Gruß

Werner Joeken

Jürgen Sprenzinger
Friedenstraße 7a
86179 Augsburg

An den
Weihnachtsmann

16798 Himmelpfort

17. Dezember 1995

Sehr geehrter Herr Weihnachtsmann!

Leider bin ich zwar schon etwas älter, aber ich glaube trotzdem noch an den Weihnachtsmann, obwohl alle meine Freunde behaupten, daß es gar keinen Weihnachtsmann nicht
gibt. Aber ich laß mir das nicht ausreden. Nicht ums Verrecken! Zwar ist das alles für
mich schon sehr verwirrend, weil ich zusätzlich auch noch ans Christkind glaub. Mir ist
deswegen heute noch nicht klar, wer jetzt eigentlich die Geschenke bringt. Jetzt hab ich
in der Zeitung gelesen, daß es Sie also doch tatsächlich gibt. Ich hab den Zeitungsartikel
sofort ausgeschnitten und allen meinen Freunden gezeigt und jetzt glauben alle, daß es
Sie gibt, weil wenn das sogar in der Zeitung steht, dann muß es ja stimmen.

Ich hab gehört, daß man sich von Ihnen was wünschen kann. Das ist ganz prima, weil
ich habe nämlich einen ganzen Haufen Wünsche, die mir allerdings bis jetzt noch niemand erfüllt hat. Warum, weiß ich auch nicht. Ich hab auch festgestellt, daß auf das
Christkind in dieser Beziehung überhaupt kein Verlaß nicht ist. Möglicherweise war ich
aber auch das ganze Jahr über nicht so brav wie ich es vielleicht sein hätt sollen. Aber
Bössein macht halt mehr Spaß als das langweilige Bravsein; das ist ja echt fad. Aber
neulich war ich brav und hab sogar eine gute Tat getan. Ich hab eine blinde Frau über
die Straße geführt. Sie hat mich fast erschlagen dafür. Erst auf den anderen Straßeseite
hat sie mir gesagt, daß sie da überhaupt nicht hinwollte. Aber da kann ich ja auch nichts
dafür.

Vielleicht können Sie mir ein paar Wünsche erfüllen. Ich will ja nicht unbescheiden
sein, aber meine Freunde haben mir gesagt, daß wenn ich schon am Schreiben bin, dann
soll ich deren Wünsche gleich mitbestellen, also quasi ein Sammelwunsch:

Für mich bitte einen Mercedes Benz 500 SLC, Farbe metallic-silber, wenn Sie sowas in
dieser Farbe nicht da haben, dann darf er auch weiß sein, möglicherweise mit Sportfel-
gen. Eine Cabrio-Ausführung wär nicht übel. Sollten Sie keinen Mercedes haben, dann
nehm ich auch einen Nissan Almera oder wenn das auch nicht geht, dann schicken Sie
mir halt in Gottes Namen einen Toyota.
Und was nicht schlecht wär, wär vielleicht auch ein bißchen Geld, so 10000 Mark täten
mir momentan reichen.

Meine Freunde (4 Stück) wünschen sich je ein Mountain-Bike, aber was Vernünftiges, nicht daß da gleich der Sattel unterm Hintern wegbricht. Es sollten also schon Marken-Räder sein. Und für ihre Freundinnen hätten die noch gerne je einen Brillant-Ring, vielleicht auch wenns geht, eine etwas bessere Ausführung. Mir brauchen Sie keinen Brillantring schicken, ich hab noch keine Freundin, ich wart noch, weil ich mich für die Ehe aufheb, erst wenn die Richtige kommt, dann schlag ich zu.

Vielleicht können Sie mir aber auch gleich einen hübschen Engel zukommen lassen, wenns geht, einen weiblichen, aber nur, wenn Sie einen übrig haben, den Sie nicht mehr brauchen, nicht daß Sie sonst Personalprobleme kriegen.

Ich weiß, daß Sie viel Arbeit haben, weil die Zeit bis Weihnachten knapp ist und bis Sie da überall rum kommen, das wird zeitlich natürlich schon eng. Wir müssen das Zeug aber auch nicht unbedingt am Hl. Abend auf dem Gabentisch haben, sondern können schon ein paar Tage länger warten. Nicht daß Sie vor lauter Streß einen Herzinfarkt bekommen. Wir brauchen Sie die nächsten Jahre ja auch noch.

Es wäre aber trotzdem nett, wenn wir eine schriftliche Wunschbestätigung von Ihnen erhalten könnten, selbst dann, wenn Sie nicht alle Wünsche erfüllen können; überfordern will ich Sie natürlich auch nicht. Ich versprech Ihnen trotzdem, daß ich einigermaßen brav bleib, soweit es mir möglich ist.

Ich wünsche Ihnen und Ihrer ganzen himmlischen Heerschar einschließlich Ihren Schlittenhirschen ein gesegnetes, frohes und zufriedenes Weihnachtsfest, zudem einen guten Rutsch ins neue Jahr und halten Sie die Ohren steif.

Herzlichst

Jürgen Frenzinger

PS.:
Was mich schon immer interessiert hätt: was macht der Weihnachtsmann eigentlich im Sommer?

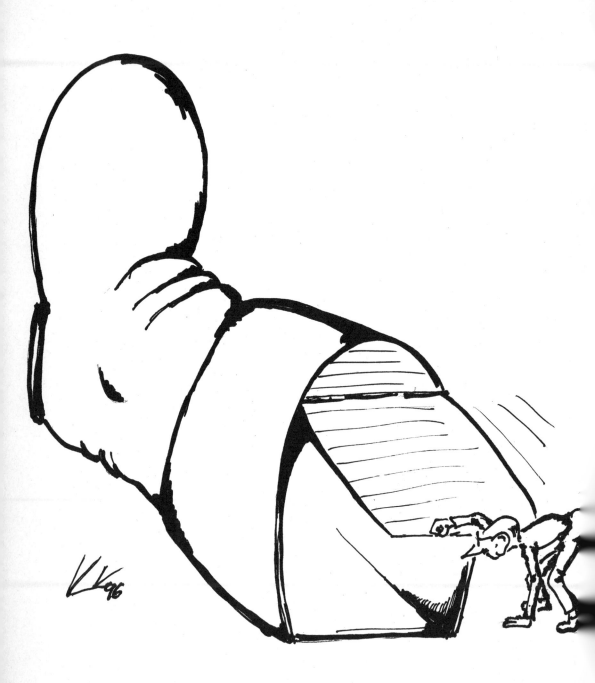

Lieber Jürgen

vielen Dank für Deinen lieben Brief.
Jedes Jahr in der Adventszeit bekomme ich
viel Post aus Deutschland und der ganzen
Welt. Große und kleine Kinder schicken mir
ihren Wunschzettel oder vertrauen mir ihre
Sorgen an. Leider kann ich nicht versprechen,
daß alle Wünsche in Erfüllung gehen.

Viele Kinder wünschen sich Frieden für alle
Menschen - darüber freue ich mich ganz
besonders. Wir sollten freundlich sein zu
allen Menschen und zu jeder Zeit. Das wäre
ein guter Anfang.

Denke zu Weihnachten an Deine Eltern,
Verwandten, Freunde und auch mal an die
vielen Kinder, die keinen „fleißigen" Weihnachtsmann haben.

Dir und Deinen Lieben wünsche ich ein
frohes und glückliches Weihnachtsfest.

Der Weihnachtsmann
aus Himmelpfort

Jürgen Sprenzinger
Friedenstraße 7a
86179 Augsburg

Firma
Knorr GmbH
Abteilung für Packerlsuppen
Knorrstraße 1

74074 Heilbronn

23. Dezember 1995

Sehr geehrter Herr Knorr !

Mein Freund Fred ist ein bekannter Prominenten-Photograph. Mich hat er auch schon photographiert. Obwohl ich kein Prominenter bin. Er macht große Fotos, seine Fotos sind meistens so 80 mal 60 cm groß, was normalerweise schwierig ist, weil je größer das Bild ist, desto leichter wird es unscharf. Aber eigentlich wollte ich das gar nicht schreiben, das ist mir jetzt nur so herausgerutscht.

Warum ich schreibe, hat einen anderen Grund. Gestern haben wir ein vorweihnachtliches Besäufnis veranstaltet, damit wir Weihnachten, wenn es kommt, besser verkraften können. Und der Fred ist auch Jäger. Vorwiegend jagt er Hasen. Auch oft mit seiner Kamera. Und da haben wir über Ochsenschwanzsuppen geredet. Hasen zum Beispiel haben ja auch einen Schwanz. Den nennt man in der Jägersprache »Blume«. Und da hat der Fred gesagt, daß es, wenn es schon Ochsenschwanzsuppe gäbe, es ja auch Hasenblumensuppe geben müßte. Ich hab gesagt, so was hätte ich noch nie gehört. Doch er behauptet stock und steif, daß es eine Hasenblumensuppe gäbe und die tät so ähnlich schmecken wie Ochsenschwanzsuppe. Wir hätten uns fast gestritten deswegen. Und das zwei Tage vor Weihnachten, wo doch Weihnachten das Fest des Friedens und der Liebe ist.

Jetzt habe ich mir gedenkt, ich schreib einfach mal an Sie, weil Sie das ja als Packerlsuppenhersteller wissen müßten, ob es eine Hasenblumensuppe gibt. Weil wenn es die tatsächlich gibt, dann muß ich mich beim Fred schon entschuldigen, weil ich ihm ja Unrecht getan hab. Wenn es allerdings keine Hasenblumensuppe gibt, dann muß sich der Fred bei mir entschuldigen, weil er ja dann mir Unrecht getan hat. Und das zwei Tage vor Weihnachten, da wo man eigentlich kein Unrecht begehen sollte.

Vielleicht ist das jetzt eine blöde Anfrage. Aber Sie dürfen nicht glauben, daß ich deswegen ein blöder Mensch bin. Ich bin nur recht vielseitig interessiert. Auf der anderen Seite, wenn es keine Hasenblumensuppe nicht gibt, dann frage ich mich natürlich auch, warum. Weil Hasenbraten gibt es ja auch. Vielleicht wäre sowas eine neue Erfindung.

Vielleicht können Sie mir bei diesem Problem helfen, das wäre nett von Ihnen und täte mich riesig freuen.

Mit herzlichen Grüßen

Jürgen Prenzinger

Nachtrag

So richtig klar bin ich mit meinem Freund Fred immer noch nicht, da dieses Problem unser Verhältnis schon sehr belastet und die Firma Knorr noch keine Stellung dazu bezogen hat. Vermutlich gibt es aber keine Hasenblumensuppe. Vielleicht müßte man mal die Firma Maggi dazu befragen. Oder könnte es sein, daß es mehr Ochsen als Hasen gibt??

Jürgen Sprenzinger
Friedenstraße 7a
86179 Augsburg

Firma
Körnli-Ei-GmbH
Itenstraße 8

95131 Schwarzenbach am Wald

30. Dezember 1995

Sehr geehrter Herr Körnli!

Morgen haben wir wieder einmal Sylvester. Das finde ich jedes Jahr immer toll, weil da
kann man es richtig krachen lassen. Wir haben dieses Jahr über 100 Raketen und ungefähr 60 Kanonenschläge.
Aber eigentlich schreibe ich Ihnen wegen Ihrer Eier. Deswegen habe ich nämlich ein
Problem.

Zudem, daß ich immer ein Feuerwerk mach an Sylvester, mach ich auch meinen eigenen Eiercognac. Dieser Eiercognac ist in meinem Bekanntenkreis sehr berühmt, weil er
mit frischen Eiern gemacht wird. Dieses Jahr habe ich natürlich auch wieder frische Eier
genommen. Die hab ich gestern gekauft. Und zwar von Ihnen. Weil Ihre Eier aus
Deutschland kommen. Ich hab auch schon italienische Eier genommen. Aber die sind
mir zu klein. Aber die Italiener sind ja auch meistens kleiner als die Deutschen und die
italienischen Hennen logischerweise genauso.

Jedenfalls, als ich gestern Ihre Eier ausgepackt hab, da hab ich mich schon schwer gewundert. Auf jedem Ei stand nämlich »Körnli« drauf. Ich hab sowas noch nie gesehen.
Gestern abend war mein Freund Kurt da. Dem hab ich Ihre Eier gezeigt. Und der hat mir
erzählt, daß er gehört hätte, daß es eine neue Hühnerrasse gibt, die bedruckte Eier legt.
Meine Frau hat drauf gesagt, daß das ein Quatsch ist, weil da müßten die Hennen ja einen Stempel mit Stempelkissen am Hintern haben und das sei unmöglich. So eine Rasse
gäbe es überhaupts gar nicht. Und so eine Rasse könnte man auch gar nicht züchten, es
sei denn, man kreuzt einen Beamten mit einer Henne. Aber das hat noch niemand geschafft, meint meine Frau. Meine Frau ist vom Land, müssen Sie wissen und ihre Mutter
hat immer einen Haufen Hennen gehabt. Jetzt hat sie nur noch 3. Die andern hat sie alle
erschlagen und anschließend gegessen, weil sie keine Eier mehr gelegt haben. Wenn sie
aber noch mehr Hennen hätt, dann hätt ich ja keine Eier von Ihnen kaufen brauchen,
aber weil sie eben nur noch 3 Stück hat, hab ich Ihre Eier kaufen müssen und deswegen
hab ich jetzt ein Problem mit dem Kurt.

Sei wie es sei, jedenfalls hat sich der Kurt das nicht ausreden lassen und hat mit meiner Frau einen Streit deswegen angefangen. Beide haben sich wegen dieser blöden Eier von Ihnen angeschrieen und sich gegenseitig massiv beleidigt. Und das war mir nicht recht und ich hab gesagt, ich werd jetzt einfach mal an den Herrn Körnli schreiben und anfragen, wer denn nun die Eier beschriftet: die Hennen oder der Herr Körnli. Ich mein ja auch, daß die Eier von Menschen gestempelt werden. Aber so sicher bin ich mir da jetzt nicht mehr.

Vielleicht können Sie mir, lieber Herr Körnli, sagen, wie sich das richtig verhält, damit das Verhältnis zwischen meiner Frau und dem Kurt wieder in Gang kommt.

Vielen Dank für Ihre Mühe und ein gutes neues Jahr wünscht Ihnen

Jürgen Prenzinger

KÖRNLI-EI GMBH

ITENSTRASSE 8
95131 SCHWARZENBACH AM WALD

KÖRNLI-EI GMBH • ITENSTRASSE 8 • 95131 SCHWARZENBACH AM WALD

Jürgen Sprenzinger
Friedenstr. 7a

86179 Augsburg

Sehr geehrter Herr Valentin,

Ihr Schreiben hat uns Spaß gemacht.

Und nun die Enttäuschung, weder die Hennen noch der Herr Körnli beschriften die
Eier - nein, Maschinen machen das (ähnlich wie in der Waschanlage, es spritzt, nur anders).

Damit es auch in der Pfanne spritzt, anbei ein Eierkochbuch.
Viel Vergnügen beim Nachkochen der Rezepte.

Auch Ihnen ein gutes neues Jahr

Ihr

Herr Körnli

Anlage

SITZ:
ITENSTRASSE 8
95131 SCHWARZENBACH AM WALD
REGISTERGERICHT: HOF/SAALE HR B 1481

GESCHÄFTSFÜHRER:
KLAUS D. WIRTH
MATTHIAS ZEITLER

BANK:
VOLKSBANK HAUSEN EG
BLZ 50561315
KTO. 6016707

Jürgen Sprenzinger
Friedenstraße 7a
86179 Augsburg

Firma
Triumpf-Adler
Oberste Geschäftsleitung
Fürther-Str. 212

90429 Nürnberg

2. Januar 1996

Sehr geehrte Damen und Herren,

vor 8 Wochen habe ich mir ein Diktiergerät von Ihnen gekauft und find das toll, weil
vor dem hab ich mir immer alles auf einen Zettel geschrieben, damit ich nichts vergess.
Jetzt spreche ich immer alles in dieses Diktiergerät. Aber ich ich geb zu, ab und zu vergess ich, wo ich das Diktiergerät hingetan hab. Ich schreib mir jetzt halt immer einen
Zettel, wo ich draufschreib, wo das Diktiergerät ist, damit ichs nicht vergess.

Meine Frau will nun ein Schreibbüro eröffnen. Und da täten wir eine Schreibmaschine
brauchen. Schreibmaschinen machen Sie ja auch, glaub ich. Und ich wollt mir gerne
eine von Ihrer Firma kaufen. Ich hab mir auch schon ein paar angeschaut. Dabei bin ich
auf eine Idee gekommen, die recht praktisch wär. Wie Sie oben in der Anrede sehen können, hab ich da »Sehr geehrte Damen und Herren« geschrieben. So fängt man ja fast jeden Brief an, wenn man ein anständiger Mensch ist. Allerdings kann es passieren, daß
man trotzdem daß man ein anständiger Mensch ist, nicht »Sehr geehrte Damen und Her
ren« schreibt, weil man die Damen und Herren garnicht ehrt. Meistens schreibt man
aber schon »Sehr geehrte Damen und Herren«, weil man die meisten schon ehrt.

Und weil man das so oft schreiben muß, habe ich mir gedacht, es wär doch praktisch,
wenn man auf so einer Tastatur noch ein paar Tasten dazu machen tät, meinetwegen
über die anderen Tasten, quasi darüber, als oberste Reihe. Weil die Anrede ja immer
oben stehen muß. Und da könnte man doch gleich die Tasten in der richtigen Reihenfol-
ge anbringen, damit man nicht so lang suchen muß, also zum Beispiel müßt die oberste,
zusätzliche Reihe so ausschauen:
                    S e h r   g e e h r t e   D a m e n   u n d   H e r r e n
Das wären, wenn ich richtig gezählt hab, 25 Tasten. Ich mein, die müßt man doch noch
unterbringen können auf so einer Tastatur. Das gleiche ist das ja auch mit dem Schluß
von so einem Brief. Meistens schreibt man »Hochachtungsvoll«. Oder wenn man nicht
»Hochachtungsvoll« schreibt, weil man den Briefempfänger vielleicht nicht so voll

hochachtet, dann schreibt man ja auch »Mit freundlichen Grüßen«. Das, mein ich, sollte unten zusätzlich auch noch, quasi als Zusatztasten angebracht werden. Die untere Reihe müßte dann so ausschauen:

H o c h a c h t u n g s v o l l   M i t   f r e u n d l i c h e n   G r ü ß e n

Das wären auch nur 37 Tasten. Also ich sag Ihnen, das wär schon recht praktisch. Ich will Ihnen aber nichts dreinreden, Sie machen ja schon länger Schreibmaschinen als ich, aber praktisch wärs schon.

Es wär nett, wenn Sie meine Idee positiv in sich aufnehmen würden und mir das mitteilen würden, da tät ich mich sehr freuen.

Hochachtungsvoll

Jürgen Sprenzinger

Nachtrag

Triumph-Adler hat meinen Vorschlag wohl nicht ganz ernstgenommen und mein Schreiben total vernachlässigt. Vielleicht hätte ich denen nicht mit Computer und Laserdrucker schreiben sollen …

Jürgen Sprenzinger
Friedenstraße 7a
86179 Augsburg

Firma
Pfanni GmbH & Co. KG
Grafinger Straße Nr. 6

81671 München

5. Januar 1996

Sehr geehrter Herr Pfanni!

Kurz vor Weihnachten hat mich meine Freundin verlassen. Das hat mich einen Tag lang furchtbar mitgenommen, aber dann war ich schon recht froh. Sie war nämlich oft auch recht lästig und hat bloß immer das eine gewollt, Sie wissen schon. Ich war da oft wahnsinnig überlastet. Aber kochen konnte die, also ich sag Ihnen, das war eine Wucht!

Ich kann überhaupts nicht kochen. Aber dafür kann ich gut tapezieren und Teppich legen. Und mit dem Elektrischen kenn ich mich auch ein bisserl aus. Vom Auto versteh ich allerdings gar nichts, da bin ich ein Volldepp. Mit Flugzeugen und mit dem Atom geht es mir genauso. Mit meinem Computer allerdings geht es so o La La, zumindestens bring ich einen einigermaßen anständigen Brief hin.

Also, wie schon gesagt, meine Freundin hat mich verlassen. Und die hat immer für mich gekocht. Und wie die dann weg war, hat sie natürlich nicht mehr für mich gekocht, weil sie ja nicht mehr da war. Da hab ich mir gedacht, ich koch für mich selber und lern das halt. Und desweitern hab ich mir gedacht, ich koch mir an Weihnachten eine Ganz mit Blaukraut und Knödel, weil ich das gerne mag. Ganz schmeckt mir besser als Ente, obwohl Ente auch nicht schlecht ist so ab und zu, aber ich hab mich für Ganz entschieden und wenn ich mich mal für etwas entschieden hab, dann bin ich stur wie ein Bock. Bei meiner Freundin hab ich immer gesehen, daß die Pfanni-Knödel gemacht hat. Das waren so Knödel im Beutel und die hat sie dann immer in ein heißes Wasser reingehängt, bis die fertig waren. Die haben recht gut geschmeckt. Da hab ich mir gedacht, das kann ich auch. Ich bin dann in den Handelshof gefahren und sehe da verschiedene Packungen stehen. Auf einer stand drauf: Festtagsknödel. Die hab ich mir mitgenommen, weil ich mir gedacht hab, wenn es schon fast Weihnachten ist, dann passen Festtagsknödel ja ganz gut dazu.

Allerdings hab ich mich gewundert, daß die Packung so viereckig ist. Weil wie können so runde Knödel in eine viereckige Packung hineingehen. Das ist ja fast unglaublich. Ich hab die Packung trotzdem gekauft, weil ich mir gedacht hab, daß man heutzutage ja technisch unwahrscheinlich weit ist, vielleicht sind die Knödel da drin zusammengefaltet und entfalten sich dann beim Kochen.

Zuhause hab ich dann die Packung aufgemacht und festgestellt, daß da nur so ein Pulver drin war. Draufhin hab ich die Bedienungsanleitung gelesen und das Pulver ins heiße Wasser geschüttet. Aber ich sags Ihnen wie es ist, Knödel sind da nicht daraus geworden. Eher ein Knödelbrei. Aber das wollte ich eigentlich ja gar nicht, sondern Knödel. Ich weiß ums Verrecken nicht, wieso das nicht funktioniert hat.

Da war ich natürlich schon recht verärgert, weil Sie ja normalerweise gute Knödel herstellen, Pfanni-Knödel sind ja fast schon weltberühmt. Mich würde das nicht wundern, wenn sogar die Neger im Urwald Ihre Knödel essen täten. Aber das mit dem Pulver, das ist ein echter Krampf. Ich wollte eigentlich Knödel haben, die man ins Wasser hängt und dann, wenn das Wasser kocht, fertig sind.
Jedenfalls hab ich dann die Kocherei bleiben lassen und hab mir eine Pizza bestellt, weil ohne Knödel schmeckt mir auch keine Ganz nicht.

Vielleicht können Sie mir gnädigst mitteilen, ob Sie solche Knödel, die man ins Wasser hängt, haben und wenn ja, wie die heißen. Oder Sie können mir vielleicht ein Knödelpulver empfehlen, das Knödel macht und nicht einen Knödelbrei. Da wär ich Ihnen schon sehr dankbar, weil ich einen Knödelbrei nicht mag. Knödel müssen rund sein, das war schon immer so und so muß es auch bleiben, weil die Welt ist schon verrückt genug. Und wenn die Knödel jetzt nicht mehr rund sind, dann will ich überhaupt nicht mehr leben, weil dann geht ja wirklich schön langsam alles den Bach hinunter.

Es grüßt Sie freundlich

Jürgen Sprenzinger

Nachtrag

Mangels fachlichen Pfanni-Rats gab es für mich bei diesem Problem nur eine Alternative: entweder ein keusches, knödelloses Leben führen oder eine Frau heiraten, die gut knödeln kann. Das Letztere war schließlich die ideale Lösung!

Jürgen Sprenzinger
Friedenstraße 7a
86179 Augsburg

An die
Französische Botschaft
An der Marienkapelle 1a

53179 Bonn

9. Januar 1996

Sehr geehrter Herr Botschafter!

Immer wieder ärgere ich mich, weil sich die Leute wegen der französischen Atomversuche so unnötig aufregen. Grad in der heutigen Zeit sind Atomversuche enorm wichtig. Man muß das ja schließlich erforschen und interessant ist das ja schon, was da in so einer Bombe vor sich geht. Also ich sags Ihnen ehrlich, ich finde das toll, wenn es so bumst. Und wenn dieses Mururoa-Atoll kaputt geht, was solls, wir haben ja noch einen Haufen anderer Atolle.

Ich wollte mir auch schon mal eine Atombombe bauen. Leider hab ich aber kein Plutonium nicht gehabt. Da hat mir ein Freund gesagt, daß das wahrscheinlich auch mit Blei funktioniert, weil das ja auch ein Schwermetall ist. Ich habe dann ein Ofenrohr genommen, so zirka 2 Meter lang und und zwei Bleistücke, jedes so ungefähr 1 Kilo schwer und hab die in das Rohr montiert. Beide natürlich in ungefähr 30 cm Abstand, damit mir das Zeug nicht voreilig explodiert. An den beiden Rohrenden hab ich dann jeweils 300 Gramm Schwarzpulver eingefüllt und zwei Zündschnüre angebracht. Auf einer Wiese fernab jeglicher menschlicher Behausung brachte ich meine Bombe mittels gleichzeitiger Entzündung der beiden Zündschnüre zur Explosion. Das hat vielleicht gescheppert, sag ich Ihnen! Leider ist aber keine Kettenreaktion passiert, zumindest habe ich keine gesehen, nur das Rohr hat es mir zerrissen. Irgendwas hab ich da falsch gemacht. Ist ja auch egal, Atombomben-Bauen ist ja für Privatpersonen eh verboten. Das Blei war halt total deformiert. Das hätt ich aber an Sylvester beim Bleigießen billiger haben können.

Aber deswegen schreibe ich Ihnen garnicht. Ich habe nur gehört, daß sich die Leute immer so aufregen wegen der paar Bomben. Jetzt hab ich mir gedacht, ich mache Ihnen einen Vorschlag. Wenn Sie wollen, stelle ich Ihnen meinen Garten für unterirdische Explosionen zur Verfügung. Dann brauchen Sie nicht immer zu diesem Mururoa-Atoll. Ich könnte Ihnen auch schon vorab ein paar Löcher vorbohren. Sie könnten ja kleinere Bomben nehmen, die auch für den Garten geeignet sind. Mein Nachbar ist nachmittags meistens in der Arbeit, der tät das garnicht merken, wenns kracht und scheppert, man kann ja auch Dämm-Material verwenden. Mein Garten liegt direkt neben dem Wohnzimmer, das man über die Terasse betreten kann. Und von meinem Wohnzimmer aus könnten Ihre Techniker dann Meßbohrungen nach unten ausführen. Kein Mensch würde das mitkriegen. Von oben könnte dies auch kein feindliches Spionageflugzeug auskundschaften, da mein Wohnzimmer ja überdacht ist. Niemand weiß was, niemand sieht was.

Ich glaub, Sie haben da eh einen Fehler gemacht, daß Sie Ihre Versuche so groß ange-
kündigt haben. Nicht lange reden, einfach zünden, das ist die Devise. Schließlich sind
Sie die Grande Nation und da brauchen Sie doch nicht jedes Rindvieh fragen, ob Sie das
dürfen. Der Napoleon hätt auch niemand gefragt. Also wiegesagt, meinen Garten können Sie unter der Voraussetzung benutzen, daß ich auch ein bißchen mitmachen darf.
Das tät mich sehr freuen und wär ja auch interessant.

Mit freundlichen Grüßen

Jürgen Frenzinger

Nachtrag

Die französische Botschaft blieb leider bis dato stumm. Natürlich würde es mich brennend interessieren, warum. So schlecht war mein Angebot ja nun auch wieder nicht. Gut, ich gebe zu, mein Garten ist sehr klein (ungefähr 60 Quadratmeter). Aber die hätten doch merken müssen, daß ich es nur gut meine. Andererseits ist meine Frau sehr froh, daß diese Versuche nun doch nicht bei uns stattfinden, denn wenn dabei den Rosen etwas passiert wäre, dann wäre das schlimmer als jede Atomexplosion …

Jürgen Sprenzinger
Friedenstraße 7a
86179 Augsburg

Firma
Eduscho GmbH & Co. KG
z. H. Herrn Eduscho
Lloydstraße 4

28217 Bremen

11. Januar 1996

Sehr geehrter Herr Eduscho!

Seit einiger Zeit fühle ich mich jeden Abend hundeelend. Ich hab das zuerst auf das Wetter geschoben, weil dieses Mistwetter immer so schnell wechselt. Mal eiskalt und dann wieder wie im Frühling, das hält ja gar kein Mensch nicht aus.

Jetzt aber bin ich nach langem Überlegen drauf gekommen, warum es mir abends immer so schlecht geht. Das liegt nämlich an Ihrem Kaffee. Ich habe die Angewohnheit, immer am Abend, so zwischen 22 Uhr 30 und 22 Uhr 52 noch eine Tasse Kaffee zu trinken. Ich brauch das, damit ich schlafen kann. Nun habe ich gerade wieder eine Tasse getrunken und mir Ihr Kaffeeglas genauer angeschaut. Und da steht drauf: Morgenduft - für den harmonischen Beginn des Tages. Es ist aber Abend und der Tagesbeginn ist schon lang vorbei. Da hab ich gemerkt, daß das ja der falsche Kaffee ist! Ich brauch einen Kaffee für abends, nicht für den Morgen, weil ich ja am Abend Kaffee trink und nicht am Morgen. Morgens trink ich immer Milch, weil ich mich ja nicht schon am Morgen vergiften will, abends ist das nicht so schlimm, weil wenn ich mich da vergifte, dann kann ich mich danach wenigstens ausschlafen und bin am Morgen wieder entgiftet. Den Kaffee, den ich brauch, das müßt ein Abendkaffee sein, also müßte der eigentlich heißen: Abendduft - für das harmonische Ende des Tages. Oder Nachtduft - für das glückliche Ende des Tages. Das wär mir eigentlich egal. Ich nehm doch an, daß eine Weltfirma wie Sie so einen Kaffee hat. Und Eduscho ist ja eine gute Firma. Deswegen kaufe ich ja auch Ihren Kaffee und nicht irgendeinen Dahergelaufenen.

Wenn Sie also so einen Kaffee haben, der für abends geeignet ist, dann wäre das nett, wenn Sie mir das mitteilen täten, weil ich kann das nicht haben, daß es mir jeden Abend kotzübel ist wie einem Reiher. Da macht einem ja das Leben keinen Spaß mehr und das bloß wegen einem Kaffee!

Seien Sie also so nett und teilen Sie mir bitte mit, ob Sie auch einen Abendkaffee haben. Vielen Dank.

Viele herzliche Grüße von hier von Bayern nauf nach Bremen

Jürgen Sprenzinger

EDUSCHO GmbH & Co. KG · Postfach 10 79 60 · 28079 Bremen

Jürgen Sprenzinger
Friedenstraße 7a

86179 Augsburg

Bremen, den 12.02.96

Einen wunderschönen guten Morgen, Herr Sprenzinger! Wie wär's einmal mit "Schöner Abend" für
die Nacht (oder das glückliche Ende eines langen Tages)? Und dafür, daß das Leben wieder
lebenswert für Sie ist!

In diesem Sinne grüßen wir Sie röstfrisch aus der schönen alten Hansestadt Bremen und teilen Ihnen
unsere Freude darüber mit, daß Ihre Vorliebe trotz gelegentlichem morgendlichen Übelseins nicht
irgendeinem "Dahergelaufenen", sondern mit "Schöner Abend" - hoffentlich - wieder ganz und gar
Eduscho gehört.

Mit freundlichem Gruß

EDUSCHO
GmbH & Co.KG
- Öffentlichkeitsarbeit
  Redaktion -

Hartmuthe Schulze

DUSCHO GmbH & Co. Kommanditgesellschaft
loydstraße 4 · 28217 Bremen
tz: Bremen · Registergericht Bremen HRA 12490
elefon: (04 21) 38 93 - 0 (Zentrale)
lex: 2 44 360 edubr d
elegr.-Adr.: Eduscho Bremen
elefax: (04 21) 38 93 430

Komplementär:
EDUSCHO Gesellschaft mit beschränkter Haftung
Sitz: Bremen · Registergericht Bremen HRB 4276
Geschäftsführer:
Holger U. Birkigt, Uwe Dubber, Hans-Werner Eckhoff,
Hartmut Felgen, Dr. Hartmut Foerster, Dr. Karl-Heinz Große,
Peter Klar, Ulrich Mosel

Bankkonten:
Commerzbank (BLZ 290 400 90) 101 2046
Sparkasse Bremen (BLZ 290 501 01) 107 9706
Bremer Bank (BLZ 290 800 10) 2 311 380

Postbank:
Hamburg
(BLZ 200 100 20) 2 195 84 - 207

Jürgen Sprenzinger
Friedenstraße 7a
86179 Augsburg

An die
Hamburg-Mannheimer
Versicherung

22287 Hamburg

15. Januar 1996

Sehr geehrte Damen und Herren,

Am Sonntag hab ich immer viel Zeit. Und da gucke ich immer Fernsehen. Und gestern
hab ich wieder Ihre Werbung gesehen. Sie haben da so einen netten Versicherungs-
mann, diesen Herrn Kaiser, der sich auch mit Kindern so gut versteht und unwahrscheinlich sympathisch ist.

Jetzt habe ich eine Frage. Da ich ein paar Versicherungsfragen hätt, möchte ich höflich
anfragen, ob Sie mir den Herrn Kaiser nicht vielleicht vorbeischicken könnten. Aber ich
möchte unbedingt den Herrn Kaiser aus dem Fernsehen, nicht irgendeinen anderen Ver-
sicherungsfritzen. Dann mach ich auch eine Versicherung mit Ihnen. Aber die mach ich
nur mit Herrn Kaiser und sonst niemandem. Bitte schicken Sie mir keinen anderen
Herrn, der hat bei mir überhaupt gar keine Chance nicht, weil ich nämlich unbedingt
den Herrn Kaiser will. Sie brauchen mir auch keinen anderen Herrn Kaiser schicken,
weil ich nämlich vermute, daß Sie vielleicht mehrere Herr Kaiser haben. Ich will aber
den Herrn Kaiser aus dem Fernsehen. Sie können mich da auch nicht bescheißen, weil
ich nämlich genau weiß, wie der Herr Kaiser vom Fernsehen aussieht, weil ich sogar ein
Video vom orginal Herrn Kaiser hab. Und wenn der Herr Kaiser dann bei mir ist, werd
ich schnell merken, ob es der richtige Herr Kaiser oder der falsche Herr Kaiser ist, weil
ich dann mein Video hol und den Herrn Kaiser auf Video mit dem Herrn Kaiser ver-
gleich, der dann bei mir ist. Und wenn ich dann merke, daß der falsche Herr Kaiser bei
mir ist, dann bin ich sauer und mach keine Versicherung nicht mit Ihnen.

Hochachtungsvoll

Jürgen Sprenzinger

Nachtrag

Die Hamburg-Mannheimer hat mich angerufen und mir zu meinem Bedauern mitgeteilt, daß es diesen Herrn Kaiser aus dem Fernsehen nicht gibt, sondern daß das nur ein Schauspieler ist, der den Herrn Kaiser spielt. Die heile »Hamburg-Mannheimer-Herr-Kaiser-Welt« existiert also nur im Fernsehen. Und deswegen war ich sauer und hab auch keine Versicherung nicht mit denen gemacht, weil ich nämlich unbedingt den Herrn Kaiser aus dem Fernsehen wollte. Und mit einem Schauspieler kann man einfach keine Versicherung nicht machen, weil der keine Ahnung von einer Versicherung nicht hat, weil er ja ein Schauspieler ist. Wäre dieser Schauspieler aber kein Schauspieler nicht, sondern der Herr Kaiser, dann hätte ich sofort eine Versicherung gemacht und wär auch nicht sauer gewesen!

Deutsche Telekom
Generaldirektion

T **· · ·** **■**

Deutsche Telekom AG Generaldirektion
Postfach 20 00, 53105 Bonn

00234106 | 01.96   0,45 | Datum   Januar 1996
INFOPOST   Seite   1

Frau/Herr/Firma

JÜRGEN SPRENZINGER   Fernmeldekontonummer   821100880593
FRIEDENSTR. 7A

86179 AUGSBURG

Sehr geehrte Telefonkundin,
sehr geehrter Telefonkunde,

zum 1.1.1996 wurde das gesamte deutsche Telefonnetz auf die neuen Telefontarife
umgestellt. Dabei sind zu unserem großen Bedauern am Neujahrstag in einigen
Regionen Deutschlands Probleme aufgetreten, die auf die Software in bestimmten
Vermittlungsstellen zurückzuführen sind. Mit dieser Software sind rund 550 unserer
insgesamt 8000 Vermittlungsstellen ausgestattet.

In einem Teil dieser 550 Vermittlungsstellen - der Fehler ist nicht überall aufgetreten - wurden die Gespräche am ersten Januar in der Zeit ab 5.00 Uhr morgens
nicht nach den an Feiertagen gültigen Tarifen, sondern nach zum Teil höheren
Tarifen erfaßt. Telefonische Neujahrsgrüße bis 5.00 Uhr früh waren also nicht betroffen. Sie wurden sogar gewissermaßen als "Neujahrsgeschenk" zu besonders
günstigen Bedingungen abgerechnet. Zwischen 0 Uhr und 5 Uhr galt zwar schon
der neue, günstige Preis pro Tarifeinheit von 0,12 DM, abgerechnet wurde aber
noch nach den alten Zeittakten.

Auch Sie können von diesem Fehler betroffen sein, falls Sie in der fraglichen
Zeit telefoniert haben. Keinesfalls betroffen sind Kunden mit ISDN-Anschlüssen,
detaillierter Rechnung, mit Anrufweiterleitung und Dreierkonferenz.

Um die technische Panne wieder gutzumachen, haben wir uns zu einer schnellen
und unbürokratischen Lösung im Sinne unserer Kunden entschlossen:
Jeder Kunde, dessen Anschluß zu einer dieser 550 Vermittlungsstellen führt, erhält
mit der Februar-/März-Rechnung 30 Tarifeinheiten gutgeschrieben. Unabhängig
davon, ob der Fehler im konkreten Fall wirklich aufgetreten ist; unabhängig davon,
ob in der fraglichen Zeit telefoniert wurde.

Der Schaden, der den betroffenen Kunden am Neujahrstag entstanden ist, betrug
im Durchschnitt weniger als 10 Tarifeinheiten. Mit den 30 Tarifeinheiten, die wir
Ihnen gutschreiben, wird der Nachteil damit für fast alle Kunden mehr als ausge-
glichen.

Recyclingpapier **∅** *der Umwelt zuliebe*

                  Deutsche Telekom AG
Hausanschrift   **Generaldirektion, Friedrich-Ebert-Allee 140, 53113 Bonn**
Postanschrift   **Postfach 20 00, 53105 Bonn**
Telekontakte   **Telefon: (0228) 181-0, Telefax: (0228 181-8872**
Konten   **Postbank Saarbrücken (BLZ 590 100 66), Kto.-Nr. 166 095 662**
Aufsichtsrat   **Rolf-Dieter Leister (Vorsitzender)**
Vorstand   **Dr. Ron Sommer (Vorsitzender), Frerich Görtz, Dr. rer. nat Hagen Hultsch, Dr. Joachim Kröske,**
                  Dr. Herbert May, Carl-Friedrich Meißner, Gerd Tenzer
Handelsregister   **Amtsgericht Bonn HRB 6794, Sitz der Gesellschaft Bonn**

Wir möchten uns in aller Form bei Ihnen für den technische Fehler bei der Umstellung auf die neuen Tarife entschuldigen. Die Panne ist trotz sorgfältiger technischer Vorsorge passiert. Wir versprechen Ihnen, daß wir uns auch weiterhin mit aller Kraft dafür einsetzen werden, Ihnen wie gewohnt eine fehlerfreie und zuverlässige Telefonrechnung zu garantieren.

Als "Dankeschön" für Ihr Vertrauen haben wir den 25. Februar 1996 zum Telekom-Tag erklärt. Sie können dann von jedem Anschluß der Deutschen Telekom einen ganzen Tag lang zum Mondscheintarif telefonieren - rund ein Viertel günstiger als an einem regulären Sonntag.

Mit freundlichen Grüßen
Für den Vorstand
der Deutschen Telekom AG

Gerd Tenzer

Jürgen Sprenzinger
Friedenstraße 7a
86179 Augsburg

An die
Deutsche Telekom
Generaldirektion
Postfach 2000

53105 Bonn

19. Januar 1996

Sehr geehrte Damen und Herren!

Zweimal habe ich bis jetzt beiliegendes Schreiben von Ihnen erhalten. Dafür danke ich
Ihnen herzlich.

Ich denk viel nach. Über alles mögliche. Und weil ich das tu, drum hab ich auch darüber
nachgedacht, wieso ich das Schreiben selbigen Inhalts gleich zweimal gekriegt hab.
Aha, hab ich mir gedacht, vielleicht hat die Telekom gemeint, ich hab das erste Schreiben nicht verstanden und jetzt schickt sie mir das gleiche nochmal, damit ich das nochmal lesen muß. Ich hab dieses Schreiben pflichtgemäß also nochmal gelesen. Es unter-
scheidet sich nicht von dem gestrigen, außer, daß es nicht so verknittert ist wie das gest-
rige. Aber da können Sie ja nichts dafür, da hat vermutlich der Postbote nicht aufgepaßt.

Allerdings möchte ich Ihnen hiermit mitteilen, daß mich dieses Schreiben gar nicht betrifft, weil ich nämlich am Neujahrstag garnicht daheim war, sondern aushäusig und deswegen gar nicht zu Hause war und aus selbigem Grund nicht zu Hause hab telefonieren
können. Außerhalb von meinem Haus hab ich schon telefoniert. Bei Bekannten. Aber da
ist mir das wurscht, wie hoch die Telefonrechnung wird, das ist ja nicht meine Telefonrechnung. Ich kann mich ja nicht um andere Telefonrechnungen auch noch kümmern,
da tät ich ja nicht mehr fertig werden. Und weil ich jetzt dieses Schreiben gleich zweimal von Ihnen gekriegt habe, wollte ich Ihnen weiterhin mitteilen, daß mich dieses
Schreiben schon gleich zweimal nicht betrifft.

Aber wenn Sie mir ein paar Einheiten gutschreiben täten, dann wär das schon nett von
Ihnen. Ich bete dafür für Sie am 25. Februar, was ja jetzt der Heilige Telekom-Tag ist.

Ich hoffe, Ihnen hiermit gedient zu haben und verbleibe

mit freundlichen Grüßen

Jürgen Sprenzinger

⊤ · · · ·

Deutsche Telekom AG, Niederlassung Kempten
Postfach 10 02, 87432 Kempten

Herrn
Jürgen Sprenzinger
Friedenstr. 7a

86179 Augsburg

e Referenzen	Ihr Schreiben vom 19.01.96
Jnser Zeichen	MStab 2/TD, Heike Schuller
Durchwahl	Telefon: 0 11 13, Telefax: (0831) 200 - 2019
Datum	14. Februar 1996
Betrifft	Gutschrift von 30 Tarifeinheiten

Sehr geehrter Herr Sprenzinger,

Vielen Dank für Ihr Schreiben an die Generaldirektion der Deutschen Telekom. Die Generaldirektion bat uns - als Ihren regionalen Ansprechpartner - Ihnen zu antworten.

Diese Antwort bekommen sie von uns selbstverständlich auch schriftlich.

Ihr Telefonanschluß führt zu einer der 550 Vermittlungsstellen, die möglicherweise am 01.01.96 von dem Softwarefehler betroffen waren. Dies bedeutet, daß Ihnen automatisch 30 Tarifeinheiten gutgeschrieben werden - spätestens mit der März-Rechnung. Diese Gutschrift erhalten Sie in jedem Fall, egal ob Sie an diesem Tag telefoniert haben oder nicht und unabhängig davon, ob der Fehler an Ihrem Anschluß tatsächlich aufgetreten ist.

Hoffentlich konnten wir Ihnen mit dieser schriftlichen Aussage weiterhelfen. Für weitere Fragen stehen wir Ihnen jederzeit gerne zur Verfügung: kostenlos unter 0 11 13!

Mit freundlichen Grüßen

i.A. Heike Schuller

Jürgen Sprenzinger
Friedenstraße 7a
86179 Augsburg

An die
Deutsche Telekom AG
z. H. Frau Heike Schuler
Postfach 10 02

87432 Kempten

19. Februar 1996

Sehr geehrte Frau Schuller,

ich dank Ihnen herzlich für Ihren Brief, den Sie mir geschrieben haben. Darin steht, daß
ich 30 Tarifeinheiten geschenkt bekomme, weil mein Anschluß, der an einer der 550
Vermittlungsstellen angeschlossen ist, wahrscheinlich einen Fehler gehabt hat, der dann
aufgetreten ist, als ich gerade nicht telefoniert hab.

Für die 30 Tarifeinheiten bedanke ich mich, obwohl ich da schon skeptisch bin, weil
wenn man heutzutage was geschenkt kriegt, ist da meistens ein Hacken dran. Ich wart
halt jetzt einfach ab, den Hacken mein ich, das dicke Ende wird dann schon noch nachkommen. Es ist ja auch so, daß ich Sie überhaupts nicht ausnutzen will. Ich hab es nie
darauf angelegt, daß Sie mir gleich 30 Tarifeinheiten schenken, bloß weil ich an dem bewußten Tage garnicht telefoniert hab. Ich sags Ihnen nämlich ehrlich wie es ist, ich hab
an dem Tag wirklich nicht telefoniert, weil ich aushäusig war, und wenn ich nicht daheim bin, dann kann ich ja auch nicht telefonieren. Wär ich allerdings daheim gewesen,
dann hätt es leicht möglich sein können, daß ich vielleicht telefoniert hätt. Wobei ich Ihnen aber nicht genau sagen kann, ob ich telefoniert hätt oder ob ich angerufen worden
wäre, weil das ja meistens ein Zufall ist.

Interessieren würd mich allerdings jetzt schon, zu welcher von den 550 Vermittlungsstellen mein Anschluß führt, weil ich ja wissen will, wo das, was ich da ins Telefon hinein-
red, wieder rauskommt.
Da Sie mir aus Kempten geschrieben haben, nehme ich an, daß Sie dafür zuständig sind
und das, was ich ins Telefon red, bei Ihnen droben in Kempten herauskommt. Allerdings ist das recht umständlich. Weil wenn ich beispielsweise nach Hamburg telefonier,
dann macht das Gespräch ja einen mords Umweg, und womöglich geht dabei was verloren und dann kommen bloß noch Wortfetzen an, mit denen kein Mensch was anfangen
kann. Und diese Wortfetzen führen dann vielleicht zu einem Mißverständnis und das ist
nicht der Sinn von so einem Telefon.

Ich mein, bei mir ist das ja relativ wurscht, aber stellen Sie sich mal vor, das passiert, wenn der Kohl mit dem Clinton telefoniert. Wenn da bloß noch Wortfetzen ankommen, dann verstehen sich die zwei vielleicht nicht mehr und das löst dann den 3. Weltkrieg aus. Nicht auszudenken wär das! Und alles bloß desderwegen, weil Sie das Gespräch über Kempten umgeleitet haben. Und wenn Sie denen dann jedem 30 Tarifeinheiten schenken täten, hätt das überhaupts keinen Wert nicht mehr, weil es wäre schon alles hin! Und Sie sind dann schuld daran.

Vielleicht denken Sie mal darüber nach, wenn Sie eine stille Stunde haben.

Mit herzlichem Gruß

Jürgen Sprenzinger

Jürgen Sprenzinger
Friedenstraße 7a
86179 Augsburg

An das
Amt für öffentliche Ordnung
Hermanstraße

896150 Augsburg

19. Januar 1996

Sehr geehrte Damen und Herren,

seit dem Jahre 1993 habe ich einen Hund. Den habe ich ordnungsgemäß beim Hunde-
steueramt angemeldet. Jedes Jahr zahle ich für den Hund Hundesteuer so um die 80
Mark rum. Allerdings hab ich meinem Hund schon oft angedroht, daß ich die nicht
mehr bezahl, wenn er sich weiterhin nicht anständig aufführt. Aber das ist dem scheinbar wurscht.

Weshalb ich Ihnen schreibe, ist folgender Umstand: mein Hund ist schwarz und hat wun-
derbare braune Augen. Wegen dem schreib ich Ihnen aber nicht, weil es ja viele schwarze Hunde mit braunen Augen gibt. Ich schreib Ihnen deswegen, weil der Hund mit diesen braunen Augen betteln kann, daß es schier unglaublich ist. Der kriegt alles, was er
will. Jetzt ist es aber so, daß der Hund eigentlich eine Hündin ist und unwahrscheinlich
viel weiblichen Scharm hat. Wenn sich der vor einen hinsetzt und mit diesen braunen
Augen anschaut, dazu noch eine Pfote gibt, dann gibt dem jeder das letzte Hemd.

Meine Frau hat mich jetzt auf eine Idee gebracht. Sie hat gemeint, man sollte dieses natürliche Talent von meinem Hund ausnutzen und gesagt, ich soll mit dem Hund in der
Stadt betteln gehen. Dann bräuchte sie nicht mehr soviel arbeiten. Zudem kann sich der
Hund ja sein Futter und seine Hundesteuer selber verdienen. Jetzt hätte ich eine Frage:
brauch ich da eine Lizenz zum Betteln? Meine Frau hat gemeint, die müßte man eigentlich leicht kriegen, weil das ja harmlos ist. Es ist ja keine Lizenz zum Töten, weil es
kein Kampfhund nicht ist, sondern nur ein gutmütiger Labrador. Allerdings ist er schon
recht verfressen, aber er hat sich noch nie an einem Menschen vergriffen. Und vielleicht
können Sie mir auch gleich einen günstigen Platz zuweisen, wo viel Parteiverkehr ist,
meinetwegen auch in der Annastraße, besser glaub ich, wärs allerdings in der Bahnhofstraße, weil da immer was los ist.

Ich will ja auch nicht ewig betteln gehen, sondern nur mal feststellen, was mein Hund so im Monat Umsatz machen tät. Das würd mich nämlich schon interessieren. Bitte teilen Sie mir mit, ob ich da eine Erlaubnis brauch. Wenn ja, vielleicht können Sie mir eine ausstellen auf den Monat Mai, weil wenn ich jetzt im Januar in der Bahnhofstraße rumsitz, dann frier ich mir ja den Hintern ab.

Vielen Dank im voraus.

Mit hochachtungsvollen Grüßen

Jürgen Frenzinger

Stadt Augsburg, Postfach 11 19 60, 86044 Augsburg

Herr
Jürgen Sprenzinger
Friedenstr. 7a

86179 Augsburg

Dienstgebäude	Annastraße 16
	86150 Augsburg
Zimmer	43
Sachbearbeiter(in)	Herr Hanslmeier
Telefon	(0821) 324-4745
Telefax	(0821) 3 24-4729
Ihre Zeichen	
Unsere Zeichen	660\S5\HAN6061.TAT
Datum	13.02.1996

Unsere Zeichen und Datum
bei Antwort bitte angeben

Betteln auf öffentlicher Verkehrsfläche

Sehr geehrter Herr Sprenzinger,

zunächst mal recht herzlichen Dank für Ihren freundlichen Brief.
Es spricht daraus viel Tierliebe.
Auch wir haben ein Herz für Vierbeiner.
Dennoch müssen wir uns an die geltenden Gesetze und Verordnungen halten.
Es sind dies Vorschriften, die ein geordnetes Zusammenleben regeln.
Ohne dem geht es halt leider nicht. Sonst hätten wir Anarchie im Lande.
Das einem treuäugigen Vierbeiner klarzumachen ist sicherlich schwierig.
Aber dazu sind ja schließlich die Hundehalter da.
Die sind für ihre Zamperl verantwortlich und müssen für diese denken und
handeln.
Jedenfalls gibt es in Augsburg eine sog. Satzung über Straßensondernutzungen
in der Stadt Augsburg, die der Stadtrat erlassen hat.
Sie regelt die Benutzung öffentlicher Plätze und Verkehrswege. In der
Änderungsatzung vom 30.07.1992 wurde eine neue Bestimmung eingeführt,
nämlich ein § 3 a, der besagt, daß Betteln in jeglicher Form eine "nicht
erlaubnisfähige Straßensondernutzung" darstellt.
Das heißt also ins einfache Deutsch übesetzt: Betteln auf öffentlicher
Verkehrsfläche kann nicht erlaubt werden.
Bringen Sie das auch bitte Ihrer Hundedame schonend bei.
Wir sind auch gerne bereit, in einem persönlichem Gespräch die Angelegenheit
mit Ihnen zu besprechen.
Selbstverständlich können Sie hierzu auch Ihre charmante Hündin mitbringen.
Nur Mut!
Wir beißen nicht!

Mit freundlichen Grüßen
Im Auftrag

Hanslmeier

Jürgen Sprenzinger
Friedenstraße 7a
86179 Augsburg

An die
Bildzeitungs-Redaktion
Postfach 3410

20350 Hamburg

21. Januar 1996

Sehr geehrter Herr Redakteur!

Leider komme ich nicht oft zum Zeitunglesen, weil ich meistens keine Zeit nicht hab.
Aber ich fahre viel Straßenbahn. Und ich wohn in Augsburg. Das ist zwischen Bayern
und Schwaben. Und weil ich viel Straßenbahn fahr, muß ich natürlich immer viel aus-
und einsteigen. Und da hab ich fast an jeder Haltestelle Ihre Werbung gesehen, wo entweder draufsteht: die Unterhose können Sie anlassen oder: jetzt wird es gleich ein
bißchen weh tun und so weiter. Weiter unten steht dann immer: Bild sagt Ihnen, was
beim Arzt passiert. Das find ich schon toll. Seitdem kauf ich jeden Tag Ihre Zeitung.

Aber deswegen schreib ich Ihnen garnicht. Sondern ich bin auf eine Idee gekommen.
Deswegen nämlich, weil mein Freund Kurt ein Hobby-Operateur ist. Erst vor 4 Wochen
hat er sich selber den Blinddarm entfernt. Unter örtlicher Betäubung natürlich, nicht unter Vollnarkose, sonst wär er ja dabei eingeschlafen. Aber er hat das ganz toll hingekriegt. Die Narbe sieht zwar nicht so schön aus, ich bin sicher, das hätt ein Profi besser
zugenäht wie er, aber er ist ja wiegesagt Hobby-Operateur und kein Kunststopfer nicht.
Den Blinddarm hat er sich übrigens in Spiritus eingelegt, damit er ihn allen seinen Bekannten zeigen kann.

Weil ich Ihre Artikelserie toll find, wollte Ihnen meine Idee erzählen. Ich hab mir nämlich überlegt, ob Sie nicht vielleicht eine Artikelserie machen könnten, zum Beispiel mit
dem Titel: wie untersuche und operiere ich mich selbst? Weil Sie wissen ja, daß die Ope-
rationen im Krankenhaus heute sehr teuer sind. Und der Herr Gesundheitsminister See-
hofer spart ja an allen Ecken und Enden, die Krankenkassen verlangen auch immer wieder höhere Beiträge. Das kann ja fast kein Mensch nicht mehr bezahlen! Da liegt es
doch auf der Hand, daß man in dieser Richtung spart! Und gerade so kleinere Operatio-
nen wie Blinddarmentfernung oder sich mal schnell die Mandeln rausmachen oder sich
ein gebrochenes Bein schienen, das kann man doch lernen. Und wenn Sie da vielleicht
eine breite Aufklärung betreiben, dann müßte das doch möglich sein. Erst vorgestern
hab ich in Ihrer Zeitung einen Artikel gelesen über eine Prostata-Untersuchung. Also
wenn ich das so lese - das könnte man leicht selber untersuchen. In der Nase bohren, das
können ja schon die Kinder im Kindergarten und warum nicht auch ... und Gummihand-
schuhe gibt es ja in jeder Apotheke.

Sie könnten ja jeden Tag eine andere Operations-Anleitung schreiben. Ich sehe natürlich schon ein, daß sich kein Mensch selber am offenen Herzen operieren kann, weil man da wahrscheinlich eine Vollnarkose braucht und außerdem, wer schaut sich schon gern selber ins Herz? Auch am Rückgrat kann man sich selber auch nicht operieren, weil man ja hinten keine Augen nicht hat und wenn man immer solange den Kopf nach hinten drehen muß, kriegt man Genickstarre. Aber zumindestens die Voruntersuchungen könnte man selber machen. Das spart ja auch schon eine ganze Menge Geld.

Vielleicht fangen Sie mit was ganz Einfachem an, wie zum Beispiel, wie man sich selber einen Zahn zieht. Und der Leser braucht nicht unbedingt einen Haufen Werkzeug dazu. Eine Flasche Schnaps zur Betäubung und eine Kombizange genügen völlig. Vielleicht wär ein Spiegel noch recht praktisch.
Alles Dinge, die in jedem Haushalt vorhanden sind. Probleme gibts wahrscheinlich nur am Anfang, könnt ich mir vorstellen, bis die Leute eine gewisse Hemmschwelle überwunden haben. Aber dann glaube ich, würde ein Haufen Leute dazu übergehen, sich selber zu operieren. Und daraus ergibt sich sogar noch eine mords Geschäftsidee: man könnte, genauso wie es die Heimwerkermärkte machen, eine bundesweite Ladenkette mit ärztlichen Instrumenten und Operationszubehör aufziehen. Aber bitte sagen Sie nichts davon dem Herrn Schlecker oder dem Herrn OBI, die benutzen diese Idee sofort für sich und das wär nicht richtig, weil es ja meine Idee ist.

Ich würde mich freuen, wenn Sie sich darüber positive Gedanken machen würden und mir beipflichten täten. Dann wäre ich natürlich stolz, wenn ich was von Ihnen in dieser Richtung hören tät.

Ich hoffe, Ihnen hiermit gedient zu haben und verbleibe

mit freundlichen Grüßen

Jürgen Frenzinger

LESERSERVICE

BILD Leserservice · Brieffach 3440 · 20350 Hamburg

Herrn
Jürgen Sprenzinger
Friedenstraße 7a

86179 Augsburg

Hamburg, 07.02.96
3432/jz

Sehr geehrter Herr Sprenzinger,

wir bedanken uns noch für Ihren Brief mit Ihren „haarsträubenden" Vor-
schlägen. Einmal unterstellt, daß diese von Ihnen nicht ganz ernstgemeint
sind, haben wir uns köstlich darüber amüsiert. Wir hoffen nur, daß Sie nicht
eines Tages selbst in die Situation kommen, von einem Hobby-Operateur
„behandelt" zu werden.

Mit freundlichen Grüßen

Karin Janz

BILD Leserservice

Axel Springer Verlag AG
Postanschrift: Brieffach 3440, 20350 Hamburg
Hausanschrift: Axel-Springer-Platz 1, 20350 Hamburg
Telefon: 0 40 / 3 47-00, Telefax 040 / 34 58 11

Deutsche Bank AG, Hamburg 07 02 407 (BLZ 200 700 00)
Postbank Hamburg, 1278 92-202 (BLZ 200 100 20)
Sitz Berlin, Amtsgericht Charlottenburg HR B 4998
USt-IdNr. DE 136 627 286

Gegründet von Axel Springer (1912-1985)
Vorsitzender des Aufsichtsrats: Prof. Dr. Bernhard Servatius
Vorstand: Dr. Jürgen Richter (Vorsitzender), Falk Ettwein,
Rudolf Knepper, Dieter Pacholski

Jürgen Sprenzinger
Friedenstraße 7a
86179 Augsburg

Firma
Johnson & Johnson GmbH
Kaiserswerther Str. 270

40474 Düsseldorf

31. Januar 1996

Sehr geehrte Frau Johnson, sehr geehrter Herr Johnson,

ich habe erfahren, daß Sie Slip-Einlagen herstellen. Allerdings habe ich festgestellt, daß
Sie nur Slipeinlagen für Damen machen. Weil ich aber ein Erfinder bin, habe ich mir Gedanken gemacht, wieso Sie nicht auch Slipeinlagen für Herren herstellen. Ich glaube
nämlich, daß auch bei Männern hier ein gewaltiger Bedarf besteht.

Dies hat meinem erfinderischen Geist keine Ruhe gelassen. Tagelang habe ich mein Gehirn gemartert, wie eine Herren-Slipeinlage aussehen müßte, damit sie auch effektiv
wirksam ist, weil wie ich zwischenzeitlich gemerkt habe, bestehen zwischen Männern
und Frauen ja gewaltige anatomische Unterschiede, die mir in meiner Jugendzeit eigentlich nie so aufgefallen sind. Aber jetzt kenne ich zwischenzeitlich den Unterschied. Und
dies hat mich befähigt, eine Herren-Slipeinlage zu erfinden.

Immer wieder habe ich Werbesendungen angeschaut und habe am Abend so 3-4 mal einen Werbespot gesehen, wo diese Slipeinlagen angepriesen werden. Aber immer nur für
Frauen und nie für Herren. Aber auch wir Männer haben ein Recht auf eine eigene Slip-
einlage und es ist nicht einzusehen, warum die Damen in dieser Beziehung bevorteilt
sein sollten. Anbei eine Konstruktionszeichnung:

Dieses Patent hat unter anderem den Vorteil, daß man keinen Klebestreifen am Slip be-
nötigt, weil er aus anatomischen Gründen in der Regel von selbst hält. Durch diese Ma-
terialeinsparung wird diese Herren-Slipeinlage natürlich auch umweltfreundlicher. Ein
Aspekt, der heutzutage nicht vernachlässigt werden darf.

Ich würde mich freuen, wenn diese Idee auf fruchtbaren Boden fiele und freue mich auf
Ihre Nachricht.

Mit freundlichen Grüßen

Jürgen Frenzinger

Verbraucher Beratung

Johnson & Johnson

JOHNSON & JOHNSON GmbH · Postfach 103161 · 40022 Düsseldorf

Herrn
Jürgen Sprenzinger
Friedenstr. 7a

D-86179 Augsburg

Elisabeth Hanisch
Tel. 0211/4305-213
6. Februar 1996

Unser Zeichen: 388247

Sehr geehrter Herr Sprenzinger,

vielen Dank für Ihre amüsante Zuschrift. Wir freuen uns über Ihr
großes Interesse an unseren Produkten.

Ihre Idee haben wir mit Interesse zur Kenntnis genommen. Unser
Hygienesortiment ist jedoch fast ausschließlich auf die Frauenhy-
giene ausgerichtet. Dennoch wissen wir, daß unsere Produkte, z.B.
Carefree Slip-Einlagen, auch vielen männlichen Verwendern gute
Dienste leisten. Sicherlich werden speziell männliche Probleme so
aber noch nicht optimal gelöst.

Als Anerkennung für Ihre Mühe haben wir uns erlaubt, Ihnen ein
kleines Präsent unseres Hauses zuzusenden.

Mit freundlichen Grüßen
Johnson & Johnson GmbH   Anlage

E. Hanisch

Johnson & Johnson GmbH
Kaiserswerther Straße 270
D-40474 Düsseldorf
Telefon (0211) 43 05-213
Telefax (0211) 43 05-352

Sitz Düsseldorf Reg.-Ger.
Amtsgericht Düsseldorf HRB 2884

Vorsitzender des Aufsichts-
rates: Ulrich Karsten
Geschäftsführer:
Uwe Bergheim Vorsitzender,
Karl Hammermüller,
Herbert Müller, Henning
Szabanowski, Martin Wolgschaft

Gedruckt auf chlorfrei gebleichtem Papier

SILHOUETTES   Carefree   SERENA   Serenity   PENATEN   bebe   PIZ BUIN.   FENJALA

Jürgen Sprenzinger
Friedenstraße 7a
86179 Augsburg

Toyota Deutschland GmbH
Toyota Allee 2

50858 Köln

29. Januar 1996

Sehr geehrter Herr Toyota!

Immer schon wollte ich gern einen Toyota fahren, und zwar am liebsten einen Toyota Supra. Aber leider hatte ich nie soviel Kohle, weil ich nur ein einfacher Arbeiter bin und nicht soviel verdiene. Ich verdiene nur 1926,34 netto im Monat und habe eine Frau und einen Hund, die ich durchs Leben bringen muß. Für meine Miete zahl ich 920 Mark. Da können Sie sich vorstellen, daß ich keine großen Sprünge nicht machen kann. Und schwarz arbeiten will ich auch nicht, weil ich Angst habe, daß die mich dabei erwischen. Irgendwann hab ich dann mal Ihre Werbung im Fernsehen gesehen, wo sich da die Vie-cher so unterhalten. Also ich hab vielleicht gelacht, das können Sie mir glauben. Das ist ja toll, wie Sie die Tiere dressiert haben, daß die gleich sprechen! Seitdem hab ich ver-sucht, auch meinem Hund das Sprechen beizubringen, aber so richtig klappt das nicht, weil der so unkonzentriert ist. Aber wenn er Gassi muß, dann sagt er »Naus«. Ich weiß, daß er dann Gassi gehen will. Und seit er das kann, sagt er das am Tag ungefähr 12-15 mal. Ich glaube aber, daß der mich verkohlt.
Aber deswegen schreib ich Ihnen garnicht. Sondern deswegen schreib ich Ihnen, weil ich mir überlegt hab, wie ich vielleicht zu einem Toyota Supra komm. Und da ist mir ein guter Werbespruch eingefallen, den ich Ihnen verkaufen möchte. Ich bin da nämlich draufgekommen, als ich mal eine Werbung von Ihrer Konkurenz gelesen hab, von der Firma … Ich schreib den Namen jetzt nicht hin, weil ich keine Schleichwerbung nicht machen will. Aber der Werbespruch ging so: er kann, sie kann - Nissan. Und da ist mir folgender Spruch eingefallen: Er ist da, sie ist da - Toyota. Also ich find den Spruch ganz toll. Ich hab manchmal riesige Geistesblitze, das haben meine Bekannten auch schon gesagt. Weil den Spruch: nichts ist unmöööglich - Toyota, also ich weiß nicht, den finde ich schon irgendwie behämmert. Weil eben mit einem Toyota schon einiges unmöglich ist. Zum Beispiel können Sie in so einem Auto gar nicht kochen, weil da gar kein Herd drin ist. Sie können nicht mal fernsehen da drin, weil ein Fernsehapparat eben-falls fehlt. Ja, nicht mal eine lausige Coladose können Sie kühl lagern, weil ein Kühl-schrank auch nicht da ist. Da hapert es doch also schon. Und deswegen stimmt das nicht, daß nichts unmöglich ist. Man darf doch nicht die Leute so anlügen! Da finde ich meinen Werbespruch schon wesentlich besser, weil der viel ehrlicher ist. Und außerdem klingt der irgendwie nach Freiheit und Abenteuer.

Kommen wir zum Geschäft. Also ich tät Ihnen den Werbespruch für, sagen wir mal, für 70000.– Mark verkaufen, mit allen Rechten. Sie können dann damit machen, was Sie wollen. Sogar im Radio und im Fernsehen könnten Sie den benutzen, das wär mir dann total wurscht. Ich verpflichte mich auch, daß ich mir mit dem Geld bei Ihnen einen Toyota Supra kaufen tät. Ich weiß, daß der ungefähr 65000 Mark kostet. Für die restlichen 5000 Mark würd ich meiner Frau gern einen Pelzmantel spendieren, weils momentan grad so kalt ist.

Bitte teilen Sie mir mit, ob wir das so machen können, das tät mich freuen und meine Frau auch.
Mit einem freundlichen Gruße

Jürgen Frenzinger

Nachtrag

Wiederholt haben mich Freunde darauf hingewiesen, ich solle unbedingt eine Werbefirma gründen, da meine Werbeslogans die besten Werbeslogans auf der ganzen Welt seien. Mach ich auch. Sobald mir Toyota die 70.000 Märker rüberschmeißt. Nichts ist unmöööööglich!

Jürgen Sprenzinger
Friedenstraße 7a
86179 Augsburg

Institut f. Paläontologie und
Historische Geologie
Richard-Wagner-Straße 10

80333 München

1. Februar 1996

Sehr geehrte Damen und Herren,

anbei ein Kiefer mit zwei Zähnen drin. Das habe ich heute gefunden. Die Fundstelle
möchte ich aus Pietätsgründen geheimhalten. Ich interessiere mich sehr für alle Tiere
aus grauer Vorzeit, insbesondere auch für Dinosaurier. Selbstverständlich hab ich mir
den Film Jurassic-Park reingezogen, Sie wissen schon, den Film von diesem Stefan
Spielzwerg. Ich vermute, daß dieses Kiefer von einem ungefähr 3 Monate alten Diplodoggen stammt. Weil da, wo ich das Kiefer gefunden hab, war früher der Lech und Diplodoggen waren ja bekanntlich amfiebisch. Das hab ich im Knaur-Lexikon gelesen. Ich
hab eine tolle Lexikon-Sammlung von Knaur, das sind 20 rote Bücher und in denen
steht alles drin, was ein Mensch so wissen muß. Die find ich toll, man kann da wirklich
viel lernen. Allerdings ist mir schleierhaft, woher der Herr Knaur das alles weiß. Der
muß ein Gehirn haben wie ein Computer. Egal, ich bin mir allerdings nicht ganz sicher,
ob es sich tatsächlich um das Kiefer von einem jungen Diplodoggen handelt. Deshalb
hab ich dieses Kiefer auch meiner Frau gezeigt, weil die bei einem Zahnarzt arbeitet und
und was von einem Kiefer versteht. Und die hat gesagt, daß das Kiefer, so wie das Kiefer aussieht, auf alle Fälle und 1000 %-ig gar nie von einem Menschen stammen tät, das
würd sie sofort kennen, weil sie schon wahnsinnig viele Kiefer gesehen hat, Unterkiefer
genauso viele wie Oberkiefer. Aber meistens mehr Unterkiefer, weil sie nur 1.56 m groß
ist und nicht so viel nach oben schauen kann. Sie hat gemeint, es könnte auch das Kiefer
von einer Ursau sein. Erstens stimme die Größe genau und zweitens auch die Größe der
Zähne. Die Zähne wackeln allerdings etwas, was aber vermutlich egal ist, weil damit ja
eh nicht mehr gebissen wird, das Viech ist ja schon tot. Übrigens hab ich das Kiefer einschließlich Zähne extra eine Nacht lang in Kukident eingelegt, da die nämlich so
dreckig waren, daß es fast unglaublich war. Vermutlich ist das Tier, egal was es nun
war, unmittelbar nach dem Fressen, möglicherweise sogar beim Fressen verendet, womöglich hat es sich sogar überfressen und ist deshalb daran eingegangen. Kein Mensch
kann das wissen, weil ja kein Mensch nicht dabei war. Die Menschen kamen ja erst später auf die Welt, aber da war das Tier ja schon längst tot. Es wird also für immer ein Geheimnis bleiben und dieses Geheimnis kann man nicht lüften, weil es ja sonst kein Geheimnis nicht mehr wär.

Ein Bekannter von mir, der ein Lehrer ist, hat mir geraten, mich an Sie zu wenden. Und das tue ich hiermit und wollte Sie fragen, ob Sie vielleicht feststellen können, von was für einem Viech das nun Ihnen augenblicklich vorliegende Kiefer tatsächlich stammt. Wenn es von einem Dinosaurier oder auch nur von einer Ursau stammt, dann ist es nämlich schon uralt ist und so ein uraltes Kiefer findet man so unwahrscheinlich selten, daß es fast unglaublich ist. Ich nehme an, daß Sie schon mal eine Ursau oder einen Dinosaurier seziert haben und deswegen besser Bescheid wissen als ich und mir vielleicht auf Anhieb sagen können, ob das jetzt ein Ursau- oder ein Diplodoggen-Kiefer ist, denn interessieren tät mich das nämlich schon gewaltig.

Für Ihre Mühe danke ich Ihnen herzlich und bitte Sie um baldmöglichste Rückgabe des Kiefers zwecks Aufbewahrungsgründen. Ich täte mir das Kiefer gern aufbewahren beziehungsweise aufheben wollen. Wie Sie selber sehen, ist das nämlich meiner Ansicht nach ein sehr schönes, geradezu herrliches Kiefer und auch die beiden Zähne sind noch saugut erhalten. Meine Frau möcht das Kiefer vielleicht in Ihrer Praxis ausstellen, als abschreckendes Beispiel für die Kinder, damit die sehen, was passiert, wenn man zu viel Süßigkeiten ißt. Aber dazu müßt ich aber genau wissen, um was für ein Kiefer es sich hier genau handelt, weil man dazu ja ein ganz genaues Schild schreiben muß. Und man kann ja nicht Diplodoggen-Kiefer auf dieses Schild schreiben, wenn es vielleicht nur ein Ursau-Kiefer ist, weil man da ja die Leute in die Irre führen würd und das wär unfär und ungenau, außerdem brauchts dann auch kein Schild nicht, wenn es nicht genau ist. Ein ungenaues Schild kann man überhaupt nicht brauchen. Stellen Sie sich vor, sie lesen ein Schild, wo draufsteht: nach München. Und sie glauben das. Und kommen irgendwann in Stuttgart raus. Weil das Schild ungenau war. Dann täten Sie sich gewaltig ärgern, bloß wegen so einem ungenauen Schild. Aber Gottseidank sind die meisten Schilder schon genau. Und ich will eben auch ein genaues Schild und deswegen hab ich Ihnen eigentlich geschrieben, da ich ja genau wissen muß, was ich auf dieses Schild schreiben soll.

Jetzt wollte ich Sie abschließend noch bitten, auf dieses Kiefer höllisch aufzupassen, damit es nicht kaputtgeht. Hüten Sie dieses Kiefer wie Ihren Augapfel oder wie Ihr eigenes Kiefer. Vielen Dank.

Ich entbiete Ihnen einen herzlichen Gruß und erwarte Ihre geschätzte Nachricht, wenns geht, vielleicht bis zum 15 ten Februar, weil das ein Donnerstag ist. Und am Donnerstag treff ich mich wieder mit meinem Bekannten, was der Lehrer ist und dem könnt ich dann dieses dann gleich mitteilen.

Mit einem herzlichen Gruße

Jürgen Sprenzinger

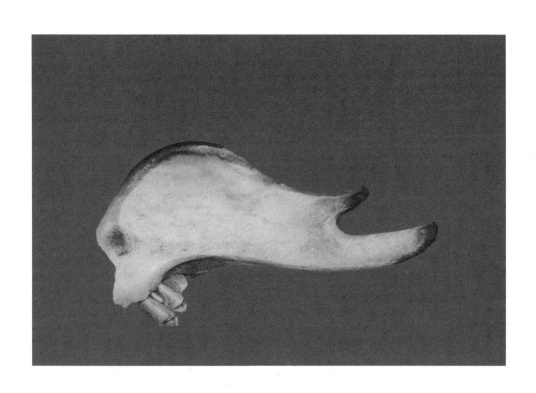

UNIVERSITÄTS-INSTITUT UND STAATSSAMMLUNG
FÜR PALÄONTOLOGIE UND HISTORISCHE GEOLOGIE

Prof. Dr. Kurt Heißig

12. 2. 96

8000 München 2, den
Richard-Wagner-Straße 10/II
Telefon (0 89) 5 20 33 61

Herrn
Jürgen Sprenzlinger
Friedenstr. 7a
86179 A u g s b u r g

Sehr geehrter Herr Sprenzlinger!

Sie haben darin recht, daß es sich um keinen Menschenrest handelt,
so große Menschen gibt es nicht. Es handelt sich leider auch um
keinen Dinosaurier, denn als diese hier lebten, gab es noch keinen
Lech, sondern einige Flüsse, die in der Gegenrichtung flossen,
also nach Süden in das Meer, das damals die Alpen bedeckte, bevor
sie ein Gebirge wurden.

Es handelt sich um den hinteren Teil eines rechten Kieferastes
einer erwachsenen Kuh, nach der Erhaltung zwischen 20 und 100
Jahre alt.

Bitte seien Sie nicht enttäuscht, wenn Ihr erster größerer Fund
ein recht alltägliches Tier ist. Halten Sie weiterhin die Augen
offen, in manchen Sandgruben des Hügellandes kann man gelegentlich
Reste von Elefanten und Nashörnern finden.

Da wir Ihnen das Paket wegen staatlicher Mittelkürzungen leider
unfrei zurückschicken müßten, lassen Sie mich bitte wissen, ob Sie
den Fund wieder zurückhaben wollen. Immerhin können Sie ihn ja
weitere 100 Millionen Jahre aufheben, dann ist er etwas
besonderes.

Mit freundlichen Grüßen

- Prof. Dr. Kurt Heißig -

Jürgen Sprenzinger
Friedenstraße 7a
86179 Augsburg

Firma
Weleda AG
Möhler-Straße 3

73525 Schwäbisch Gmünd

1. Februar 1996

Sehr geehrter Herr Weleda,

wahrscheinlich werden Sie wissen, was ein Dinosaurier ist. Das wissen eigentlich die
meisten Leute. Aber die meisten Leute wissen nicht, was eine Ursau ist. Eine Ursau ist
ein Schwein, das im Erdmittelalter gelebt hat und heute ausgestorben ist. Und diese Ur-
säue waren beliebte Jagdobjekte von den Dinosauriern. Stellenweise haben sich die Dinosaurier, zumindest soweit sie Fleischfresser waren, sogar ausschließlich von Ursauen
ernährt. Und ich hab so eine Ursau gefunden. Eine tote natürlich. Keine ganze Ursau,
sondern nur das Gebiß davon. Den Rest wird wahrscheinlich ein Dinosaurier gefressen
haben. Das weiß ich deswegen, weil das restliche Skelett nicht mehr da war. Jedenfalls
hab ich so ein Ursaugebiß gefunden. Das war ein einzigartiger Glücksfall, weil es
äußerst selten passiert, daß ein Mensch eine Ursau findet. Das ist fast schon wie 6 Richtige im Lotto. Und jetzt hab ich das Gebiß von so einer Ursau einschließlich Kiefer. Das
hängt noch an den Zähnen dran. Und deswegen schreib ich Ihnen.

Weil dieses Gebiß nämlich einen Zahnbelag draufhat, daß es nicht mehr feierlich ist,
hab ich Ihre Zahncreme in der hiesigen Drogerie gekauft. Der Drogerist, dieser Halsab-
schneider, hat 5 Mark 98 Pfennig dafür genommen. Aber ich hab Ihre Zahncreme trotzdem gekauft, weil ich mir gedacht hab, ich nehm eine extra gute Zahncreme für das Ursaugebiß, damit der Zahnbelag von diesem Ursaugebiß auch wirklich weggeht. Weil der
Ursaugebißzahnbelag nämlich mindestens ein paar hunderttausend Jahre alt ist. Auf Ihrer Zahnpastapackung steht drauf, daß Ihre Zahncreme durchblutungsfördernd ist und
Zahnbeläge gründlich entfernt werden. Gut, ich meine, durchblutungsfördernd hätt sie
nicht unbedingt sein brauchen, weil da bin ich eh schon viel zu spät dran. Bei einer Ursau, die schon so lang tot ist, kann man nichts mehr fördern, auch keine Durchblutung
nicht. Aber ich muß Ihnen hiermit leider auch mitteilen, daß es Ihre Zahnpasta nicht geschafft hat, diesen Ursaugebißzahnbelag von dem Ursaugebiß zu entfernen. Ich habe
fast die ganze Tube verbraucht und 4 Zahnbürsten ramponiert. Es hat nichts geholfen.
Normalerweise wäre das ja egal. Aber es ist so: das hiesige Naturkundemuseum würde
mir einen Haufen Geld für dieses Ursaugebiß zahlen. Aber wenn dessen Zähne so gelb
sind, dann mindert das den Wert von so einem Ursaugebiß ganz beträchtlich.

Vielleicht können Sie mir irgendwie mitteilen, wie man diesen häßlichen gelben Ursau-gebißzahnbelag entfernen kann. Möglicherweise haben Sie ein Mittel, das Sie mir emp-fehlen können. Da wäre ich Ihnen sehr zu Dank verpflichtet.

Mit freundlichem Gruß

Jürgen Frenzinger

WELEDA & · HEILMITTELBETRIEBE

SCHWÄBISCH GMÜND

Herrn
Jürgen Sprenzinger
Friedenstraße 7a

86179 Augsburg

13. Februar 1996
KG

Sehr geehrter Herr Sprenzinger,

für Ihren Brief vom 1. Februar 1996 danken wir Ihnen sehr. Bevor wir nun auf Ihre eigentliche Frage eingehen, möchten wir Ihnen doch herzlich zu Ihrem großartigen Fund gratulieren. Sie haben natürlich recht, es ist schon ein einzigartiger Glücksfall, das Gebiß einer Ursau zu finden.

Ganz besonders freut es uns, daß Sie gleich an die WELEDA Zahncreme gedacht haben, um damit das Gebiß zu reinigen. Wie Sie inzwischen feststellen konnten, sind die WELEDA Zahncremes zwar hervorragend für die tägliche Zahnpflege des Menschen geeignet, in Ihrem speziellen Fall war die Anwendung jedoch leider nicht sehr erfolgreich.

Wir vermuten, daß sich das Naturkundemuseum doch sehr über Ihren Fund freuen wird, auch wenn die Zähne nicht blitzeblank sind. Vielleicht ist man im Gegenteil froh darüber, noch etwas 'Urzeitliches' daran zu finden. Auf jeden Fall wünschen wir Ihnen noch viel Freude mit 'Ihrem Ursaugebiß'.

Als kleines Dankeschön für das Vergnügen, das Sie uns mit Ihrem Brief bereitet haben, übersenden wir Ihnen beiliegend einige WELEDA Kleinpackungen, mit denen wir Ihnen gute Erfahrungen wünschen.

Mit freundlichen Grüßen

WELEDA AG
Öffentlichkeitsarbeit

i.V. Martin Walker   i.A. Karin Geiger

Anlagen

Hausanschrift:
Weleda AG
Möhlerstraße 3
73525 Schwäb. Gmünd

Postanschrift:
Weleda AG
Postfach 1320
73503 Schwäb. Gmünd

Telefon: (0 71 71) 919-0
Telex: 7 248 711
UST.Id-Nr. DE 146 751 499
bbn: 40 01638 2

Telefax: (0 71 71) 919-362
(Möhlerstraße)
(0 71 71) 919-324
(Buchstraße)
mit Auftragsannahme

Deutsche Bank Schwäbisch Gmünd
Kreissparkasse Ostalb Schwäb. Gmünd
Postgiro Stuttgart

(BLZ 613 700 86) 176 438
(BLZ 614 500 50) 440 046 851
(BLZ 600 100 70) 97 62-706

Jürgen Sprenzinger
Friedenstraße 7a
86179 Augsburg

Firma
Lingner + Fischer GmbH
Herrmann-Straße 7

77815 Bühl/Baden

1. Februar 1996

Sehr geehrter Herr Lingner und sehr geehrter Herr Fischer!

Vorgestern nachmittag um 15 Uhr 34 habe ich an einem geheimen Ort, den ich nicht
preisgeben möchte, ein Dinosauriergebiß gefunden. Eigentlich ist es nur ein halbes Gebiß von einem kleinen Dinosaurier, aber es sind noch drei Zähne drin. Zwei große und
ein kleiner. Da ich weiß, daß man solche Funde im Museum abgeben muß, wollte ich
das Gebiß einschließlich dem daran hängenden Kiefer reinigen. Weil wenn das Gebiß so
dreckig ist, dann kann man es so ja nicht abgeben. Da muß man sich ja schämen.

Jedenfalls habe ich festgestellt, daß an diesen Zähnen ein Zahnbelag drauf ist. Der muß
mindenstens schon 100000 Jahre alt sein, wenn nicht älter. Und die Zähne wackeln auch
schon. Ich vermute, daß da zusätzlich noch eine saftige Paradontose dazukommt. Ich
wollte die Zähne also reinigen, und hab mir eine frische Zahnbürste und Ihr Odol-med 3
gekauft, weil da draufsteht, daß die Zahnpasta klinisch getestet ist und zudem eine 3fach-
Vorsorge hat, nämlich gegen Karies, Paradontose und gegen Zahnsteinbildung. Außerdem benutze ich immer Ihr Odol-Gurgelwasser und das find ich schon sehr erfrischend.

Ich sags Ihnen ehrlich wie es ist: wie ein Wahnsinniger hab ich das Dinosauriergebiß ge-
schrubbt, fast die ganze Tube Zahnpasta verbraucht und das Zahnbürstchen total aufge-
arbeitet, aber glauben Sie, der Zahnbelag wär weggegangen? Nicht die Bohne! Aber mit
dem häßlich gelben Zahnbelag kann ich das Gebiß einfach nicht aus der Hand geben.
Wenn ich es nicht besser wüßte, würde ich sagen, daß dieser Dinosaurier ein Kettenrau-
cher gewesen sein muß. Aber Zigaretten gabs vor 100000 Jahren ja noch nicht.

Nun wollte ich Sie ganz einfach fragen, ob Sie nicht vielleicht ein Spezialmittel wissen,
mit dem man auch den 100000-jährigen Zahnbelag von einem Dinosauriergebiß herun-
terkriegt. Ich geb zu, daß es sich hier um einen Sonderfall handelt. Aber vermutlich
zahlt mir das Museum einen Haufen Geld für dieses Gebiß. Aber dazu sollte es schon
sauber sein, weil der Zahnbelag da drauf wahrscheinlich eine Wertminderung ist.

Es wär nett, wenn Sie mir einen Tip geben täten.

Mit freundlichen Grüßen

Jürgen Sprenzinger

LINGNER + FISCHER VERTRIEBS-GMBH & CO KG

EIN SMITHKLINE BEECHAM/SARA LEE UNTERNEHMEN

Lingner + Fischer Vertriebs-GmbH & Co KG · Postfach 14 64 · 77804 Bühl

Telefon 07223 988-0
Telefax 07223 988211

Herrn
Jürgen Sprenzinger
Friedenstr. 7 a

86179 Augsburg

LTQ-GK-eb
08.02.1996

Sehr geehrter Herr Sprenzinger,

Ihr Schreiben vom 1.2.96 haben wir dankend erhalten.

In Ihrem speziellen Fall haben wir unsere Fachleute um Mithilfe gebeten. Bis wir uns mit einer konkreten Antwort melden, dürfen wir Sie deshalb um etwas Geduld bitten.

Vorab legen wir Ihnen zum Ausprobieren eine Tube unserer Spezialzahncreme Settima sowie eine Flasche Odol med Anti-Plaque 3 mint bei.

Für heute verbleiben wir

mit freundlichen Grüßen

LINGNER + FISCHER VERTRIEBS GMBH & CO KG
✉ ➤ Kundenbetreuung ◄ ☎

Gabriele Koess

Anlage
1 Settima 25 ml
1 Odol med Anti-Plaque 3 mint

Sitz: Herrmannstraße 7, D-77815 Bühl · HRA 989-BH, Sitz Bühl, pers. haftende Gesellschafterin L+F Vertriebs Verwaltung GmbH, HRB 799-BH, Sitz Bühl
Geschäftsführung: Peter A. Doodeman, Manfred Scheske, Matthias Storb
Bankverbindung: Commerzbank AG Baden-Baden (BLZ 662 400 02) Konto-Nr. 115 77 00

Telefon 07223 988-0
Telefax 07223 988211

Lingner + Fischer Vertriebs-GmbH & Co KG · Postfach 1464 · 77804 Bühl

Herrn
Jürgen Sprenzinger
Friedenstr. 7a

86179 Augsburg

29.02.1996
LTQ-GK-bl

Sehr geehrter Herr Sprenzinger,

wir kommen zurück auf Ihr Schreiben v. 01.02.96.

Zwischenzeitlich liegt uns die Stellungnahme unserer Fachleute bzgl. der richtigen „Zahnpflege" Ihres interessanten Fundus vor:

Wir raten Ihnen, den Zahnbelag in keinem Falle zu entfernen, da dieser durchaus über eine gewisse Schutzfunktion verfügt. Eine zu starke Gebißreinigung birgt die Gefahr, daß die Dinosaurierzähne zerbröseln.

Darüberhinaus sind wir der Überzeugung, daß ein Museum stark daran interessiert ist, das Gebiß in seinem „Originalzustand" ausstellen zu können - die Zähne würden ohne die wertvolle „Patina" sicher zu „neu" aussehen.

Wir hoffen, Ihnen mit unseren Tips ein bißchen weiterhelfen zu können und wünschen Ihnen viel Erfolg mit Ihrer Entdeckung.

Mit freundlichen Grüßen

LINGNER + FISCHER Vertriebs GmbH & Co.KG
- Kundenbetreuung -

Beatrix Lorenz

Sitz: Herrmannstraße 7, D-77815 Bühl · HRA 989-BH, Sitz Bühl, pers. haftende Gesellschafterin L+F Vertriebs Verwaltung GmbH, HRB 799-BH, Sitz Bühl
Geschäftsführung: Peter A. Doodeman, Manfred Scheske, Matthias Storb
Bankverbindung: Commerzbank AG Baden-Baden (BLZ 66240002) Konto-Nr. 1157700

0694.5

Jürgen Sprenzinger
Friedenstraße 7a
86179 Augsburg

Wetteramt München
Bavariaring 10

80336 München

Augsburg, 14. Februar 1996

Sehr geehrte Damen und Herren Wetterkundige!

Seit Januar dieses Jahres bin ich in Rente. Gottseidank bin ich jetzt in Rente und nicht
10 Jahre später, also 2006, weil es da nicht sicher gewesen wär, ob ich überhaupt eine
Rente gekriegt hätt.
Aber gottseidank bin ich jetzt in Rente und krieg also noch eine Rente. Allerdings weiß
kein Mensch nicht, wie lang ich noch Rente kriege. Ich müßt vielleicht den Minister
Blüm fragen.
Ab und zu ist es mir arg langweilig. Meine Frau schickt mich dann immer zum Einkaufen. Aber man kann ja nicht immer nur einkaufen, soviel Rente hab ich ja auch wieder
nicht und soviel Zeugs kann ich ja nicht brauchen. Dann geh ich halt nicht zum Einkaufen, sondern spazieren. Weil ich mein ganzes Leben soviel gearbeitet hab, hab ich mich
nie um was anderes gekümmert als um meine Arbeit. Aber jetzt, nachdem ich soviel
Zeit hab, mach ich mir viel Gedanken über das Leben. Auch über das Wetter.

Heute bin ich spazieren gegangen. Wir haben in der Nähe einen Wald. Und geschneit
hats, daß es einer Sau gegraust hätt, aber es war recht schön. Und da hab ich die Schnee-
flocken beobachtet. Und da ist mir folgende Überlegung durch den Sinn gegangen, die
mich interessieren tät, und deshalb möchte ich Sie was fragen, weil Sie ja über das Wetter und wie es gemacht wird, Bescheid wissen. Sie machen ja auch den Wetterbericht,
glaub ich.

Ich hab mich gefragt, wieso der Schnee als Flocke herunterkommt. Es könnte ja auch anders sein.
Heute zum Beispiel hat es wahnsinnig viel geschneit. Und da hab ich mir gedacht, daß
wenn der ganze Haufen Schnee, der da so rumliegt, auf einmal herunter käme, dann würden wir alle tot sein, erschlagen vom Schnee. Aber gottseidank kommt er nicht auf einmal herunter, das wissen wir ja. Deshalb meine Frage an Sie: warum kommt der Schnee
nicht auf einmal herunter? Ich meine, wenn so eine dicke graue Wolke voll und schwer
ist, dann könnte die doch brechen und bumms, der ganze Schnee käme auf einmal. Das
ist doch logisch.

Mit dem Regen ist es ja genauso. Es regnet meistens Tropfen. Und wenn das nicht so wär, und der Regen käme auf einmal herunter, dann müßten wir alle ersaufen. Gerade die Leute, die dann nicht schwimmen können, sind recht schlimm dran, oder die müßten immer ein aufblasbares Schlauchboot mit sich führen. Aber das wär natürlich recht unpraktisch.

Oder nehmen wir den Hagel. Ich bin schon öfters in einen Hagel gekommen. Wenn einen so ein Hagelkorn ans Hirn trifft, dann tut das schon grausam weh. Aber das ist ja noch harmlos. Es könnte ja auch passieren, daß die Hagelkörner so groß wie Fußbälle werden oder so groß wie Ziegelsteine oder vielleicht sogar so groß wie drei Ziegelsteine zusammen. Und desweiteren könnte man sich noch vorstellen, daß diese riesigen Hagelkörner auch noch scharfkantig wie Rasierklingen wären, das gäb ein unvorstellbares Gemetzel! Die Straßen wären überschwemmt mit Blut und Leichen, weil ein Schirm da ja überhaupts gar nichts mehr nutzen tät, der wär ja sofort fetzenhin.

Aber warum bleiben Schnee, Regen und Hagel so klein, daß sie uns nichts anhaben können?
Blitze zum Beispiel sind doch auch recht groß und haben einen Haufen Strom und die können einen Menschen ja locker erschlagen, ohne mit der Wimper zu zucken. Mit dem Elektrischen kenn ich mich bisserl aus, weil ich meine Lampen immer selber anschließe.

Ich habe jedenfalls gemerkt, daß ich viel versäumt hab im Leben und noch eine Menge lernen muß. Und das fängt schon beim Wetter an und deshalb frag ich Sie, weil Sie da Bescheid wissen. Wie ich noch jung war, hat mir mein Vater immer gesagt: Bub, hat er gesagt, wenn du was wissen oder haben willst, dann geh immer zum Schmied und nicht zum Schmiedchen, und da Sie das Wetteramt sind, sind Sie für mich der Schmied und deswegen frag ich Sie und hab Ihnen gleichzeitig auch geschrieben, damit Sie wissen, was ich Sie fragen will.

Es wäre nett, wenn Sie mir das beantworten könnten, weil ich find das wichtig, daß ich das weiß. Ich bin die letzten 64 Jahre nämlich ziemlich saudumm durch die Welt gelaufen, glaub ich und möchte nicht, daß das so bleibt. Vielen Dank.

Mit hochachtungsvollsten Grüßen

Jürgen Sprenzinger

Deutscher Wetterdienst
Bavariaring 10
Postfach 200620
80006 München

Herrn
Jürgen Sprenzinger
Friedenstraße 7a
86179 Augsburg

München, 4.3.1996

Sehr geehrter Herr Sprenzinger,

erwarten Sie bitte nicht, eine ausführliche Erklärung über die
Wolken- und Niederschlagsbildung zu erhalten. Hierzu ist ein
Studium bis zu einem Jahr auf diesem Gebiet an der Universität
nötig.

Zunächst einmal, warum fällt eine Wolke (ohne Niederschlag) nicht
zum Boden? Eine Wolke besteht aus kleinen Wolken- oder Nebel-
tröpfchen mit Durchmessern von 0,005 mm Durchmesser. Bei diesem
geringen Gewicht werden sie durch den geringsten Aufwind in der
Schwebe gehalten.

Zur Bildung von Wolken müssen Wolkenkerne (sog. Kondensations-
kerne = Staubteilchen, Meersalzkristalle in der Luft) und genügend
viel Feuchte vorhanden sein (Sättigung = 100 Prozent relativer
Feuchte). Es gibt in einer Wolke große und kleine Tropfen. Die
großen Tropfen mit einem Durchmesser bis zu 5 mm fallen zum Boden,
die kleinen Tropfen, um die 0,5 mm schweben in der Wolke. Beim
Zusammenstoß zwischen meheren kleinen Tropfen entstehen größere,
die ab einem bestimmten Gewicht dann zum Boden fallen. Es können
also nicht alle Tropfen gleichzeitig zu Boden fallen.

Bei Temperaturen unter -10 Grad entstehen sechsstrahlige Schnee-
sterne mit einer Größe zwischen 1 und 5 mm, die als große Flocken
(zusammenhängende Einzelflocken) einen Durchmesser von meheren
Zentimetern erreichen können. Sie fallen als langsamer Flocken-
wirbel auf den Boden. Auch hier besteht ein Gleichgewicht zwischen
schwebenden und fallenden Flocken.

Hagelkörner haben im allgemeinen einen Durchmesser von 5 mm bis 5
cm. Solange sie klein bleiben, werden sie in der (Gewitter)wolke
im Aufwind gehalten (bis zu 100 km/h aufwärts gerichteter Wind).
Ab einer bestimmten Größe kann der Aufwind diese Eiskugeln nicht
mehr halten und sie fallen zum Boden. In einer Gewitterwolke
herrschen Temperaturen bis zu -60 Grad in 12 bis 15 km Höhe. Beim
Fallen kommt das Hagelkorn in einen Bereich mit Temperaturen über
null Grad und fängt an zu schmelzen. Bei einer Nullgradgrenze in
4000 m (im Sommer) hat ein Hagelkorn über Augsburg (Höhe 460 m)
etwa 3500 m Zeit zum schmelzen und kommt häufig als Platzregen
unten an. Ist das Hagelkorn zu groß, kann es bis zum Boden nicht
mehr schmelzen und kann bis zu Golfballgröße (12.7.1984) haben.
Glücklicherweise sind solche Unwetter bei uns selten.
Genauere Erklärungen finden Sie in Büchern über Allgemeine
Wetterkunde.

Mit freundlichen Grüßen

K. J. Tinter

Jürgen Sprenzinger
Friedenstraße 7a
86179 Augsburg

Spillers & Latz
Von-Stephan-Strasse

53879 Euskirchen

19. Februar 1996

Sehr geehrter Herr Spillers, sehr geehrter Herr Latz!

Ich hab unter anderem auch einen Hund. Und dem kauf ich immer Ihr Futter, weil ihm das scheinbar schmeckt. Ich hab es auch schon probiert, aber mir schmeckt es nicht so besonders, vermutlich deswegen, weil ich kein Hund nicht bin. Aber wenn ich ein Hund wär, dann tät es mir vermutlich genauso schmecken. Aber weil ich kein Hund nicht bin, schmeckt es mir nicht besonders. Riechen tut es ja nicht schlecht.

Mein Hund ist normalerweise recht harmlos, bis auf den Umstand, daß er den Postboten, wenn er klingelt, fast zerreißt. Wir haben seitdem einen unwahrscheinlichen Postboten-Verschleiß. Das ist jetzt schon der 3. Postbote innerhalb 5 Wochen! Irgendwann werd ich vermutlich Schwierigkeiten mit der Deutschen Bundespost bekommen. Und da hab ich natürlich Angst davor. Deswegen bin ich auf eine Idee gekommen.

Alle Hunde, die ich so kenn, haben Postboten zum Fressen gern. Nun hab ich gesehen, daß in Ihrem Hundefutter meistens Rind oder Geflügel drin ist. Und da wollte ich Sie einmal fragen, ob Sie nicht vielleicht ein Hundefutter mit Postbotengeschmack herstellen könnten. Natürlich sehe ich ein, daß Sie keine Postboten als Hundefutter verarbeiten können, weil so viele Postboten gibt es ja gar nicht. Außerdem, wenn man alle Postboten zu Hundefutter verarbeitet, wer bringt einem dann noch die Post? Aber man könnte vielleicht ein Kleidungsstück von so einem Postboten mit in das Hundefutter einarbeiten, eine Socke zum Beispiel, natürlich fein gemahlen oder so, weil eine ganze Socke für einen Hund ja zuviel ist. Und Postboten-Socken gibt es ja eine Menge, von jedem Postboten mindestens zwei. Das wären dann schon doppelt soviele Postbotensocken wie es Postboten gibt.
Zudem gibt es ja auch noch die beliebten Postbotenhosen, die sehr gern zerrissen werden. Und ich denk, so eine Postbotenhose müßte für mindestens 100 Dosen, ja wenn nicht sogar mehr, reichen.

Ich bin mir sicher, daß dies eine echte Bereicherung für unsere Hunde wär und das tät mit großer Wahrscheinlichkeit auch ankommen. Bei meinem Hund ganz sicher.

Wenn Sie da was machen könnten, wär ich Ihnen dankbar und über eine kurze Mitteilung diesbezüglich täte ich mich sehr freuen.

Ich hoffe, Ihnen hiermit gedient zu haben und verbleibe mit freundlichen Grüßen

Hochachtungsvollst

Jürgen Sprenzinger

Spillers Latz
(Zweigniederlassung der Spillers Deutschland GmbH)

Von-Stephan-Straße 6
53879 Euskirchen
Postfach 1589
53865 Euskirchen
Telefon
(0 22 51) 8 11-0
Telefax
(0 22 51) 6 56 05

Spillers Latz, Zweigniederlassung der Spillers Deutschland GmbH
Von-Stephan-Straße 6 · 53879 Euskirchen

**Herrn
J. Sprenzinger
Friedenstr. 7a**

86179 Augsburg

Ihre Nachricht/Zeichen	Unsere Abteilung/Zeichen	Telefon (Direktwahl)	Datum
	WP/PK	**811-561**	**22-04-96**

Ihr Schreiben vom 19-02-96

Sehr geehrter Herr Sprenzinger,

vielen Dank für Ihr oben angeführtes Schreiben.

Leider können wir Ihrem Wunsch bzw. der Vorliebe Ihres Hundes nicht nachkommen. Sie werden verstehen, daß wir sowohl mit den Postboten Deutschlands als auch mit den Behörden massiven Ärger bekommen würden.

Wir können nur hoffen, daß Ihr Vierbeiner nicht allzu enttäuscht ist und hoffen ihn mit einem kleinen Überraschungspaket, welches Sie in den nächsten Tagen mitseparater Post erhalten werden, vertrösten zu können.

Wir wünschen Ihrem Vierbeiner an dieser Stelle schon guten Appetit!

Mit freundlichen Grüßen

**SPILLERS LATZ
Zweigniederlassung der
SPILLERS Deutschland GmbH**
Marketingabteilung

i. A. P. Kopp

Sitz Nettetal, Amtsgericht Nettetal HR 1026

Geschäftsführer: Jürgen Brzuska, Heinz M. Garre, Dr. Claus Kiefer, John R. Martyn, Gerd Sack
Bankverbindung: Dresdner Bank AG, Unter Sachsenhausen 5-7, D-50667 Köln, Konto-Nr. 01.321.90000 (BLZ 370.800.40)

Spillers Latz ist ein Mitglied der Dalgety-Spillers Gruppe.

Jürgen Sprenzinger
Friedenstraße 7a
86179 Augsburg

Deutsche Post AG
Generaldirektion
Heinrich-von-Stephan-Straße 1

53175 Bonn

19. Febuar 1996

Sehr geehrter Herr Generaldirektor!

Bereits seit 10 Jahren bin ich ein Erfinder. Ich habe schon eine Menge erfunden, soviel schon, daß ich es schon garnicht mehr sagen kann, wieviel.

Neulich wollte mein Hund einen Postboten anfallen. Ich habe es gerade noch verhindern können. Aber dieser Vorfall hat mir zu denken gegeben, weil es ja viele Hunde gibt, die mal ab und zu einen Postboten anfallen möchten. Scheinbar schmecken Postboten sehr gut. Ich kann das nicht beurteilen, weil ich noch nie einen probiert hab.

Jedenfalls hab ich mir Gedanken darüber gemacht, wie man das abstellen kann. Und da habe ich eine spezielle Postboten-Spezialhose erfunden. Diese Hose hat in den Hosenbeinen Zwischenräume, in denen sich ein spezielles Mittel befindet. Dieses Mittel besteht aus aus zwei Teilen, und zwar zu 38 Prozent aus Xylometazolinhydrochlorid und zu 62 Prozent aus Natriummonohydrogenphosphat*. Das wird Ihnen vermutlich nicht viel sagen, aber es ist ungeheuer wirkungsvoll. Kommt der Postbote mit so einer Hose an, dann passiert nämlich folgendes: der Hund beißt in die Hose, da Xylometazolinhydrochlorid quasi als Lockstoff wirkt. Dieser Effekt ist aber beabsichtigt. Der Hund bekommt dabei das Gemisch in den Fang und nimmt dabei das Natriummonohydrogenphosphat auf, das sofort durch die Haut in den Blutkreislauf gelangt und den Hund schlagartig in einen schlafähnlichen Zustand versetzt. Dieser hält ungefähr 10 Minuten an und wird vom Hund ohne Gesundheitsschäden überstanden. Aber diese 10 Minuten reichen dem Postboten locker, seine Briefe im Briefkasten zu plazieren und der Gefahr zu entrinnen.

Ich habe diese Hose selber an mir, sozusagen im Eigenversuch, getestet und mich als Postbote verkleidet. Dazu habe ich mein Fahrrad gelb angestrichen, damit es möglichst original aussah. Und Sie können mir glauben, alle Hunde sind darauf hereingefallen und haben in meine Hose gebissen. Ich habe im gesamten Umkreis alle Hunde schlafen gelegt.

---

* Xylometazolinhydrochlorid u. Natriummonohydrogenphospat sind Bestandteile eines Nasensprays (dies nur als Geheimtip für die Leser – der Post habe ich das natürlich nicht geschrieben).

Nachdem dieser Versuch nun ein solch durchschlagender Erfolg war, möchte ich Ihnen diese Erfindung natürlich nicht vorenthalten, da es ja hier um Ihr Personal geht.

Für eine kurze Mitteilung, ob Interesse besteht, wäre ich Ihnen sehr dankbar und würde mich freuen.

Mit freundlichem Gruß

Jürgen Sprenzinger

Deutsche Post AG

Generaldirektion

Deutsche Post AG · Generaldirektion · 64276 Darmstadt

Jürgen Sprenzinger
Friedenstraße 7a

86179 Augsburg

Ihr Zeichen	
Unser Zeichen	524c-2
Telefon	(0 61 51) 9 08-4866
Datum	01.04.96
Betrifft	Innerbetrieblicher Arbeitsschutz; Postboten-Spezialhose

Sehr geehrter Herr Sprenzinger,

da wir uns seit Jahren schon mit dem Phänomen der von einigen Hunden nicht immer positiv aufgenommenen Situation beim Zusammentreffen mit unseren Zustellern befassen müssen und nach Möglichkeiten suchen und diese finden, die das Verhältnis zwischen Hund und Zusteller verbessern können, haben wir die Beschreibung der von Ihnen erfundenen speziellen Postboten-Spezialhose und deren Einsatzmöglichkeit mit Interesse zur Kenntnis genommen.

Wir können jedoch nicht erkennen, daß Ihre Erfindung geeignet erscheint, die Problematik ausreichend und in geeigneter Weise zu lösen. Wir beabsichtigen nicht, eine Postboten-Hose in der von Ihnen vorgestellten Konzeption in unser Kleiderprogramm aufzunehmen.

Für das Interesse, das sie dieser Thematik entgegengebrachte haben, bedanken wir uns und wünschen Ihnen weiterhin gute Ideen und Erfolg in Ihrem Beruf als Erfinder.

Mit freundlichen Grüßen
Dr. Jahn

—

Hausadresse	Telefon (0 61 51) 9 08-0	Kontoverbindung	Vorstand	Vorsitzender
Hilpertstraße 31	Telefax (0 61 51) 9 08-99 98	Deutsche Post AG	Dr. Klaus Zumwinkel, Vorsitzender	des Aufsichtsrats
64295 Darmstadt	T-Online 06151 9 08-1	RBZ Dortmund	Wolfhard Bender	Prof. Dr. Helmut Sihler
		Postbank Dortmund	Dr. Edgar Ernst	
		Konto-Nr. 412 800 460	Horst Kissel	Sitz Bonn
		BLZ 440 100 46	Dr. Hans-Dieter Petram	Registergericht Bonn
			Dipl. -Kfm. Dieter Seegers-Krückeberg	HRB 6792
			Dr. Helmut Benno Staab	
			Dr.-Ing. Günter W. Tumm	

Jürgen Sprenzinger
Friedenstraße 7a

86179 Augsburg

Fa.
Seagram Deutschland GmbH
Postfach 1120

65233 Hochheim/Main

1. März 1996

Sehr geehrte Damen und Herren Sektabfüller!

Seit dem Jahre 1991 bin ich ein Alkoholiker. Eigentlich betrifft Sie das aber gar nicht, weil schließlich saufe ja ich und nicht Sie. Normalerweise brauche ich jeden Tag eine Flasche Schnaps. Ab und zu gönne ich mir aber auch was Feines, Sekt zum Beispiel. Da brauch ich aber mehr als eine Flasche, meistens so 6 bis 7 Stück bis ich meinen gewohnten Vollrausch habe. Und ohne Vollrausch ist für mich das Leben überhaupts nicht lebenswert. Es gibt nichts schlimmeres als einen Halbrausch. Ein Halbrausch ist nur halb so schön wie ein Vollrausch.

Neulich habe ich mir ein paar Flaschen von Ihrem Mumm-Sekt gekauft, weil ich nicht so viel Geld habe und die relativ günstig sind. Und das bißchen Geld, das ich vom Sozialamt krieg, reicht nicht hinten und nicht vorne. Ich habe mich bei denen schon beschwert deswegen, aber die sagen bloß immer, ich soll nicht soviel saufen. Die haben natürlich leicht reden, weil die das garnicht wissen, wie das ist, wenn man jeden Tag seinen Vollrausch braucht. Wenns nach denen ging, dann dürfte ich mir nur einmal in der Woche einen Halbrausch leisten. Aber ich sags Ihnen ehrlich wie es ist: lieber gar keinen Rausch als einen Halbrausch. Das wird Ihnen jeder Alkoholiker bestätigen.

Weshalb ich Ihnen schreibe ist der Umstand, daß nun folgendes passiert ist: ich hab wie gesagt ein paar Flaschen von Ihrem Sekt gekauft. Und wie ich mir das 1. Glas einschenke, sehe ich 2 Viecher in meinem Glas herumschwimmen. Ein Freund von mir, der auch dabei war, hat gemeint, daß sei ein Wasserkrebs. Ich hab immer nur 2 Wasserkrebsen gesehen, aber ich war scheinbar schon so besoffen, daß ich alles doppelt gesehen hab. Jedenfalls hatten die Viecher 12 Beiner und 4 Füler und waren schon tot - wahrscheinlich ersoffen. Mein Freund und ich haben dann in die Flasche geschaut. Und da habe ich auf deren Grund 36 kleine Wasserkrebsen gesehen. Insgesamt hatten die 216 Beiner und 72 Fühler. Mein Freund hat auch hineingeguckt. Er hat nur 18 Wasserkrebsen mit 108 Beiner und 36 Füler gezählt. Er war wahrscheinlich noch nicht so besoffen wie ich. Ich weiß auch nicht, ob das jetzt tatsächlich Wasserkrebsen waren oder nicht. Irgendwelche ekelhaften Viecher waren das jedenfalls. Genaueres kann ich Ihnen nicht sagen, weil ich ja Alkoholiker bin und kein Botaniker.

Jedenfalls hab ich bis dahin nicht gewußt, daß es Viecher gibt, die einen Sekt saufen. Aber der Tiergarten von unserem lieben Gott ist ja groß. Ich hätte Ihnen gern so ein Viech geschickt zur Kenntnisnahme. Aber uns hat es so gegraust, daß wir das alles ins Klo geschüttet haben. Außerdem hab ich gehört, daß man Leichen aus higenischen Gründen nicht verschicken darf. Wegen dem Leichengift.

Natürlich hab ich mich beim Supermarkt beschwert. Sogar beim Filialleiter. Und der hat gesagt, er kann da auch nichts dafür. Er hat die Viecher angeblich nicht hineingetan. Aber er war recht freundlich und hat gesagt, ich muß mich da bei Ihnen beschweren. Aber das will ich auch nicht, weil sich heute jeder gleich beschwert. Aber ich wollte Sie vielleicht bitten, wenn es Ihnen nichts ausmachen täte, daß Sie die Viecher vielleicht künftig vor dem daß Sie einen Sekt hineintun, aus der Flasche heraustun. Dann täts einem nämlich nicht gar so grausen.

Vielleicht können Sie mir aber mitteilen, was das für Viecher sind, weil das würd mich schon intressieren. Vielleicht ist das eine neue Sorte, Alkoholmotten oder Säuferkäfer oder Sektfischchen oder sowas.

Ich hoffe, Ihnen hiermit gedient zu haben und verbleibe mit freundlichen Grüßen

Hochachtungsvollst

Jürgen Forenzinger

Seagram Deutschland GmbH

SEAGRAM DEUTSCHLAND GMBH · POSTFACH 1120 · D-65233 HOCHHEIM AM MAIN

Herrn
Jürgen Sprenzinger
Friedenstraße 7a

86179 Augsburg

Hochheim, 07. März 1996/ml

Ihr Schreiben vom 01. März 1996

Sehr geehrter Herr Sprenzinger,

wir haben noch nie einen so reizenden, humorvollen Brief erhalten, mit dem Ziel Sekt zu schnorren.

Sie haben uns rumgekriegt!

Wir senden Ihnen mit separater Post zwei Flaschen MUMM DRY, diesmal ohne Wasserkrebse. Sollten Sie die versprochene Ware nicht innerhalb von vierzehn Tagen erhalten haben, so bitten wir Sie ume ine kurze Nachricht.

Viel Spaß beim Genießen.

Mit freundlichen Grüßen
SEAGRAM DEUTSCHLAND GMBH

Monika Luley
- Marketing -

SEAGRAM DEUTSCHLAND GMBH · GEHEIMRAT-HUMMEL-PLATZ 1-4 · D-65239 HOCHHEIM AM MAIN
HAUPTGESCHÄFTSFÜHRER: DIRK U. HINDRICHS
GESCHÄFTSFÜHRER: DR. WOLF D. KRAUS · DR. KLAUS J. KÜHN
SITZ: HOCHHEIM AM MAIN, AMTSGERICHT HOCHHEIM AM MAIN · HRB 1332
G:\SPARKLIN\REKLAMAT\SPRENZIN.DOC
DEUTSCHE BANK AG, MAINZ, KONTO-NR: 282111, BLZ 55070040 · DRESDNER BANK AG, WIESBADEN, KONTO-NR: 4254000, BLZ 51080060
TELEFON: 06146/50-0 · TELEFAX: 06146/9210

Jürgen Sprenzinger
Friedenstraße 7a
86179 Augsburg

Firma
Dr. Poehlmann & Co. GmbH
z. H. Herrn Dr. Poehlmann
Loerfeldstraße 20

58313 Herdecke

19. März 1996

Sehr geehrter Herr Dr. Poehlmann,

seit einem halben Jahr schluckt meine Frau Ihre Vitamin A Augen-Kapseln. Deswegen möchte ich mich bei Ihnen beschweren. Weil sich jetzt nämlich alles geändert hat in unserer Ehe. Und Sie sind schuld.

Jeden Tag nimmt meine Frau zwei Stück von Ihren Wunderkapseln. Wahrscheinlich eine für das linke Auge und die andere für das rechte. Diese Kapseln schluckt sie beim Frühstück. Und seit ungefähr zwei Monaten hat sich bei ihr was verändert. Früher war meine Frau nämlich blind wie eine blinde Schleiche, ich mein, wie eine Blindschleiche. Sie ist halt recht blind herumgeschlichen, mein ich.

Zwischenzeitlich sieht sie aber so gut, daß sie zuviel sieht. Die hört nicht nur das Gras wachsen, die sieht auch noch, wie es wächst. Jeden Fleck auf meiner Hose kann sie aus 5 Meter Entfernung sehen und rennt mir sofort mit einer Kleiderbürste nach. Oder wenn irgendwo an der Decke nur die kleinste Spinnwebe hängt, kommt sie sofort mit dem Staubsauger. Die sieht alles, was ich mich mache und schimpft mich seitdem nur noch. Ich hab schon zu ihr gesagt, daß wenn sie diese Pillen weiterfrißt, dann kriegt sie noch Röntgenaugen und kann sich im Krankenhaus als Durchleuchtungsapparat aufstellen lassen. Früher hat sie auch immer eine Brille getragen. Die braucht sie jetzt angeblich nicht mehr, hat sie gesagt.

Auch bei den Nachbarn sieht sie alles. Und ich muß mir dann immer die ganzen Geschichten anhören, wenn ich abends von der Arbeit heimkomm. Da erzählt sie mir dann, daß die Nachbarin mit einem dreckigen Rock rumläuft und all solche Sachen. Als wie wenn mir der Rock von der Nachbarin nicht wurscht wär. Von mir aus zieht die Nachbarin überhaupt keinen Rock an, ohne Rock find ich die eh besser.

Jedenfalls glaub ich, daß Ihre Augen-Kapseln zu stark für meine Frau sind. Vielleicht ist da zuviel von dem Zeugs drin, von diesem Vitamin A. Ich glaub nämlich, daß Ihre Pillen gesundheitsschädlich sind, das sieht man ja an meiner Frau. Vielleicht sollten sie diese einmal überprüfen.

Ich hoffe, Ihnen hiermit gedient zu haben und verbleibe

mit hochachtungsvollen Grüßen

Jürgen Sprenzinger

Dr. Poehlmann (signature)

DR. POEHLMANN & CO GMBH

ARZNEIMITTEL

Herrn
Jürgen Sprenzinger
Friedenstraße 7a

86179 Augsburg

TH   09.04.1996

Information zu SOLAGUTTAE Augen Vitamin A Kapseln

Sehr geehrter Herr Sprenzinger,

vielen Dank für Ihr Schreiben vom 19.03.1996, das uns sehr erfreut hat. Nachdem wir uns versichert haben, daß es nicht vom 1. April stammt, möchten wir Ihnen unser aufrichtiges Mitgefühl für Ihre Lage ausdrücken. Die Rückmeldungen unserer Anwender sind uns immer wieder ein Ansporn, in unseren Bemühungen im Dienste der Gesundheit voranzuschreiten.

Sie berichten von einer mehr als deutlichen Verbesserung des Sehvermögens Ihrer Gattin. Das sollte doch ein Grund zur Freude sein, zumal genau dieser Effekt von guten Augen Kapseln erwartet werden kann. Jedenfalls können wir Ihnen versichern, daß unsere SOLAGUTTAE Augen Kapseln keinesfalls zu hoch dosiert sind, sondern genau den gesetzlichen Anforderungen für freiverkäufliche Vitamin-A-Präparate entsprechen.

Das einzige, das wir Ihnen raten können, ist, sich mit Ihrer Gattin über ihre neu gewonnene Sehkraft zu freuen. Für Ihr eigenes Wohlergehen empfehlen wir Ihnen unsere **Cevitect *Echinacea* Pastillen**, weil *Echinacea purpurea* Kraut erwiesenermaßen die körperlichen Abwehrkräfte stärken kann.

Wir wünschen Ihnen und Ihrer Gattin beste Gesundheit und verbleiben

mit freundlichen Grüßen
Dr. Poehlmann &. Co. GmbH

i.A.   *Taubhorn* (signature)
Dipl.-Biol. Heike Taubhorn

r. Poehlmann & Co. GmbH   Tel. (0 23 30) 76 78   Stadtsparkasse Herdecke (BLZ 450 514 85) Kto. 30 51 109   Geschäftsführer:
-58313 Herdecke, Loerfeldstr. 20   Fax (0 23 30) 7 31 79   Postbank Dortmund (BLZ 440 100 46) Kto. 888 66-462   Martin Proppert, Yvonne Proppert
-58303 Herdecke, Postfach 1365   UST-Ident.-Nr.: DE 811 351 031   Registergericht: 58300 Wetter, HRB 3

Jürgen Sprenzinger
Friedenstraße 7a
86179 Augsburg

An die
Deutsche Flugsicherung GmbH
Flugsicherung
Kaiserleistraße 28-35

63067 Offenbach

31. März 1996

Sehr geehrte Damen und Herren,

entschuldigen Sie, wenn ich Sie belästige. Aber es geht um meinen Hund. Und zwar in einer wichtigen Angelegenheit. Mein Hund ist nämlich total verstört. Er hat einen Schock. Ich sage Ihnen auch, warum.

Es hat sich nämlich folgendes ereignet: gestern nachmittag um Punkt 14 Uhr 23 hab ich am Himmel eine helle Scheibe gesehen. Sie war unwahrscheinlich hell und hatte in der Mitte einen grünen Punkt. Meine Nachbarin hat die Scheibe übrigens auch gesehen. Ich schreibe Ihnen das, nicht daß Sie glauben, ich spinne oder habe einen Rinderwahnsinn oder sowas. Meine Frau sagt zwar ab und zu, ich sei blöd, aber darauf dürfen Sie nichts geben.

Obwohl ich überhaupt nicht an Ufos glaube, möchte ich Ihnen aber hiermit mitteilen, daß ich eins gesehen hab und nicht nur das. Diese Sauaußerirdischen, diese Schweine, haben meinen Hund gekidnappt oder besser gesagt, gehundnappt. Und das ist so passiert: ich war in meinem Garten und habe nach oben geschaut, weil ich wissen wollte, wie das Wetter wird. Da hab ich diese helle Scheibe gesehen. In der Mitte hat sie einen grünen Punkt gehabt und der hat geblinkt. Ganz langsam und absolut lautlos ist sie über meinen Garten geflogen, ungefähr 50 Meter hoch. Weil ich ein freundlicher Mensch bin, hab ich der Scheibe noch zugewinkt und Hallo geschrieen. Mein Hund hat nach oben gebellt. Und da hat die Scheibe wahrscheinlich Angst gekriegt und ist mit affenarti- ger Geschwindigkeit in süd-westlicher Richtung davongedüst. Meine Nachbarin hat das ja auch gesehen. Sie hat mich nämlich noch gefragt, was das war. Aber ich hab das ja zu dem Zeitpunkt auch noch nicht gewußt. Spaßeshalber hab ich zu ihr gesagt, daß das be- stimmt ein Ufo war, weil Ufos heute ja bereits umherfliegen wie die warmen Semmeln und die halbe Menschheit hätte angeblich schon mal eins gesehen. Bisher habe ich zu der Hälfte gehört, die noch keins gesehen hat, aber seit gestern gehöre ich zu der Hälfte, die schon mal eins gesehen hat. Ich habe es aber nie darauf angelegt, weil ich diesen Schmarren überhaupt nie geglaubt hab.

Gerade wie ich mich noch mit der Nachbarin unterhalte, kommt diese Scheibe wieder daher. Sie ist genau über meinem Garten in der Luft stehengeblieben. Ich war total geblendet, weil sies o hell war. Mein Hund hat zuerst noch wütend gebellt, weil er ja sein Revier verteidigt hat, aber dann hat er den Schwanz eingezogen und sich hinter der Hecke versteckt. Ich bin sofort ins Haus gerannt und habe alle Türen verschlossen. Schließlich ist diese Scheibe in meinem Garten gelandet. Nach ungefähr einer Minute glaube ich, ist sie wieder weggeflogen. Ich bin raus in den Garten gelaufen und habe meinem Hund gepfiffen. Aber er war wie vom Erdboden verschluckt. Ich habe gesehen, daß das Gras, auf dem dieses Dings da gelandet ist, total verbrannt war. Auch die Hecke hats leicht erwischt. Ich war vielleicht sauer, das können Sie mir glauben. Verbrennen mir diese Saukerle mit ihrer idiotischen Scheibe den Rasen! Jedenfalls war mein Hund auch weg. Und das hat mich schon sehr verärgert, weil ich lande ja auch nicht mit einer Scheibe in irgendeinem fremden Garten von irgendwelchen Leuten und nehme denen einfach den Hund mit. Weil das nämlich Diebstahl ist. Sowas tut man einfach nicht.

Am Abend, ich wollte gerade ins Bett gehen, merke ich, daß es im Garten wahnsinnig hell wird. Sofort kam mir wieder das Ufo in den Sinn. Ich hab mir meinen Bademantel übergeworfen, weil ich diesen gottlosen Außerirdischen ja nicht nackend gegenübertreten wollte. Ich war jedenfalls auf 180, das können Sie mir glauben! Und ich bin wie ein wilder Stier in den Garten gesprungen und da war sie wieder, die Scheibe. Geblendet haben sie mich, daß ich überhaupt gar nichts mehr gesehen hab. Aber geschimpft hab ich wie ein Rohrspatz. Denen hab ich vielleicht die Meinung gesagt! Niederträchtige Aliens und blutarme Scheibenflieger hab ich die geheißen. Das war denen aber scheinbar total wurscht. Und da hab ich gemerkt, daß mein Hund wieder da war. Aber ausgeschaut hat der, das glaubt kein Mensch! Der ist um mindestens 5 Jahre gealtert. Er hat seitdem eine graue Schnauze, graue Pfoten und eine graue Schwanzspitze. Sogar an der Brust hat er seitdem einen grauen Fleck. Vorher war er ganz schwarz, weil das nämlich ein schwarzer Labrador-Hund war. Ich schicke Ihnen gern ein paar Fotos, wie er jetzt aussieht und wie er vorher ausgesehen hat, als Beweis. Seitdem ist mein Hund total verstört und frißt nur noch einmal am Tag. Vorher hat er immer dreimal täglich gefressen. Und er hat außerdem die ganze Nacht gewuiselt.

Ich schreibe Ihnen dieses, damit Sie Bescheid wissen. Ich versichere Ihnen hiermit auch, daß ich nicht blöd bin, keinen Gehirnschaden nicht habe, meine Sinnesorgane in Ordnung sind und ich nicht vom Rinde verdreht bin. Ich habe zudem eine stabile Gemütslage und bin charakterlich unwahrscheinlich gefestigt. Außerdem bin ich nicht vorbestraft und habe selber noch nie einen Hund gestohlen. Aber wahrscheinlich wissen Sie vermutlich mehr über diese Ufos als ich. Vielleicht können Sie mir mitteilen, ob noch jemand in dieser Gegend dieses Ufo gesehen hat. Das wäre nett von Ihnen.

Ich hoffe, Ihnen hiermit gedient zu haben und verbleibe

mit freundlichen Grüßen

Jürgen Frenzinger

Übrigens hätte ich Sie nicht belästigt, aber mein Schwager, was ein Studierter ist, hat mir gesagt, daß ich Ihnen das mitteilen muß.

DFS Deutsche Flugsicherung

DFS Deutsche Flugsicherung GmbH · Postfach 10 05 51 · 63005 Offenbach a.M.

Herrn
Jürgen Sprenzinger
Friedenstraße 7a

86179 Augsburg

Ihr Zeichen, Ihre Nachricht vom	Unser Zeichen, unsere Nachricht vom VKU	☎ (0 69) 80 54-4170 oder 80 54 - 0 **Fax** (0 69) 80 54-4196	Datum 10. April 1996

Sehr geehrter Herr Sprenzinger,

das ist ja eine tierische Geschichte, die Ihnen und Ihrem Hund widerfahren ist. Wir hätten es nicht für möglich gehalten, daß in diesem unserem Lande - ausgerechnet in der Friedenstraße - ungenehmigte Tiertransporte dieser Art stattfinden.

Ihr Schwager ist trotz seines Studiums ein vernünftiger Mensch und hatte völlig Recht mit seinem Tip, diesen Vorfall nicht einfach auf sich beruhen zu lassen. Auch die DFS Deutsche Flugsicherung GmbH fühlt sich dem Schutz tierischen Lebens verpflichtet. Wir haben daher die Radaraufzeichnungen des fraglichen Abends bis hin zum 1. April überprüft, konnten aber leider nichts feststellen. Aber das ist ja vielleicht gerade ein Beweis für das heimtückische Vorgehen der von Ihnen beobachteten "Dognapper".

Da unsere Radargeräte nur in Flugplatznähe bis an den Boden reichen, kann es natürlich sein, daß wir das Objekt überhaupt nicht erfassen konnten. Wir stellen Ihnen daher anheim, sich an das Bundesministerium der Verteidigung, Hardthöhe, 53125 Bonn zu wenden und prüfen zu lassen, ob die Kollegen von der Luftverteidigung das Objekt erfaßt haben.

Unser Mitgefühl gilt Ihrem in Schnellzeit ergrauten Labrador-Hund. Auch wenn es für Sie gewisse wirtschaftliche Vorteile haben mag, daß er jetzt nur noch einmal am Tag frißt, entspricht die von Ihnen geschilderte Vorgehensweise der Außerirdischen in keinster Weise der freiheitlich-demokratischen Grundordnung dieses Landes. Was an Schutzvorschriften beim Transport von Schlachtvieh gilt, muß wohl erst recht für einen Labrador gelten. Wir können Ihnen nur empfehlen, den Tierschutzverein einzuschalten, um weitere Vorfälle dieser Art zu verhindern.

DFS Deutsche Flugsicherung GmbH, Kaiserleistraße 29-35, 63067 Offenbach a.M. · Telefon 0 69/80 54-0 · Fax 0 69/80 54-13 96 · Telex 411898 · AFTN eddaygxx
Eingetragen am Amtsgericht Offenbach unter HRB 8533 · Vorsitzender des Aufsichtsrates: MDir Dr. Ingomar Joerss · Geschäftsführer: Dieter Kaden (Vors.), Jürgen Hartwig, Ralph Riedle, Peter Waldinger
Bankverbindungen: Commerzbank Offenbach, BLZ 505 400 28, Konto Nr. 421 573 700 · Deutsche Bank Frankfurt, BLZ 500 700 10, Konto Nr. 0 916 734
Frankfurter Volksbank, BLZ 501 900 00, Konto Nr. 15 220.0 · Helaba Frankfurt, BLZ 500 500 00, Konto Nr. 481 480 01

DFS Deutsche Flugsicherung

Da der Umweltschutzgedanke bei allen Angelegenheiten verstärkt Berücksichtigung findet, sollten Sie bei Ihren weiteren Überlegungen berücksichtigen, daß das ungenehmigte Abflämmen von Gras auch für UFOs verboten ist und als Ordnungswidrigkeit geahndet wird. Insofern könnte es sich vielleicht als zweckmäßig erweisen, das lokale Ordnungsamt zu informieren. Beim Thema Umweltschutz darf auch die Abfallbeseitigung nicht unberücksichtigt bleiben. Der von Ihnen beobachte "Grüne Punkt" in der Mitte der Scheibe könnte bedeuten, daß das Gefährt als Transportverpackung beim Dualen System Deutschland zum Recycling angemeldet ist. Vielleicht fragen Sie mal bei der DSD Gesellschaft für Abfallvermeidung und Sekundärrohstoffgewinnung mbH, Frankfurter Str. 720-726, 51145 Köln nach.

Es tut uns leid, daß wir Ihnen nur moralisch zur Seite stehen können. Allein die Tatsache, daß Sie nach dieser schockierenden Begegnung noch zu einem stilistisch so ausgefeilten Brief in der Lage waren, zeigt uns aber, daß Sie in der Tat charakterlich unwahrscheinlich gefestigt sind. Bitte stehen Sie deshalb in diesen schweren Stunden vor allem Ihrem Hund bei, damit bei diesem keine psychosomatischen Spätschäden zurückbleiben.

Mit freundlichen Grüßen
DFS Deutsche Flugsicherung GmbH

Clemens Bollinger
Leiter Kommunikation

Rüdiger Bonneß
Leiter Unternehmenskontakte

Jürgen Sprenzinger
Friedenstraße 7a
86179 Augsburg

Firma
Mars GmbH
Milky Way-Abteilung
Industriering

41751 Viersen

8. April 1996

Sehr geehrte Damen und Herren,

ich bin ein einfacher Arbeiter und arbeite den ganzen Tag. Wenn ich am Abend dann
nach Hause komm, ist meine Wohnung so still wie ein Grab. Ein Haustier kann ich mir
auch nicht hertun, weil ich keine Zeit dafür hab. Da hab ich Ihre Werbung im Fernseh
gesehen. Die, wo diese nette Dame an dem Milky Way vorbeigeht und das dann »Muh«
schreit. Das hat mir gefallen.

Am anderen Tag bin ich dann in den Supermarkt geradelt und in die Süßwarenabteilung
gegangen, weil ich wissen wollte, ob diese Milky Way bei mir ebenfalls »Muh« schrei-
en. Ich hab diese Milky Way auch sofort gesehen und mich vor das Regal gestellt und
gewartet. Aber keines hat auch nur einmal gemuht. Da war ich schon sehr enttäuscht.
Ich hab mich gefragt, ob die nicht vielleicht etwa schüchtern sind, es kann ja gut möglich sein, daß es auch schüchterne Milky Ways gibt, die sich nicht trauen. Ich habe mich
also bei den Milky Ways vorgestellt, meinen Namen gesagt und laut »Muh« geschrieen.
Weil ich denen zeigen wollt, daß ich ein Artgenosse bin. Aber keines hat auch nur einmal zurückgemuht. Ich habe dann noch öfters laut und deutlich in dieses Regal gemuht.
Schließlich standen dann ungefähr 43 Leute um mich herum und haben mich ganz blöd
angeguckt. Einer hat sogar gemeint, ich sei rinderwahnsinnig. Aber ich bin nicht rinderwahnsinnig. Schließlich hab ich den Leuten klarmachen können, daß ich in der Werbung gesehen und gehört hab, daß diese Milky Ways »Muh« schreien. Ich bin doch
nicht blöd und saug mir sowas aus den Fingern. Jedenfalls haben die Leute dann begriffen, um was es geht. Ich hab alle gebeten, mit mir laut und deutlich »Muh« zu schreien,
weil ich mir gedacht hab, wenn soviele Leute »Muh« schreien, dann antworten diese
Milky Ways 100%-ig. Die Leute waren sehr hilfsbereit und alle haben sie »Muh« geschrieen, immer und immer wieder. Es ist ein echtes Zusammengehörigkeitsgefühl auf-
gekommen, wie in einer richtigen Herde. Schließlich ist der Filialleiter gekommen und
hat gefragt, was da los ist. Aber die Leute haben nur gemuht. Da wollte er alle auseinander treiben wie ein Kauboy und er hat gesagt, er hole jetzt die Polizei, wenn dieses Ge-
brüll nicht sofort aufhört. Aber die Leute haben garnicht auf ihn geachtet, sondern weiterhin in dieses Milky Way-Regal gemuht. Was dann später noch passiert ist, kann ich

Ihnen nicht sagen, ich hab die Herde unauffällig verlassen, weil ich nichts mit der Polizei zu tun haben wollte. Bloß wegen so einem Milky Way.

Jedenfalls finde ich es nicht richtig, daß Sie in dieser Werbung die Leute so anlügen. Ich vermute nämlich jetzt, daß es gar kein Milky Way gibt, das »Muh« schreit. Das ist bloß wieder so ein Werbetrick, der den Leuten was vorgaukelt. Sollten Sie aber tatsächlich so ein Milky Way haben, das »Muh« schreit, dann schicken Sie mir bitte eins. Wenn Sie eine ehrliche Firma sind, dann stehen Sie zu Ihrem Wort. Oder teilen Sie mir zumindest mit, was da falsch gelaufen ist.

Ich hoffe, Ihnen hiermit gedient zu haben und verbleibe

mit freundlichen Grüßen

Jürgen Sprenzinger

MARS GMBH, POSTFACH 11 04 63, 41728 VIERSEN

Jürgen Sprenzinger
Friedenstraße 7a

86179 Augsburg

20. Mai 1996

Sehr geehrter Herr Sprenzinger,

vielen Dank für die ausführliche Beschreibung Ihres Supermarkt-Abenteuers.

Zu der Angelegenheit ist folgendes zu sagen: Die **MILKY WAY's**, die Sie in der Werbung haben muhen hören, sind natürlich extra für diesen Werbespot engagiert worden, d. h. sie haben nur auf ausdrückliche Anweisung des Regisseurs gemuht und sind für ihre Mühe auch entsprechend entlohnt worden.

Falls Sie jetzt wieder eine Tour in den Supermarkt vorhaben, um die **MILKY WAY's** gegen Bezahlung zu testen, müssen wir Sie leider enttäuschen. Alle **MILKY WAY's** arbeiten exclusiv für MARS und haben die ausdrückliche Anweisung erhalten, Nebenverdienstmöglichkeiten jeglicher Art zurückzuweisen.

Als kleines Dankeschön für Ihr außerordentliches Engagement erhalten Sie mit gleicher Post ein Milky Way-T-Shirt.

Wir hoffen, daß Ihnen die Geschichte trotz letztendlicher Enttäuschung ein wenig Spaß gemacht hat und Ihren Kaufdrang nach **MILKY WAY** nicht geschmälert hat.

Mit freundlichen Grüßen

M A R S   G M B H

Gabriele Franken
Abteilung Öffentlichkeitsarbeit

Anlage

MARS GMBH, INDUSTRIERING 17, 41751 VIERSEN
TEL. 0 21 62 / 50 00, FAX: 0 21 62 / 4 14 97, TELETEX: 2162411 - MARS VIE, GESCHÄFTSFÜHRER: DR. WILFRIED DRUSKEIT
HRB: VIERSEN 1469 · DEUTSCHE BANK AG (BLZ 314 700 04) 8 115 800 · POSTGIRO ESSEN (BLZ 360 100 43) 9438-431

Jürgen Sprenzinger
Friedenstraße 7a
86179 Augsburg

An das
Togal-Werk
Ismaninger Str. 103

81675 München

12. April 1996

Sehr geehrter Herr Togal!

Bisher hab ich immer Füße wie Blei gehabt und dazu einen saftigen Fußpilz. Da hat mir
ein Bekannter, der auch Bleifüße und Fußpilz hat, Ihr Efasit-Fußpflege-Gel empfohlen.
Ich hab das probiert, aber ich hab seitdem echte Probleme. Und zwar mit meine Arme
und Hände.

Seit ich mir dieses Gel an die Füße geschmiert hab, hab ich das Gefühl, daß das Schwe-
regefühl zwar von den Füßen weg ist, aber es hat sich jetzt nach oben gezogen in die
Arme. Ich hab nun ganz schwere Arme und meine Hände sind ganz bleiern. Früher hab
ich immer Ziehharmonika gespielt, das kann ich jetzt aber nicht mehr, weil mir die Hände allerweil von der Tastatur rutschen. Und das klingt ja dann falsch. Haben Sie schon
mal gehört, wie grausam das klingt, wenn man Ziehharmonika falsch spielt und mit die
Hände von der Tastatur rutscht? Neulich hab ich in meiner Stammkneipe gespielt, weil
der Franz Geburtstag gehabt hat, aber ich sags Ihnen, wie es ist: der Franz läßt mich nie
mehr auf seiner Geburtstagsfeier Ziehharmonika spielen, weil mir immer wieder meine
Bleihände von den Tasten abgerutscht sind. Außerdem hab ich alles zu langsam gespielt, weil die Hände nicht mehr mitgemacht haben. Aber gestanden bin ich ganz gut,
weil das bleierne Gefühl aus den Füßen weg ist. Ich kann stundenlang stehen, ohne daß
ich was merk.

Jetzt hätt ich eine Frage. Haben Sie nichts gegen das bleierne Gefühl für die Arme und
für die Hände? Ich meine, das kann doch nicht normal sein, daß sich das bleierne Gefühl
plötzlich durch dieses Mittel von unten nach oben zieht. Nachdem es ja ein bleiernes Gefühl ist, ist es ja schwer und kann doch nicht einfach nach oben steigen. Eher müßt es
doch hinunter fallen, an den Boden. Und dann müßt es doch ganz weg sein. Vielleicht
gibt es ja ein Gel bei Ihnen, das das Bleigefühl auch aus die Arme zieht.

Abschließend möcht ich Ihnen noch mitteilen, daß mein Fußpilz dank Ihres Mittels ver-
schwunden ist.
Er ist jetzt bei meiner Frau. Deswegen kann Ihr Efasit-Gel so schlecht gar nicht sein.

Vielleicht sind Sie so nett und teilen mir mit, ob Sie so ein Mittel haben. Da wär ich Ihnen sehr dankbar. Weil wenn Sie schon was für die Füße haben, dann haben Sie ja auch
wahrscheinlich was für die Hände und Arme.

Mit hochachtungsvollen Grüßen

Jürgen Sprenzinger

TOGAL-WERK AG
Pharmazeutische, kosmetische und diätetische Erzeugnisse

für Gesundheit, Jugend, Schönheit

Postfach 86 07 60
D–81634 München

Ismaninger Str. 105
D–81675 München

Telefon-Sammel-Nr.: (0 89) 92 59-0
Telefax: (0 89) 92 59-95

Herrn
Jürgen Sprenzinger
Friedenstr. 7a

86179 Augsburg

München, den 24.04.96

Ihre Reklamation vom 12.04.96 / efasit Vital Pflege-Gel

Sehr geehrter Herr Sprenzinger,

vielen Dank für Ihren Brief bezüglich unseres Produktes efasit
Vital Pflege Gel.
Uns freut es natürlich immer, die Wirksamkeit unserer Produkte
auch über unseren Kundenstamm zu erfahren.

Als kleines Dankeschön überreichen wir Ihnen eine Promotion-Tube
Regivital Franzbranntwein-Gel.

Mit freundlichen Grüßen
TOGAL-WERK München
i.A.

K. Kohlert

AL-WERK · MÜNCHEN - gegründet 1914.
zender des Aufsichtsrates: RA Reinhard Mai, Prof. Dr. med. Dr. h. c. mult. Otto Braun-Falco (stellv. Vors.)
nd: Günther J. Schmidt (Vorsitzender), Manfred W. Schmitz. Registergericht München HRB 42177

Jürgen Sprenzinger
Friedenstraße 7a
86179 Augsburg

An die
DSD
Gesellschaft für Abfallvermeidung
Frankfurter Straße 720-726

51145 Köln

13. April 1996

Sehr geehrte Damen und Herren,

am 30. März dieses Jahres ist bei mir im Garten ein UFO gelandet und diese außerirdischen Verbrecher haben meinen Hund gehundnappt. Allerdings haben sie ihn nachts
wieder zurückgebracht. Dieser Vorfall wurde auch von meiner Nachbarin beobachtet
und kann von ihr bezeugt werden.

Als ordentlicher Bürger habe ich das selbstverständlich der Deutschen Flugsicherung
GmbH gemeldet. Aber stellen Sie sich vor, die glauben mir das nicht. Ich habe denen
das Flugobjekt und den genauen Tathergang genauestens geschildert. Es handelte sich
um eine helle Scheibe, ungefähr 8 Meter im Durchmesser mit einem blinkenden grünen
Punkt in der Mitte. Das hab ich denen geschrieben. Und die haben mir geantwortet, es
sei wahrscheinlich Ihre Angelegenheit, da der grüne Punkt in der Mitte des UFOs vermutlich bedeutet, daß dieses Gefährt eine fliegende Tiertransportverpackung von Ihnen
gewesen ist, die zum Recycling angemeldet sei. Die machen sich das vielleicht einfach.
So ein Blödsinn, das ist ja unglaublich. Ich vermute, die haben gedacht, ich bin me-
schugge und habe nicht alle Tassen im Schrank. Obwohl ich denen versichert hab, daß
ich klaren Kopfes bin.
Ich habe das Gefühl, die haben den Vorfall nicht ernst genommen. Aber das war schon
Ernst, sogar bitterer Ernst, weil mein Hund nämlich an diesem Tag um 5 Jahre gealtert
ist. Ich habe sogar Fotos, wie er vorher ausgesehen hat und wie er jetzt aussieht. Und
meine Nachbarin kann alles bezeugen.

Der Ordnung halber und weil ich das gewiß wissen will, frage ich jetzt höflich bei Ihnen
an, ob Sie tatsächlich im Besitze von fliegenden Tiertransportverpackungen mit einem
grünen Punkt darauf sind. Wenn ja, dann würde ich natürlich schon gerne wissen, warum Sie ausgerechnet mir so ein Ding vorbeischicken und meinen Hund klauen, obwohl
der Ihnen nie was getan hat. Mein Hund ist noch gar nicht reif zum Wegwerfen. Er ist
erst 4 Jahre alt und noch fast neuwertig. Wenn Sie allerdings nicht im Besitz desselbigen Gefährts sind, dann haben die von der Deutschen Flugsicherung mich ganz schön
verkohlt. Und das wird Konsequenzen haben, darauf können sie aber Gift nehmen!

Ich weiß, Sie haben mit der Abfallvermeiderei wirklich alle Hände voll zu tun, weil ja in unserer Zeit unwahrscheinlich viel Abfall anfallen tät, wenn man den Abfall nicht vermeiden würd, ich glaub, wir würden alle im Abfall ersticken, aber das wär vielleicht gar nicht so schlecht, dann könnten wir keinen Abfall mehr erzeugen, es wär endlich Ruhe und die Welt wär vom Abfall befreit. Aber vielleicht können Sie mir trotzdem Bescheid geben, wenn Sie zwischendrin mal Zeit haben. Das wäre nett von Ihnen. Vielen Dank.

Mit freundlichen Grüßen

Jürgen Frenzinger

Jürgen Sprenzinger
Friedenstraße 7a
86179 Augsburg

Firma
Messmer GmbH
Teefabirk
Meßmer-Str. 29

97508 Grettstadt

16. April 1996

Sehr geehrter Herr Meßmer,

seit ungefähr 4 Jahren leide ich an Hämorrhoiden. Das ist äußerst unangenehm. Meine
Frau sagt immer, ich soll zum Doktor gehen, aber ich trau mich nicht. Es ist wegen dem
Schamgefühl. Wenn ich mir vorstell, daß mir der Doktor in den Dings, in den Dings da
schaut, ich trau mich garnicht daran denken. Ich bin außerdem streng katolisch und das
könnte ich mit meinem Glauben gar nie vereinbaren.

Meine Frau hat eine Freundin. Und die Freundin von dieser Freundin hat eine Bekannte,
und die wiederum hat gesagt, daß sie auch Hämorrhoiden gehabt hat und jetzt keine
mehr hat, weil Sie immer einen bestimmten Tee von Ihnen getrunken hat. Allerdings
wußte sie nicht mehr, was für ein Tee das war.

Heute war ich im Supermarkt und wollte mal schauen, ob es da einen Hämorrhoiden-
Tee gibt. Aber es gibt alle möglichen Sorten, angefangen von Früchtetee bis zum Hage-
butten- und Malventee, aber einen Tec für die Hämorrhoiden gibt es da nicht. In der
Apotheke haben die auch nichts gewußt, aber der Apotheker hat gemeint, es gäbe dafür
nur Zäpfchen. Aber die will ich auch nicht, weil ich ja aus Glaubensgründen nicht selbst
Hand an mich legen will. Und meine Frau ist handwerklich völlig unbegabt, die kann
das erst recht nicht, die täte mir so ein Zäpfchen weiß der Teufel wo hineinschieben, womöglich irgendwohin, wo es gar keinen Wert nicht hätt.

Da ich ja ein Kunde von Ihnen bin und viel Tee trink, können Sie mir vielleicht mitteilen, was das für ein Tee sein könnte. Da wäre ich Ihnen sehr zu Dank verpflichtet, weil
Hämorrhoiden schon sehr unangenehm sind und der Stuhlgang somit keinen Spaß mehr
macht.

Für Ihre Mühe im vorneherein herzlichen Dank

Mit freundlichen Grüßen

Jürgen Sprenzinger

Ostfriesische Tee Gesellschaft Laurens Spethmann GmbH & Co.
Am Bauhof 13-15 · D-21218 Seevetal · Tel: 04105/504-0 · Fax: 04105/504-349

Herrn
Jürgen Sprenzinger
Friedenstr. 7a

86179 Augsburg

Seevetal, den 2. Mai 1996
Durchwahl: 04105/504-654
Fax.-Nr. : 04105/504-499
HK/aw

Sehr geehrter Herr Sprenzinger,

Ihr Schreiben an die Fa. Meßmer GmbH & Co., das uns am 19.04.96 erreichte, liegt noch zur Beantwortung vor.

Gerne würden wir Ihnen bei "Ihrem Problem" weiterhelfen. Andererseits haben wir selber durch Ihr genanntes Schreiben ein "Problem", über das wir genauso schamvoll berichten könnten, nämlich, ob wir nun Ihr Schreiben ernst nehmen müssen, oder aber in die Rubrik "schriftliche Scherzbolde" einordnen sollten.

Ganz gleich, zu welchem Ergebnis wir auch immer kommen werden, wir empfehlen Ihnen, doch

"... fragen Sie Ihren Arzt oder Apotheker"

Vielleicht sind Sie so nett und melden sich dann noch einmal?

Mit freundlichen Grüßen

**OTG
OSTFRIESISCHE TEE GESELLSCHAFT
Laurens Spethmann GmbH & Co.**

i. A. Helmut Kaufmann
(nach Diktat außer Haus)

Postfach 1163 · D-21206 Seevetal
Kommanditgesellschaft · Sitz Seevetal · Amtsgericht Winsen HRA 2762
persönlich haftende Gesellschafterin: "AMROPA" Außenhandels-Gesellschaft mit beschränkter Haftung
Sitz: Seevetal · Amtsgericht Winsen HRB 2476 · Geschäftsführer: Wolfgang Weißmann, Robert Voss
Bank: Vereins- und Westbank 50 402 040 (BLZ 200 300 00)
Bayerische Hypotheken und Wechselbank Hamburg 2 100 164 607 (BLZ 200 208 60)

Jürgen Sprenzinger
Friedenstraße 7a
86179 Augsburg

An die
Ostfriesische Teegesellschaft GmbH & Co.
z. H. Herrn Kaufmann
Am Bauhof 13-15

21218 Seevetal

8. Mai 1996

Sehr geehrter Herr Kaufmann,

vielen Dank für Ihren Brief vom 2. Mai 1996, den ich per Post erhalten hab.

Gleich nachdem ich Ihren Brief gekriegt hab, hab ich sofort meinen Apotheker gefragt. Aber der wollte mir sofort wieder Hämorrhoiden-Zäpfchen verkaufen. Ich hab keine gekauft, weil ich sowas aus Glaubensgründen ablehne.

Übrigens brauchen Sie sich nichts denken und auch wegen mir kein Problem haben. Ich bin kein Scherzbold, sondern ein ganz ernster Mensch. Ich lache zum Beispiel gar nie, weil das Lachen für mich eine unwahrscheinlich lächerliche Angelegenheit ist. Ich finde das albern, wenn die Leute lachen. Die meisten Leute wissen nämlich garnicht, wie doof sie dabei aussehen. Da wird das Gesicht verzogen, das Maul aufgerissen und die Zähne werden zum Trocknen herausgehängt. Man kriegt außerdem einen roten Kopf und prustet und hustet und schleudert seine Bakterien meterweit durch die Luft. Besonders ekelhaft ist das im Kino. Da sitzt man neben einem solch blöden Lacher. Erstens lacht er sowieso meistens an der falschen Stelle. Und dann viel zu laut. Eine Tortur für jedes Trommelfell. Und dann dieses alberne Hahahaha, das ist doch kindisch, sowas. Machen Sie doch mal folgenden Test: sagen Sie ganz laut Haha. Wenn Sie dabei auf Ihre Mundstellung achten, dann werden Sie bemerken, daß Ihr Mund dabei weit aufgerissen ist. Das öffnet jedem Infekt Tür und Tor, egal, ob von außen nach innen oder von innen nach außen. Und darum ist Lachen überhaupts nicht gesund und der blöde Spruch, daß Lachen gesund sei, ist ein Blödsinn. Im Gegenteil, es ist eine höchst gefährliche Angelegenheit. Und deswegen haben sich auch schon viele Leute totgelacht. Totgeweint hat sich noch nie jemand. Höchstens die Augen ausgeweint. Aber danach sind die Leute vielleicht möglicherweise wahrscheinlich blind, aber nicht tot. Und es ist immer noch besser, wenn man blind ist als tot. Deswegen lache ich nie und weine ganz selten.

Aber darum geht es ja überhaupt gar nicht. Es geht um meine Hämorrhoiden. Deswegen schreib ich Ihnen, nicht weil ich kein Scherzbold nicht bin.

Außerdem hab ich selbst rausgekriegt, was das für ein Tee ist. Es ist ein Kamillentee. Wie ich Ihnen im letzten Brief geschrieben hab, hat meine Frau eine Freundin. Und die Freundin von dieser Freundin hat eine Bekannte, die auch Hämorrhoiden gehabt hat. Nun hab ich zwischenzeitlich erfahren, daß diese Bekannte die Hämorrhoiden gar nicht durch Trinken desselbigen Kamillentees losgeworden ist, sondern sie hat eine eigene Methode entwickelt. Wie Sie ja selbst wissen, wird Tee in diesen kleinen Beutelchen, sogenannte Teebeutelchen, ausgeliefert. Man hängt die einfach in eine Tasse mit heißem Wasser und schwenkt die ein paarmal herum. Und schwupps, gibts einen Tee.

Diese Bekannte hat das auch so gemacht. Aber sie hat den Tee anschließend nicht getrunken, weil sie keinen Kamillentee nicht mag. Sie hat aber folgendes gemacht. Sie hat das feuchte Teebeutelchen in die Hose eingeführt, genau an die Stelle hin, wo die Hämorrhoiden sind. Das hält angeblich die stärkste Hämorrhoide nicht aus und daraufhin sind diese Hämorrhoiden ganz schnell verduftet.

Diese Methode sollte aber nur im Liegen angewendet werden, weil es im Sitzen aus technischen Gründen nicht ratsam ist. Diese Therapie führe ich momentan gerade mit meiner eigenen Person durch und ich habe das Gefühl, daß es bereits geholfen hat. Ich wollte Ihnen das nur mitteilen, weil Sie mich gebeten haben, daß ich mich nochmal melden soll. Ich hab es auch sehr nett gefunden von Ihnen, daß Sie mir geschrieben haben.

Ich wünsche Ihnen alles Gute und ein hämorrhoidenfreies Leben.

Mit freundlichen Grüßen

Jürgen Sprenzinger

Jürgen Sprenzinger
Friedenstraße 7a
86179 Augsburg

Firma
Euro-play toys GmbH
Karl-Benz-Str. 3

40764 Langenfeld

16. April 1996

Sehr geehrte Damen und Herren.

Ich habe ein Problem. Und zwar ein Geldproblem. Und da ist mir was eingefallen.

Zwei Straßen weiter ist eine Reifaisen-Bank. Und die haben genau das Geld, das mir fehlen täte. Die haben Geld in der Kasse, daß die nicht mehr wissen wohin damit. Das find ich absolut ungerecht. Unsereins schuttelt sich zu Tode für diese paar Scheine und die lassen das in der Kasse liegen, als wenn es nichts wär. Deswegen hab ich mir Gedanken gemacht und mir überlegt, daß man denen vielleicht ein paar Mark wegnehmen müßte. Aber die rücken ja freiwillig nichts raus. Also geht das nur mit Gewalt. Ich hasse Gewalt, aber wenns nicht anders geht, dann muß ich eben gewalttätig werden, obwohl ich Gewalt wirklich hasse.

Ich will aber niemand verletzen oder gar erschießen, weil das eine mords Gewissensbelastung für mich wär und damit kann ich nicht leben. Deswegen bin ich heute in den Supermarkt und wollte einen schwarzen Spielzeugrevolver kaufen. Aber die Verkäuferin hat mir gesagt, daß es momentan keine Spielzeugrevolver nicht gibt. Die gibt es nur an Fasching und an Weihnachten. Das find ich blöd, weil ich brauch so eine Knarre ja jetzt. Im Supermarkt haben die zwar Wasserspritzpistolen, aber die sind alle so bonbonfarben. Da lachen ja die Hühner, wenn ich mit einer rosaroten oder gelben Spritzpistole einen Bankraub machen will. Und ich will ja Geld von denen haben und keinen Bankfritzen naß machen, obwohl das vielleicht auch nicht schlecht wär, weil das nämlich knochentrockene Brüder sind.

Jedenfalls wollte ich Sie fragen, was man da machen kann. Ich brauche einen Revolver, der ordentlich kracht und dazu noch echt aussieht. Wenns geht, vielleicht nicht so teuer, weil ich momentan ja noch kein Geld hab. Das Geld kommt ja erst.

Wenn Sie so nett wären und mir mitteilen täten, ob Sie sowas haben, dann wär das recht nett. Aber es ist sehr eilig, weil sonst geht mir das Geld ganz aus und ich muß ja nächsten Monat die Stromrechnung und die Miete bezahlen.

Für Ihre Mühe herzlichsten Dank

Hochachtungsvoll

Jürgen Sprenzinger

Nachtrag

Scheinbar hatte die Firma Euro-play toys kein Interesse an einem Geschäft mit mir. Macht gar nichts. Ich habe zwischenzeitlich mit einer Firma Kontakt aufgenommen, die Gummi-Messer herstellt …

Jürgen Sprenzinger
Friedenstraße 7a
86179 Augsburg

Allgäuer Alpenmilch GmbH
Prinzregenten-Str. 155

81677 München

16. April 1996

Sehr geehrte Damen und Herren,

leider hab ich mich mit meinem Freund Eberhart total zerstritten. Wir waren bisher immer die besten Freunde durch dick und dünn und sind auch alte Kriegskameraden gewesen. Bereits1942/43 haben wir schon gemeinsam vor Stalingrad im Graben gelegen. Wenn wir damals schon Bärenmarke zum Kaffee gehabt hätten, hätten wir Rußland bestimmt erobert und den Krieg gewonnen, aber wir haben den Kaffee immer ohne trinken müssen. Deswegen haben wir den Krieg wahrscheinlich auch verloren. Hätte der Führer nämlich mehr auf den Milch-Nachschub geachtet, dann wär das alles ganz anders gelaufen. Aber der war ja total unfähig, weil Durchhalteparolen ersetzen keine Bärenmarke nicht.

Jedenfalls sind wir nun keine Freunde mehr, weil der Eberhart immer so rechthaberisch ist und andauernd alles besser weiß. Deswegen schreib ich jetzt an Sie.

Es ist nämlich folgendes passiert: seit Jahren nehme ich Bärenmarke zum Kaffee, weil das eine gute Milch für den Kaffee ist. Mein Freund Eberhart hat auch immer Bärenmarke zum Kaffee genommen.
Letzten Donnerstag erzählt mir der plötzlich, daß es diese Dosenmilch bald nicht mehr gibt. So ein Quatsch, sag ich, wieso denn. Da sagt er, es gibt bereits zu wenig Bären und die, die es noch gibt, stehen unter Naturschutz und dürfen nicht mehr gemolken werden. Die brauchen die Milch selber für den Bärennachwuchs. Du Idiot, hab ich gesagt, Bärenmarke wird doch nicht aus Bärenmilch gemacht, das weiß man doch. Nein, hat der steif und fest behauptet, Bärenmilch kommt vom Bär. Und dann hat er über alles geschimpft: die Regenwälder werden abgeholzt, die Luft wird verschmutzt und die Bären werden gemolken, das sei alles ein mords Raubbau an der Natur und er verstehe sowieso nicht, wieso da Bären gemolken werden, wo es heutzutag soviel Kühe gibt. Da hab ich ihm gesagt, daß Bärenmarke doch von Kühen gemacht wird, weil es soviel Bären in Bayern ja garnicht gibt. Höchstens Saubären, aber die geben meistens keine Milch nicht. Er hat weitergeschimpft und gesagt, ich binde ihm da mit dieser Bärenmarke einen mords Bär auf, und keinen kleinen nicht, sondern sogar einen Grissli-Bär.

Wutentbrannt ist er gegangen und hat die Tür hinter sich zugeschlagen. Am Abend hab ich ihn dann angerufen und wollte wieder einlenken, aber er hat gesagt, er will nichts mehr mit mir zu tun haben, es sei denn, ich bring ihm den Beweiß, daß Bärenmarke tatsächlich aus Kuhmilch gemacht wird und nicht aus Bärenmilch.

Und jetzt steh ich da. Da kam mir die Idee, daß ich an Sie schreib, weil Sie mir das bestimmt sagen können, wie sich das verhält. Vielleicht können Sie mir beuhrkunden, daß Bärenmarke aus Kuhmilch gemacht wird. Sie täten damit eine Freundschaft retten. Es ist nämlich wirklich idiotisch. Da kämpft man im Krieg Seite an Seite in Todesangst und zerstreitet sich dann wegen einer Bärenmarke. Das beweißt, daß die Menschheit heut immer mehr degenerirt.

Hochachtungsvollst

Jürgen Frenzinger

LYONER STRASSE 23 „NESTLÉ-HAUS"
FRANKFURT AM MAIN-NIEDERRAD

TELEFON
(0 69) 66 71-1
TELEFAX
(0 69) 66 71-26 92

BANK
DRESDNER BANK AG, FRANKFURT
BLZ 500 800 00, KTO. 0510073200

NESTLÉ ERZEUGNISSE GMBH · 60523 FRANKFURT AM MAIN

Herrn
Jürgen Sprenzinger
Friedenstr. 7 a

86179 Augsburg

IHRE ZEICHEN/ NACHRICHT VOM	UNSER ZEICHEN	DURCHWAHL (0 69) 66 71- TELEFON TELEFAX	DATUM
	NE-MMB rv/ij	3842 4300	26. April 1996

Bärenmarke

Sehr geehrter Herr Sprenzinger,

wir danken Ihnen für das Schreiben vom 16.04.96 und Ihr Interesse an unserem Produkt Bärenmarke. Nachdem wir in den letzten Jahren vermehrt Briefe mit ähnlichem Inhalt erhalten haben, dürfen wir uns i dieser Angelegenheit kurzfassen.

Bärenmarke wird natürlich aus guter Alpenmilch hergestellt. Alpenmilch bedeutet Milch von Kühen und nic von Bären.

Wir hoffen, daß wir mit diesem kleinen Beitrag zu Ihrem ausführlichen Schreiben eine so tiefe und lang Freundschaft retten konnten.

Mit freundlichen Grüßen

Nestlé Erzeugnisse GmbH
Produktmanagement Bärenmarke

Rudolf Vocht

GESCHÄFTSFÜHRUNG: KARL-HEINZ RINGEL (VORSITZENDER), KAJETAN GRESSLER, ALFRED J. PETRICH, HEINZ WISSENBACH, DR. KLAUS ZIMMERMAN
SITZ: MÜNCHEN · REGISTERGERICHT: AMTSGERICHT MÜNCHEN, HRB 74 912

Jürgen Sprenzinger
Friedenstraße 7a
86179 Augsburg

Firma
Dickmann GmbH & Co.
Paulinenweg 12

33790 Halle/Westf.

18. April 1996

Sehr geehrter Herr Dickmann,

im Fernsehen hab ich Ihre Werbung gesehen, wo behauptet wird, daß alle Menschen
punkt halb zehn morgens ihre Arbeit unterbrechen und so ein Knoppers von Ihnen essen.

Ich hab das zuerst für einen Quatsch gehalten, weil in der Werbung ja auch immer viel
Mist erzählt wird. Deswegen wollte ich selber sehen, ob das stimmt. Seit zwei Monaten
betreibe ich eine Umfrage und erstelle gerade eine Statistik darüber.

Sie haben recht. Fast alle Menschen in Deutschland essen punkt halb zehn Uhr morgens
ein Knoppers. Hierzu ein paar Fallbeispiele:

Vor ca. 2 Wochen war ich beim Urologen. Es war 9 Uhr 28, als er mich gerade unter-
suchte. Plötzlich merke ich, daß irgendwas laut klingelt. Es war genau 9 Uhr 30. Just in
diesem Moment streifte der Doktor seinen Gummhandschuh ab und zog ein Knoppers
aus der Tasche, das er mit größtem Genuß verzehrt hat. Er bot mir auch eins an, aber ich
wollte nicht, da ich halbnackt war und in diesem Zustand bring ich einfach nichts runter
- nicht mal ein Knoppers. Danach ging die Untersuchung weiter, als wenn nichts gewesen wäre und er stellte fest, daß ich gesund sei. Ich bin sicher, ohne ein Knoppers wäre
der Befund nicht so gut ausgefallen.

Bei uns in Augsburg gibt es eine große Maschinenbau-Firma, die MAN-Roland. Durch
meine guten Verbindungen zum Portier durfte ich in dieser Firma eine Umfrage starten.
Hier traf ich das gleiche Phänomen an: punkt halb zehn wurden sämtliche Maschinen ab-
gestellt, die Arbeiter zogen alle wie auf Befehl ein Knoppers aus der Tasche und das
Knuspern dieser Milch-Haselnuss-Schnitten dröhnte durch die Werkshallen. Danach lie-
fen die Maschinen wieder auf vollen Touren. Was ich nicht wußte: die Knoppers werden bei Arbeitsbeginn von der Geschäftsleitung kostenlos an die Arbeiter ausgegeben.
Seit es Knoppers gibt, sei die Produktivität der Arbeiter um 127 % gestiegen, hieß es.

Aber nicht nur hier, auch in den Ämtern werden Knoppers geknoppert. Vor 6 Wochen
habe ich beim Amt für Öffentliche Ordnung zwecks einer Urlaubsreise einen neuen

Reisepaß beantragt. Ich kam um 9 Uhr 5 ins Amt und mußte etwas warten. Kurz vor halb zehn war ich dann dran und stand am Schalter. Gerade als mir der Beamte den Paß aushändigen wollte, ertönte eine laute Sirene. Er zog die Hand mit dem Reisepaß sofort zurück, setzte sich an seinen Schreibtisch, öffnete eine Schublade und zog ein Knoppers heraus, das er sich mit verklärtem Blick einverleibte. Dieser Vorgang dauerte etwa 20 Minuten. Ich habe festgestellt, das das Verzehren von Knoppers in Ämtern länger dauert als beim Arzt oder in der Fabrik. Dies hat mich schon sehr verwundert, da unsere deutschen Beamten normalerweise sehr fleißig und rührig sind und blitzschnell arbeiten.

Duch meine statistischen Umfragen bin ich nun auf folgendes Ergebnis gekommen: es ist tätsachlich die pure Wahrheit, daß alle Deutschen punkt halb 10 Knoppers essen. Um 11 Uhr 15 ist dann meist Milky-Way-Zeit, daran anschließend essen die Leute, bevor sie Mittag machen, ein Nuts. Zum Nachtisch um 13 Uhr 20 wird meist ein Ehrmann-Joghurt gegessen, vorzugsweise Kokos- oder Haselnussjoghurt. Zum Kaffee um 15 Uhr wird oft Kinderschokolade mit einem hohen Milchanteil genommen. Bei Arbeitsende um ca. 17 Uhr werden noch schnell ein paar Haribo-Gummibärchen verzehrt, da der deutsche Arbeitnehmer die Arbeitsstelle nur ungern mit leerem Magen verläßt. Was nach dieser Zeit in bundesdeutschen Küchen und Eßzimmern passiert, konnte ich bislang noch nicht ergründen.

Mich würde nun folgender Umstand interessieren: warum muß dieses Knoppers genau punkt halb zehn gegessen werden? Da es sich hier ja um eine Milch-Haselnuss-Schnitte handelt, nehme ich an, daß die Milch in so einem Knoppers nach halb zehn rapide schlecht wird, und dieses Knoppers vor halb zehn noch nicht reif ist. Möglicherweise liege ich damit auch falsch, aber es wäre nett, wenn Sie mich über dieses interessante Phänomen aufklären könnten. Sie könnten damit eine riesige Wissenlücke meinerseits auffüllen.

Für Ihre Mühe herzlichen Dank

Mit freundlichen Grüßen

Jürgen Sprenzinger

Postfach 15 65
33780 Halle
Telefon: (0 52 01) 12-0
Telefax: (0 52 01) 12-606

Herrn
Jürgen Sprenzinger
Friedenstr. 7a

86179 Augsburg

Marketing

Frau Ostmann

Telefon: 05201/12-405
Telefax: 05201/12-606

Halle (Westf.), 9. Mai 1996
da

Sehr geehrter Herr Sprenzinger,

erstmal vielen Dank für Ihre statistische Auswertung. Immer wieder freuen
wir uns, wenn unsere Verbraucher den Sinn und das Ziel der Knoppers Werbe-
kampagne **auf den Punkt genau** erkennen.

Es ist durchaus wichtig, daß Knoppers morgens um halb zehn in Deutschland
verzehrt wird. Dies läßt sich sehr einfach und logisch begründen:
Es ist noch gar nicht so lange her, da wurden unsere Büros von Tausenden
von verwirrten Verbrauchern mit hilfesuchenden Leserbriefen überflutet.
Einige berichteten, daß die Uhr einfach um halb zehn stehen blieb, alle
Computer abstürzten, der Strom ausfiel, alle Ampeln auf Rot stehen blieben
und sogar die Telefonrechnungen merkwürdigerweise utopisch hoch gerechnet
wurden ......
Vielleicht erinnern Sie sich oder haben ähnliche Situationen selbst er-
lebt. Und was sonst wohl könnte der Menschheit mehr Auftrieb geben und das
Rad der Welt in Gang halten, als Knoppers - das Frühstückchen -, unser
Goldstückchen?

Im übrigen ist es bei uns nicht anders. Immer nach dem Motto:

>   Denn wer knoppert zur rechten Zeit, der ist schlau,
>   der weiß Bescheid!

Wir hoffen, wir konnten Ihre Wissenslücke hiermit ausreichend füllen.

Mit freundlichen Grüßen

DICKMANN GMBH & CO.

(i.V. Ostmann)   (i.A. Kruppa)

DICKMANN GMBH & CO.
Rechtsform: Kommanditgesellschaft
Amtsgericht Halle (Westf.), HRA 1975
Persönlich haftender Gesellschafter:
DICKMANN VERWALTUNGS GMBH
Halle (Westf.), HRB 2185
Geschäftsführer: Bruno Keßler, Dr. Wolfgang Erbslöh

Dresdner Bank AG, Bielefeld
(BLZ 480 800 20)
Konto-Nr.: 0 206 715 800

Ein Unternehmen der   Storck Gruppe

Jürgen Sprenzinger
Friedenstraße 7a
86179 Augsburg

Michelin Reifenwerke-KGaA
Reifenherstellung
Bannwaldallee 60

76185 Karlsruhe

21. April 1996

Sehr geehrter Herr Michelin,

Neulich hab ich gemerkt, daß bei mir der rechte hintere Reifen kein Profil mehr drauf
hat. Das hat mich schon sehr gewundert, weil vor einem Jahr war nämlich noch eins
drauf. Weil ich ein ordentlicher Bürger bin, hab ich den Reifen natürlich sofort wechseln lassen. Bei Wechseln hab ich aber festgestellt, daß der Reifen zwar außen kein Profil mehr gehabt hat, aber innen war der noch wie neu. Da man den Reifen weg-
schmeißen muß, ist das eine Verschwendung und eine Umweltverschmutzung.

Da ist mir eine geniale Idee gekommen: momentan haben wir ja eine Wirtschaftsflaute,
was eigentlich eine Sauerei ist, weil ja dadurch viel Leute arbeitslos sind. Überall muß
man sparen, auch an den Autoreifen. Da hab einen Supersparuniversal-Reifen erfunden.
Dieser Reifen sieht von außen wie ein normaler Autoreifen mit Sommerprofil aus. Aber
jetzt kommt der Knaller: die Reifen haben nicht nur außen ein Profil, sondern auch innen! Und zwar ein Winterprofil. Wenn nämlich der Herbst vorbei ist, kommt ja meistens der Winter. Und dann braucht dieser Reifen nur noch gewendet werden und peng!
schon sind die Winterreifen drauf.

Schon oft ist mir das Innere von so einem Autoreifen zu leer vorgekommen. Ich meine,
da ist ja nur Luft drin und sonst nichts. Und jeder Raum, in dem nur Luft drin ist, ist ja
verschwendet, weil die Luft ja eigentlich wenig Platz braucht. Und die Luft in einem Autoreifen ist ja eh mordsmäßig komprimiert, so daß sie eigentlich noch weniger Platz
brauchen tät als wenn sie nicht komprimiert wär. Aber grad deswegen, weil die Luft da
so stark komprimiert ist, deswegen kann der Platz im Innern für was anderes ausgenützt
werden. Und deswegen glaub ich, daß man doch da leicht ein Ersatzprofil reinmachen
könnte. Das ist eine ganz logische Überlegung.

Es gibt ja auch Länder, wo überhaupts kein Winter nie stattfindet. In Afrika zum Beispiel. Da haben es die Neger schon viel einfacher wie wir, weil die eigentlich nur immer
Sommerreifen brauchen. Ich hab in meinem ganzen Leben noch nie einen Neger mit
Winterreifen gesehen. In seltenen Fällen gibt es das natürlich schon, wenn beispielsweise so ein Neger in den Norden fährt. Aber die meisten Neger fahren nicht nach Norden,
weil es einen Neger ja leicht friert.

Deswegen bleiben die meisten Neger in Afrika, wo es immer warm ist. Und da könnte man in so einen Reifen, den man nach Afrika verkauft, ja eben zwei Sommerprofile reinmachen. Die Neger müssen ja sparen, weil sie arm sind. Und sie brauchen nicht nur was zum Essen, sondern auch Reifen, weil sie nicht nur was essen müssen, sondern auch fahren und dazu brauchen sie natürlich Reifen.

Die Reifen mit innerem Winterprofil könnte man aber mehr für die nördlichen Länder herstellen und für die Länder, wo es immer Winter ist, zum Beispiel in Alaska droben, da könnte man ja so einen Wendereifen mit zwei Winterprofilen fabrizieren. Es gibt da ungeahnte Möglichkeiten.

Bei so einem Wendereifen muß man nur berücksichtigen, daß man 2 Ventile in die Felge einbaut, weil wenn man den Wendereifen wendet, dann wendet sich ja gleichzeitig das Ventil und zwar auf die Innenseite der Felge. Die Felge muß nämlich mitgewendet werden. Es ist wegen der Unwucht. Und wenn man dann frische Luft in den gewendeten Reifen pumpt, dann ist das umständlich, weil man immer hinten an den Reifen muß. Das ist natürlich schlecht, insbesondere wenn man eine saubere Hose anhat, weil man da ja unter das Auto kriechen muß. Deswegen meine ich, daß da unbedingt zwei Ventile rein müssen, damit immer 1 Ventil außen ist, damit man eben nicht unter das Auto kriechen muß und die Hose sauber bleibt. Es ist nämlich ein Quatsch, wenn man das Geld, das man dann am Reifen spart, wieder für eine Hosenreinigung ausgeben darf.

Wenn Sie wollen, dann verkaufe ich Ihnen diese Erfindung und schicke ich gegen Ersetzung der Portokosten gerne eine Konstruktionszeichnung von meiner Erfindung, damit Sie wissen, von was ich rede.

Ich hoffe, Ihnen hiermit gedient zu haben und es wäre nett, wenn ich etwas von Ihnen hören täte.

Mit freundlichen Grüßen

Jürgen Prenzinger

Nachtrag

Die Firma Michelin hat mich angerufen und wollte Unterlagen von dieser tollen Erfindung …

Jürgen Sprenzinger
Friedenstraße 7a
86179 Augsburg

Firma
Opel AG
Autoherstellung
Bahnhofsplatz 1

65428 Rüsselsheim

23. April 1996

Sehr geehrte Damen und Herren,

hiermit möchte ich Ihnen mitteilen, daß Sie gute Autos bauen. Ich habe auch schon viel
Opel gefahren, zuerst 3 Kadett und dann 2 Ascona. Aber jetzt hab ich ein Problem.

Weil ich viel Fernseh gucke, sehe ich auch immer Ihre Werbung. Und in dieser Werbung sagen Sie am Schluß dann immer: »wir haben verstanden«. Seit Wochen denk ich
nun darüber nach, was Sie verstanden haben. Ich versteh es nicht. Meine Frau versteht
auch nicht, was Sie verstanden haben.

Ich meine, ich verstehe schon, daß Sie irgendwas verstanden haben, aber ich verstehe
nicht, was Sie verstanden haben, weil man bei so einer Autowerbung doch nichts verstehen muß. Daß Sie schöne Autos bauen, das hab ich natürlich schon verstanden, aber
dazu brauchts doch keine Werbung nicht, denn Opel ist ja ein Qualitätsbegriff und jedes
Kind weiß, daß ein Opel solange läuft, bis er verrostet auseinanderfällt. Der Motor bei
so einem Opel ist nämlich überhaupts nicht totzukriegen. Und wenn Sie nicht so gute
Autos bauen täten, dann wären Sie ja schon längst hin.

Nachdem ich ein Kunde von Ihnen bin und auch schon viel Opel gefahren hab, können
Sie mich vielleicht aufklären, was Sie verstanden haben und ich nicht. Ich möcht das
nämlich schon auch verstehen, was Sie verstanden haben, damit ich Bescheid weiß,
wenn mich jemand fragt. Und wenn ich nicht mal eine Werbung im Fernsehen verstehe,
dann verstehe ich die Welt nicht mehr und fühle mich selber total unverstanden und verstehe mich irgendwann selber nicht mehr und hab dann sogar einen Persönlichkeitsver-
lust. Daran sind dann Sie schuld. Das ist zwar ein komblizirter Vorgang, aber Sie haben
bestimmt verstanden, was ich meine.

Ich bin ja sicher, daß manche Leute nicht verstehen, was Sie verstanden haben und daß
es nicht nur mir so geht. Nur die anderen Leute geben das wahrscheinlich nicht zu, weil
man vielleicht glauben könnte, sie verstehen auch nicht, was Sie verstanden haben und
werden dann für blöd gehalten. Mir ist das aber völlig wurscht, ob mich jemand für blöd
haltet oder nicht und deswegen tät ich von Ihnen gern wissen wollen, was Sie verstanden haben, was ich nicht versteh.

Es wäre nett, wenn Sie mir dieses Geheimnis verraten täten.

Mit vielen Grüßen

Jürgen Frenzinger

Herrn
Jürgen Sprenzinger
Friedenstraße 7 a

86179 Augsburg

Marketing Kommunikation & Händler Marketing
Unser Zeichen US/schö 2592, Durchwahl 0 61 42 - 66 65 13

9. Mai 1996

Sehr geehrter Herr Sprenzinger,

es ehrt uns sehr, daß Sie so auf die Qualität unserer Produkte schwören, und
sich so viele Gedanken um unsere Marke machen.

Vielen Dank auch für Ihren speziell formulierten Brief, der uns viel Spaß bereitet
hat, wenn wir auch wirklich nicht verstehen, wieso Sie uns nicht verstehen
können. Dadurch fühlen wir uns jetzt total unverstanden.

Nun aber ernsthaft:

Die Adam Opel AG hat beschlossen den alten Markenslogan „Technik die
begeistert" einzustellen, weil schiere Technik heute keinen mehr begeistert (wenn
man von den Fans der Tourenwagenmeisterschaft einmal absieht).

Begeisterung für schiere Technik ist mehr eine Angelegenheit, die in die 70 er Jahre
paßte. Zudem wurde der alte Slogan in hohem Maße mit Audi („Vorsprung durch
Technik") und BMW verwechselt.

Opel ist dafür bekannt, bereitstehende innovative Technologien breiten
Bevölkerungsschichten zugänglich zu machen. Wir sprechen in diesem
Zusammenhang auch von „Demokratisieren" von Ausstattungen, die früher nur
höheren Klassen vorbehalten waren.

„Demokratisiert" wurde von Opel beispielsweise der Katalysator, der Airbag, der
Pollenfilter und jüngst die Klimaanlage. Laut Mafo schätzen die Kunden dieses
Bestreben an Opel besonders hoch ein.

-2-

Adam Opel AG
D-65423 Rüsselsheim
Tel. (061 42) 660, Telefax 66-4859
Telex 4 18221-0 op d

Vorstand: David J. Herman (Vorsitzender),
Klaus B. Bapp, Horst P. Borghs,
Christian Grupe, Gail S. Gunderson,
Jürgen Stockmar, Wolfgang Strinz.

Aufsichtsrat:
Ferdinand Schwenger, Vorsitzender

Sitz der Gesellschaft: Rüsselsheim
Handelsregister:
Amtsgericht Rüsselsheim, HRB 2001

-2-

Charakteristisch für Opel ist aus Kundensicht außerdem ein besonderes Engagment in Sachen Umwelt. Diese Kundeneinschätzung wurde mit der Katalysatoroffensive „begründet" und durch zahlreiche weniger spektakuläre Aktionen untermauert. Aufgrund dieser Umwelt-Initiativen haben die meisten Kunden von Opel die Einschätzung, daß Opel auf diesem Gebiet mehr verstanden hat als andere Hersteller. Opel gilt aus Kundensicht als besonders zeitgemäß und verantwortungsbewußt.

Auf den Slogan „Wir haben verstanden" sind wir durch die Omega-Kampagne gekommen. In der Omega-Kampagne wurde der Slogan das erste mal geprägt und stand für ein neues Verständnis des Fahrens von Autos der oberen Mittelklasse. Gemeint war etwa: „Wir haben verstanden, daß es in der oberen Mittelkasse nicht mehr auf plumpe Statusdemonstration ankommt, sondern auf mehr Understatement, Umweltorientierung und Gelassenheit statt Raserei."

Mit der Zeit merkten wir, daß dieser Omega Slogan eigentlich mehr das verkörpert, wie sich Opel in den letzten Jahren entwickelt hat, als der alte Slogan „Technik die begeistert". Dies konnte dann durch eine groß angelegte Marktforschung auch bestätigt werden.

In der Werbung wird der Slogan von den Konsumenten im allgemeinen so verstanden, daß Opel signalisieren will, sich der Verantwortung gegenüber Käuferwünschen, Umwelt und Gesellschaft in besonderem Maße bewußt zu sein. Dieses Verständnis wir weitgehend aufgrund der Opel Aktivitäten der letzten Jahre erzielt. Sicher müssen wir zu einem klareren und eindeutigerem Verständnis unseres Slogans noch mit weiteren Maßnahmen „nachlegen", so daß noch klarer wird, was wir verstanden haben. Dies halten wir jedoch nicht für einen Nachteil sondern für eine Herausforderung und ein Leitbild für die Zukunft.

Daß unser Slogan stutzig macht und zu der Frage leitet „was können die wohl verstanden haben?" halten wir auch für einen positiven Effekt, weil das die Konsumenten dazu auffordert neu über Opel nachzudenken und sich von evtl. alten Klischees zu lösen.

Wir hoffen, daß Sie nun viel verstanden haben und wir werden uns Mühe geben, daß es in Zukunft noch mehr werden wird. Wer möchte schon gerne unverstanden bleiben.

Mit freundlichen Grüßen

Adam Opel AG

Ulrich Seiffert

Jürgen Sprenzinger
Friedenstraße 7a
86179 Augsburg

Firma
Hans Schwarzkopf GmbH
Hohenzollernring 127

22763 Hamburg

24.April 1996

Sehr geehrte Damen und Herren,

meine Frau arbeitet gern im Garten. Neulich, es war an einem Donnerstag nachmittag,
hat sie wieder im Garten gewerkelt. Sie hat die Beete gedüngt. Wir düngen den Boden
jedes Jahr mit Roßäpfel, weil wir ein paar Pferde persönlich kennen, und von denen kriegen wir immer die Roßäpfel. Meistens umsonst. Das spart uns natürlich einen Haufen
Geld, weil wenn wir so einen Dünger kaufen müßten, dann wären wir schon lang arm.
Sie sollten aber mal sehen, wie da die Tomaten und die Rosen wachsen, da kann man direkt zugucken. Unsere Nachbarn sind ganz schön neidisch deswegen. Aber wir geben
keinen einzigen Pferdeapfel her, nicht den kleinsten. Also wiegesagt, meine Frau hat an
diesem Donnerstag nachmittag im Garten gewerkelt. Plötzlich hat es angefangen, zu hageln. Und deswegen schreib ich Ihnen jetzt.

Seit Jahren benutzt meine Frau so ein Haarspray von Ihnen, dieses 3 Wetter-Taft. Sie
findet das toll, weil es nämlich ein Haarsrpay für fast jedes Wetter ist. Allerdings nicht
für jedes Wetter. Sie haben bei der Herstellung desselbigen ein Wetter vergessen, nämlich das Hagelwetter. Da bin ich jetzt durch Zufall, weil es zufällig gehagelt hat, drauf
gekommen und hab mir gedacht, ich schreib Ihnen das gleich, damit Sie dieses Haarspray verbessern können.

An diesem Donnerstag nachmittag hat meine Frau also den Garten gedünkt. Und plötzlich, wie aus heiterem Himmel, kommen schwarze Wolken daher und es hat zu hageln
angefangen. Das ist so schnell gegangen, daß meine Frau garnicht gewußt hat, was los
war. Die Hagelkörner waren ungefähr so 1 Zentimeter im Durchmesser und haben auf
den Kopf von meiner Frau eingeschlagen, daß es eine wahre Freude war. Meine Frau
hat danach ungefähr 9-13 Beulen am Kopf gehabt. Aber das war nicht so schlimm.
Schlimmer war es für sie, daß die ganze Frisur versaut war, weil sie dieses 3-Wetter-
Taft von Ihnen benutzt hat und das ist für ein Hagelwetter überhaupts nicht geeignet.

Meine Frau war sehr narrisch und hat eine mords Wut gehabt und hat zu mir gesagt, ich
muß Ihnen schreiben und Ihnen desweiteren mitteilen, daß dieses Haarspray nicht für
ein Hagelwetter geeignet ist, weil es nur für Sonne, Wind und Regen hilft. Sonne, Wind

und Regen sind 3 Wetter. Es gibt aber insgesamt 4 Wetter, wenn man das Hagelwetter dazuzählt. Deswegen müßt es eigentlich auch ein 4 Wetter-Taft geben, dann wär das prima. Vielleicht können Sie sowas mal erfinden, weil bei uns in Bayern oft ein Sauwetter ist und manchmal kommt auch ein ganz hintervotziges Hagelwetter daher.
Und das haut dann alles zusammen, sogar die Frisur von meiner Frau.

Vielleicht lassen Sie sich diese Idee einmal durch Ihr Gehirn gehen, wenn Sie Zeit haben.

Mit freundlichen Grüßen

Jürgen Sprenzinger

Schwarzkopf

HANS SCHWARZKOPF GMBH · 22749 HAMBURG

BANK:
HAMB. LANDESBANK (BLZ 200 500 00)
KONTO 166 231
COMMERZBANK AG HAMBURG
(BLZ 200 400 00)
KONTO 40/18 446

POSTGIRO:
HAMBURG (BLZ 200 100 20)
KONTO 323 81-204

TELEFAX: 040/ 88 24 23 12

TELEX: 2 12 624

DRAHTWORT:
SILHOUETTE HAMBURG

HANS SCHWARZKOPF GMBH
HOHENZOLLERNRING 127
22763 HAMBURG

Herrn
Jürgen Sprenzinger
Friedenstraße 7 a

86179 Augsburg

IHRE ZEICHEN	IHRE NACHRICHT VOM	ANTWORT ERBETEN AN	☎ (040)8824-01 DURCHWAHL 8824-2910	
		M-MS/vbf/8757		19.06.1996

DREI WETTER TAFT Haarspray

Sehr geehrter Herr Sprenzinger,

vielen Dank für Ihr Schreiben vom 24.04.1996 und Ihre Anregung, ein <u>VIER</u> Wetter-Haarspray zu entwickeln.

Ihre interessante Idee haben wir zwischenzeitlich an die zuständigen Fachabteilungen zur eventuellen Berücksichtigung bei einer Sortimentsüberabeitung weitergeleitet.

Mit der beigelegten Dose (Noch-) DREI WETTER TAFT Haarlack ultra stark möchten wir uns nochmals für Ihren Hinweis bedanken und verbleiben

mit freundlichen Grüßen

HANS SCHWARZKOPF GMBH
Marketing

Constantin Dietrich   Joruf von Fallois

<u>Anlage</u>

GESCHÄFTSFÜHRER: HORST GÜNTHER FALKENHAN (VORSITZENDER), THORSTEN HAGENAU, HANNO-HAGEN MIETZNER, RAINER TSCHERSIG.
VORSITZENDER DES AUFSICHTSRATS: DR. UWE SPECHT. SITZ DER GESELLSCHAFT: HAMBURG HRB 13006 AMTSGERICHT HAMBURG

Jürgen Sprenzinger
Friedenstraße 7a
86179 Augsburg

An das
Standesamt Augsburg
Maximilianstraße

86150 Augsburg

24. April 1996

Sehr geehrte Herren Standesbeamte,

im Jahre 1988 habe ich eine Frau kennengelernt. Und weil ich ein ordentlicher Bürger und Ehrenmann bin, habe ich dieselbige nach ungefähr 2 Jahren geheiratet. Ich wurde deswegen bei Ihnen im Jahre 1991 vorstellig. Meine Frau war damals auch dabei.

Leider habe ich mir diese Frau vor der Eheschließung nicht genau angeschaut. Voriges Jahr habe ich nämlich festgestellt, daß meine Frau kleine, breite Füße hat. Vorher konnte ich das gar nicht feststellen, weil sie nie die Schuhe ausgezogen hat. Nicht mal nachts. Und ich mag überhaupts keine kleinen, breiten Füße, sondern lange, schlanke Füße. Zudem erzählt sie mir ständig, ich hätte eheliche Pflichten, die ich unbedingt erfüllen muß und zwar jeden Tag zweimal. Das ist mir zuviel, insbesondere deswegen, weil ich ungefähr 13 Jahre älter bin als meine Frau und mich aus Altersgründen schonen muß, weil ich bin ja kein junger Gockel mehr.

Nun weiß ich mir nicht mehr anders zu helfen, als Sie um Rat zu fragen. Vielleicht denken Sie sich jetzt, daß ich spinne, aber das stimmt nicht. Ich bin zwar manchmal leicht verwirrt, sagt mein Doktor, aber das kommt nur ganz selten vor und dann auch bloß, wenn das Wetter umschlägt.

Vielleicht können Sie mir folgende Fragen beantworten: ist es möglich, daß man eine Ehe einfach rückgängig macht? Ein Freund von mir hat mir nämlich erzählt, daß es da angeblich ein altes bayerisches Gesetz aus dem Jahr 1862 gibt, nachdem man seine Frau einfach verstoßen kann, wenn einem was nicht paßt an ihr. Da ich katolisch bin, kommt eine Scheidung aus Glaubensgründen gar nie nicht in Frage. Aber die kleinen, breiten Füße von meiner Frau kann ich seelisch kaum mehr verkraften.
Und wie verhält sich das jetzt mit den ehelichen Pflichten? Gibt es da eine Vorschrift drüber, wie oft ich meiner Frau beipflichten muß? Ich kann das gar nicht glauben, daß das zweimal am Tag sein soll. Da mach ich mich ja zum Dackel und dann hat sie noch weniger Respekt vor mir.

Eine Bekannte von mir hat mir gesagt, ich soll zu einer Eheberatung gehen. Aber das ist ja auch ein Schmarren, die können mir doch gar keinen Rat geben, weil die meine Frau ja gar nicht kennen. Und mit dem Herrn Pfarrer hab ich auch schon geredet und ihm erzählt, daß meine Frau kleine, breite Füße hat, aber der hat nur gesagt, ich soll froh sein, daß meine Frau überhaupts Füße hat, und soll sogar fröhlich sein, daß die breit sind, weil dann steht sie besser und fällt nicht so leicht um. Und er hat gesagt, was Gott kleinfüßig gemacht hat, soll der Mensch nicht großfüßig machen wollen. Will ich ja gar nicht. Ich will nur eine Ehe rückgängig machen.

Vielleicht können Sie mir da helfen. Wenn Sie mir freundlicherweise mitteilen taten, was man da machen kann, wäre ich Ihnen sehr dankbar.

Mit freundlichen Grüßen

Jürgen Sprenzinger

Stadt Augsburg

Standesamt

Stadt Augsburg, Postfach 11 19 60, 86044 Augsburg

Dienstgebäude	Maximilianstraße 69 86150 Augsburg
Zimmer	13
Sachbearbeiter(in)	Herr Hornauer
Telefon	0821/324-2480
Telefax	(0821) 3 24-24 08
Ihre Zeichen	
Unsere Zeichen	340 ho/ma
Datum	25.06.1996

Unsere Zeichen und Datum
bei Antwort bitte angeben

Herrn
Jürgen Sprenzinger
Friedenstr. 7 a

86179 Augsburg

Lieber Herr Sprenzinger,

Ihr Brief hat mir schlaflose Tage bereitet – ein Umstand, der einen Beamten an sich schon irritiert.

Ich habe hin und her überlegt, mir den Kopf zermartert und endlich etwas Besinnliches entdeckt:

Das Heirathen gleicht dem Fischen. Mancher fischt, und bekömmt einen stattlichen Haufen, eine gute Hausfrau, welche ihr Brod nicht ißt im Müßiggang. Ein Andrer fängt einen Karpfen, eine Reiche, mit welcher er einen guten Rogen zieht. Dieser fischt und fängt einen elenden Weißfisch, welcher voll Gräte ist; und jener gar eine giftige Schlange.

Das Heirathen gleicht einem Glückstopf. Manche zieht, und erhält einen Kamm, welcher sie tüchtig zauset. Diese zieht einen Schwamm, einen Saufer, welcher niemals trocken wird. Jene erhält Würfel, einen Spieler, welcher alles durchbringt, und Weib und Kinder an den Bettelstab versetzt. Da rufen die armen Betrognen: Ach, hätte ich das gewußt! ✳

So betrachtet, geht's Ihnen doch viel besser!

Wie Ihnen schon der Pfarrer sagte: eine Frau mit breiten Füßen steht besser und fällt nicht gleich beim ersten Windstoß um.

Und was die ehelichen Pflichten anbelangt. Vielleicht hat Ihre Frau dies nur verwechselt. Verweisen Sie auf Luthers Ratschlag "In der Woche zwier ...".

So hoffe ich, mit diesen Zeilen zum weiteren Eheglück einen wichtigen Beitrag geleistet zu haben und verbleibe
mit freundlichen Grüßen

Ihr Standesbeamter

Alfred Hornauer

✳ aus: "Abraham a Santa Clara", Hyperion-Verlag, Freiburg

Sprechzeiten	Telefonvermittlung	Stadtsparkasse Augsburg 040 006 (BLZ 720 500 00)
Mo-Do 8.30-12.30 Uhr	(0821) 324-1	Postbank München 75 14-800 (BLZ 700 100 80)
Mo,Di 13.30-16.30 Uhr	Teletex 821842=STAGSBV	
Do 13.30-17.30 Uhr	Datex-j (Btx) *738#825191#	
Fr 8.00-12.00 Uhr	T-Online 3 24 10	

Jürgen Sprenzinger
Friedenstraße 7a
86179 Augsburg

An das
Bayerische Staatsministerium für
Landesentwicklung und Umweltfragen
Rosenkavalierplatz 2

81925 München

29. April 1996

Sehr geehrte Damen und Herren Regierende,

ich hätt da ein paar Fragen wegen der Umwelt. Eigentlich nicht wegen der gesamten
Umwelt, sondern wegen der Umwelt um mich herum. Und weil ich deswegen ein Problem hab und mir jeder was anderes erzählt, hab ich eine Wut gekriegt und mir gedacht,
ich schreib jetzt mal an die Regierung, weil Sie von der Regierung ja über alles Bescheid wissen, sonst wären Sie ja keine Regierung nicht. Eine Regierung regiert ja über
alles, über jeden einzelnen Bürger und eigentlich müssen wir ja froh sein, daß wir eine
Regierung haben, sonst wären wir ja ein einziger Sauhaufen. Auf der andern Seite muß
eine Regierung natürlich auch froh sein, daß es Bürger gibt, die sich regieren lassen,
weil sonst bräuchts ja keine Regierung nicht, weil es gar nichts zu regieren gäb und Sie
dann arbeitslos wären und das wär ganz miserabel, weil Arbeitslose haben wir ja schon
einen ganzen Haufen. Deswegen ist es schon gut so wie es ist.

Jedenfalls hab ich ein Problem. Es geht um mein Klo. Ich bin Eigentümer desselbigen.
Es ist ein wunderschönes Klo mit einer Porzellanschüssel von Villeroy+Bloch. Dazu
hab ich einen Holzdeckel dazu. Dieses ganze Klo war sehr teuer und ich hab lange darauf gespart. Ich hab es mir wirklich vom Mund abgepart. Und dieses Klo hat auch eine
Wasserspülung. Und um dieselbige geht es.

Weil ich nämlich ein sparsamer Mensch bin, hab ich mir überlegt, wie ich das Wasser in
dieser Wasserspülung drin sparen kann. Und da bin ich auf eine gute Idee gekommen,
wie man das Wasser in der Klospülung sparen kann. Vor meinem Haus fließt nämlich
ein Bach. Dieser Bach ist ungefähr 1 Meter breit und so 30 Zentimeter tief. Also ersaufen kann man da drin nicht, weil man ja noch stehen kann. Man könnte teoretisch schon
drin ersaufen, wenn man sich hineinlegen tät. Aber ich hab mich praktisch noch nie hineingelegt. Ich hab auch noch keinen anderen gesehen, der sich hineingelegt hat. Es
könnt natürlich schon mal passieren, daß sich einer hineinlegt und ersauft, aber das ist
dann ein Selbstmord, weil es ja keine natürliche Todesart nicht ist. Das gibt es viel schönere Todesarten. Also ich sag Ihnen ehrlich, wenn ich einen Selbstmord machen tät,
dann tät ich mich nicht in einen Bach legen. Und schon garnicht in den Bach vor meinem Haus, weil sich sonst das ganze Wasser in dem Bach stauen tät und dann wär alles

überschwemmt. Und mein Haus wahrscheinlich auch. Außerdem kennt mich ja jeder gleich. Und dann würden sich die Leute das Maul verreisen und sagen, der Sprenzinger sei ersoffen. Und das in einem Bach, der nur 30 Zentimeter hoch ist. Da müßt ich mich ja schämen.

Jedenfalls fließt vor meinem Haus dieser besagte Bach vorbei und da ist immer ein frisches Wasser drin, welches da fließt. Es ist ein fließender Bach. Dieser Umstand ist sehr wichtig, weil es ja bestimmt auch Bäche gibt, die nicht fließen. Und da ist das Wasser überhaupts nicht mehr frisch. Aber gottseidank fließen die meisten Bäche.

Neulich war ich auf dem Klo. Und während der Erledigung meines Geschäftes kam mir die Idee, daß ich meine Klospülung überhaupts gar nicht betätigen muß, sondern daß ich einen Kübel nehmen und mir ein Wasser vom Bach herausholen könnt, um damit meine Hinterlassenschaft hinabzuspülen. Das hab ich auch gemacht. Und das hat der Willi, was mein Nachbar ist, gesehen. Und neugierig, wie der Depp ist, hat er mich gefragt, warum ich ein Wasser aus dem Bach holen tät. Da hab ich ihm das erklärt, warum. Da hat der zu schimpfen angefangen, daß das eine Unverschämtheit wär, und das geht doch nicht, wenn das ein jeder so machen tät, dann wär ja der Bach schon leer und vertrocknet. Ich bin dann natürlich auch narrisch geworden und hab ihm gesagt, er soll sich doch nicht so aufregen, es ist ja noch ein Wasser in dem Bach drin. Er hat gesagt, wenn er mich nochmal erwischt, dann macht er eine Anzeige bei der hiesigen Polizei und erzählt denen alles brühwarm. Der Willi ist ein Erpresser, müssen Sie wissen.

Mein anderer Nachbar ist der Gerhard. Und den hab ich gefragt, was er dazu meint. Und der Gerhard hat mir gesagt, daß man das schon darf und auserdem sei ihm das so wurscht, als wie wenn in China ein Fahrrad umfallen tät. Der Gerhard ist kein Erpresser, sondern ein anständiger Mensch. Das muß einmal gesagt sein.

Jedenfalls hab ich mir jetzt gedenkt, ich erkundige mich mal an höchster Stelle, ob man das darf oder nicht, weil wenn man es nämlich darf, dann hau ich dem blöden Willi eins auf die Hörncr, daß es scherbelt.

Es wär sehr nett von Ihnen, wenn Sie mir mitteilen täten, ob eine Wasserentname aus dem besagten Bache eine Umweltschädigung ist. Wenn es eine ist, dann unterlasse ich eine Wasserentname mit sofortiger Wirkung und bin sogar zu einer Wasserentname aus meinem eigenenWasserhahnen bereit, um damit den Bach wieder aufzufüllen.

Ich hoffe, Ihnen hiermit gedient zu haben und warte dringlichst auf eine Antwort verbleibend, weil dies nämlich eine dringende Angelegenheit ist, die aus dringenden Gründen nicht aufgeschoben werden darf, weil mir das sauwichtig ist.

Mit untertänigsten Grüßen

Jürgen Sprenzinger

Bayerisches Staatsministerium
für Landesentwicklung und Umweltfragen

StMLU · Postfach 81 01 40 · 81901 München

Herrn
Jürgen Sprenzinger
Friedenstraße 7 a

86179 Augsburg

Ihre Zeichen, Ihre Nachricht vom	Bitte bei Antwort angeben Unser Zeichen	☎ (0 89) 9214 · 0 Durchwahl 9214 ·	München
29.4.1996	11/4B-4532-1996/9	4338	15.05.96

Vollzug der Wassergesetze;
Ausübung des Eigentümer- bzw. Anliegergebrauch

Sehr geehrter Herr Sprenzinger,

nach den Vorschriften des Wasserhaushaltsgesetzes und des
Bayerischen Wassergesetzes sind Gewässerbenutzungen, dazu zählt
auch die Wasserentnahme aus einem Bach, dann gestattungsfrei,
wenn sie in Ausübung des Eigentümer- und Anliegergebrauchs
erfolgen. Eigentümergebrauch liegt vor, wenn Sie Eigentümer des
Bachgrundstückes sind oder der Bach Teil Ihres Grundstückes
ist. Letzteres ist der Fall, wenn der Bach nicht als eigenes
Grundstück mit Flurnummer abgemarkt ist. Nach § 24 Abs. 1 des
Wasserhaushaltsgesetze (WHG) dürfen Eigentümer eines Oberirdischen Gewässers dieses für den eigenen Bedarf insoweit nutzen,
als dadurch andere nicht beeinträchtigt werden, keine nachtei-
lige Veränderung der Eigenschaft des Wasser, keine wesentliche
Verminderung der Wasserführung und keine andere Beeinträchti-
gung des Wasserhaushalts zu erwarten ist. Nach Art. 24 des
Bayerischen Wassergesetzes (BayWG) gilt dies auch für Anlieger

Dienstgebäude
Rosenkavalierplatz 2
81925 München
(U-Bahn-Linie 4,
Haltestelle „Arabellapark")

Teletex
8 98 551 bylum d

Telefax
(0 89) 9214 - 2266

Bildschirmtext
*BYSTMLU#

Bankverbindung:
Staatsoberkasse München,
Bayerische Landesbank, BLZ 700 500 0
Konto-Nr. 24592

· Recyclingpapier aus 100% Altpapier

an einem Gewässer. Anlieger an einem Gewässer sind diejenigen
Grundstückseigentümer, deren Grundstücke unmittelbar an einem
oberirdischen Gewässer angrenzen.

Mit freundlichen Grüßen
I.A.

Drost
Regierungsdirektor

Jürgen Sprenzinger
Friedenstraße 7a
86179 Augsburg

CMA Deutschland
Pelzerstr. 8

28195 Bremen

29. April 1996

Sehr geehrte Damen und Herren,

neulich hab ich eine Werbung von Ihnen gelesen. Sie schreiben da, daß man ein gutes deutsches Hühnchen nicht an der Disziplin erkennt. Das stimmt. Meine Schwiegermutter hat auch Hennen, aber diese Viecher sind so undiszipliniert, daß es auf keine Kuhhaut geht.

Übrigens ist das bei meiner Frau auch so. Jetzt wollt ich Sie einmal fragen, ob ich meine Frau nicht mal zu Ihnen schicken könnt, zwecks einer Untersuchung, damit die auch so ein Gütesiegel kriegt. Meine Frau wird sehr gut gehalten, hat zwar keine Bodenhaltung nicht, aber eine gute Menschenhaltung, kriegt immer ein hochwertiges Essen und wird regelmäßig vom Arzt untersucht. Jetzt bräuchte sie von Ihnen nur noch ein paar neutrale Qualitätskontrollen und das Gütesiegel. Wo Sie Ihr das hinpappen, ist mir egal, möglicherweise an eine Stelle, wo man es sehen kann. Damit aus einer deutschen Frau ein deutsches Markenfrauchen wird. Da wär ich schon stolz darauf. Schließlich sollen ja nicht nur unsere Hühnchen Markenqualität sein, sondern auch unsere Frauen, frei nach dem Motto: Frauchen ist gut, Kontrolle ist besser.

Wenn Sie mir mitteilen täten, ob Sie das machen würden, wäre ich Ihnen sehr dankbar. Ich könnt mir aber vorstellen, daß das mal eine Abwechslung für Sie ist, weil man ja nicht immer nur Hühnchen mag, sondern vielleicht auch mal was anderes.

Für Ihre Mühe besten Dank im voraus

Mit freundlichen Grüßen

Jürgen Sprenzinger

Nachtrag

Keine Antwort von CMA – wahrscheinlich haben die nur Gütesiegel für Hähnchen. Ist aber völlig egal – meine Frau hat schon ein Gütesiegel – von mir!

Jürgen Sprenzinger
Friedenstraße 7a
86179 Augsburg

OBI Bau - u. Heimwerkermärkte GmbH & Co. KG
Ulmer Str. 181

70188 Stuttgart

2. Mai 1996

Sehr geehrter Herr Obi,

jetzt hoffe ich nur, daß ich bei Ihnen richtig bin, weil ich nicht weiß, wo Sie die Zentrale
haben, weil es so einen Haufen OBI-Märkte gibt, daß es gar nicht mehr feierlich ist. Jedenfalls möchte ich Ihnen hiermit mitteilen, daß ich ein Fensterputzer bin und deswegen
schreibe ich Ihnen nun einen Brief, damit Sie das wissen. Ich kaufe meinen ganzen
Werkzeug-Krempel, den ich so brauch, bei Ihnen, weil Sie so eine nette Kassiererin haben. Beim Bauhaus hab ich auch schon mal eingekauft. Aber die Kassiererin dort ist
eine alte grantige Schachtel. Und greußlich ist die auch.

Neulich hab ich einen Laubfrosch gesehen. Das ist nichts besonderes, weil ja viele Leute schon mal einen Laubfrosch gesehen haben. Aber ich hab ihn sogar gefangen, in ein
Glas getan und ihn beobachtet. Und da hab ich festgestellt, daß so ein Laubfrosch Saugnäpfe an den Füßen hat und da ich Fensterputzer bin, hat mich das auf eine Idee gebracht, die mir fast das Leben gekostet hätte.

Ich hab mir gedacht, es wär doch toll, wenn man als Fensterputzer sich genauso wie ein
Laubfrosch an der Fasade festsaugen könnt und dann hinaufklettern könnt. Damit täte
man ohne Probleme an jedes Fenster kommen, selbst bei einem Hochhaus.

Da hab ich mir 4 große Gummi-Saugnäpfe besorgt. 2 für die Hände und 2 für die Füße.
Jeder Saugnapf ist so ungefähr 12 Zentimeter im Durchmesser. Die 2 Saugnäpfe für die
Hände hab ich mir an meinen Handschuhen befestigt, die 2 Saugnäpfe für die Füße an
den Schuhsohlen. Und dann hab ich versucht, im Bad an den Fliesen hochzuklettern. Ich
wollt nur mal versuchen, ob das klappt. Es hat auch geklappt, doch dann hab ich vor lauter Freude, daß es klappt, nicht aufgepaßt und bin leichtsinnig geworden und herunter
gefallen. Gottseidank nicht weit, sondern nur in die Badewanne hinein. Aber das war
auch nicht das Gelbe vom Ei. Denn in der Badewanne war noch etwas Wasser und sofort hat es meine Füße festgesaugt. Mit vieler Müh hab ich meinen rechten Fuß freige-
kriegt und bin damit aus der Wanne gestiegen. Im Bad haben wir einen Fliesenboden.
Und den hatte meine Frau erst vor 10 Minuten feucht gewischt. Sofort hat sich dieser
blöde Saugnapf vom rechten Fuß wieder festgesaugt. Jetzt bin ich mit einem Fuß in der
Wanne gestanden und mit dem andern außerhalb der Wanne. Fast einen Spagat hab ich

gemacht. Zum Glück hab ich den linken Fuß freibekommen, aber der hat sich außerhalb der Wanne sofort auch am Boden festgezuzelt. Ich bin dagestanden wie ein Laubfrosch, nur nicht ganz so grün. Gottseidank hat mich niemand gesehen, sonst hätten die sich totgelacht. Und das wäre mir überhaupt nicht recht gewesen, weil ich eigentlich ein ernster Mensch bin.

Ich bin jedenfalls ganz schön ins Schwitzen gekommen, das können Sie mir glauben. Nun muß ich Ihnen aber auch noch mitteilen, daß ich eine Glatze habe. Diese besagte Glatze, welche die meinige ist, war von der ganzen Aufregung schweisnaß. Fieberhaft hab ich mir überlegt, wie ich aus dieser blöden Lage komm. Dummerweise hab ich aber die Angewohnheit, daß ich immer dann wenn ich denk, mich am Kopf kratze. Das mach im meistens mit der rechten Hand. Und ich hab nicht dran gedacht, daß ich ja Handschuhe mit Saugnäpfe trage. Und patsch hat es gemacht und der Saugnapf von der rechten Hand hat sich an meiner Glatze festgesaugt. Ich bin fast wahnsinnig geworden, sag ich Ihnen. Jetzt war ich erst in einer blöden Lage. Ich hab an meiner Glatze gezogen wie ein Irrer, aber der Saugnapf ist nicht weggegangen, weil immer wenn ich die Hand bewegt hab, hat sich der ganze Kopf mitbewegt. Da hab ich mir gedacht, irgendwie muß ich den Kopf festhalten, sonst reißt mir der Saugnapf auf der Glatze meinen Kopf ab und ich enthaupte mich selbst. Das wär dann bestimmt ein Fall für die Bildzeitung geworden, weil eine Selbstenthauptung mittels Saugnapf bestimmt noch nie stattgefunden hat. Da hab ich versucht, mit der linken Hand meinen Kopf festzuhalten. Und da meine Glatze bereits besetzt war, wollte ich meinen Kopf an der Nase festhalten. Aber ich war ja schon arg in Panik. Mir ist erst zu spät klar geworden, daß ja auch an meiner linken Hand ein Saugnapf war. Nämlich erst dann, als es mir schwarz vor den Augen geworden ist und ich keine Luft mehr gekriegt hab. Unmittelbar darauf bin ich ohnmächtig zusammengebrochen.
Meine Frau hat mir später erzählt, sie hätte mich total versaugnapft im Bad liegend aufgefunden und mir geistesgegenwärtig den Saugnapf der linken Hand vom Gesicht gerissen. Grad noch rechtzeitig, weil sonst könnt ich Ihnen ja keinen Brief nicht schreiben.

Seitdem bin ich in psychiatrischer Behandlung, weil jetzt alle denken, ich wollte mich mit diesen Saugnäpfen umbringen. Und keiner glaubt mir, daß ich nur eine Erfindung ausprobieren wollt.

Ich schreib Ihnen jetzt deshalb, weil ich anfragen wollt, ob Sie vielleicht an dieser Erfindung intressiert sind, weil practisch wär sowas ja schon. Vielleicht haben Sie Sicherheitsaugnäpfe, die man sofort wieder lösen kann. Der Verkäufer beim hiesigen Obi-Markt hat nicht gewußt darüber und mir gesagt, da müßte man mal in der Zentrale anfragen, ob es sowas gibt. Und das tue ich jetzt mittels dieses Briefes und sehe Ihrer geschätzten Antwort dankend entgegen und sollten Sie nicht die Zentrale sein, dann schicken Sie den Brief bitte an die Zentrale, weil ich nicht weiß, ob ich bei Ihnen richtig bin und ob Sie überhaupts die Zentrale sind.

Hochachtungsvoll

mit freundlichen Grüßen

Jürgen Sprenzinger

Nachtrag

Bis heute weiß ich noch nicht, ob es solche Saugnäpfe gibt und ob die Zentrale überhaupt die Zentrale ist, ich sehe der geschätzten Antwort nämlich immer noch dankend entgegen!

Jürgen Sprenzinger
Friedenstraße 7a
86179 Augsburg

Union Deutsche Lebensmittelwerke GmbH
Postfach 305588

20317 Hamburg

6. Mai 1996

Sehr geehrte Damen und Herren,

im September werde ich jetzt 47. Meine Frau sagt immer zu mir, ich sei ein alter Trottel und überhaupt nicht mehr so feurig wie früher. Da hab ich zu ihr gesagt, sie soll halt was dagegen tun. Und da hat sie so ein Raguletto von Ihnen gekauft, weil sie im Fernsehen Ihre Werbung gesehen hat. Und in dieser Werbung heißt es immer: weck den Italiener in dir.

Vor 6 Jahren waren wir in Italien. Ich glaub, das war in Bibione. Und da hat so ein Sau-Papagallo, so ein mistiger, meine Frau angemacht und sich recht feurig aufgeführt. Das hat ihr gefallen. Und jetzt hat sie mich mit Ihrem Raguletto gefüttert, weil sie meint, ich werde dann auch so wie dieser Papagallo. Aber irgendwas ist da scheinbar schiefgelaufen. Zuerst hab ich überhaupt keine Veränderung an mir festgestellt. Doch vor einer Woche bin ich Straßenbahn gefahren. Und plötzlich hab ich zu jodeln angefangen. Ich konnte mich überhaupt nicht mehr beherrschen. Die Leute haben mich angegafft, als wäre ich von einem anderen Stern. Ich hab bis dahin auch garnicht gewußt, daß ich jodeln kann. Plötzlich hab ich jodeln können wie der Sepp Viechinger.

Vor 4 Tagen bin ich in ein Kaufhaus, weil ich mir eine neue Unterwäsche kaufen wollt. Aber ich war wie behämmert und bin ganz irr herumgelaufen. Plötzlich war ich in der Trachtenabteilung, obwohl ich mich gar nie im Leben für Trachten interessiert hab. Ich war wie in Trance. Und in derselbigen hab ich anscheinend nicht mehr gewußt, was ich tu. Wie ich aber wieder zuhause war, hab ich gemerkt, daß ich einen Hut mit Gamsbart, einen Trachtenjanker und eine Lederhose gekauft hab.
Eigenartig ist auch, daß ich seit Ihrem Raguletto-Genuß keine Österreicherwitze mehr mag und Innsbruck recht schön find. Ich esse seitdem auch sehr gern Salzburger Nockerl und Topfenpalatschinken, obwohl ich das früher nie mögen hab.

Ich sag Ihnen ehrlich, irgendwas stimmt da nicht mehr. In Ihrer Werbung sagen sie immer, daß Raguletto den Italiener weckt. Das stimmt ja gar nicht. Bei mir hat es den Österreicher geweckt. Und das find ich nicht richtig, weil auf der Packung steht ja, daß durch Raguletto der Italiener geweckt wird. Jetzt vermute ich, daß da irgendwas mit dem Rezept nicht stimmt. Meine Frau ist auch schon richtig verärgert, weil sie ja einen

Italiener wollte und keinen Österreicher nicht. Sie findet die Österreicher zwar im Urlaub ganz nett, aber zuhause möcht sie keinen, hat sie gesagt.

Vielleicht können Sie mir mitteilen, was da falsch gelaufen ist. Ich möcht ja auch nicht unbedingt bis an mein Lebensende ein Österreicher bleiben, das ist auf die Dauer kein erträglicher Zustand.

Mit freundlichen Grüßen

Jürgen Frenzinger

Nachtrag

Die Union Deutsche Lebensmittel GmbH (Unox) wußte scheinbar keinen Rat. Ich habe deshalb eine Gruppentherapie bei den »anonymen Ragulettos« mitgemacht, bin seither clean und verwandle mich langsam, aber sicher zurück in den, der ich immer war …

Jürgen Sprenzinger
Friedenstraße 7a
86179 Augsburg

An die
Raiffeisen-Volksbank
Hofackerstraße 7

86179 Augsburg

7. Mai. 1996

Sehr geehrter Herr Filialleiter,

wie Sie wissen, kommt ja jetzt irgendwann der Euro. Das finde ich, ist ein ganz großer
Quatsch, weil wir überhaupts keinen Euro nicht brauchen. Bisher sind wir ja mit der
Deutschen Mark ganz gut gefahren.

Sie sind eine gute Bank. Und deswegen gebe ich Ihnen als bundesweit erste Bank eine
Idee preis, die so ausgeklügelt und raffiniert ist, daß Sie sofort eine Monopolstellung in
Deutschland haben.

Ich habe mir folgendes überlegt: warum drucken Sie nicht einfach Ihr eigenes Geld? Es
gibt doch heutzutage ganz tolle Farbkopierer. Die neue Währung nennen Sie dann ganz
einfach »Raiba«. Das Wort »Raiba« geht ohnehin leichter von der Zunge wie »Euro«.
Aber das Geniale an der Sache kommt jetzt erst: statt der Eierköpfe, die momentan auf
den Geldscheinen sind, und die eh kein Mensch nicht kennt, könnte man zum Beispiel
Ihren Kopf draufdrucken oder die Köpfe von Ihrer Vorstandschaft. Man braucht da mar-
kante Gesichter, die aussagekräftig sind. Zudem können Sie mit jedem Geldschein auch
noch gleich Werbung für Ihre Bank machen. Weil auf so einem Geldschein doch eine
Menge Werbefläche ist. »Wir machen den Weg frei« als Werbeaufdruck quer über den
Geldschein würde sich nicht schlecht machen. Man kann diesen Werbespruch natürlich
auch variieren. Ich finde auch den Spruch »Gehen Sie uns nicht aus dem Weg« recht or-
ginell. Oder was sehr aussagekräftig wäre: » wir begleiten Sie auf allen Wegen«. Das
wäre zudem der Wahrheit entsprechend, weil man seine Raibas ja im Geldbeutel mit
sich führt.

Natürlich müßten Sie schnell handeln, da ich glaube, daß diese Idee auch für die anderen Banken hochinteressant wäre. Ich könnte mir gut vorstellen, daß die Dresdner Bank
diese Idee sofort aufgreift, wenn ich denen das erzählen tät. Die drucken sofort eine
neue Währung, da bin ich ganz sicher. Aber »Dreba« klingt halt einfach nicht so gut wie
»Raiba«. Und wenn erst mal die Stadtsparkasse, die Deutsche Bank oder die Hafner-
bank diese Idee aufschnappen, dann ist der Zug für Sie abgefahren. Außerdem gäbe das
ein Währungs-Tohowabohu. Mal ehrlich: könnten Sie sich einen Dreba, einen Spasti, einen Deba oder einen Haba vorstellen? Undenkbar und für einen echten ordentlichen
deutschen Bürger. Sie sehen also, die Zeit eilt.

Ich bin gern bereit, Ihnen diese Idee zu verkaufen. Für ungefähr 100000.- Mark. Das ist relativ preisgünstig und ich bin sicher, die Deutsche Bank würde das Doppelte zahlen. Vielleicht können Sie mir den Betrag aber noch in der momentanen Währung auszahlen, weil der Raiba ja noch nicht im Umlauf ist. Da wär ich Ihnen sehr dankbar.

Mit freundlichen Grüßen

Jürgen Lorenzinger

Nachtrag

Da die Raiffeisenbank scheinbar nichts von meiner Idee gehalten hat, drucke ich jetzt meine eigene Währung, den »Sprenzi«, mittels eines Farb-Tintenstrahldruckers von Hewlett Packard. HP ist damit einverstanden und sponsert mir die Farbpatronen dazu. Übrigens: 1 Sprenzi = 4,45 Raiba (amtlicher Umrechnungskurs vom 24.7.1996).

Jürgen Sprenzinger
Friedenstraße 7a
86179 Augsburg

Deutsche Bank
Aktiengesellschaft
Zehmeplatz 14

15230 Frankfurt

30. Mai 1996

Sehr geehrter Herr Bankdirektor!

Neulich war ich mit meinen Kumpel, dem Heinz, in meiner Stammkneippe. Und da haben wir über Banküberfälle geredet. Da hat der Heinz gemeint, daß so ein Banküberfall zwar eine Gemeinheit ist, weil man den anderen Leuten dann ja ihr Geld wegnimmt, aber interessant wär es aber schon mal, einen zu machen. Da hab ich gesagt, daß ich da nicht mitmache, weil ich ein ordentlicher Bürger bin und nicht in den Knast will für die nächsten Jahre. Außerdem wär das meiner Frau überhaupts nicht recht, weil sie kadolisch ist und die zehn Gebote befolgt, wo eins davon heißt, daß man nicht stehlen darf, weil das ein Diebstahl ist und man deswegen in die Hölle kommt.

Jedenfalls haben wir uns dann weiter unterhalten und sind auf die Idee gekommen, daß man so einen Banküberfall ja mal so zum Spaß machen könnte, nur einfach so, bloß um zu probieren, ob es klappen tät. Und da hat der Heinz gemeint, man könnte sowas schon machen, aber vielleicht wär es besser, wenn man die Bank vorher fragen täte, ob ihr das recht wär. Und er hat gemeint, ich soll mich deswegen doch mal erkundigen.

Da Sie ja eine große Bank sind und viele Filialen haben, wollte ich also mal höflich anfragen, ob Sie uns vielleicht eine Filiale zur Verfügung stellen täten, wo wir probehalber einbrechen könnten. Es sollte eine Filiale in Augsburg oder Umgebung sein, weil ich wegen so einem Bankraub nicht so weit fahren will. Schön wär es, wenn Sie eine Filiale hätten, die viel Geld im Tresor hat, weil das nämlich aufregender wär wie eine kleine Filiale, die wenig Geld hat. Ich versprech Ihnen aber hoch und heilig, daß wir nur Schreckschußpistolen benutzen und nicht gewalttätig sind und das geraubte Geld sofort nach dem Banküberfall auf Heller und Pfennig genau wieder zurückgeben. Für den Schreck bekommt jeder Bankangestellte danach eine Flasche Sekt. Die kaufen wir natürlich von unserem eigenen Geld. Wir lassen uns da nicht lumpen, das dürfen Sie mir glauben.

Es wäre nett, wenn Sie mir mitteilen täten, ob wir das machen dürfen und welche Filiale wir nehmen können und es wär nett, wenn Sie mir einen Termin geben würden, wann es Ihnen recht ist. Am liebsten wär uns ein Termin an einem Freitag nachmittag, weil da haben wir beide frei, der Heinz und ich.

Vielen herzlichen Dank im vorhinein.

Mit hochachtungsvollen Grüßen

Jürgen Sprenzinger

Nachtrag

Schade … keine Genehmigung von der Deutschen Bank! Nicht mal eine Antwort. Fazit:
Zuviele »Peanuts« machen humorlos!

Jürgen Sprenzinger
Friedenstraße 7a
86179 Augsburg

An das
Arbeitsamt Augsburg
Arbeitsvermittlungsabteilung
Wertachstraße 28

86153 Augsburg

9. Juni 1996

Sehr geehrter Herr Arbeitsvermittler!

Seit Beginn von diesem Jahr bin ich arbeitslos. Ich bin seit 12 Jahren selbstständiger
Luftballonaufpumper und war meistens sehr fleißig. Trotzdem ist mein Geschäft immer
mehr zurückgegangen in den letzten Jahren, weil scheinbar nicht mehr soviel Luftballone verkauft werden wie früher und deshalb kann ich auch nicht mehr so viel aufpumpen.
Ich habe alle möglichen Luftballone aufgepumpt, rote, grüne, blaue und gelbe, manchmal waren sogar voilette und rosarote dabei. Mit die runden Ballone hab ich nie Probleme gehabt, weil die sehr gut zum aufpumpen gehen, aber die geschneckelten oder ge-
schlängelten waren nicht immer einfach, da da die Luft so schwer durch die Windungen
geht. Aber gottseidank sind die meisten Luftballone ja rund. Aber jetzt rentiert sich
mein Geschäft nicht mehr. Nun wollte ich höflich anfragen, ob es nicht möglich wär,
daß ich umschule. Ein Kumpel hat mir erzählt, daß Sie das machen täten und sogar bezahlen würden.

Allerdings möchte ich im Ballongewerbe bleiben, weil ich mit Ballone groß geworden
bin und Ballone mein ganzer Lebensinhalt sind. Mein Kumpel, der Alfred, hat mir erzählt, daß es heutzutage ja diese großen Heißluftballone gibt. Und die fliegen mit heißer
Luft. Und weiter hat mir der Alfred erzählt, daß da ständig Heißluftbläser gesucht werden, die so einen Ballon einheizen. Und gut verdienen tät man da auch und hätt sehr
gute Aufstiegschansen. Und sowas würd ich gern machen.
Ich hab das meiner Frau erzählt und die hat gesagt, ich soll mal an Sie schreiben und fragen, was man da für Voraussetzungen haben muß, daß man da umschulen kann und wieviel Sie da zahlen würden. Ich weiß natürlich nicht, ob ich für den Tschobb geeignet
wär, aber ich bin fast immer schwindelfrei. Neulich hab ich das ausprobiert und bin auf
mein Hausdach gestiegen und hab über die Dachrinne nach unten geschaut. Mir ist nicht
schlecht geworden und schwindlig auch nicht, deswegen könnt ich sicher in so einem
Ballonkorb arbeiten, ohne daß mir schwindlig wird.

Wenn Sie mir sowas nicht vermitteln können, vielleicht haben Sie dann eine andere Arbeit für mich. Ich tät auch übergangsweise Reifen aufpumpen oder Schwimmwesten, auch vor einem Schlauchboot hätt ich keine Scheu nicht. Oder vielleicht können Sie mich an einen Fußballverein vermitteln, wo man die Fußbälle aufpumpen könnte. Es ist mir egal, was ich aufpumpe, aber meine Frau hat gesagt, ich muß jetzt endlich wieder Geld verdienen, weil sonst müssen wir jemanden anpumpen.

Es wäre nett, wenn ich was von Ihnen hören täte.

Mit hochachtungsvollen Grüßen

Jürgen Sprenzinger

Arbeitsamt Augsburg
Der Direktor

Bundesanstalt
für Arbeit

Arbeitsamt Augsburg, Postfach 10 00 60, 86135 Augsburg

Herrn
Jürgen Sprenzinger
Friedenstraße 7a

86179 Augsburg

Ihre Nachricht	vom 09.06.1996
☎-Durchwahl 3151-	228 Herr Pester
Datum	24.06.1996
Mein Zeichen	T - 5053

(Bitte bei jeder Antwort dieses Zeichen angeben)

Betreff **Arbeitsvermittlung**

Sehr geehrter Herr Sprenzinger,

Sie sind ja nach Ihrer Beschreibung ein richtiger "Luftikus", da
Sie so gerne und wahlweise mit heißer oder kalter Luft arbeiten
möchten. Auch sind Sie nach Ihren Angaben frei von jedem "Schwin-
delgefühl". Farbenfreude scheint hinzuzutreten. Zudem scheinen Sie
sich intensiv mit Ihrer beruflichen Zukunft zu beschäftigen.
Freilich gibt es noch wesentlich mehr Anknüpfungspunkte für einen
künftig beruflichen Ansatz wie z.B. in einem Blasorchester (Luft),
in gestalterischen Berufen (Farbe) bis hin zu Luftverkehrsberufen
je nach Eignung, Neigung und bisherigem Berufsverlauf. Vielleicht
sind Ihnen auch EDV-Kenntnisse nicht fremd; dies könnte weitere
Anknüpfungen ergeben!

Da Sie sich bislang nicht arbeitslos gemeldet haben, weiß ich zu-
wenig über Ihr Leistungsvermögen, um Ihnen entsprechende Perspek-
tiven angeben zu können. Wer kennt denn z.B. schon den richtigen
Plural von Ballon?
Wenn Sie mir zusätzliche Informationen über Ihren bisherigen Bil-
dungs-, Ausbildungs- bzw. Berufsverlauf geben, kann ich Ihnen den
für Sie richtigen Ansprechpartner im Arbeitsamt benennen.
Sollten Sie selbst den Eindruck haben, sich - vorab - noch zusätzliche Informationen über verschiedenste Berufe aus dem von Ihnen
genannten Spektrum verschaffen bzw. Stellenangebote in den von Ihnen genannten Bereichen prüfen zu können oder zu sollen, gibt es
auch die Möglichkeit, die Selbstinformationseinrichtungen Berufs-
informationszentrum (BIZ) bzw. den Stelleninformationsservice
(SIS) zu nutzen. Angesichts der hohen Arbeitslosigkeit ist es mir
nämlich ein wichtiges Anliegen die vorhandenen Kapazitäten ratio-
nell zu nutzen und zielgerichtet zum Nutzen möglichst vieler einzusetzen.
Selbstverständlich können Sie sich auch jederzeit mit mir direkt
in Verbindung setzen.

Mit freundlichen Grüßen
Im Auftrag

Dienstgebäude	**Besuchszeiten**		**Telefon**	**Telefax**
Wertachstraße 28	Mo - Fr	8.00 - 12.00 Uhr	(0821) 3151-0	(0821) 3151-499
86153 Augsburg	Do	13.00 - 18.00 Uhr	oder Durchwahl-Nr.	

Bei Otto hat sich viel getan, lieber Herr Sprenzinger!

Otto... finde ich gut.

Lieber Herr Sprenzinger,

es gibt viele Neuigkeiten mit denen wir Sie beim Einkaufen verwöhnen wollen. Deshalb haben wir für Sie den neuen Otto Katalog reserviert...

...und ganz besondere, persönliche Service-Vorteile. Auf der Rückseite erfahren Sie mehr darüber. Aber am besten probieren Sie's einfach aus:

Schicken Sie Ihren Gutschein ab - der Katalog mit ausführlichen Informationen kommt dann umgehend kostenlos zu Ihnen ins Haus.

Ihre Margarethe Stolle
Margarethe Stolle
Persönliche Kundenbetreuung

Überzeugen Sie sich selbst!

Den neuen, großen Otto Katalog erhalten Sie kostenlos. Und dazu viele neue, persönliche Service-Vorteile zum Genießen!

Hier drin steckt der Gutschein für Sie:

Ihr Otto Katalog

mit dem besonderen Service zum Genießen

kommt kostenlos!

Bitte hier den Gutschein rausziehen:

Jürgen Sprenzinger
Friedenstraße 7a
86179 Augsburg

Otto Versand
z.H. von Frau Margarethe Stolle

20088 Hamburg

04. Juli 1996

Sehr geehrte Frau Stolle!

Heute habe ich einen Brief von Ihnen gekriegt, wo Sie schreiben, daß sich bei Otto sehr viel getan hat. Das hat mich sehr gefreut. Vielen Dank, daß Sie mir das mitgeteilt haben, weil mich das schon brennend interessiert, was sich bei Otto tut. Schließlich bin ich ja ein Kunde von Ihnen.

Jetzt wollte ich Ihnen aber mitteilen, daß sich bei mir auch sehr viel getan hat. Meine Frau, die eine Grippe gehabt hat, ist jetzt wieder gesund. Und meine Schwiegermutter hat heute Geburtstag. Allerdings keinen runden nicht, deswegen haben wir ihn auch nicht so richtig gefeiert, sondern nur gratuliert, weil sich das ja so gehört. Wir haben ihr einen Entsafter geschenkt. Das war eine Idee von meiner Frau.

Letzte Woche ist mein Vater 84 geworden, er sieht aber noch ganz gut aus und es geht ihm relativ gut. Übrigens hat mich mein Nachbar zu seinem Grillfest eingeladen, das am kommenden Samstag stattfindet, aber nur, wenn das Wetter schön ist. Andernfalls grillen wir bei ihm im Keller. Mein Nachbar ist übrigens auch ein Kunde von Ihnen. Er hat bei Ihnen schon mehr bestellt als ich, aber das ist ja kein Wunder, weil er mehr verdient. Er ist ein Ingenör und leitet eine ganze Abteilung. Er ist glaube ich, ein Abteilungs-Ingenör.

Gestern war ich mit meinem Hund beim Tierarzt. Die Tollwutimpfung war mal wieder fällig, weil das jedes Jahr um diese Zeit fällig wird. Der Tierarzt hat auch gleich gegen Staube geimpft, weil mein Hund schon immer recht staubig ist.

Die Tomatenpflanzen blühen schon, ich glaub, wir kriegen dieses Jahr einen ganzen Haufen Tomaten. Meine Frau pflanzt jedes Jahr Buschtomaten. Hoffentlich wird das Wetter jetzt mal besser, damit die auch schön wachsen.

Sie sehen also, es tut sich auch viel bei mir und nicht nur bei Ihnen. Und das soll ja auch so sein. Es muß sich ja was rühren im Leben, tot sind wir noch lange genug.

Herzliche Grüße

Ihr

Jürgen Sprenzinger

Jürgen Sprenzinger
Friedenstraße 7a
86179 Augsburg

Firma
Hugo Boss
Dieselstraße 12

72555 Metzingen

21. Juli 1996

Sehr geehrter Herr Boss,

am 17. Oktober vorigen Jahres hab ich Ihnen geschrieben, weil ich mir einen Spezial-Batman-Anzug von Ihnen machen lassen wollte. Bis heute habe ich keine Antwort von Ihnen gekriegt.

Ich nehme an, Sie nähen noch an diesem Anzug. Dafür hab ich schon Verständnis, weil das ja ein spezieller Anzug ist, und gut Ding will Weile haben, sagt ein altes Sprichwort. Und schließlich sind Sie ja für Qualität bekannt. Vor ungefähr 6 Jahren, es muß im Frühjahr gewesen sein, habe ich mir ein Boss-Hemd von Ihnen gekauft. Das hab ich immer noch, obwohl es schon 428 mal gewaschen worden ist und 392 mal gebügelt. Gebügelt worden ist es etwas weniger, weil meine Frau zwar immer für mich wäscht, aber nicht immer bügelt. Sie bügelt immer dann nicht, wenn wir Streit miteinander haben. Wir hatten, wie Sie ersehen können, 428 - 392 = 36 mal Streit in den letzten 6 Jahren, das macht 6 Streite pro Jahr, also durchschnittlich kracht es bei uns alle zwei Monate und zwar deswegen, weil sie mein Boss-Hemd nicht bügelt.

Aber das wollt ich Ihnen eigentlich gar nicht schreiben, weil das ja mein Problem ist. Und ich will Sie auch nicht damit belasten. Scheiben tu ich Ihnen deswegen, weil ich Ihnen im letzten Brief meine Maße mitgeteilt habe. Aber die haben sich zwischenzeitlich verändert. Und zwar hab ich Ihnen geschrieben, daß meine Bundweite 88 cm ist. Das stimmt zwischenzeitlich nicht mehr. Das ist jetzt 92 cm, weil ich etwas zugenommen habe. Auch die Gesäßgröße hat sich etwas verändert. Mein Gesäß ist statt 96 cm jetzt genau 101,5 cm, obwohl es aber immer noch das gleiche Gesäß ist. Ich teile Ihnen dies deswegen mit, weil ich vermute, daß Sie gerade am Nähen sind und ich nicht möchte, daß Sie was falsch machen und dann nochmal anfangen müssen.

Ich hoffe Ihnen hiermit gedient zu haben und verbleibe

Mit freundlichen Grüßen

Jürgen Sprenzinger

Knaur

® **Der zweite Band
mit den witzigsten
Briefen der Welt!**

Jürgen Sprenzinger

Lieber Meister
PROPER

TB 73070

mit Illustrationen von Kurt Klamert